X 0 ✓

HEATHER COOPER

Die Rose des Südens



GOLDMANN
Lesen erleben

Heather Cooper

# Die Rose des Südens

Roman

Aus dem Englischen
von Claudia Franz

GOLDMANN

Dieses Buch ist auch als E-Book erhältlich.

MIX
Papier aus verantwortungsvollen Quellen
FSC® C014496

Verlagsgruppe Random House FSC® N001967

1. Auflage
Deutsche Erstveröffentlichung November 2018

Umschlaggestaltung: UNO Werbeagentur, München
Umschlagmotiv: arcangel/Edward Fielding
FinePic®, München
GettyImages/Mother Daughter Press
Redaktion: Lisa Caroline Wolf
MR · Herstellung: kw
Satz: Buch-Werkstatt GmbH, Bad Aibling
Druck und Bindung: GGP Media GmbH, Pößneck
Printed in Germany
ISBN: 978-3-442-48610-6
www.goldmann-verlag.de

Besuchen Sie den Goldmann Verlag im Netz

*O mein Amerika! Mein neu gewonnenes Land.*
*Mein Königreich, von einem Mann genug bemannt …*
John Donne

*Dränge mich nicht, dich zu verlassen und umzukehren.*
*Wohin du gehst, dahin gehe auch ich, und wo du bleibst,*
*da bleibe auch ich.*
Rut 1,16

*Hastige Hufe in einer Dorfstraße,*
*Eine Gestalt im Mondlicht …*
Henry Wadsworth Longfellow

## Die Figuren

EVELINE STANHOPE (die zukünftige Eveline Armitage)
THOMAS ARMITAGE
LOUISA UND BEATRICE, Evelines Schwestern
BEVIS, Louisas Ehemann
ARTHUR, Beatrice' Ehemann
MRS ADELAIDE WATSON, Evelines Mutter, in zweiter Ehe verheiratet mit:
MR WATSON
CAPTAIN TUTTON, Kapitän der RMS Persia
ABRAHAM CLEMENS, Direktor einer amerikanischen Eisenbahngesellschaft
ROSE CLEMENS, seine Ehefrau
SAMUEL BYRNE, Fotograf
JOSEPH ELLIS, sein Kollege
HANNAH, Louisas ehemaliges Stubenmädchen
JIM DOUGLAS, ein junger Soldat im New Yorker Regiment der Fire Zouaves
ABIGAIL MARSHALL, seine Verlobte
LORENA, eine Salondame in Louisville, Kentucky
AGNES, die Witwe eines Farmers in Tennessee
CALEB, ihr Sohn
HENRY, Bahnhofsvorsteher in Chattanooga
JACOB, FRANK und ENOCH, Thomas' Freunde und Mitgefangene
MATHEW BRADY, Fotograf

## Kapitel 1

# *Ein neu gewonnenes Land*

Eveline kniete auf dem Boden der Kajüte und öffnete das aufwendig eingewickelte Paket. Nachdem sie die Schnur mit den komplizierten Knoten gelöst hatte, musste sie etliche Lagen dicken braunen Packpapiers entfernen, dann mehrere Schichten Wachsblätter und schließlich Massen von knisternder weißer Packseide. Sie hatte das Päckchen gar nicht weiter beachtet, als ihre Schwestern es ihr während des tränenreichen Abschieds überreicht hatten; zu sehr war sie damit beschäftigt gewesen, alle zu umarmen und zu versprechen, fleißig zu schreiben und über jedes kleinste Detail in der Neuen Welt zu berichten – über die Häuser, die Geschäfte, die Menschen, die Mode, einfach über alles! Unter letzten Küssen, Tränen und lächelnden Blicken hatte sie mit Thomas die Zugangsbrücke betreten und war an Deck des gewaltigen Schiffs gestiegen, von wo man, hoch über dem Kai stehend, die Menschen nur noch als wimmelnde Menge unter sich sah. Und da waren sie dann, ihre Schwestern mit ihren Ehemännern, ein Grüppchen, das heraufsah und winkte. Eveline winkte ungestüm zurück, während das Schiffshorn einen langen, halb klagenden, halb triumphierenden Signalton ausstieß. Die Taue wurden gelöst, das Schiff setzte sich träge in Bewegung, und die Stadt entfernte sich. Unter Evelines Füßen hob und senkte sich das flaschengrüne Wasser, und die Gestalten am Kai wurden immer kleiner, bis man sie nicht mehr voneinander unterscheiden konnte. Trotzdem winkte sie weiter, selbst als man nur noch eine unbestimmte Menschenmenge sah, dann noch Pünktchen, und schließlich konnte sie lediglich eine verschwommene Masse in der Ferne ausmachen. Die großen Gebäude lösten sich auf, ebenso das Land selbst, und schließlich waren sie ringsum von Meer umgeben.

»Das ist von uns beiden«, hatte Louisa gesagt, als sie Eveline das Päckchen in die Arme gedrückt hatte. »Ein Abschiedsgeschenk. Beatrice und ich haben uns gehörig den Kopf darüber zerbrochen, Evie.«

»Wir hoffen, es kann dir von Nutzen sein«, ergänzte Beatrice und lächelte sie durch die Tränen hindurch an. »Eigentlich gehen wir sogar davon aus, dass es unentbehrlich sein wird.«

Die beiden hatten partout nicht verraten wollen, was es war, sondern schüttelten nur den Kopf und lachten, um im nächsten Moment wieder in Tränen auszubrechen. Wenn ihre Schwestern ihr etwas Nützliches schenkten, dann handelte es sich zweifellos um einen warmen Mantel oder eine dicke Decke, denn sie behandelten sie immer noch wie das kleine Mädchen, das man bevormunden und beschützen musste. Und ihre Mutter, das war Eveline bewusst, ging sogar fest davon aus, dass ihre jüngste Tochter in ein primitives Land mit undurchdringlichen Wäldern und angsteinflößenden Wilden reiste, nicht in eine elegante und moderne Stadt wie New York.

Eveline hatte eigentlich geplant, alleine nach Liverpool aufzubrechen. Die Reise sollte länger dauern als jede Fahrt, die sie mit ihren neunzehn Jahren unternommen hatte. Erst würde sie mit dem Dampfschiff von der Insel nach Southampton übersetzen und dann mit der Eisenbahn nach London fahren. Durch die überfüllte Stadt mit der verschmutzten Luft würde sie zur Drummond Street und zur riesigen Euston Station mit dem schmiedeeisernen Dach gelangen und dort einen Zug besteigen, der sie in Gegenden brachte, die sie noch nie zuvor gesehen hatte, durch die Midlands hindurch bis hoch in den Norden. Sie hatte sich darauf eingestellt, sich auf der Isle of Wight von ihrer Familie zu verabschieden, in dem kleinen Hafen, den das Dampfschiff regelmäßig anlief. Aber am Tag vor ihrer Abreise hatten ihre Schwestern (die schon ein paar Tage ziemlich geheimnisvoll getan hatten) die Absicht bekundet, sie nach Liverpool zu begleiten.

»Wir kommen so selten hier heraus«, meinte Beatrice, »daher wird es ein Abenteuer für uns sein. Nicht zu vergleichen mit deinem Abenteuer natürlich, Evie. Aber Arthur sagt, wir steigen in Liverpool in einem *äußerst* schicken Hotel ab. Vielleicht können wir ja vor der Rückfahrt noch die Stadt besichtigen.«

»Und Bevis ist schließlich ein Mann von Welt«, fügte Louisa hinzu. »Er wird schon wissen, wie wir das alles anstellen, mit der Eisenbahn und der Kutsche und so. Wenn wir dich begleiten, Eveline, kann dir nichts passieren.«

Eveline dachte, dass ihr auch so nichts passieren würde, aber das sagte sie lieber nicht. Tatsächlich war sie sogar gerührt, dass ihre Schwestern eine so weite Reise auf sich nehmen wollten, nur um sie zu verabschieden.

»Und du, Mama?«, fragte Eveline. »Kommst du auch mit nach Liverpool?«

»Nach Liverpool? Da bringen mich keine zehn Pferde hin. Reisen ist nichts für mich, Evie. Züge, Schiffe, ständig neue Hotels, das machen meine Nerven nicht mit.«

»Aber im Frühjahr wollt ihr doch nach Paris, behauptet Mr Watson. Da wirst du wohl oder übel ein Schiff besteigen müssen, Mama. Und ständig an neuen, unbekannten Orten übernachten.«

»Der Himmel weiß, wie ich das überstehen soll. Andererseits wird sich ja Mr Watson um mich kümmern. Ich werde mich einfach nach Kräften zusammenreißen.«

»Ich könnte dich nach Liverpool begleiten, wenn du das wünschst, meine Liebe«, sagte Mr Watson und warf ihr über den Rand seiner Zeitung einen liebevollen Blick zu.

»Wenn ich schon Abschied von meinem jüngsten Kind nehmen muss, dann lieber hier, wo ich mich ungestört der Trauer hingeben kann. Eine so endgültige Trennung möchte ich nicht auf einem öffentlichen Kai in einer fremden Umgebung vollziehen.«

»Es ist doch keine endgültige Trennung, Mama«, versicherte Eveline. »Ich verschwinde nicht für immer.«

»Aber wer weiß, was alles passiert«, sagte Mrs Watson theatralisch. »Du verlässt uns, um mit diesem großen, ernsten jungen Mann fortzugehen, mit dem du noch nicht einmal *verheiratet* bist …«

»Wir heiraten, sobald wir auf dem Schiff sind, Mama, das hat Thomas gesagt. Alles wird absolut anständig und respektabel vonstattengehen …«

»… und der Himmel weiß, was dich dort drüben erwartet. Du könntest entführt werden oder ertrinken oder dich im Dschungel verirren oder in der Wüste oder … O Gott,

Eveline, du wirst tausend Gefahren ausgesetzt sein, und ich sterbe an einem gebrochenen Herzen.«

»Unsinn, Mama, sag nicht so etwas. Ich werde keinen Gefahren ausgesetzt sein. Natürlich nicht.«

»Ich wünschte, ich könnte das glauben«, sagte ihre Mutter mit einem klagenden Blick, der verriet, dass sie sich nicht so leicht besänftigen lassen würde.

Eveline verabschiedete sich also von ihrer Mutter und ihrem Stiefvater, außerdem von ihrer Tante, ihrer ehemaligen Gouvernante, ihren Freunden und ihren kleinen Nichten und Neffen, und versprach bei der Abreise von der Insel, Briefe zu schreiben, auf sich aufzupassen und ihre arme, verlassene Mutter nicht zu vergessen. Als sie vom Deck des Dampfschiffs, das den Hafen von Cowes verließ, all diese Personen tapfer mit ihren Taschentüchern winken und ihr Kusshände zuwerfen sah, traten ihr Tränen in die Augen, sodass der Hafen und die Häuser des vertrauten Städtchens verschwammen. Doch als sie ihr Taschentuch gefunden hatte, waren die Menschen schon zu weit entfernt, um noch jemanden erkennen zu können.

Die Aufregungen der Reise munterten Eveline jedoch schnell wieder auf. Louisa und Beatrice redeten und juchzten in einem fort, während Bevis sich weltmännisch gab, Gepäckträger hin und her dirigierte, Kutschen anhielt und seine Mitreisenden mit einer derart überheblichen Miene in die Eisenbahnabteile scheuchte, dass es Eveline schon fast auf die Nerven ging. Seine Ehefrau hingegen verkündete unablässig, wie froh sie sei, einen Mann zu haben, der alles so gut im Griff hatte. Arthur wiederum, Evelines anderer Schwager, drückte ihr liebevoll die Hand und erklärte, wie sehr er sie vermissen werde.

»Wenn euer zweites Kind erst einmal da ist, Arthur, wirst du gar keine Zeit mehr haben, mich zu vermissen«, sagte Eveline und schenkte ihm ein dankbares Lächeln.

»Zweifellos werde ich alle Hände voll zu tun haben«, erwiderte Arthur, »aber das wird mich nicht daran hindern, an dich zu denken, Evie.«

»Alle Hände voll zu tun?«, rief Beatrice. »Was für ein Unsinn, Arthur. Männer haben überhaupt keine Arbeit mit Babys. *Ich* werde diejenige sein, die letztlich die ganze Arbeit hat. Du wirst dem Kind das hübsche Köpfchen tätscheln und dann zu deiner Pfeife und deiner Zeitung zurückkehren, während ich ein jammervolles Bild abgeben werde.«

Für einen Moment schien Arthur gegen die Unterstellung stumpfer Gleichgültigkeit protestieren zu wollen, dann besann er sich anders und erkundigte sich, wo sich Eveline eigentlich mit Thomas treffen wolle.

»Wird Armitage in Liverpool am Bahnhof sein?«, fragte er. »Er kommt doch aus Yorkshire, oder?«

»Ja, aus Leeds. Er hat sich von seiner Familie verabschiedet, von seinen Eltern und seiner Schwester«, sagte Eveline. »Aber wir treffen uns am Büro der Schifffahrtsgesellschaft. Thomas wird dann schon die Fahrkarten besorgt und alles organisiert haben. Mir bleibt nichts mehr zu tun, als ihn zu finden.«

In der großen Halle der Schifffahrtsgesellschaft erwartete sie allerdings eine derart dichte Menschenmenge, dass es fast unmöglich schien, einen einzelnen Mann ausfindig zu machen. Eveline stand hilflos da und sah sich suchend um, während ihre Schwestern in die wogenden Massen der Passagiere starrten. Manche Menschen waren sehr elegant gekleidet, in Samt und Pelz, andere trugen schäbige, fadenscheinige Mäntel oder überhaupt keine Überbekleidung.

»Vielleicht hat er es sich anders überlegt«, sagte Louisa finster. »Wirklich, Evie, du musst schon zugeben, dass du Mr Armitage erst wenige Monate kennst. Mama denkt ohnehin, dass man ihm nicht über den Weg trauen kann. Sie habe ihn nie für einen wahren Gentleman gehalten, sagt sie.«

»Mama redet manchmal eine Menge Unsinn daher«, erwiderte Eveline. »Sie mag kein Vertrauen zu ihm haben, aber sie kennt ihn ja auch kaum. Ich weiß, dass er kommt. *Ich* vertraue ihm, und das ist ja wohl die Hauptsache.«

»Das höre ich gerne«, sagte eine Stimme in ihrem Rücken, und sie fuhr herum. Hinter ihr stand ein großer Mann und sah auf sie herab; die amüsierte Miene brachte sein sonst so ernstes Gesicht zum Leuchten.

»Thomas!«, rief Eveline. »O Thomas.«

Er breitete die Arme aus, und sie flog hinein.

»Aber wirklich, Evie«, sagte Beatrice kopfschüttelnd. »Das ist nicht sehr damenhaft!«

Allerdings waren weder sie noch Louisa geneigt, ihre kleine Schwester allzu streng zu maßregeln. Thomas Armitage schüttelte Bevis und Arthur die Hand und begrüßte seine zukünftigen Schwägerinnen mit einer steifen Verbeugung.

»Passen Sie auf sie auf, Mr Armitage!«, sagte Louisa unvermittelt und brach wieder in Tränen aus. »Geben Sie auf meine kleine Schwester acht.«

»Lou«, erklärte Eveline. »Das kann ich sehr gut selbst …«

Thomas nickte Louisa zu. »Wir werden gegenseitig auf uns

aufpassen«, versprach er. »Und jetzt komm, mein Schatz. Zeit zum Aufbruch.«

Und so nahmen sie ein letztes Mal Abschied. Das geheimnisvolle Päckchen landete in Evelines Armen, dann drehten Thomas und sie sich um und brachen auf in ihr neues Leben.

Der erste Tag der Reise war furchtbar aufregend. Sie erkundeten das Schiff mit all seinen Salons und Speisesälen und den hübschen Kajüten, in denen sie schlafen würden. Da waren die Decks, auf denen man flanieren und die endlose Weite des Ozeans sowie das Auf und Ab der Wellen bewundern konnte, während sich das Schiff durch Wind und Gischt seinen Weg bahnte. Sie lernten Mitreisende kennen, mussten eine Seenotrettungsübung absolvieren und machten die eigentümliche Erfahrung, in einem Speisesaal zu dinieren, der sich in ständiger Bewegung befand. Erst am Abend fiel Eveline das Päckchen wieder ein, das sie unter ihr schmales Bett geschoben hatte, bevor sie ihre wenigen Kleidungsstücke einsortiert hatte.

Thomas Armitage hatte natürlich zwei getrennte Kajüten auf der *RMS Persia* gebucht. Ihm war sehr wohl bewusst, dass er, wenn er Eveline schon ihrer Familie entführte und sie ohne Mutter oder Anstandsdame auf eine Reise mitnahm, nicht nur sie selbst, sondern auch ihren Ruf schützen musste.

»Deine Mama wird mir vielleicht nie verzeihen, dass ich dich nach Amerika verschleppe«, sagte Thomas leicht zerknirscht. »Wenn sie auch noch zu der Meinung gelangen müsste, dass ich mich nicht um Anstandsregeln schere, würde sie mich sicher zur Hölle wünschen.« Er stand mit verschränkten Armen in der Tür der engen Kajüte und sah zu, wie Eveline mit der vielfach verknoteten Schnur kämpfte und den Inhalt des Päckchens aus den unzähligen Schichten schälte.

»Dann solltest du vielleicht nicht alleine mit mir in einer Kajüte sein«, erwiderte sie und lächelte zu ihm hoch, als könne sie sich, im Gegenteil, nichts Schöneres vorstellen.

»Ich bin nicht in deiner Kajüte, und die Tür ist geöffnet«, versicherte er streng. »Alle können sehen, dass wir Sitte und Anstand wahren.«

»Das tun wir doch auch, oder?«, fragte sie fast wehmütig. »Also, was ist es denn nun, das Louisa und Beatrice für mich ausgesucht haben? Es wirkt gar nicht wie etwas, das mich im New Yorker Winter warmhalten könnte. Den hat Mama nämlich als Ursache für meinen sicheren Tod auserkoren. Aus irgendeinem Grund ist sie fest davon überzeugt, dass durch die Straßen von Manhattan Eisbären streunen und mich unweigerlich auffressen werden ... Oh!«

Aus den letzten knisternden Schichten zog sie nun ein Kleid aus feinster Seide in einem sehr blassen Elfenbeinton hervor. Es hatte eine schmale Taille und einen weiten Rock; bauschige Gaze säumte das tiefe Dekolleté. Unter dem Kleid lag noch ein Schleier aus feinster Spitze, federleicht und zart, kaum mehr als ein Hauch. Eveline hielt sich das Kleid an. Im Dämmerlicht der Kajüte glänzte es wie Perlen an ihrer Haut.

»Ein Hochzeitskleid?«, sagte Thomas lächelnd. »Vermutlich für den Fall, dass wir es vergessen sollten. Nun, mein Schatz, dann lass uns besser heiraten, was?«

Der Schiffskapitän schätzte sich überaus glücklich, eine Hochzeitszeremonie abhalten zu dürfen. Das sei mal etwas anderes, er persönlich habe so etwas noch nie getan. Aber zumindest schien er sich daran zu erinnern, dass ein Kapitän dazu befugt war. Mit dem größten Vergnügen würde er sie trauen, erklärte er, dann sei die Sache für alle Ewigkeit besiegelt. Sofort wolle er sich auf die Suche nach den nötigen Papieren machen, die vermutlich irgendwo in seiner Kajüte lägen, außerdem brauche er sicher noch ein Gebetbuch, aber dann würde er die nötigen Worte aufsagen, das junge Paar zusammenführen und alles unter Dach und Fach bringen, was? Kapitän Tutton lachte herzhaft über seinen geistreichen Kommentar, zwinkerte Eveline zu und versprach ihnen eine Flasche Champagner von seiner eigenen Tafel, für einen guten Start in ihr Eheleben.

Doch die Hochzeit ließ auf sich warten. Zunächst konnte Kapitän Tutton trotz seines ursprünglichen Optimismus die Papiere nicht finden, die unterzeichnet werden mussten, damit die Trauung rechtsgültig war. Und auch das Gebetbuch mit den einschlägigen Floskeln war nicht aufzutreiben.

»Die Papiere müssen irgendwo sein, zweifellos«, sagte er zerstreut, wann immer er Thomas oder Eveline über den Weg lief oder sie in den Liegestühlen an Deck sitzen sah, wo sie, eingewickelt in Decken, redeten, lasen oder Seevögel beobachteten. »Früher oder später tauchen sie auf, und wir bringen die Sache in trockene Tücher, was?«

»Wir freuen uns darauf«, sagte Thomas knapp, während Eveline dem Kapitän ihr strahlendstes Lächeln schenkte, um wiedergutzumachen, dass Thomas mittlerweile schon einen finsteren Blick aufsetzte, wenn er die untersetzte Gestalt mit wichtiger Miene auf sie zukommen sah.

Endlich aber, sechs Tage nach ihrer Abreise aus Liverpool,

als Thomas schon einen Groll auf die gesamte Seefahrersippe hegte, kam der Kapitän begeistert auf sie zugeeilt und blieb atemlos an der Reling stehen, wo sie gerade einen spektakulären Sonnenuntergang beobachteten, mit Wolken, die sich vor einem blutroten Himmel auftürmten.

»Ich wusste, dass ich die Papiere habe«, sagte er jovial. »Sie sind aufgetaucht! Ich werde Sie bald schon verheiratet haben, verlassen Sie sich drauf.«

»Morgen?«, fragte Eveline hoffnungsvoll.

»Morgen vielleicht nicht«, sagte der Kapitän bedauernd. »Es scheint sich ein Unwetter zusammenzubrauen, von Backbord her. Aber sobald sich das wieder verflüchtigt hat, werden wir die Tat vollbringen, was?«

Die Voraussage des Kapitäns erwies sich als korrekt. Innerhalb einer halben Stunde begann die *Persia* auf beängstigende Weise zu rollen und zu stampfen und hörte auch während der langen schwarzen Nacht nicht mehr auf. Und auch am nächsten Tag und am übernächsten kämpfte sie gegen tosende Wellenberge an und stürzte immer wieder in furchteinflößende finstere Täler. Gewaltige Wassermassen brachen sich an Deck, und die Schiffswände erzitterten, als würden sie zerbersten. Es gab Momente, in denen Eveline fürchtete, ihr letztes Stündlein habe geschlagen. Thomas versicherte ihr aber, dass die *Persia* ein äußerst robustes Schiff sei.

»Es ist der erste Dampfsegler mit Eisenrumpf, Eveline. Er hat das Blaue Band bekommen, weil kein Schiff die Überfahrt in beide Richtungen schneller geschafft hat. Die Maschinen …«

Eveline unterdrückte ein Gähnen.

»Nun, die Maschinen scheinen dich nicht zu interessieren.«

»Doch, natürlich interessieren sie mich. Erzähl mir von den Maschinen.«

»Es handelt sich um Zweizylinder-Seitenhebel-Dampfmaschinen. Ich war im Maschinenraum, wie du dich vielleicht erinnerst. Absolut beeindruckend. Die Brennräume für die Kessel befinden sich vorn und achtern, und die Kohlespeicher fassen tausendvierhundert Tonnen Kohle …«

»Wahrhaftig ein beeindruckendes Schiff! Mir wäre trotzdem lieber, wenn es aufhören würde, so wild hin und her zu schwanken.«

Irgendwann wurde aus dem Sturm schließlich ein kräftiger Wind, dann eine frische Brise. Die graugrüne See mit den hoch aufgetürmten schäumenden Wellen beruhigte sich allmählich, und eines Morgens wurde Eveline beim Aufwachen von einem sanften goldenen Licht begrüßt. Blau und glänzend lag der Ozean in der Herbstsonne.

»Heute Nachmittag?«, fragte Kapitän Tutton. »Sagen wir, um zwei? Wo würden Sie denn gerne heiraten, Miss Stanhope? Im Großen Salon vielleicht?«

»Könnten wir auch an Deck heiraten?«, wollte Eveline wissen. »Nach dem grässlichen Unwetter ist der Sonnenschein einfach überwältigend.«

Der Kapitän lachte herzlich. »Grässliches Unwetter? Ach, das war doch gar nichts, nur ein leises Atlantiklüftchen. Aber Sie können gerne an Deck heiraten, Miss Stanhope, wenn Sie das wünschen. Nichts spricht dagegen, und was der Kapitän entscheidet, wird gemacht.«

An Bord eines Schiffes gab es keine Geheimnisse, daher verbreitete sich die Nachricht von der bevorstehenden Hochzeit in Windeseile. Die anderen Passagiere, von denen viele bereits überglücklich waren, dass sie das Unwetter überlebt hatten, waren entzückt; allenthalben schien man entschlossen, sich diese romantische Begebenheit nicht entgehen zu lassen. Als daher Thomas und Eveline zur verabredeten Zeit auf dem Vorderdeck erschienen, in der Erwartung, den Kapitän und den Zweiten Offizier anzutreffen – Letzterer hatte sich freundlicherweise dazu bereiterklärt, als Trauzeuge zu fungieren –, war praktisch die gesamte Schiffsmannschaft versammelt, außerdem hunderte von Passagieren, die sich gespannt die Hälse verrenkten, um einen Blick auf das junge Paar zu erhaschen.

»Da kommen sie.« Ein Raunen ging durch die Menge. »Schau doch nur, wie wunderschön, wie entzückend, wie überwältigend!« Spontan brauste Applaus auf, als Thomas Eveline die Hand reichte und sie durch die Salontür ins Freie geleitete. Der Bräutigam, groß und breitschultrig in seinem schlichten Anzug, wirkte sehr ernst. Sein aufrechter Gang und der grüblerische Blick ließen die Damen, die für männliche Reize empfänglich waren, sanft erschauern.

»Oh, und seht euch nur die Braut an, was für ein Traum!«, wurde gemurmelt, als man Eveline in ihrem elfenbeinfarbenen Kleid erblickte. Der Rock bauschte sich sanft in der Brise, und ihre dunklen Locken quollen unter dem flatternden Schleier hervor. Verunsichert blickte sie in die Menge und lächelte. Dann nahm sie Thomas' Hand, und die Zeremonie begann. Kapitän Tutton deklamierte seine Worte mit großer Geste, die Ehegelübde wurden gesprochen, die Papiere unterzeichnet, dann küsste der Bräutigam die Braut, und die nun vollkommen verzückte Menge jubelte und klatschte, als wolle sie gar nicht mehr aufhören.

»Nun«, sagte der Kapitän höchst zufrieden, »der Champagner wartet auf Sie, und im Speisesaal gibt es ein improvisiertes Hochzeitsfrühstück. Ich sollte jetzt besser wieder auf die Brücke gehen, da ich den Ersten Offizier alleine dort zurückgelassen habe. Wenn wir in den Hafen einfahren, muss ich wieder dabei sein.«

»Sind wir denn schon in Amerika?«, fragte Eveline. Sie drehte sich um, beschirmte die Augen und sah in Richtung Horizont. Außer Meer und Himmel war nichts zu sehen.

»Ja«, antwortete Kapitän Tutton. »In wenigen Stunden gehen wir an Land. Bald können Sie es schon erkennen. Schauen Sie, dort.«

Immer noch nichts. Dann am Horizont etwas, das wie ein verschwommener Streifen aussah. Die Menschen, die immer noch seufzten, lächelten und ihnen überschwänglich alles Gute wünschten, zerstreuten sich allmählich, um sich zu dem versprochenen Festmahl zu begeben. Kapitän Tutton war auch bereits fort, und irgendwann waren Thomas und Eveline alleine an Deck. Jetzt konnte Eveline Land erkennen, ganz sicher, und sogar die Umrisse eines Städtchens – nein, einer Großstadt, denn selbst aus dieser Entfernung erblickte sie Gebäude, die größer waren als alles, was sie bisher gesehen hatte. Sonnenlicht spiegelte sich in hohen Fenstern und in einer goldenen Wetterfahne oben auf einem Kirchturm.

»Schau doch, Thomas, schau. Das muss New York sein! Einfach unfassbar, so etwas sagen zu können.«

Seite an Seite sahen sie zu, wie die riesige Stadt vor ihnen auftauchte.

*»O mein Amerika, mein neu gewonnenes Land«*, murmelte Thomas leise.

Eveline zog eine Augenbraue hoch und musste lächeln.

»Du bist nicht die Einzige, die Gedichte liest, mein Schatz«, sagte er.

»Du steckst voller Überraschungen, Thomas.«

»Wenn es in unserer Ehe keine Überraschungen gäbe, würde dich ein ziemlich langweiliges Leben erwarten.« Er legte ihr einen Arm um die Schulter und zog sie an sich. »Wollen wir uns auf die Suche nach dem Champagner machen, den uns dieser Grobian von einem Kapitän in Aussicht gestellt hat? Wir könnten ihn ja mit in meine Kajüte nehmen.«

Sie sah ihn an, ein fast schon schüchternes Lächeln auf den Lippen. »Wir sind ja jetzt verheiratet, da werde ich wohl mit in deine Kajüte gehen dürfen. Vielleicht könnten wir sogar die Tür schließen.«

»Unbedingt, meine liebe Eveline. Ich habe sehr geduldig gewartet. Das schien mir meine Pflicht zu sein, da dich deine Mama – wenngleich höchst widerstrebend – in meine Obhut gegeben und darauf vertraut hat, dass wir schnellstmöglich heiraten. Obwohl wir natürlich …«

»Obwohl wir natürlich, damals am Strand, das Ehegelübde vorweggenommen haben?«

»Genau. Das war ein großer Fehler von mir. Aber jetzt sind wir ja verheiratet, daher …«

»Allerdings möchte ich auf gar keinen Fall den Anblick verpassen, wie wir in den Hafen von New York einlaufen«, sagte Eveline unschuldig.

Er zog sie noch enger an sich. »New York«, sagte Thomas, »ist noch Stunden entfernt.«

# Kapitel 2

## *Greenwich Street*

Es war früher Abend, als sie von Bord gingen. Eveline hatte den Eindruck, dass die Erde unter ihren Füßen schwankte, als sie zusammen mit den über zweihundert weiteren Passagieren durch den großen Torbogen des Castle Garden Forts stakste. Die Sprachen, die sie auf dem Schiff vernommen hatte – Irisch, Deutsch, Englisch, Schottisch, Italienisch –, schwollen zu einem babylonischen Stimmengewirr an, das in der großen Empfangshalle widerhallte. Die Menschen standen Schlange, holten ihr Gepäck ab, legten Papiere vor oder erklärten, warum sie keine hatten. Eveline fragte sich, was die einzelnen Personen wohl bewogen hatte, solch eine weite Reise anzutreten. Vielleicht wollten sie, wie sie und ihr Ehemann, ein neues Leben beginnen und ein großes Abenteuer erleben. Oder sie flohen vor Hunger und Verfolgung, besuchten jemanden, packten eine Gelegenheit beim Schopfe oder erfüllten sich einen Traum.

Thomas nahm ihre Hand, steckte sie unter seinen Arm und schritt auf einen untersetzten, freundlich wirkenden Mann mit einem großen Hut zu. Der Mann winkte.

»Tom, mein werter Freund, es ist so schön, Sie wiederzusehen. Und das muss Mrs Armitage sein, nehme ich an?« Er schüttelte ihnen beiden herzlich die Hand.

»Dies ist Abraham Clemens, Eveline. Mit ihm habe ich

mich in London getroffen, um über meinen Vertrag mit der Eisenbahngesellschaft zu reden«, erklärte Thomas ihr.

»Seien Sie herzlich willkommen, Ma'am«, sagte Mr Clemens. »Sie werden sicher müde sein von der langen Reise?«

»Überhaupt nicht, Mr Clemens«, erwiderte Eveline. »Die Reise war herrlich. Obwohl der Boden unter meinen Füßen immer noch zu schwanken scheint.«

Er lachte. »Mir ging es genauso, als ich letzte Woche zurückkam. Ein bisschen Ruhe, ein schönes Abendessen und eine Mütze voll Schlaf werden Ihre Lebensgeister wieder wecken. Kommen Sie, lassen Sie uns die Formalitäten erledigen, dann sitzen wir in null Komma nichts beim Dinner am Broadway. Sind das Ihre Sachen? Sie reisen ja wirklich mit leichtem Gepäck, muss ich sagen.«

»Wir haben uns Mühe gegeben«, sagte Eveline. »Allerdings steckt in dieser Kiste meine Kamera. In eine kleinere hatte sie nicht hineingepasst, tut mir leid, Mr Clemens.«

»Eine Kamera? *Ihre* Kamera? Nun, meine Liebe, Sie sind der Zeit voraus. Mir war gar nicht klar, dass die jungen englischen Damen so fortschrittlich sind. Aber nennen Sie mich doch bitte Abe. Alle tun das. Wir sind hier nicht so förmlich wie die Leute im Land unserer Vorväter.«

»Äußerst vernünftig«, sagte Eveline. »Ich glaube, ich werde mich in Amerika wohlfühlen.«

Thomas und Eveline würden bei Abraham Clemens und seiner Frau wohnen, bis sie eine eigene Unterkunft fanden. Das Haus der Clemens, das in einer breiten, eleganten Straße namens Greenwich Street lag, war ein großes, aus braunem Backstein errichtetes Gebäude; die hoch gelegene Eingangstür erreichte man über eine steile, imposante Treppe. Die Wohnräume waren groß, hell und geschmackvoll möbliert, mit hohen Spiegeln, riesigen gepolsterten Sofas, glänzenden Tischen und üppigen Vorhängen. Alles wirkte neu und elegant. Eveline und Thomas wurden in ein luftiges Schlafzimmer im Obergeschoss geführt.

»Die gesamte Etage steht Ihnen zur Verfügung, solange Sie sie brauchen«, sagte Abraham. »Fühlen Sie sich ganz wie zu Hause. Später feiern wir Ihre Ankunft mit dem versprochenen Dinner.«

Mit diesen Worten ließ er sie alleine, damit sie sich umsehen, ihr Gepäck auspacken und den Blick über die hohen Dächer auf den breiten Fluss genießen konnten.

»Das ist überwältigend!«, sagte Eveline. »Da sind wir nun, Thomas. In New York! In der Neuen Welt. Was für nette Gastgeber. So ein riesiger Raum, und alles ganz neu und frisch hergerichtet. Wir haben sogar ein eigenes Bad! Hast du je von so etwas gehört?«

»Und erst das Bett«, sagte Thomas. »Das ist vermutlich doppelt so breit wie das breiteste Bett, in dem ich je geschlafen habe.«

»Es wird erholsam sein, in einem zu schlafen, das nicht schwankt.« Eveline lachte.

»Ich hatte eher daran gedacht, dass ich meine Frau nun endlich in einem Bett lieben kann, das nicht nur einen knappen Meter breit ist, sodass man ständig herauszufallen droht. Von Stränden ganz zu schweigen.«

»Ich möchte kein schlechtes Wort über Strände hören«, neckte Eveline ihren Ehemann. »Werden wir wirklich am Broadway speisen?«

»Ich denke schon. Aber erst in ein, zwei Stunden.« Er streckte sich auf dem Bett aus. »Sehr, sehr bequem. Leinenwäsche, weiche Kissen, viel Platz. Warum kommst du nicht her und überzeugst dich selbst?«

Am Abend saßen Thomas und Eveline mit Abraham und Rose Clemens in einem Restaurant und beobachteten die Einwohner von New York durch eines der großen Fenster. Pferdebahnen klapperten über ihre Schienen; elegante Paare schlenderten vorbei; eine Menschenmenge hatte sich versammelt, um einem Redner zuzuhören; auf der gegenüberliegenden Straßenseite lockte ein Theater mit seinem Lichterglanz; eine Gruppe junger, herausgeputzter Männer stolzierte über den Broadway; Straßenverkäufer boten Orangen, Esskastanien und Bonbons feil; ein Mann spielte mit verwegener Miene Akkordeon.

Das Dinner war außerordentlich köstlich.

»Die Familie, die das Restaurant betreibt, stammt aus Italien«, berichtete Rose. »Die wissen, wie man kocht.« Sie schien eine intelligente Frau zu sein, mit dunklen Augen und einem breiten Lächeln. Eveline hatte sofort das Gefühl, willkommen zu sein. »Haben Sie die hier probiert, Eveline? Das ist irgendetwas aus Reis, gebraten und mit Käse gefüllt. Klingt komisch, aber es ist wirklich gut.«

»Es schmeckt alles ganz wundervoll«, bestätigte Eveline. »Ich muss mir unentwegt sagen, dass ich nicht träume, Rose. Außer einer Reise nach London bin ich in meinem Leben kaum je aus meinem Heimatstädtchen herausgekommen. Dies hier ist im wahrsten Sinne des Wortes eine Neue Welt für mich.«

»New York ist wirklich eine Stadt, in der man wunderbar leben kann«, bestätigte Abe und schenkte ihnen allen Wein nach. »Kaum zu glauben, dass wir uns im Krieg befinden, nicht wahr?«

»Der Krieg findet im Süden statt, nicht wahr?«, fragte Eveline. »Hier im Norden sind wir doch sicher nicht davon betroffen?«

Abe und Rose wechselten einen Blick.

»Die ganze Nation ist davon betroffen«, erklärte Abe schließlich. »Wir teilen die Meinung des Präsidenten, dass die Sklaverei keinen Platz in einer modernen Gesellschaft haben sollte. Aber es gibt auch viele hier, die mit den Konföderierten sympathisieren. *King Cotton,* sage ich nur. Der Baumwollhandel floriert in New York. Eine Menge Leute leben davon.«

»Aber es besteht doch nicht die Gefahr, dass der Süden sich durchsetzt, oder? Der Norden hat die Industrie ... und die Truppen ... die Ausrüstung ... das Geld.« Thomas wirkte plötzlich ernst.

»Das stimmt schon. Aber die Konföderierten haben wichtige Siege errungen, in Bull Run und Richmond zum Beispiel. Mittlerweile ist es schon ein Jahr her, dass sich der Süden von uns losgesagt hat, und es sieht so aus, als würde er weiterkämpfen. Die Generäle der Südstaaten sind tüchtig. Sie haben schon recht, Thomas, wir haben die Ausrüstung. Aber wir müssen auch einen Weg finden, sie zu unseren Soldaten zu schaffen.«

»Und da soll die Eisenbahn Abhilfe schaffen, wenn ich es richtig verstanden habe.«

»Genau. Die Konföderierten nutzen die Eisenbahn, um

ihre Leute zügig von einem Ort zum nächsten zu bringen und Lebensmittel und Waffen zu ihren Truppen zu transportieren. Darin waren sie bislang geschickter als wir, muss ich zugeben. Daher sind Ihre Fähigkeiten, Thomas, für die Eisenbahngesellschaft von unschätzbarem Wert, und damit auch für die Unionsstaaten. Zu einem günstigeren Zeitpunkt hätten Sie gar nicht kommen können.«

Eveline spürte, wie ihr ein Schauer über den Rücken lief. »Soll das heißen, dass du dich in Gefahr begibst, Thomas? Musst du an Orte reisen, wo gekämpft wird?«

»Das ist durchaus möglich«, antwortete Thomas. »Aber ich werde nicht in Schlachten hineingeraten. Höchstwahrscheinlich werde ich gebührenden Abstand halten können.«

»Sie müssen sich keine Sorgen machen, meine Liebe«, versuchte Rose zu besänftigen. »Hier in New York kann Ihnen nichts passieren, wenn die Männer bei der Arbeit sind. Abe ist manchmal wochen- oder sogar monatelang weg, aber wie Sie sehen, kehrt er stets wohlbehalten zurück.«

»In dem Fall werde ich ganz bestimmt nicht hierbleiben«, sagte Eveline bestimmt. »Wenn Thomas in die Südstaaten reist, begleite ich ihn.«

»Oh, Frauen haben im Krieg nichts zu suchen«, ergriff Abe das Wort. »Aber Sie werden nicht einsam sein, Eveline. Rose wird sich um Sie kümmern. Außerdem werden Sie hier in New York sicher schnell Freunde finden.«

Eveline fing Thomas' Blick auf, sagte aber nichts mehr zu dem Krieg. Das Gespräch kam auf eine Wohnung, die in der Nähe des Hauses der Clemens lag und für das junge Paar interessant sein könnte.

»Sie liegt ein Stück die Greenwich Street hoch«, erklärte

Rose. »Im Obergeschoss. Sie müssten also ein paar Treppen steigen. Dafür ist sie geräumig und die Aussicht fantastisch. Die Miete scheint auch akzeptabel zu sein.«

»Treppensteigen macht uns nichts aus«, meinte Thomas. »Wir schauen sie uns morgen an, wenn das möglich ist. Es ist wirklich nett von Ihnen, dass Sie sich so um uns bemühen.«

»Ingenieure mit einem derart guten Ruf laufen einem nicht alle Tage über den Weg, junger Mann«, sagte Abe. »Ich bin heilfroh, dass ich Sie dazu bewegen konnte, den ganzen Weg von England hierher anzutreten.«

In dieser Nacht fand Eveline nur schwer in den Schlaf, trotz des wunderbar breiten und bequemen Bettes. Tausend Gedanken gingen ihr durch den Kopf. Schließlich stand sie auf und schlich auf Zehenspitzen zum Fenster. Der Mond schien auf den Hudson hinab. Große Schiffe lagen an den Kais vertäut, geisterhaft auf den Wellen schwankend. Wie breit der Fluss war, wie groß die Stadt, wie anders als ihr altes Umfeld, das Städtchen, in dem sie ihr ganzes bisheriges Leben verbracht hatte, wie weit weg von den ruhigen Wassern des Solent. Sie fröstelte und fühlte sich für einen Moment einsam und verlassen, dann schlüpfte sie leise in den Nebenraum, zündete eine Kerze an und holte sich Briefpapier und einen Stift.

*Meine allerliebste Mutter,*

*wir sind wohlbehalten in New York angekommen, und ich bin jetzt Mrs Armitage. Wie sonderbar es sich anfühlt, diesen Namen zu schreiben! Der Schiffskapitän hat die*

*Trauung vollzogen. Du kannst also beruhigt sein, dass sich alles mit rechten Dingen zugetragen hat und ich eine verheiratete Frau bin.*
*New York scheint eine hochinteressante Stadt zu sein, eine absolut ungefährliche zumal. Ich bin mir sicher, dass hier keine Eisbären herumstreunen. Du musst Dir also keine Sorgen machen.*
*Berichte mir von den Neuigkeiten in der Heimat! Wie geht es Tante George, Miss Angell und ihren Hühnern? Was macht der liebe Mr Watson? Ich sende ihnen allen herzlichste Grüße, auch meinen Schwestern, vor allem aber natürlich Dir, meine geliebte Mama.*

*Deine Dich liebende Tochter,*
*Eveline*

Sie streute Sand auf das Papier, faltete den Brief dann zusammen, steckte ihn in ein Kuvert und schrieb die Adresse darauf. Dann kehrte sie leise ins Schlafzimmer zurück und schlüpfte ins warme Bett.

»Du bist noch wach?«, fragte Thomas verschlafen. »Was ist los, mein Schatz?«

»Ich musste an den Krieg denken. Musst du wirklich in die Bundesstaaten reisen, in denen gekämpft wird?«

»Möglicherweise«, antwortete Thomas. »Vorerst aber noch nicht. Und wenn es so weit sein sollte, kann ich mir kaum vorstellen, dass ich mich in Gefahr begebe. Du wirst hier ohnehin in Sicherheit sein.«

»Ich werde dich begleiten, Thomas. *Wohin du gehst, dahin gehe auch ich.*«

»Ich kann dich nicht in den Krieg mitnehmen, Eveline. Und du wirst dich sicher nicht allzu einsam fühlen. Rose scheint die Liebenswürdigkeit in Person zu sein. Vielleicht findest du ja eine Freundin – oder ein Stubenmädchen, das dir Gesellschaft leistet.«

»Ich bin nicht den ganzen Weg nach Amerika gekommen, um mich einsperren und wie eine Porzellanpuppe behandeln zu lassen. Davon hatte ich vor meiner Heirat genug, wie du dich vielleicht erinnerst.«

»Lass uns nicht streiten. Schlaf jetzt, wir reden morgen darüber.«

Er gähnte, dann verlangsamte sich allmählich seine Atmung.

»Trotzdem«, flüsterte Eveline, »ich lasse mich nicht einfach abwimmeln.«

## Kapitel 3

# *Lunch im Astor House*

Die neue Wohnung war perfekt. Sie mussten zwar die lange Treppe emporsteigen, weil sie ganz oben im fünften Stock lag, aber sie war weiträumig und lichtdurchflutet, dabei schlicht und doch zweckmäßig eingerichtet. Die großen Fenster blickten auf den Hudson hinab, Richtung Hoboken und Jersey City.

»Abe und Sie haben schon so viel für uns getan!«, beteuerte Eveline. »Ich weiß gar nicht, wie wir Ihnen danken sollen.«

Rose war mit Geschenken vorbeigekommen: Vorhängen, die sie nicht mehr brauchte, zwei Töpfen, einer Kaffeekanne und einem Apfelkuchen. Nun saßen die beiden Frauen an Evelines Küchentisch und plauderten, als würden sie sich schon ewig kennen und nicht erst seit ein paar Tagen. Thomas und Abraham hatten im Büro der Eisenbahngesellschaft zu tun, und Eveline hatte den Tag genutzt, um die Wohnung, soweit das ging, in ein Zuhause zu verwandeln. Viel auszupacken hatte sie nicht, da sie nur wenig Kleidung mitgebracht hatte, außerdem ein paar Schätze, die sie an die Heimat erinnern sollten: Fotografien von ihrer Familie, ein winziges silbernes Modell von einer Kamera, das ihr verehrter Freund und Fotografielehrer Mr Fry ihr als Andenken geschenkt hatte, und die Shakespeare-Ausgabe ihres verstorbenen Vaters, aus der er ihr, als sie ein kleines Mädchen gewesen war, immer vorgelesen hatte.

»Sie müssen sich nicht bedanken«, sagte Rose. »Es ist uns eine große Freude, Sie hier zu haben. Abe ist überglücklich, dass Thomas für ihn arbeitet, und ich freue mich, eine neue Freundin gefunden zu haben.«

»Ich möchte Ihre Zeit aber nicht über Gebühr beanspruchen. Sie haben sicher noch viele andere Verpflichtungen.«

»Ich habe viel zu tun, das stimmt«, erklärte Rose. »Abe ist Mitglied der Union League – einer Organisation, die Präsident Lincoln und seine Politik unterstützt –, und ich helfe, Geld dafür einzusammeln. Daher muss ich ständig an irgendwelchen Sitzungen teilnehmen oder Veranstaltungen organisieren. Und an zwei Tagen in der Woche arbeite ich auch im MacDougall.«

»MacDougall?«

»Das ist das Militärkrankenhaus. Ich habe eine Grundausbildung als Krankenschwester.«

»Sie kümmern sich also um … Soldaten? Der Krieg scheint näher zu sein, als ich gedacht hatte.«

»Man hat sie von den Schlachtfeldern hierhergebracht – zuletzt aus Virginia.« Rose seufzte. »Es ist furchtbar traurig, wenn man die jungen Männer sieht, verwundet und verstümmelt im Kampf. Wir tun, was wir können, aber viele sterben oder leiden unter derart schlimmen Verletzungen, dass sie ein schweres Leben vor sich haben dürften … ein unerträgliches in manchen Fällen.«

»Ein Bürgerkrieg ist immer schlimm«, sagte Eveline. »Dass Männer derselben Nation sich so etwas antun können.«

»Im Moment fühlt es sich kaum an, als wären wir eine Nation. Wir sind ein gespaltenes Land. Vielleicht ist der Unterschied zwischen denen, die in der Sklaverei ein Übel sehen, und denen, die das nicht tun, einfach zu groß.« Rose wirkte gequält.

Eveline schien es, als hätte sie plötzlich eine andere Welt vor Augen, eine Welt voller Leid und Schmerz.

»Sie sehen so traurig aus«, sagte sie zaghaft.

»Natürlich. Diese Soldaten … Viele sind noch so jung, oft gerade erst den Kinderschuhen entwachsen …« Rose hielt inne und schenkte Eveline ein Lächeln. »Aber nun kommen Sie, meine Liebe. Sicher würden Sie gerne die Stadt besichtigen, oder? Warum machen wir nicht einen Spaziergang und schauen uns die Sehenswürdigkeiten und die Geschäfte an?«

»Wenn Sie die Zeit hätten, würde mich das sehr freuen«, sagte Eveline.

Es war höchst vergnüglich, Arm in Arm mit Rose durch die Straßen von New York zu schlendern. Die Geschäfte schienen die herrlichsten Dinge anzubieten: Kleidung, Schmuck, Porzellan, Silber, und alles lag hinter großen, flachen Glasscheiben. Die Menschen wirkten so lebendig, der Verkehr so rege, die Schreie der Händler so überschwänglich. Immer wieder zeigte Rose auf irgendwelche Sehenswürdigkeiten: da das berühmte Barnum's American Museum und dort der Marble Palace, ein derart großes Geschäft – »wir nennen es einen Department Store, ein Kaufhaus«, erläuterte Rose –, dass es schon Ähnlichkeit mit einem italienischen Palazzo hatte. Als sie irgendwann erschöpft waren, nahmen sie im Hotel Astor einen Lunch ein, Schildkrötensuppe und Blackfish. Das Restaurant war geräumig, elegant und hell;

die Fenster zogen sich vom gebohnerten Boden bis zu den hohen bemalten Decken. Vergoldete Spiegel reflektierten die modisch gekleideten Damen, die offenbar nichts zu tun hatten, als einzukaufen, zu tratschen, sich wechselseitig um ihre Kleider und Juwelen zu beneiden und die eigenen ins beste Licht zu rücken.

»Sie sehen heute sehr elegant aus, Eveline«, sagte Rose, die sofort in den Umgangston dieses Ambientes verfiel. »Ihr Hut mit diesen Federn ist ganz bezaubernd. Und sehr modisch, muss ich sagen.«

Eveline lachte. »Ich werde das Kompliment weitergeben, wenn ich meiner Schwester schreibe. Beatrice hat ein Stilgefühl, das mir vollkommen abgeht. Tatsächlich ist sie für meine gesamte Garderobe verantwortlich. Sicher hat sie auch mein Hochzeitskleid ausgesucht. Eine Riesenüberraschung war das, da ich nicht davon ausgegangen bin, dass ich überhaupt eins habe. Und es ist wirklich hübsch, viel hübscher als alles, was ich mir je hätte erträumen können. Viel Kleidung konnte ich ja nicht mitnehmen, weil wir nicht so viel Platz hatten. Ich fürchte, dass ich absolut hilflos bin, wenn ich ohne Beatrice einkaufen muss.«

»Sie haben nur diese eine Schwester?«

»Nein, zwei. Die ältere heißt Louisa, dann kommt Beatrice. Sie sind nicht weit auseinander. Ich bin etliche Jahre jünger als die beiden.«

»Sind sie verheiratet?«

»Ja. Beatrice' Mann heißt Arthur, ein sehr netter und liebenswürdiger Mensch. Und Louisa ist mit Bevis verheiratet. Er ist charmant und witzig, aber auch ein kleiner ... nun ja, Hallodri, in mancher Hinsicht zumindest. Aber meine

Schwestern sind beide sehr glücklich, würde ich sagen. Ich habe auch einen Neffen und zwei Nichten, und Beatrice erwartet bald ihr zweites Kind.«

»Und wo sind Sie aufgewachsen, Eveline? In London?«

»O Gott, nein, im Gegenteil. In einer Kleinstadt auf einer kleinen Insel – in Cowes auf der Isle of Wight. Davon haben Sie bestimmt noch nie etwas gehört. Ruhig und nett, aber auch ziemlich verschlafen.«

»Das klingt doch herrlich.«

»In mancherlei Hinsicht ist es das auch. Mama und Beatrice haben sich allerdings immer beklagt, dass es dort keine eleganten Geschäfte gibt und so etwas. Mich hat das nie gestört. Mir ist es nicht wichtig, immer nach der neuesten Mode gekleidet zu sein.«

»Aber nun sind Sie in New York, und wie kann man in New York sein und keine Kleider kaufen wollen?« Rose lächelte. »Wenn Sie mögen, kann ich Sie gerne begleiten. Bei Ihrer Schönheit und Jugend werden Sie allerdings in allem wunderbar aussehen.«

»Sie sind sehr freundlich, Rose, aber ich bin nicht sonderlich gutaussehend, das ist mir schon klar. Die englische Mode ist für Schönheiten wie meine Schwestern geschaffen, kleine, elegante Wesen mit Porzellanhaut. Mich stört das aber nicht, wirklich. Thomas hält mich offenbar für eine Göttin, und das ist das Einzige, was zählt.«

»Aber Sie sind wirklich überwältigend, Eveline. Ihre funkelnden Augen – und dieses Haar, wundervoll!«

»Gerade mein Haar war stets Anlass für Kummer in meiner Familie«, sagte Eveline missmutig. »Dunkle, strubbelige Locken, die immer machen, was sie wollen … Oh!«, fügte sie dann schnell hinzu, »verzeihen Sie mir. Ich wollte nicht sagen, dass dunkle Locken nicht hübsch sind.«

Rose' Haar war nämlich, genau genommen, noch dunkler als das von Eveline; unter der hübschen Strohhaube schauten krause Strähnen hervor, die ihr Gesicht einrahmten.

»Ganz meine Meinung«, sagte Rose gelassen. »Aber heutzutage müssen wir unsere Haare immer ordentlich unter die Haube stecken, was in meinem Fall vermutlich eher hilfreich ist.«

»Mama hat mir immer in den Ohren gelegen, dass ich ja nicht ohne Hut ausgehen soll«, sagte Eveline. »Aber eigentlich würde ich viel lieber ganz auf eine Kopfbedeckung verzichten. Sie nicht, Rose?«

»Sie haben mich falsch verstanden. Ich wollte sagen, dass die Leute nicht erkennen können, wer ich eigentlich bin, wenn ich meine Haare verstecke.«

»Wer sind Sie denn? Ich verstehe nicht ganz. Sie sind eine wunderbare Frau, würde ich sagen, so freundlich und heiter.«

Rose blickte sich um. Die Tische waren großzügig im Raum verteilt, sodass ihre nächsten Nachbarn ein Stück weit weg saßen; niemand hätte ihrem Gespräch bei dem allgemeinen Gemurmel und Geklapper lauschen können.

»Fällt Ihnen denn nichts auf? Schauen Sie mich an, Eveline. Sehen Sie nicht, dass meine Haut ein wenig dunkler ist als Ihre und die der Damen um uns herum? Und dass mein Haar schwarz und kraus ist? Meine Großmutter war eine Sklavin. Meine Mutter das, was die Leute eine Mulattin nennen. Wenn die vornehmen Damen, die hier speisen, von meiner Abstammung wüssten, wären sie vermutlich entsetzt.

Aber wie es der Zufall will, ist meine Haut nicht so dunkel, dass ich nicht auch als Weiße durchgehen könnte.«

Eveline streckte den Arm aus und drückte ihrer Freundin die Hand.

»Oh, Rose, das ist mir wirklich nicht aufgefallen. Aber was macht das schon für einen Unterschied? Niemand würde ahnen ... Ich meine ...« Ihr stieg die Schamröte ins Gesicht, als Rose ihr einen trockenen Blick zuwarf.

»Ich schäme mich nicht für meine Abstammung, aber sie macht einem das Leben nicht immer ganz leicht«, erklärte Rose mit würdevoller Ruhe.

»Schämen? Nein, natürlich sollen Sie sich nicht schämen. Das war taktlos von mir, tut mir furchtbar leid. Entschuldigen Sie bitte.«

»Natürlich.« Sie erwiderte Evelines Händedruck und lächelte fast ein wenig zynisch. »Im Übrigen bin ich ja mit Abraham verheiratet, der ein wunderbarer Mann ist. Und reich, wenn ich das sagen darf. In dem Fall sind die Leute nämlich erheblich nachsichtiger gestimmt. Eine Mrs Clemens, die in einem prächtigen Haus wohnt, Pelze und Juwelen trägt und eine stilvolle Gastgeberin ist, akzeptiert man in der Gesellschaft für gewöhnlich, wo auch immer sie herkommen mag.«

»Würden Sie mir von Ihrer Großmutter erzählen? Das würde mich interessieren, sehr sogar. Ich weiß so wenig von diesen Dingen«, sagte Eveline und fügte dann besorgt hinzu: »Aber natürlich nur, wenn es Sie nicht zu sehr aufwühlt.«

»Ich erzähle es Ihnen gerne. Aber ich muss Sie bitten, es für sich zu behalten. Manchen Leuten wäre es ein Dorn im Auge. Ich fürchte, dass Abe Schwierigkeiten bekommen könnte, wenn sich meine Abstammung herumspräche. Geschäftsmänner können genauso geschwätzig und verschlagen sein wie Waschweiber.«

»Ich werde Ihr Vertrauen nicht enttäuschen, das verspreche ich Ihnen.«

Rose nippte an ihrem Weißwein. »Meine Großmutter war Sklavin auf einer Zuckerrohrplantage in Louisiana. Ihren Vater hatte man mit einem Sklavenschiff aus Afrika hierhergebracht – eine Reise, die viele nicht überlebten. Die Männer waren unter Deck angekettet wie die Tiere – schlimmer als Tiere, denn wer würde ein Lebewesen so behandeln?« Der kummervolle Blick, den Eveline schon zuvor wahrgenommen hatte, flog wieder über das Gesicht ihrer Freundin. »Er lernte eine Frau kennen, die bereits dort arbeitete, tat sich mit ihr zusammen, und meine Großmutter wurde geboren, auf der Plantage. Ihre Eltern starben früh, wie viele von ihresgleichen, vermutlich an einer Krankheit. Meine Großmutter kannte nichts anderes als dieses Leben. Sie arbeitete auf dem Feld und in der Küche und wuchs zu einem offenbar bildschönen Mädchen heran. Irgendwann wurde der Plantagenbesitzer auf sie aufmerksam. Natürlich war es sein gutes Recht, alles mit ihr zu machen, wonach ihm der Sinn stand. Meine Mutter kam zur Welt, als meine Großmutter gerade einmal fünfzehn war.«

»Wie abstoßend. Was muss dieser Mann für ein Monster gewesen sein!«, sagte Eveline.

»Es hätte viel schlimmer kommen können«, versuchte Rose sie zu besänftigen. »Mein Großvater – der Plantagenbesitzer – war kein Hinterwäldler. Er erlaubte meiner Großmutter, ihre Tochter bei sich zu behalten, und behandelte sie durchaus freundlich. Meine Mutter durfte sogar lesen und schreiben lernen und wurde eine Art gehobene Angestellte.

Sie durfte bei Tisch bedienen und die Tür öffnen, solche Dinge. Mein Vater wiederum war ein Zuckerhändler aus New York. Er kam auf seinen Reisen regelmäßig in das Haus. Sein Auge fiel auf Momma, und er verliebte sich in sie. Er nahm sie mit nach New York und heiratete sie, und dann kam ich.«

»War Ihre Mutter denn glücklich in New York?«

»Sie hat den Süden vermisst. Sie hat mir immer von den langen Abenden dort erzählt, von der Wärme und den zirpenden Grillen und dem Louisiana-Moos, das wie Girlanden von den Bäumen herabhängt. Der Winter hier kann sehr kalt sein, und die Kälte setzte ihr zu. Aber meinen Vater hat sie geliebt, glaube ich. Sie waren wohl ziemlich glücklich miteinander.«

»Und Ihre Großmutter? Ist sie zusammen mit Ihrer Mutter und Ihrem Vater hierhergekommen?«

»Ja. Sie war eine wichtige Bezugsperson für mich. Mein Vater hat sie freigekauft. Ihre Lieder und ihre Geschichten werde ich nie vergessen. Aber sie ist schon lange tot.«

»Was für eine unglaubliche Geschichte, Rose. Danke, dass Sie mir davon erzählt haben.«

»Ich könnte Ihnen noch mehr – viel mehr – erzählen. Irgendwann werde ich das vielleicht tun. Es gibt Dinge, die so furchtbar sind, dass man sie kaum glauben mag, Dinge, die ich von meiner Mutter erfahren habe. Dabei hat sie, wie man wohl sagen muss, noch Glück gehabt. Den meisten war das nicht beschert. Sie werden nun begreifen, warum mir die Abschaffung der Sklaverei so am Herzen liegt – obwohl ich natürlich hoffe, dass es auch ohne meine Familiengeschichte so wäre. Es ist der Sinn für Gerechtigkeit, der mich leiten sollte, nicht Rachsucht.«

»Der Sinn für Gerechtigkeit sollte uns alle leiten. Ich wäre froh, wenn Thomas' und Abes Arbeit dazu beitragen könnte, dem Kampf zum Erfolg zu verhelfen. Aber ich wünschte, ich selbst könnte auch etwas tun. Im Gegensatz zu Ihnen bin ich keine Krankenschwester. In einem Krankenhaus wäre ich absolut fehl am Platze.«

»Sie sind doch erst eine Woche hier, meine Liebe! Lassen Sie sich Zeit. Leben Sie sich ein. Genießen Sie das Zusammensein mit Ihrem Mann. Sie sind noch nicht lange verheiratet, nehme ich an?«

»Das stimmt, Rose. Unsere Hochzeit ist sogar erst wenige Tage her.«

»Du liebe Güte! Dann ist es ja wirklich noch ganz frisch. Die Trauung hat kurz vor Ihrer Abreise aus England stattgefunden?«

»Nein. Wir sind erst aufgebrochen – hoffentlich sind Sie jetzt nicht schockiert – und wurden dann an Bord des Schiffes getraut. Es ist alles Hals über Kopf gegangen, müssen Sie wissen. Thomas und ich ... Nun ja, vermutlich waren wir schon eine Weile ineinander verliebt, ohne es richtig zu merken. Ich dachte, er sei mit einer anderen Frau verlobt, und Thomas dachte, ich sei einem anderen versprochen. Eine absurde, komplizierte Situation war das, und ich dachte schon, er habe mich längst vergessen. Ich dachte tatsächlich, er hat diese andere Frau geheiratet. Alle Hoffnung schien dahin, aber dann ... Irgendwann haben wir begriffen, dass wir füreinander bestimmt sind, aber als er um meine Hand angehalten hat, blieb nur noch eine Woche, bis er das Schiff nach Amerika nehmen musste.«

»Gütiger Gott, das klingt wirklich sehr romantisch.«

»Das war es auch. O ja, das war es. Ein wahrer Glücksrausch. Andererseits musste ich nun meiner Familie offenbaren, dass ich mich verlobt hatte und innerhalb einer Woche aufbrechen würde, um auf unbestimmte Zeit nicht wiederzukehren.«

»Waren sie sehr schockiert?«

»Mama war zunächst richtiggehend wütend, als sie erfuhr, dass ich mich mit Thomas verlobt hatte. Sie mochte ihn nämlich nicht. Außerdem hatte sie immer gehofft, dass ich einen wohlhabenden Mann heiraten würde, am besten einen mit Adelstitel, ganz bestimmt aber nicht den, den sie immer nur *diesen großen, finsteren Mann von der Eisenbahn* nannte. Allerdings hat sie kürzlich selbst erst wieder geheiratet – mein Vater ist schon vor vielen Jahren verstorben –, und ich glaube, sie ist mit ihrem neuen, überaus reizenden Ehemann so glücklich, dass sie gar nicht lange wütend sein kann. Irgendwie hat sie sich mit der Sache wohl abgefunden. Meine Schwestern haben geweint und erklärt, sie würden mich vermissen, aber sie haben ja beide ein eigenes Zuhause und einen Mann und Kinder, um die sie sich kümmern müssen. Es dauerte also nicht lange, bis sie sich auf die Frage stürzten, was für Kleider ich mitnehmen soll, und mich ermahnten, sie über die neueste New Yorker Mode auf dem Laufenden zu halten.«

Rose lachte. »Dann müssen wir die neueste New Yorker Mode wohl auskundschaften. Ihre Schwestern sollen schließlich nicht enttäuscht werden. Haben Sie noch mehr Familie?«

»Es gibt noch eine Tante, die ich sehr gerne mag. Und ihre Freundin, meine ehemalige Gouvernante. Die beiden haben sich wahnsinnig für mich gefreut. Was sie betrifft, habe ich strenge Anweisung, über alles zu berichten, was mir an Hühnervolk unter die Augen kommt. Sie halten selbst Hühner und Enten und interessieren sich brennend für ungewöhnliche Rassen.«

»Klingt so, als seien Ihre Tante und ihre Freundin ganz wunderbare Personen.«

»Unbedingt.«

»Dann sind Thomas und Sie ja praktisch in den Flitterwochen hier, oder?«

»Irgendwie schon. Thomas und ich haben darüber gesprochen, dass wir eines Tages richtige Flitterwochen machen werden, an einem hübschen, ruhigen Ort. Im Moment bin ich allerdings derart glücklich, dass ich mir gar nichts anderes wünsche – außer, dass Thomas in Sicherheit ist.«

»Abe wird nicht zulassen, dass er in Gefahr gerät, solange es in seiner Macht steht. Und übrigens, Eveline, wenn Sie Thomas erzählen wollen, was ich Ihnen heute anvertraut habe, können Sie das gerne tun. Ich vertraue ihm. Ich vertraue Ihnen beiden.«

Als sie später am Abend an dem schlichten Kiefernholztisch in ihrem neuen Zuhause saßen, erzählte sie Thomas von Rose' Familie.

»Unfassbar«, sagte Thomas. »Eines Tages wird diese Unterdrückung hoffentlich der Vergangenheit angehören. Allerdings bin ich nicht so naiv zu glauben, dass es bei dem Krieg nur um die Abschaffung der Sklaverei geht. Ganz offensichtlich verfolgen beide Seiten auch wirtschaftliche und politische Interessen. Aber sollte ich je eine Mahnung brauchen, warum es so wichtig ist, dass die Eisenbahn den Unionisten zum Sieg verhilft, habe ich nun eine vor Augen.«

»Aber du wirst selbst kein Risiko eingehen, Thomas, oder?«

»Nein, nein. Wie es aussieht, werde ich nicht in die Nähe eines Schlachtfeldes geraten. Wir werden uns eher der Pacific Railroad widmen – der Eisenbahnstrecke, die den Osten mit dem Westen verbinden soll. Das ist der dringlichste Wunsch des Präsidenten, wie ich gehört habe. Mach dir also keine Sorgen. Und du? Was hast du heute alles erlebt?«

»Oh, eine Menge!« Sie erzählte von ihrem Tag, den wundervollen Plätzen, der unfassbaren Größe der Stadt, ihrem Lärm und dem allgegenwärtigen Trubel.

»Und dann habe ich noch etwas absolut Großartiges gesehen, Thomas. An einer Straßenecke vom Broadway, nicht weit von unserer Wohnung entfernt. Rate mal, was?«

»Einen Hutladen?«

»Falsch. Was sollte daran auch großartig sein?«

»Ein Restaurant, in dem man den ganzen Tag über frühstücken kann?«

»Wieder falsch, obwohl das eine ausgezeichnete Idee wäre, wie ich zugeben muss. Nein, ich habe ein Fotografiestudio entdeckt.«

»Ah, verstehe. Du möchtest eine romantische Fotografie von uns anfertigen lassen – die frisch Vermählten, schick herausgeputzt und mit angespannt verzerrter Miene zwischen zwei Kübelpflanzen stehend.«

»Natürlich nicht! Sei doch nicht albern, Thomas. Nein, das Wichtigste war, dass ein Schild im Fenster hing: *Assistent gesucht.*«

»Du willst dich doch wohl nicht bewerben?«

»Hättest du etwas dagegen?«

»Ich weiß nur zu gut, dass es für dich nicht den geringsten Unterschied machen würde, wenn ich etwas dagegen hätte.«

»Ich dachte, dass ich gleich morgen mal vorbeigehe, um mich nach der Stelle zu erkundigen. Ein kleines Portfolio mit Abzügen, die mir besonders gelungen scheinen, habe ich ja mitgebracht. Wenn ich das vorzeige, sehen sie, dass ich schon ein bisschen Erfahrung habe.«

»Nun, warum nicht? Deine Fotografien sind bemerkenswert. Die Leute werden beeindruckt sein.«

»Danke, das will ich hoffen. Ein bisschen nervös bin ich allerdings, muss ich zugeben. Aber wer nicht wagt, der nicht gewinnt.«

## Kapitel 4

# *Eveline findet Arbeit*

Mr Samuel Byrne, der Besitzer des Fotografiestudios an der Ecke Broadway/Twenty-first Street, ging natürlich davon aus, dass die große junge Engländerin eine Porträtfotografie von sich machen lassen wollte. Es dauerte eine Weile, bis er begriff, dass sie wegen des Schilds im Fenster gekommen war.

»Die Sache ist die, Ma'am«, sagte er entschuldigend, »dass wir nach jemandem suchen, der uns bei den technischen Dingen hilft – Abzüge entwickeln, Platten vorbereiten und so weiter. Wenn wir eine Empfangskraft brauchen würden, jemanden, der die Kunden begrüßt und ihnen den Mantel abnimmt, könnte ich mir natürlich niemand Besseren vorstellen. Aber leider sind wir auf der Suche nach einem Mann, der sich mit Kameras auskennt.« Er zuckte mit den Achseln.

Mr Byrne war Mitte dreißig, schätzte Eveline, ein untersetzter Mann mit leuchtend blauen Augen über dem dunklen Vollbart.

»Ich kenne mich aber mit Kameras aus, Mr Byrne«, versicherte Eveline. »In England habe ich in einem Fotografiestudio gearbeitet. Nicht als bezahlte Kraft«, fügte sie hinzu, weil sie streng bei der Wahrheit bleiben wollte, »aber ich habe eine Menge gelernt. Ich habe mit verschiedenen Kameras gearbeitet und bin sehr geübt im Umgang mit Kollodium-Nassplatten.«

»Ach ja?« Er wirkte eher amüsiert als beeindruckt. »Nun, das ist ungewöhnlich. Es gibt nicht viele Damen, die sich für unsere Arbeit interessieren. Ein kleines Hobby, nehme ich an?«

»Mehr als ein Hobby. Viel mehr. Eine Leidenschaft, würde ich sagen. Mir ist bewusst, dass ich noch viel lernen muss, aber wenn Sie mich einstellen würden, wäre ich zu allem bereit.«

»Es tut mir leid. Ich bin sicher, dass Sie eine aufgeweckte junge Dame sind, aber wir suchen nun mal jemand anderen.«

Eveline biss sich enttäuscht auf die Lippe.

»Trotzdem danke, Mr Byrne«, sagte sie und wandte sich zum Gehen. Dann hielt sie inne und drehte sich noch einmal um. »Ich habe ein paar Arbeitsproben mitgebracht. Ich möchte nicht Ihre kostbare Zeit in Anspruch nehmen, aber würden Sie sich vielleicht die Mühe machen, einen Blick darauf zu werfen?« Sie holte die Mappe heraus, die sie für die Reise sorgfältig in Pergamentpapier eingewickelt hatte, und packte sie aus.

»Warum nicht«, sagte Mr Byrne mit einem Achselzucken und begann, die Seiten umzublättern. Eveline hielt die Luft an.

Schweigend betrachtete er die Fotografien, jede einzelne studierte er eingehend. Ein, zwei Mal warf er Eveline einen Bick zu, um die Aufmerksamkeit dann wieder den Abzügen zuzuwenden. Schließlich richtete er sich auf.

»Die sind gut, Ma'am. Wirklich gut.« Er klang überrascht. »Die Porträts, die gefallen mir. Und dann die Bilder vom Meer bei verschiedenen Lichtverhältnissen. Wo sind die aufgenommen?«

»In England. In einer kleinen Stadt auf einer Insel vor der Südküste.«

»Und diese Fotografie hier.« Er blätterte zurück zum Porträt ihrer geliebten Tante, ein körniges, fast grobes Bild von einem starken, attraktiven Gesicht. »Das ist ungewöhnlich – sehr wahrhaftig, ohne jede Beschönigung. Wo haben Sie gelernt, solche Bilder zu machen?«

»Ich hatte einen guten Lehrer«, sagte Eveline. »Einen freundlichen Mann namens Theodore Fry, ein Professor für Fotografie. Außerdem habe ich einfach drauflos fotografiert, viel ausprobiert und herumexperimentiert. Neun Zehntel meiner Versuche musste ich allerdings verwerfen, muss ich gestehen. Was Sie hier sehen, sind nur die Abzüge, mit denen ich zufrieden war, nicht die Fehlversuche.«

»So geht es doch uns allen. Man darf keine Angst haben, etwas falsch zu machen, sonst bekommt man nie etwas Ordentliches hin.«

»Für diese Fotografie habe ich sogar einen Preis gewonnen.« Eveline besann sich darauf, dass dies nicht die Zeit für Bescheidenheit war. »Von der Photographic Society of London.«

»Ach, tatsächlich?« Mr Byrne warf ihr einen Blick zu und nickte. »Nun, Ma'am, ich muss schon sagen, Sie sind talentiert. Und Sie sagen, Sie kennen sich auch mit dem Entwickeln von Bildern und solchen Dingen aus?«

»Ich weiß, wie man eine Kollodiumlösung ansetzt«, sagte Eveline. »Und ich bin ziemlich gut darin, die Platten in Silbernitrat zu tauchen. Was das Waschen der Platten betrifft, hat man mir immer eine besonders ruhige Hand nachgesagt, außerdem …«

»Gut, das reicht, ich habe verstanden.« Er lächelte. »Sie

können eine Menge, scheint mir. Ich persönlich würde Sie vom Fleck weg engagieren, aber ich muss mich vergewissern, dass mein Kompagnon einverstanden ist. Er ist gerade in der Dunkelkammer. Können Sie noch bleiben, bis ich ihn geholt habe? Wir arbeiten sehr eng zusammen. Ohne seine Zustimmung kann ich Ihnen keine Zusage machen.« Er stand auf und verschwand mit einem leichten Hinken im rückwärtigen Bereich des Studios.

Als Joseph Ellis, die andere Hälfte von *Byrne and Ellis,* Gesellschaftsfotografen von New York City, aus dem Hinterzimmer trat, war Evelines erster Gedanke, dass sie vielleicht noch nie einen so attraktiven Mann gesehen hatte. Seine hellbraunen Locken, die er etwas länger trug, rahmten ein Gesicht mit schön geschwungenen Augenbrauen ein; graue Augen mit langen dunklen Wimpern; elegante, gerade gewachsene Figur. Als Eveline ihm vorgestellt wurde und die Hand ausstreckte, schenkte er ihr ein unwiderstehliches Lächeln. Es war unmöglich, nicht genauso herzlich zurückzulächeln.

»Die Dame interessiert sich für die Assistentenstelle, Joe«, erklärte Samuel Byrne. »Das ist ein wenig ungewöhnlich, ich weiß, aber bevor du etwas sagst, sieh dir diese Fotografien an. Nicht schlecht, oder?«

Mr Ellis betrachtete sie, blätterte behutsam in der Mappe, pfiff gelegentlich durch die Zähne und stimmte schließlich zu, dass die Bilder in der Tat nicht schlecht waren.

»Ich könnte mir durchaus vorstellen, Sie in unser Team aufzunehmen, Ma'am«, sagte er. »Die Sache ist nur die«, und hier wandte er sich an Mr Byrne, »dass wir vorhatten, ein paar Reisen zu unternehmen, nicht wahr, Sam? Wir können Ihnen also nicht garantieren, Sie lange bei uns zu behalten.

Ein paar Monate vielleicht, dann müssten wir sehen, wie es weitergeht.«

»Natürlich«, sagte Eveline schnell. Sie möchten sich nicht festlegen, dachte sie, aber das soll mir nur recht sein. »Ich könnte mir gut vorstellen, unter diesen Voraussetzungen bei Ihnen anzufangen. Sie können mich ja für einen Monat oder so einstellen, ohne jede Verpflichtung auf beiden Seiten.«

Die beiden Männer sahen sich an und schienen zu einer stillschweigenden Übereinkunft zu gelangen. Samuel nickte. Es folgte eine kurze Diskussion über Gehalt und Arbeitszeit, aber das hatten sie schnell erledigt.

»Also, abgemacht«, sagte Mr Byrne. »Wann können Sie anfangen?«

»Morgen?«, schlug Eveline vor.

»Gut. Dann also bis morgen, Ma'am.«

»Vielen, vielen Dank!«, sagte sie und schüttelte beiden so überschwänglich die Hand, dass sie lachen mussten, angesteckt von so viel Begeisterung und Aufregung.

»Und könnten Sie mich vielleicht Eveline nennen?«, fügte sie hinzu. »Oder wenn das nicht zu viel verlangt ist, vielleicht sogar Evie, wie meine Familie?«

»Evie, wunderbar. Wir sind Sam und Joe. Willkommen an Bord!«

Draußen vor dem Laden musste sie sich zusammenreißen, um nicht über die Straße zu tanzen. Nun konnte sie sich eingestehen, dass ihr vor einem Leben gegraut hatte, in dem Thomas jeden Morgen ins Büro der Eisenbahngesellschaft ging, während sie alleine zu Hause saß und nichts zu tun hatte, als zu putzen, zu kochen und Staub zu wischen. Rose war eine vielbeschäftigte Frau, und außer ihr kannte sie niemanden. Jetzt aber würde sie sich wieder mit der fesselnden, anspruchsvollen, wunderbaren Kunst der Fotografie beschäftigen können. Zweifellos würde sie es vor allem mit Porträts der gehobenen Gesellschaft zu tun haben, aber für den Anfang war das sicher nicht uninteressant. Außerdem bot sich so die Chance, Gesichter und Charaktere dieser gewaltigen Stadt einzufangen; dann die großen und kleinen Straßen, die Gebäude, die Parks; die breiten Flüsse, die Schiffe, die Kräne – ach, es boten sich schier endlose Möglichkeiten! Sie konnte es kaum erwarten, Thomas die gute Nachricht zu überbringen, wenn er abends von der Arbeit zurückkehren würde. Zu ihrer großen Überraschung schien Thomas von ihrem Bericht, was sie im Studio *Byrne and Ellis* erlebt hatte, nicht so begeistert zu sein, wie sie erwartet hatte.

»Du wirst also mit zwei Männern zusammenarbeiten?«

»Ja. Mit einem Mr Byrne und einem Mr Ellis. Sie scheinen beide sehr nett zu sein.«

»Und wie alt sind sie? Ältere Herren vermutlich, oder?«

»O nein, überhaupt nicht. Sam würde ich auf fünfunddreißig schätzen, und Joe ist noch jünger, irgendetwas in den Zwanzigern.«

»Sam und Joe? Du scheinst dich ja schon gut mit den Gentlemen angefreundet zu haben.«

»Sie sind sehr nett, Thomas.«

»Sind sie denn verheiratet?«

»Keine Ahnung. Was hat das denn mit der Stelle zu tun?«

Thomas zuckte mit den Achseln und schwieg. Dann nahm er die Zeitung, blätterte lautstark darin herum und begann zu lesen.

»Ich dachte, du freust dich.«

»Freude oder nicht, ich gehe nicht davon aus, dass dich meine Meinung dazu interessiert.«

»Du klingst plötzlich so streng. Wirklich, Thomas, manchmal denke ich, du hast dich heimlich mit Mama verbündet, um mich daran zu hindern, Dinge zu tun, die mir Spaß machen.«

»Wohl kaum. Eher im Gegenteil. Ich bin froh, dass du eine angemessene Stelle gefunden hast. Nur die Konstellation scheint mir etwas befremdlich zu sein, das ist alles.«

»Die Konstellation? Was meinst du damit? Was ist daran befremdlich?«

»Dass diese beiden Männer, mit denen du ja bereits auf äußerst freundschaftlichem Fuße zu stehen scheinst, einfach so eine junge Engländerin einstellen, die ihren Laden betritt und nach einer Stelle fragt.«

Eveline wurde wütend. »Was soll denn daran befremdlich sein? Willst du behaupten, dass sie mich nicht einstellen sollen, weil ich Engländerin bin? Oder jung? Oder eine *Frau?*«

»Ich will nichts davon behaupten, das weißt du genau.«

»Wäre es dir lieber, wenn ich mutterseelenallein hier hocke, um zu *nähen* oder anderen grauenhaften, einsamen Tätigkeiten nachzugehen, während du verschwindest und dich mit interessanten und aufregenden Dingen beschäftigst?«

Er antwortete gar nicht, sondern las einfach weiter. Eveline nahm ein Buch, stellte aber fest, dass sie zu wütend war, um sich aufs Lesen zu konzentrieren. Schließlich legte sie das Buch wieder hin, schritt im Raum auf und ab, kaute auf ihrer Lippe herum und schnaubte leise vor sich hin. Irgendwann legte Thomas die Zeitung beiseite und beobachtete sie stirnrunzelnd.

»Eveline. Du wirst viel Zeit alleine in dieser Stadt verbringen müssen, einer riesigen Stadt, die uns beiden fremd ist, in einem Land, von dem wir fast nichts wissen. Und ich bin jetzt dein Ehemann. Ich möchte sicher sein, dass dir nichts zustößt, das ist alles. Könnte ich diese Gentlemen vielleicht mal kennenlernen? Wäre das zu viel verlangt?«

»Natürlich sollst du sie kennenlernen. Du wirst sehen, dass sie absolut nett und anständig sind. Und dann hoffe ich, dass du aufhören wirst, mich wie ein Kind zu behandeln.«

Thomas warf ihr einen süffisanten Blick zu.

»Dann spring hier nicht rum, als wärst du eins.«

»Springen? Ich springe nicht. Ich bin nur aufgebracht. Jeder normale Mensch wäre das, wenn er sich derart von oben herab behandeln lassen müsste.«

Eisiges Schweigen senkte sich herab. Eveline tigerte weiter im Zimmer auf und ab, während Thomas sie mit verschränkten Armen und provozierend undurchdringlicher Miene beobachtete. Schließlich ergriff er das Wort.

»Nun denn. Wenn du tatsächlich die meiste Zeit bei der Arbeit verbringen wirst, sollten wir dann nicht ein Stubenmädchen oder eine Haushaltshilfe einstellen? Darüber hatten wir ja schon einmal gesprochen, wenn ich mich recht entsinne. Mein Gehalt ist hoch genug, um die Kosten zu decken, und du wirst ja offenbar selbst etwas verdienen. Platz genug haben wir auch, um noch jemanden unterzubringen.«

»Ich brauche kein Stubenmädchen«, rief sie zornig. »Diesen Unsinn habe ich in England hinter mir gelassen. Eine erwachsene Frau sollte sich alleine anziehen können.«

»Zweifellos. Aber werden wir nach einem langen Arbeitstag noch putzen, kochen und Wäsche waschen wollen? Möchtest du bei der Heimkehr nicht auch lieber ein brennendes Kaminfeuer, saubere Wäsche und ein fertiges Abendessen vorfinden?«

»Vermutlich schon«, sagte Eveline zögernd. »Aber ich weiß nicht, ob es richtig ist, jemand anderen das tun zu lassen – als würden wir uns zu gut dafür vorkommen.«

»Zu gut wohl nicht. Aber vielleicht sind wir einfach zu müde oder zu beschäftigt. Und wenn ich fort bin – *sollte* ich mal fort sein –, hättest du ein bisschen Gesellschaft.«

»Ich kann sehr gut alleine sein, ohne sofort zu verkümmern, Thomas.«

»Das weiß ich. Natürlich kannst du das. Aber denk doch mal nach. Wir könnten einer Person die Möglichkeit bieten, sich ihren Lebensunterhalt zu verdienen – einer jungen Frau vielleicht, die sonst nichts hätte.«

»Mag sein.« Sie runzelte die Stirn. »Aber mir gefällt einfach die Idee, dass wir beide alleine wohnen, vollkommen unabhängig. Und ich koche doch so gern, wie du weißt.«

»Es ist deine Entscheidung. Wenn du nicht willst, werde ich nichts mehr dazu sagen.«

»Ich bin mir ziemlich sicher, dass ich das nicht will. Andererseits …«

Plötzlich war Eveline eine Idee gekommen, und sie vergaß sofort, wie sauer sie eigentlich war.

»Weißt du was, Thomas, ich werde einfach mal darüber nachdenken«, sagte sie. »Du hast schon recht: Es wäre eine Chance, jemandem zu helfen, der sonst ein wesentlich schlechteres Leben hätte. Das sehe ich auch so. Erinnere mich daran, dass ich morgen früh als Allererstes einen Brief schreiben muss.«

Thomas betrachtete sie mit einer Mischung aus Belustigung und Misstrauen. »Du heckst irgendetwas aus. Ich wittere nichts Gutes.«

»Du klingst *wirklich* wie Mama!«, sagte Eveline triumphierend. »Die hat immer gesagt: *Wenn du nachdenkst, Evie, folgt der Ärger auf dem Fuße.*«

»Deine Mutter wäre über diesen Vergleich sicher genauso entzückt wie ich.«

»Arme Mama. Sie hatte kaum Zeit, sich mit dem Gedanken anzufreunden, dass ich heirate, da hatte ich auch schon meine Sachen gepackt und bin nach Amerika entschwunden. Aber wenn sie dich erst einmal besser kennenlernt, Thomas, wird sie dich auch in ihr Herz schließen, da bin ich mir sicher.«

»Das könnte dauern, Eveline. Wir wissen ja noch gar nicht, wie lange wir hier sein werden. Jahre vielleicht.«

»Dann werde ich ihr halt in meinen Briefen immer wieder versichern, dass ich überglücklich und absolut respektabel verheiratet bin.«

»Entschuldigung, aber hatte sie nicht mal zu dir gesagt, dass ich in keinster Weise respektabel bin und dass sie dich nicht in meiner Begleitung zu sehen wünscht?«

»Ob du respektabel bist, weiß ich selbst nicht. Ein respektabler Mann hätte mich vermutlich nicht in die Ferne entführt, ohne mich vorher zu heiraten, und zwar ordnungsgemäß in einer Kirche.«

»O Gott«, sagte er zerknirscht. »Tut es dir jetzt doch leid, dass wir nicht in der Kirche geheiratet haben, mit Orangenblüten, Brautjungfern und schluchzenden Verwandten?«

»Nicht im Mindesten. Unsere Hochzeit hätte gar nicht schöner sein können! Meines Erachtens wäre es sogar ziemlich dumm, eine respektable Person zu heiraten. So sonderbar das klingen mag«, sagte sie und ging zu ihm hinüber, »ein anstößiges Subjekt wie dich finde ich entschieden attraktiver.«

»Ein anstößiges Subjekt?«, fragte er grinsend. »Nun, ich sehe, dass ich einem Ruf gerecht werden muss.« Er streckte die Hand aus und zog Eveline auf seine Knie.

»Und wenn du Sam und Joe kennenlernst, wirst du schon sehen, wie nett sie sind.«

»Vergiss Sam und Joe«, sagte Thomas. »Und sei endlich still.«

## Kapitel 5

# *Im Delmonico's*

Das Studio *Byrne and Ellis* am Broadway war kaum zu verfehlen, da ein großes Schild mit goldenen Lettern den vorbeiströmenden Massen stolz verkündete: FOTOGRAFEN. In einem großen Ladengeschäft, in dem, ordentlich eingerahmt, die neuesten Kreationen hingen, empfing man die Kunden. In einem Nebenraum war das geräumige Studio eingerichtet, in dem die Fotografien aufgenommen wurden, ein sehr schön ausstaffierter Raum mit Sofas, Wandschirmen, Pflanzen, Vorhängen und gemalten Prospekten. Im Obergeschoss befanden sich eine langgezogene Galerie für Fotoausstellungen und noch darüber die Wohnräume. Die Dunkelkammer und der Arbeitsraum im hinteren Bereich des Studios waren so hervorragend ausgestattet, dass Eveline nur den Kopf schütteln konnte. Samuel Byrne hatte zunächst als Tabakhändler gearbeitet, war aber nach schnellen Erfolgen mit einem ansehnlichen Vermögen aus dem Geschäft ausgestiegen, um sich das Studio einzurichten, weil er der neuen, so modischen Kunst der Fotografie eine große Zukunft zutraute. Mit Joseph Ellis hatte er schon bald einen talentierten jungen Fotografen gefunden, aber er lernte das Handwerk auch selbst. Allerdings betonte er stets, dass Joseph es sei, der das Auge für Motive und den kreativen Zugang zu den neuesten Entwicklungen habe. Er selbst, Sam, mache seine Sache bestenfalls anständig, sei aber kein Künstler. Sein Bereich war das Geschäftliche. Er konnte mit Geld umgehen, wusste instinktiv, wann man investieren sollte und wann besser nicht, und stürzte sich begeistert in die Aufgabe, den Menschen die Dienste des Studios anzupreisen. Eveline war ganz offensichtlich an ein blühendes Unternehmen geraten.

»Eines Tages suchen wir uns vielleicht eine Person für den Empfang«, sagte Samuel am ersten Tag bei einer Tasse Kaffee. »Jemand, der die Kunden begrüßt und sie umgarnt, sobald sie unseren Laden betreten haben. Mal abwarten, wie es im Winter läuft. Das Geschäft könnte unter dem Krieg leiden, und für den Moment kommen wir auch so zurecht.«

»Momentan scheint es aber noch blendend zu laufen«, stellte Eveline fest.

Sie hatte an diesem Morgen bereits drei Porträts aufgenommen, allesamt von pelzverbrämten Damen, die nach der letzten Mode gekleidet waren.

»Ja, das stimmt. Aber wenn die Männer in den Krieg ziehen, könnten diese Damen ihre Vorliebe für die gehobene Gesellschaftsfotografie verlieren, mit der wir so gut verdienen.«

»Das will ich hoffen«, sagte Eveline. »Es kann nicht richtig sein, dass diese verwöhnten Damen ihr nutzloses Leben weiterführen, während so viele Menschen sterben.«

Sam zog eine Augenbraue hoch. »Wir müssen aber verdienen, Eveline«, sagte er sanft. »Ich hoffe, die Damen, die unsere Rechnungen bezahlen, bekommen nicht mit, dass Sie sie verwöhnt und nutzlos nennen.«

»Nein, natürlich nicht«, lenkte sie schnell ein. »Ich werde die Kunden nicht vor den Kopf stoßen, was auch immer ich denken mag.«

Joseph war aus dem Hinterzimmer getreten, um sich einen Kaffee zu genehmigen, und hatte Evelines Worte mitbekommen.

»Sie sind eine Frau mit Prinzipien«, stellte er lächelnd fest. »Und das bei einer Engländerin! Irgendwie hatte ich immer gedacht, dass in England die Reichen ein bequemes, dekadentes Leben auf dem Rücken der leidenden Bevölkerung führen.«

Eveline wurde rot. »Leider muss ich zugeben, dass das in vieler Hinsicht noch zutrifft«, sagte sie ernst. »Aber die Dinge ändern sich allmählich, Joe. Die Industrie hat vielen Menschen Wohlstand beschert, oder wenigstens ein bisschen Sicherheit. Trotzdem findet man noch überall Elend und Ungerechtigkeit.«

»Joe macht sich nur über Sie lustig«, sagte Sam. »Beachten Sie ihn gar nicht.«

»Es ist aber viel dran an dem, was er sagt. Ich wünschte, es wäre anders, aber ich kann das nicht leugnen.«

»Im Prinzip ist es hier auch nicht viel besser«, sagte Joseph. »Vermutlich gilt das für die ganze Welt. Möchten Sie vielleicht einen Blick auf die Fotografien werfen, die Sie heute Morgen aufgenommen haben, Evie? Sie sind jetzt fixiert. Großartige Aufnahmen, muss ich schon sagen. Wie bekommen Sie nur ein derart weiches Licht hin? Sie haben fast kleine Schönheiten aus den Damen gemacht.«

»Das hat nur mit dem Fokus zu tun«, erklärte Eveline. »Ich schraube die Linse nicht allzu fest auf, sondern schaue durch, bis mir die Wirkung gefällt. Dann lasse ich sie so, damit das Bild leicht verschwommen wird. Außerdem benutze ich ein Musselintuch, um das Licht zu dämpfen. Ich hoffe, Sie haben nichts dagegen, wenn ich ein wenig experimentiere.«

»Um Gottes willen, nein«, sagte er. »Je hübscher Sie die Damen machen, desto zufriedener werden sie sein. Und je mehr Freundinnen sie von uns erzählen, desto schneller werden wir berühmt.«

Sein Lob freute sie mehr, als sie sich eingestehen wollte.

»Danke, Joe. Vielen, vielen Dank.« Sie zögerte. »Ich habe mich gefragt ... Oder vielmehr, *wir* hatten uns gefragt ... Nun ja, kurz, würden Sie und Sam wohl irgendwann mit uns essen gehen, mit mir und meinem Ehemann? Bald irgendwann? Er würde Sie beide sehr gerne kennenlernen und dachte, wir könnten Sie ins Delmonico's einladen. Könnten Sie sich das vorstellen?«

Sie hoffte sehr, dass es nicht so klang, als wolle Thomas sie einer Prüfung unterziehen. Sam und Joe schienen aber nichts Ungewöhnliches an der Einladung zu finden.

»Das könnten wir uns sehr gut vorstellen«, sagte Sam herzlich. »Wie freundlich von Ihrem Ehemann ... Thomas, sagten Sie?«

»Ja. Und ... Ich weiß nicht einmal, ob Sie verheiratet sind, aber in diesem Fall wären Ihre Ehefrauen natürlich auch mit eingeladen.«

»Zufällig sind wir beide frei und ungebunden«, sagte Joe. »An welchen Tag hatten Sie denn gedacht?«

Die Einladung ins Delmonico's war für ein paar Tage später ausgesprochen worden. Eveline, der nicht entgangen war, dass Thomas oft einen lächerlich finsteren Blick aufsetzte, wenn sie etwas zu herzlich von Sam oder Joe sprach, verspürte eine gewisse Aufregung, als sie sich dem Restaurant näherten. Manchmal hatte sie den Eindruck, dass Thomas vielleicht, so absurd das auch sein mochte, ein bisschen eifersüchtig war, weil sie ihre Tage mit zwei reizenden Junggesellen verbrachte. Sie hoffte sehr, dass er nach der Begegnung einsehen würde, dass keiner von ihnen ein gefährlicher Konkurrent oder skrupelloser Frauenverführer war. Andererseits, dachte sie, könnte Joes umwerfendes Äußeres erst recht Misstrauen erregen. Wie albern Männer doch waren! Thomas musste doch wissen, dass ihr Herz nur für ihn schlug; dennoch schienen pure Feindseligkeit und ein lächerlicher primitiver Besitzerinstinkt in ihm zu erwachen, wenn er einen möglichen Rivalen witterte. In diesem Fall sogar zwei.

Samuel und Joe saßen bereits an einem Tisch. Sie sprangen auf, begrüßten Eveline herzlich, schüttelten Thomas die Hand und erklärten, wie froh sie seien, dass seine Ehefrau in ihrem Studio arbeite, wie talentiert sie sei, wie gut sie mit den Kunden umgehen könne und wie sehr das Geschäft brumme, seit sie bei ihnen war.

»Evie kennt zweifellos ein paar gute Tricks, um die Kunden ins beste Licht zu rücken«, schwärmte Joe, als sie auf das Essen warteten. »Sie sind entzückt, wenn sie sich selbst auf einer Fotografie sehen, mit all dem weichen Licht und den schmeichelnden Einstellungen.«

Thomas nickte. »Das glaube ich gern.«

»Wir haben ein ganzes Schaufenster mit Fotografien von Evie eingerichtet«, erklärte Sam. »Und es gibt bereits Aufträge von Leuten, die exakt so etwas wollen. Ihre Ehefrau ist ein Goldstück.«

Noch ein Nicken. Eveline bekam schon Angst, dass Thomas' Verhalten, das ohnehin eher reserviert bis lakonisch wirkte, eine Kälte und Unfreundlichkeit ausstrahlen könnte, die ihm gar nicht zu eigen war. Zu ihrer Erleichterung wurde nun der Wein gebracht und dann ein paar wunderbare Steaks, die auf den Punkt gebraten und brutzelnd heiß waren. Die vier wandten sich ihren Tellern zu, und für eine Weile senkte sich Schweigen herab.

»Ich nehme an, Sie kommen aus Yorkshire, Thomas, könnte das sein?«, fragte Sam.

»Stimmt«, sagte Thomas knapp.

»Das hatte ich mir schon gedacht«, erklärte Sam munter. »Vor ein paar Monaten war mal ein Gentleman bei uns im Studio. Ich weiß noch, dass er direkt vom Schiff kam und mich darüber aufklärte, dass er aus der feinsten Ecke Englands stamme. Natürlich erkundigte ich mich, welche das denn sei, und er sagte, er käme aus Yorkshire. Er schien überrascht, dass ich überhaupt nachfragen musste. Seine Aussprache klang genau wie die Ihre, daher dachte ich mir schon, dass dies auch Ihre Heimat sein muss. Sie würden einen Mann aus Yorkshire sicher sofort an der Sprache erkennen, oder?«

Thomas sah ihn ausdruckslos an. »Sicher, wenn er denn mal mit der Sprache herausrückt.«

Sam und Joe schienen das unglaublich komisch zu finden. Von dem Moment an entspannte sich Eveline ein wenig, und im weiteren Verlauf des Abends wurde die Stimmung spürbar herzlicher. Ob es an der unbekümmerten Art der beiden Amerikaner lag, an ihrer unbeirrbar guten Laune oder an der Tatsache, dass sie Eveline eindeutig als eine Art kleine Schwester betrachteten, mit der man sich wunderbar necken konnte, war schwer zu sagen; zu Evelines Erleichterung floss die Unterhaltung jedenfalls ungezwungen dahin. Sie lachten, diskutierten und redeten über Fotografie, die Eisenbahn und den Krieg. Irgendwann hatte sie das Gefühl, dass der Abend doch ganz erfolgreich verlief.

»Sam und Joe scheinen ja ganz nett zu sein«, sagte Thomas, als sie zurück zur Greenwich Street gingen. »Sie können sicher keiner Fliege etwas zuleide tun.«

»Ich wusste doch, dass du sie mögen würdest.« Eveline war zufrieden.

In den folgenden Wochen verlief das Leben in der Greenwich Street im Großen und Ganzen sehr angenehm, und wenn Eveline mal von Heimweh gepackt wurde, war es schnell wieder verflogen. Für melancholische Grübeleien hatte sie gar keine Zeit. Aus der Heimat trafen regelmäßig Briefe ein (die sie pflichtschuldig beantwortete, um ihre Schwestern mit den neuesten Informationen über Mode, Geschäfte, Theater und Konzerte zu versorgen und ihre Mutter zu beruhigen, dass es ihr gut ging und die Stadt sicher und vollkommen zivilisiert war), mitsamt wehmütigen Erinnerungen an ihre geliebte Familie und Nachrichten über die so herrlich belanglosen Vorkommnisse und Klatschgeschichten der kleinen, so weit entfernten Gesellschaft.

»Der liebe Mr Fry hat geschrieben! Du weißt doch, Thomas, der Mann, der mir alles beigebracht hat, was ich über Fotografie weiß. Er wird für die nächste Ausstellung der Photographic Society ein paar Bilder einreichen. Und hier ist auch ein Brief von Mama. Ihr graut regelrecht vor Paris, schreibt sie. Ihr ist zu Ohren gekommen, dass die Franzosen nur Schnecken essen, während es praktisch unmöglich ist, einen anständigen Tee zu bekommen. Und dass man dort unter gar keinen Umständen Wasser trinken darf.«

»Dann sollte sie sich an Wein halten.«

»Das wird sie wohl tun. Arme Mama! Ich hoffe, sie wird nicht tausend Ängste ausstehen.«

»Das würde ich bezweifeln. Ich hege den Verdacht, dass deine Mama nicht so leicht zu ängstigen ist, wie sie es den Menschen immer weismachen will.«

»Wie kannst du so etwas behaupten? Wirklich, sie ist äußerst empfindlich und hochgradig nervös.«

»Dann können wir nur hoffen, dass sie die Reise nach Paris, wo sie in den teuersten Hotels absteigen wird, begleitet von einem liebenden und zweifellos hochaufmerksamen Ehemann, gut übersteht.«

Eveline und Thomas fühlten sich schon fast zu Hause in New York, als würden sie bereits jahrelang dort wohnen. Beim Abendessen hatten sie sich immer viel zu erzählen. Eveline berichtete, was für Leute sie fotografiert hatte, was für Effekte ihr gelungen waren, wie angenehm und heiter die Atmosphäre im Studio *Byrne and Ellis* war und dass sie oft zu dritt in sogenannte Lunch Counter gingen, wo sie dicht gedrängt mit Arbeitern, Angestellten und Ladenbesitzern an einer Theke aßen und zu einer großen, lauten, wuselnden Menge verschmolzen. Thomas wiederum erzählte von den Plänen zu neuen Eisenbahnstrecken, die irgendwann einmal die Teile dieses riesigen Landes miteinander verbinden sollten, von Osten nach Westen und von Norden nach Süden. »Auch mit Hilfe standardisierter Spurbreiten«, erklärte er, »denn absurderweise haben wir im Moment so viele unterschiedliche, dass es zwischen vielen Bundesstaaten gar keine durchgehende Strecke geben kann.« Die Eisenbahn spiele im Krieg eine immer wichtigere Rolle, sagte er, sodass der Präsident sogar ein Konstruktionskorps gegründet habe, um die Instandhaltung zu gewährleisten.

»Dieses Jahr hat es den Versuch gegeben«, berichtete Thomas eines Abends über einem köstlichen Steak im Delmonico's, »eine Lokomotive vom Territorium der Konföderierten zu entführen und die Strecke zwischen Atlanta und Chattanooga zu zerstören. Das wäre ein herber Schlag für die Rebellen gewesen, aber die haben die Verfolgung aufgenommen und den Plan vereitelt. Trotzdem war es eine mutige, gewagte Mission!«

»Vereitelt ist vereitelt.«

»Ja. Aber wie ich hörte, hätte man die Strecke sabotieren können, wenn man nur das richtige Werkzeug und Sprengstoff zur Verfügung gehabt hätte.«

»Du hast ein gefährliches Funkeln in den Augen, Thomas. Bitte, bitte sag nicht, dass du vorhast, solche Züge zu steuern.«

»Ich? Nein, natürlich nicht. Aber die schiere Unverfrorenheit dieses Plans hatte wirklich etwas Beeindruckendes. Der Anführer war nicht einmal Soldat, sondern Zivilist.«

»Das ist in der Tat mutig. Und was ist aus diesem Zivilisten geworden? Hat man ihm die gebührende Ehre zuteilwerden lassen?«

»Nein, im Gegenteil. Man hat ihn gehängt.«

Eveline hielt inne, die Gabel auf halbem Weg zum Mund. »Armer Mann! Wie furchtbar.«

»Er war nur einer von vielen, Eveline. Die Verluste steigen, auf beiden Seiten. Weißt du, wie viele Menschen bei der Schlacht von Shiloh gestorben sind, gerade letzten April? Mehr als vierundzwanzigtausend Männer. Vierundzwanzigtausend! Das ist unvorstellbar.«

»In der Tat, unbegreiflich. Natürlich habe ich die Listen der Toten und Verwundeten in der Zeitung gesehen, aber das sind nur gedruckte Zeilen – eine unbestimmte Menge von Namen. Wenn man Bilder von den Ereignissen sehen würde, könnte man es sich besser vorstellen.«

»Gemälde haben aber immer eine romantisierende Wirkung, selbst die von Schlachten, oder? Soldaten in schmucken Uniformen, ordentlich aufgereiht oder in verwegenem Galopp; Männer, die mit dramatischer Geste auf etwas zeigen. Verwundete kommen kaum vor, und wenn, dann höchstens am Bildrand. Ich fürchte, die Wirklichkeit ist wesentlich grausamer.«

»Gemälde? Ich hatte doch nicht an Gemälde gedacht, Thomas. Ich meinte Fotografien. Die würden zeigen, was wirklich auf einem Schlachtfeld passiert.«

»Die meisten Zeitungen dürften das aber eher als Zumutung betrachten. Und viele Leser auch.«

»Vielleicht hast du recht«, sagte Eveline nachdenklich. »Aber es ist ein interessanter Gedanke, Thomas. Ein sehr interessanter sogar.«

## Kapitel 6

# *In Barnum's American Museum*

Die Clemens und die Armitages freundeten sich immer enger an und aßen abends oft miteinander. So war es fast schon zu einer lieben Gewohnheit geworden, dass sich die Clemens samstagabends mit Eveline und Thomas zu einem Spaziergang durch die Stadt verabredeten. Aber der New Yorker Winter nahte, und so verloren die angenehmen Spaziergänge durch die Straßen und Parks bald an Reiz.

»Barnum's American Museum könnte Ihnen vielleicht gefallen«, sagte Abe bei einer Tasse Kaffee. »Ehrlich gesagt, waren wir auch noch nicht da. Wir könnten uns also anschließen.« Sie studierten den Handzettel, der die Attraktionen anpries: Dioramen und Panoramen, wissenschaftliche Instrumente, Wachsfiguren und ein Theater mit exotischen Tieren und Bauchrednern.

»Eine Meerjungfrau!«, rief Rose, die Eveline über die Schulter schaute. »So etwas würde ich liebend gerne mal sehen.«

»Und seht mal hier«, sagte Eveline. »Ned, der dressierte Seelöwe! Wer könnte da widerstehen?«

Keiner konnte das, wie es aussah, also begaben sie sich zu dem Museum, einem eindrucksvollen fünfstöckigen Gebäude an der Ecke Broadway/Ann Street. Am Eingang mussten sie anstehen, und im Innern fanden sie sich in einer munter wuselnden Menschenmenge wieder, die sich über die verschiedenen Ausstellungsstücke freute.

»Wo wollen wir anfangen?«, fragte Rose. »Bei den Walen vielleicht?«

Sie schoben sich zum Aquarium, um die beiden Belugawale zu bewundern; die Gesichter der Tiere hinter den dicken Glasscheiben schienen sie fast melancholisch anzulächeln. Als Nächstes betrachteten sie einen Flohzirkus, dann eine Ausstellung wissenschaftlicher Instrumente und Dutzende von Vitrinen mit ausgestopften Vögeln und anderem Getier. Siamesische Zwillinge waren zu besichtigen, ein Zwerg, ein Riese, eine bärtige Frau und eine tscherkessische Schönheit. Manche Exponate jagten Eveline einen Schauder über den Rücken, manche ließen ihr den Atem stocken. Irgendwann waren sie alle erschöpft und begaben sich zur Austernbar, um sich auszuruhen.

»Ich muss sagen, dass ich mir eine Meerjungfrau etwas anders vorgestellt hätte«, sagte Abe. »Mehr wie eine wunderschöne Sirene mit langen goldenen Locken. Diese hier glich eher einem Affen.«

»Ich denke, es war ein Affe«, sagte Thomas. »Ein toter Affe, dem man einen Fischschwanz angenäht hat.«

»Meine Illusionen, was Meerjungfrauen betrifft, sind jedenfalls zerstört«, sagte Rose. »Die Gemälde vom Grenzland im Westen waren allerdings eindrucksvoll. Habt ihr die Häuptlinge der Indianerstämme gesehen? Sie wirkten so edel mit ihren prächtigen Gewändern und den Federn auf dem Kopf.«

Sie waren sich einig, dass es sich um ein absolut außergewöhnliches Museum handelte. Es war faszinierend, wenngleich auch ein wenig abstoßend, all diese Kuriositäten zu sehen. Eingehend diskutierten sie, was sie für glaubwürdig hielten und was nicht.

»Die Sache mit der Phrenologie ist blanker Unsinn«, erklärte Thomas. »Den Charakter eines Menschen zu erkennen, indem man seinen Kopf abtastet – absurd.«

»Zugestanden. Aber der Zauberer war nicht schlecht«, sagte Abe. »Mir war klar, dass es sich um einen Taschenspielertrick handelt, aber wie in Gottes Namen hat er einen ganzen Schwarm Tauben aus einem absolut gewöhnlichen Hut gezaubert?«

»Mir haben die Glasbläser gefallen. Und der Hund am Webstuhl«, sagte Eveline. »Aber Ned, der dressierte Seehund, wird immer mein absoluter Liebling bleiben.«

Als sie Barnum's American Museum verließen und stehen blieben, um zu überlegen, was sie nun tun sollten, entdeckte Eveline plötzlich ein Schild an der Wand.

*Bekanntmachung für Personen dunkler Hautfarbe. Um respektablen Personen dunkler Hautfarbe die Gelegenheit zu geben, sich die außerordentlichen Attraktionen anzuschauen, die in diesem Museum dargeboten werden, hat der Direktor beschlossen, dieser Klasse von Menschen nächsten Donnerstagmorgen Zutritt zu gewähren.*

*Personen dunkler Hautfarbe!,* dachte sie. Als könne man Menschen wegen ihrer Hautfarbe absondern und sie dann in so abfälliger Weise adressieren! Schockiert wanderte ihr Blick zu Rose hinüber, und sie fragte sich, ob ihre Freundin das

Schild auch gesehen hatte. Rose schien hin- und gleich wieder wegzuschauen, und im nächsten Moment schritten sie bereits die breite Straße entlang, um bei den Clemens den Tee einzunehmen und vielleicht eine Runde Karten zu spielen. Als sich die Männer in eine Diskussion vertieft hatten, weil ein Teilstück der Eisenbahnstrecke nach Virginia in einem verheerenden Zustand war, konnte Eveline nicht mehr an sich halten.

»Rose«, sagte sie, »hast du das Schild draußen am Museum gesehen? Wie empörend. Ich bin zutiefst betroffen, dass so etwas möglich ist. ›Diese Klasse von Menschen‹, das muss man sich mal vorstellen!«

Rose zuckte mit den Achseln. »Ich hab's gesehen. Aber du musst nicht betroffen sein, meine Liebe. Es ist ja nicht deine Schuld.«

»Aber es muss doch etwas geben, das man dagegen unternehmen kann. Ich könnte mit Mr Barnum sprechen und ihm klarmachen, wie falsch es ist, menschliche Wesen so unterschiedlich zu behandeln. Sie voneinander zu unterscheiden, als wären die einen weniger wert – wie lächerlich, wie empörend!« Evelines Augen funkelten.

»Du meinst es gut, Eveline, das weiß ich. Aber ich muss dich trotzdem bitten, das nicht zu tun«, sagte Rose. »Es würde nichts nützen, könnte aber gleichzeitig großen Schaden anrichten. Irgendwie könnte es auf Abe zurückfallen. Und auf mich. Und auf andere wie mich.«

»Aber wir können doch eine solche Gemeinheit nicht einfach dulden, oder? Ich würde euch gar nicht mit in die Sache hineinziehen. Euer Name wäre außen vor, wenn ich alleine hingehe.«

»Eveline.« Rose nahm ihre Hand und drückte sie liebevoll. »Denkst du wirklich, Mr Barnum interessiert sich für unsere Meinung oder würde sie auch nur nachvollziehen können? Meines Wissens ist er selbst ein Gegner der Sklaverei, aber bedenk doch, was wir heute im Museum gesehen haben. Chang und Eng, die siamesischen Zwillinge, sind auch menschliche Wesen wie du und ich. Aber weil sie zufällig im Mutterleib zusammengewachsen sind, werden sie nun zum Ergötzen der Leute ausgestellt. Und denk an General Tom Thumb und das Aztekenkind. Meinst du, Mr Barnum betrachtet sie mit anderen Augen als *Personen dunkler Hautfarbe?* Wir sind doch selbst dort gewesen, zusammen mit tausend anderen Menschen, um sie zu unserer eigenen Belustigung anzugaffen. Ich danke dir für dein mitfühlendes Herz, aber ich glaube kaum, dass du diese Schlacht gewinnen kannst.«

Eveline blieb einen Moment lang stumm.

»Da hast du natürlich recht«, stimmte sie schließlich zu. »Ich bin auch nicht besser als Mr Barnum mit seiner Weltsicht. Niemand von denen, die heute dort waren, ist besser. Und doch ist es nicht richtig. Es ist alles andere als richtig.«

»Eines Tages werden sich die Dinge ändern«, sagte Rose. »Der Präsident, Gott segne ihn, hat soeben erklärt, dass er die Sklavenemanzipation in allen Staaten anordnen wird, die ihren Aufruhr gegen die Union nicht beenden. Das läuft darauf hinaus, dass die Sklaverei früher oder später abgeschafft wird. Ich hoffe nur, dass nicht noch tausende von jungen Männern ihr Leben lassen müssen, um dieses Ziel zu erreichen.«

»Die Sklaverei! Ja, dieses Grauen muss so schnell wie möglich beendet werden. Es muss, und es wird! Aber bedeutet das schon, dass in Zukunft alle Menschen friedlich zusammenleben, angstfrei und ohne Vorurteile?«

»Natürlich«, beteuerte Rose. »Daran führt gar kein Weg vorbei. Eines Tages werden – wie hat es der Präsident noch ausgedrückt – die besseren Engel unserer Natur triumphieren. Fürs Erste bleibt uns aber nichts übrig, als zu hoffen, zu beten und zu tun, was in unserer Macht steht.«

»Du arbeitest im Krankenhaus, das ist schon ein bedeutender Beitrag.« Eveline seufzte. »Ich werde auch einen Weg finden, wie ich helfen kann. Obwohl ich im Moment noch nicht weiß, wie.«

Thomas und Eveline bedankten und verabschiedeten sich und traten in die Kälte des Winterabends hinaus. Beide waren still, weil sie über ihre jeweiligen Gespräche nachdachten. Erst daheim vor dem Kamin erzählte Eveline von ihrer Unterhaltung mit Rose.

»Rose hat sicher recht«, erklärte Thomas zerstreut. »Ich weiß, mein Herz, dass du gerne die Welt verbessern würdest, aber vermutlich hättest nicht einmal du einen Einfluss auf die größte Attraktion der Stadt.«

»Aber Thomas! Wie kann es richtig sein, dass man eine ganze Gruppe von Menschen so vollkommen anders behandelt – mit einer derartigen Herablassung?«

»Richtig ist das nicht, natürlich nicht. Aber den Krieg zu gewinnen – und zu einem Abschluss zu bringen –, ist für uns alle das Wichtigste im Moment. Unser Sieg wird der Sklaverei ein Ende setzen; ein schlimmes Übel wird dann der Vergangenheit angehören.«

»*Für uns alle?* Wir sind doch Engländer.« Sie lächelte. »Du bist sehr schnell zu einem Bürger der Vereinigten Staaten von Amerika geworden, Thomas.«

»Ich meine mich erinnern zu können, dass du mal gesagt hast, du wärst gerne Bürgerin der Welt.«

»Das stimmt. Du hilfst dabei, den Krieg zu gewinnen, indem du für die Eisenbahn arbeitest, oder?«

»Das hoffe ich zumindest. Tatsächlich werde ich in dieser Angelegenheit bald eine kleine Aufgabe außerhalb von New York wahrnehmen müssen. Das bedeutet, dass ich eine Weile fort sein werde, eine Woche vielleicht, oder zwei, viel länger jedenfalls nicht. Ich hoffe, du findest das nicht allzu schlimm.«

Sie atmete heftig ein. »Natürlich nicht. Ich meine, ich wusste ja, dass du irgendwann auf Reisen gehen musst. Wo wirst du diese Aufgabe denn erledigen? Im Westen?«

»Nein, nicht im Westen. General Haupt, der Leiter des Amts zur Planung und Erhaltung von Militäreisenbahnen, hat um die freiwillige Mitarbeit erfahrener Eisenbahningenieure gebeten. Abe und ich werden beide hinfahren. Wenn ich es richtig verstanden habe, werden wir vom Potomac in Richtung Richmond reisen.«

»Richmond ist doch die Hauptstadt der Konföderierten? Begibst du dich nicht in Gefahr, Thomas, wenn du in die Nähe des Kriegsgeschehens reist?«

»Nicht wirklich. Der Plan sieht vor, die Eisenbahnstrecke zu reparieren, die die Rebellentruppen zerstört haben, hinter Fredericksburg. Wir müssen die Eisenbahnstrecke intakt halten, damit Männer, Waffen und Verpflegung transportiert werden können – alles, was die Armee eben braucht. Aber ich werde eher eine untergeordnete Rolle spielen. Mir kann nichts passieren.«

»Wenn keine Gefahr besteht, kann ich ja mitkommen.«

»Nein, Eveline«, sagte er entschieden. »Du kannst mich nicht begleiten. Außerdem hast du ja jetzt eine Stelle. Du willst doch deine Arbeitgeber nicht im Stich lassen.«

»Sie würden mir sicher ein paar Tage freigeben.«

»Trotzdem.« Er nahm ihre Hand. »Keine Diskussion, mein Schatz. Ich werde dich nicht mitnehmen.«

»Aber ich könnte helfen.«

»Wobei denn?«

Das konnte sie auch nicht sagen. Sie verspürte Angst und Enttäuschung, aber da sie nicht wusste, wie sie ihn zum Einlenken bewegen sollte, gab sie nach. Immerhin hatte sie ihm das Versprechen abgenommen, keine unnötigen Risiken einzugehen.

»Wann wirst du aufbrechen?«, fragte sie mit einem Seufzer.

»Nun, eigentlich schon morgen«, sagte Thomas. »Darüber haben Abe und ich heute gesprochen. Offenbar ist es höchste Zeit. Und je eher ich abreise, desto eher bin ich wieder zurück.« Als er ihren Gesichtsausdruck sah, wechselte er schnell das Thema. »Eveline, hast du noch einmal darüber nachgedacht, ein Hausmädchen einzustellen? Irgendjemanden, der dir Gesellschaft leisten könnte, wenn ich fort bin?«

»O ja, in der Tat.« Evelines Miene hellte sich ein wenig auf. »Das wollte ich dir ja noch erzählen. Letzte Woche habe ich einen Brief bekommen, der von einer jungen Dame berichtet, die auf dem Weg hierher ist und gerne für uns arbeiten würde. Ich bin mir sicher, dass sie perfekt für uns wäre.«

»Wunderbar. Wie hast du denn von ihr gehört? Über eine Agentur?«

»Nein«, sagte Eveline. »Sie kommt direkt aus London.«

»Wirklich? Und in der ganzen großen Stadt New York hast du kein Hausmädchen auftreiben können?«

»Es handelt sich um eine Person, für die ein Neuanfang den entscheidenden Unterschied machen könnte.«

»Mir war gar nicht klar, dass du in London Bekannte hast.«

»Hab ich auch nicht. Na ja, nicht wirklich. Ich meine, ich habe sie ein, zwei Mal gesehen, allerdings nicht mehr, seit … seit ihr Leben so schwierig geworden ist.«

»Du sprichst in Rätseln.«

»Sie hat … Sie steht in einer gewissen Beziehung zu meiner Familie. Ich habe dir nie von ihr erzählt, weil meine Mutter und meine Schwestern die Sache unter dem Teppich halten wollen. Aber jetzt gehörst du ja zur Familie, Thomas, also kannst du es auch erfahren. Die Sache ist die, dass dieses Mädchen – Hannah heißt sie – das Stubenmädchen meiner älteren Schwester war. Sie wurde entlassen, ohne Empfehlungen. Also ist sie zu einer Cousine nach London gegangen. Aber sie haben beide nicht viel Geld, und ihr Leben war sehr elend.«

»Warum hat deine Schwester sie denn rausgeworfen? Ich muss mich über Louisa wundern.«

»Weil Hannah ein Kind erwartet hat.«

»Aha.«

»Das ist aber noch nicht alles. Das Kind ist von meinem Schwager.«

»Von Bevis? Bevis hat ein Kind mit Louisas Stubenmädchen, und du willst sie hierherholen?« Thomas wirkte ungläubig. »Warum das denn, in Gottes Namen?«

»Weil es mir die Gelegenheit gibt, ihr zu helfen. So kann ich ein kleines bisschen wiedergutmachen, was man ihr angetan hat.«

»Aber doch nicht du! Bevis hat es getan! Was zum Teufel denkt er sich dabei, uns seine ehemalige Liebschaft auf den Hals zu jagen?«

»Nein, nein, so ist es nicht«, sagte Eveline schnell. »Es war meine Idee. Als du vorgeschlagen hast, dass ich mir ein Stubenmädchen nehme, habe ich Bevis geschrieben und ihm den Vorschlag unterbreitet. Er ist nach London gefahren und hat es Hannah erzählt. Da sie sich mit der Idee anfreunden konnte, hat er sie höchstpersönlich nach Liverpool begleitet, ihr eine Fahrkarte gekauft und sie an Bord eines Schiffes gebracht. Er war eine große Hilfe.«

»Das glaube ich gerne«, sagte Thomas grimmig. »Und was für ein Mädchen ist diese Hannah?«

»Sehr hübsch, wenn ich mich recht entsinne. Und liebenswürdig. Ziemlich jung. Abgesehen davon weiß ich kaum etwas über sie.«

»Wie jung genau?«

Eveline zögerte. »Ich glaube, sie ist gerade siebzehn geworden.«

»Wie bitte?« Er schüttelte missmutig den Kopf. »Eveline, das Mädchen kommt den ganzen Weg aus England hierher, obwohl du sie gar nicht kennst, und soll auch noch bei uns wohnen? Stell dir vor, es gefällt ihr hier gar nicht? Stell dir vor, du magst sie nicht?«

»Ich bin überzeugt davon, dass es ihr hier gefällt. Und ich werde alles dafür tun, ihr das Leben hier so angenehm wie möglich zu machen.«

Er seufzte. »Meine Idee war, dass wir jemanden einstellen, der sich um dich kümmert. Das klingt jetzt eher so, als würdest du dich um sie kümmern. So jung!« Dann schoss ihm ein Gedanke durch den Kopf. »Was ist denn überhaupt aus dem Kind geworden?«

»Oh, das Baby bringt sie natürlich mit.«

Kapitel 7

# *Eveline hat eine Idee*

Thomas Armitage war praktisch veranlagt. In ihrer bescheidenen Wohnung ein unbekanntes Mädchen mit einem Baby einzuquartieren und voraussichtlich die gesamte Verantwortung für die beiden übernehmen zu müssen war keine Entscheidung, die er freiwillig getroffen hätte. Aber jetzt war es ohnehin zu spät, da die Sache beschlossen war und sich das Mädchen in diesem Moment vermutlich schon auf einem Schiff befand, auf dem Weg über den Ozean. Außerdem kannte er Eveline gut genug, um zu wissen, dass sie durch nichts davon abzubringen war, einer vom Schicksal gebeutelten Person zu helfen, wenn sie es sich erst einmal in den Kopf gesetzt hatte. Nach anfänglichem Ärger beschloss er daher, das Unvermeidliche mit so viel Nachsicht wie möglich hinzunehmen. Immerhin würde das Mädchen Eveline Gesellschaft leisten. Und die Aufgabe, Hannah bei der Eingewöhnung zu helfen und sich um sie zu kümmern, würde seine junge Ehefrau sicher von neuerlichen Überlegungen abhalten, ihn auf Reisen zu begleiten, die ihn in die Südstaaten und zu den Schlachtfeldern führen würden. Als Thomas am nächsten Morgen in aller Herrgottsfrühe New York verließ, hegte er daher die stille Hoffnung, dass sich schon alles fügen würde, um seine Gedanken dann entschlossen auf die vor ihm liegende Aufgabe zu richten.

Auf dem Weg zur Arbeit sagte sich Eveline, dass schon hunderttausende von Frauen ihre Männer in den Krieg hatten ziehen sehen; sicher hatten sie tapfer gelächelt, egal wie es in ihrem Innern aussehen mochte. Und Thomas würde ja noch nicht einmal kämpfen, sondern Eisenbahnstrecken reparieren, was absolut ungefährlich war. Bald wäre er wieder zurück, und seine Hilfe würde vielleicht dazu beitragen, das Ende des Kriegs – und der Sklaverei – zu beschleunigen. Wie konnte sie sich also dagegen sperren? Außerdem hatte sie ihre Arbeit, und in ein, zwei Tagen würde das Schiff mit Hannah und ihrem Baby in New York anlegen, und dann hatte sie sicher ohnehin keine Zeit mehr zu klagen.

Es war ein langer Morgen. Ihren ersten Termin hatte sie mit einer jungen Dame, die gekommen war, um sich anlässlich ihrer Verlobung fotografieren zu lassen. Sie brannte darauf, Eveline in allen Einzelheiten von dem baldigen Hochzeitsball, ihrem Hochzeitskleid und der exakten Meterzahl der darin verarbeiteten Spitze zu erzählen. Außerdem schwärmte sie von der Halskette von Tiffany's, die ihr Verlobter ihr geschenkt hatte – völlig aus eigenem Antrieb, obwohl sie doch höchstens ein, zwei Mal im Vorübergehen angedeutet hatte, wie sehr ihr diese spezielle Fassung von Diamanten gefiel. Ihre Lebhaftigkeit war zauberhaft, aber sie schien einfach den Mund nicht halten zu wollen, und reden konnte sie nicht, ohne gleichzeitig zu lachen, zu zappeln, zu gestikulieren und auf dem Stuhl herumzurutschen. Es kostete Eveline unendliche Geduld und ein gewaltiges Aufgebot an Schmeicheleien, sie so lange zum Stillhalten zu bewegen, dass sie überhaupt ihr Porträt aufnehmen konnte. Dann kam auch schon der nächste Kunde, ein Mann in einem Aufzug, den

Eveline zunächst für ein fantasievolles Kostüm hielt: weite rote Hose, kurzes, knappes blaues Jäckchen mit Stickborte und eine Samtkappe mit goldener Kinnkette.

»Das ist aber ein schönes Gewand«, sagte Eveline bewundernd. Der Mann war jung und hatte ein frisches, angenehmes Gesicht, das allerdings von einer hässlichen Narbe an der Wange entstellt wurde – einer Narbe, die aussah, als wäre die Wunde noch nicht lange verheilt.

»Das ist meine Uniform, Ma'am«, sagte der Gentleman. »Ich bin im 11ten.«

Eveline sah ihn ratlos an.

»Mein Regiment, die New York Fire Zouaves«, erklärte er. »Dies ist die Uniform, die sich der Colonel ausgesucht hat. Schick, was?«

»Umwerfend«, befand Eveline wahrheitsgemäß. »Sie gefällt mir sehr gut. Aber können Sie in diesem Aufzug denn kämpfen?«

»Natürlich können wir das. Wir haben ja schon gekämpft«, fügte er hinzu. »In Bull Run.«

»Sie waren im Krieg?«

»Ja, Ma'am. Ich gehöre zu den Glücklichen, die mit einer Schramme davongekommen sind.«

»Unfassbar.« Evelines Stimme wurde gedämpft von dem schwarzen Zelttuch hinter der Kamera, unter dem ihr Kopf steckte. Dieses Motiv war wesentlich leichter einzufangen als die junge Dame, da der Mann wunderbar stillstand; nur die Hände am Schwertgriff zitterten leicht.

»Danke, Mr Douglas«, sagte sie. »Das war's schon. Der Abzug ist morgen fertig, falls Sie vorbeikommen möchten. Wir können ihn aber auch gerne liefern.«

»Morgen bin ich schon wieder fort«, sagte er. »Ich gehe zurück zu den Zouaves in den Süden. Das Bild ist für meinen Schatz. Sie hat mich darum gebeten, obwohl mein Gesicht so verschandelt ist. Können Sie das verstehen? Muss wohl wahre Liebe sein, Ma'am.« Er schenkte Eveline ein trotzig-fröhliches Lächeln.

»Unbedingt«, sagte sie und lächelte ebenfalls. »Wobei ich sagen würde, dass Sie vermutlich noch umwerfender aussehen als vorher, Mr Douglas. Jede Frau wäre stolz, eine Fotografie von einem derart kühnen Soldaten zu besitzen.«

»Na ja, danke, Ma'am.« Er errötete leicht. Vermutlich war er nicht älter als achtzehn. »Meine Verlobte wird wohl selbst kommen, um das Bild abzuholen«, sagte er. »Sie werden sie sofort erkennen. Sie ist das hübscheste Mädchen, das je durch Ihre Tür getreten ist.«

Eveline lachte. »Ich werde die Augen offen halten.« Sie schüttelte ihm die Hand. »Viel Glück«, sagte sie. »Wie tapfer Sie sind. Ich hoffe, Ihnen stößt nichts zu.«

Er schenkte ihr noch ein herzzerreißendes Lächeln und war dann verschwunden.

Am Abend verspürte Eveline eine eigentümliche Unlust, nach Hause zurückzukehren. Sie hatte die Fotoplatten entwickelt, Bilder von den Negativen abgezogen und wollte sich nun der nächsten Aufgabe widmen. Allerdings war es schon spät, und Samuel schloss bereits den Laden ab.

»Die Passepartouts kannst du doch auch morgen machen«, sagte er. »Arbeite nicht zu viel, junge Dame.«

Sie sah auf. »Das macht mir nichts aus. Ich würde das gerne noch abschließen.«

Er kam und warf einen Blick auf die Bilder.

»Das war ja ein schönes Kontrastprogramm heute Morgen«, sagte er nachdenklich und nahm die beiden Abzüge. Da war Miss Blount mit ihren Rüschen und Schleifen und dem kleidsamen Hütchen, das auf ihrem Kopf thronte; das Licht fiel sanft auf ihr hübsches, wenngleich etwas ausdrucksloses Gesicht. Und da war Jim Douglas in seiner exotischen Montur, in straffer Haltung, das Kinn energisch vorgereckt, die Schultern durchgedrückt. Sam betrachtete die beiden Fotografien eingehend.

»Die sind wirklich gut, Evie«, sagte er. »Du hast einen unglaublichen Blick für die Leute und bringst sie irgendwie dazu, sich zu entspannen, sodass sie gar nicht so steif wirken.«

»Danke, Sam«, sagte Eveline erfreut und lehnte sich zurück. »Ich bin so froh, dass euch meine Arbeit gefällt. Leider ist die Stelle da etwas verschwommen.«

Sie zeigte auf Jim Douglas' Hände. Das leichte Zittern war für alle Ewigkeit eingefangen.

»Das sieht man aber kaum«, sagte Sam. »Und jetzt gehst du nach Hause, nicht wahr?«

»Muss ich wohl. Thomas ist verreist, weißt du. Er ist bei General Haupt, um die Eisenbahnstrecken in Virginia instand zu setzen.« Sie seufzte. »Frauen dürfen nichts, als zu Hause hocken und warten, wie es scheint.«

»Wüsstest du denn, wie man eine Eisenbahnstrecke instand setzt? Ich nicht.«

»Nein. Aber man müsste doch mehr tun können, als törichte, eitle Frauen zu fotografieren.«

»Die Fotografie von dem jungen Jim Douglas ist doch etwas Gutes und Wichtiges, findest du nicht? Ein Andenken für seinen Schatz und seine Familie, während er fort ist. Und vielleicht ein Dokument für die Nachwelt.«

»Stimmt.« Ihre Miene hellte sich auf. »Du hast recht, das ist auch wichtig. Nun, ich sollte jetzt nach Hause gehen, Sam, damit du endlich abschließen kannst.«

Er sah sie an. »Joe und ich gehen noch etwas essen. Warum kommst du nicht einfach mit?«

»Dazu hätte ich größte Lust«, sagte sie. »Bist du dir sicher?«

»Es wäre uns eine Freude. In dem Lokal, in das wir gehen wollten, verkehrt allerdings auch die New Yorker Bohème. Wäre dir ein stilvolleres Restaurant lieber?«

»Was auch immer diese Bohème sein mag, ich bin mir sicher, dass ich sie mögen werde.«

Sie traten hinaus in die Kälte und gingen zu dritt den Broadway entlang. Der Eingang zum Pfaff's war unauffällig, nur eine lackierte, schäbige Holztür, die sich auf eine schwach beleuchtete Treppe ins Untergeschoss öffnete. Im nächsten Moment fand sich Eveline in einem verrauchten, brechend vollen Kellergewölbe wieder. Nach der Eiseskälte draußen war es herrlich warm dort, und der Lärm angeregter Gespräche erfüllte die Luft. Ein jovialer untersetzter Mann mit buschigen Augenbrauen und einem imposanten Bauch begrüßte Samuel und Joseph, als wären sie lang vermisste Freunde, dann verbeugte er sich äußerst höflich vor Eveline und führte sie zu einem Tisch, der aussah wie ein Fass, auf das man ein Brett genagelt hatte. Sofort stellte man ihnen ein Bier hin – ein blasses, leichtes Bier, das nichts mit dem dunklen, bitteren Gebräu zu tun hatte, das Eveline ein, zwei Mal in England getrunken hatte – und reichte ihnen die Speisekarte.

»Die deutschen Pfannkuchen sind ganz vorzüglich«, sagte Joseph. »Und zuerst vielleicht die Lammkoteletts? Es ist alles gut.«

Und das war es auch, sehr sogar. Die Lammkoteletts waren fleischig und saftig und lagen auf Bergen von buttrig sämigen Kartoffeln, während die herrlich weichen Pfannkuchen goldgelb waren und nach Zimt dufteten. Überall wurde gelacht und lebhaft diskutiert, und immer wieder hörte man spontanen Gesang und ziemlich derbe Witze. Joseph zeigte auf einen weißbärtigen Gentleman am Nebentisch, der angeblich ein bekannter Dichter war; er aß mit einer umwerfenden Dame, sicher eine Schauspielerin, den dramatischen Blicken und der sonoren Stimme nach zu urteilen.

»Die Königin der Bohemiens!«, rief Samuel.

Die umwerfende Dame und der Dichter drehten sich um, lächelten und grüßten. Dann schüttelten sich alle die Hände, stellten einander vor und beschlossen, zusammen noch etwas zu trinken.

»Bei Charlie Pfaff bekommt man den besten Champagner von ganz Amerika«, sagte Mr Whitman, »und jetzt muss es einfach Champagner sein.«

Korken knallten, dann wurden Gläser mit einer fein perlenden Flüssigkeit von der Farbe blassen Strohs gefüllt, und sie stießen an: »Auf das Ende der Sklaverei!«, und: »Sieg den Unionisten!«, und: »Tod den Südstaatlern!«

»Es ist so nett, dass ihr mich mitgenommen habt«, sagte Eveline zu Joseph, während sich Samuel mit dem Dichter und Miss Clare in eine angeregte Diskussion über die jeweiligen Vorzüge von Malerei und Fotografie vertiefte. »Was für ein wundervoller Ort, und was für erstaunliche Menschen! Ich wünschte, Thomas könnte dabei sein.«

»Sobald er zurück ist, werden wir ihn mitnehmen«, versprach Joseph. »Und dann lassen wir die Korken knallen.«

»Ist das ernst gemeint? Das wäre wunderbar. Ich hoffe nur, es geht ihm gut …« Evelines Stimme stockte.

Joseph nahm ihre Hand und hielt sie einen Moment lang fest. »Natürlich geht es ihm gut«, beruhigte er sie. »Thomas hat nichts mit den Kämpfen zu tun, und er scheint ja auch vernünftig zu sein, oder nicht?«

»Doch«, bestätigte sie lächelnd, »sehr vernünftig.«

»Na dann. Vermutlich genießt er die Reise. Lass dir noch etwas Champagner einschenken, dann trinken wir auf seine Gesundheit.«

Und das taten sie auch. Eine Weile schwieg Eveline und lauschte amüsiert auf die Gespräche um sie herum. Sam und der Dichter redeten mittlerweile über den Krieg und stritten sich immer noch angeregt. *Aber die Wirklichkeit des Kriegs wird nie Eingang in die Bücher finden!,* hörte sie den Dichter sagen, und in diesem Moment schoss ihr ein Gedanke durch den Kopf. Sie wandte sich an Joe.

»Habe ich das richtig in Erinnerung, dass Sam und du damals gesagt habt, ihr würdet gerne für eine Weile verreisen?«, erkundigte sich Eveline.

»Ja, das haben wir. Du hast ein gutes Gedächtnis. Wir haben uns immer vorgenommen, die Gesellschaftsfotografie mal hinter uns zu lassen und in der Welt herumzureisen, um ganz andere Dinge zu fotografieren: ganz andere Menschen und Orte. Es war der vage Plan, mal rauszukommen und Abenteuer zu erleben – ein gemeinsamer Traum sozusagen, den wir schon eine Weile hegen. Durch den Krieg ist es aber etwas schwerer geworden.«

»Das kann ich mir vorstellen. Außerdem könnt ihr ja nicht einfach das Geschäft schließen, oder?«

»Eine Weile ginge das schon. Einen Monat oder so, oder sogar … Wir haben genug auf der Bank, um uns eine kleine Auszeit zu gönnen. Aber im Moment wäre es geschmacklos, einfach so zum Vergnügen herumzureisen. Wenn es eine Möglichkeit gäbe, diesen Krieg zu unterstützen … Aber Sam wird man nicht als Soldat nehmen, wegen seines Beins. Sollte ich eingezogen werden, würde ich allerdings gehen, denke ich.«

»Ich hätte da eine Idee«, sagte Eveline schnell. »Es gibt vielleicht einen Weg, wie man beides miteinander verbinden kann.«

»Was, beides?«

»Das Reisen und den Plan zu helfen. Man müsste den Menschen hier klarmachen, was Krieg eigentlich bedeutet, müsste zeigen, wie er wirklich ist. Nicht dass ich eine Vorstellung davon hätte, aber es gibt sicher tausende wie mich, die es erfahren sollten.«

»Ich kann dir nicht ganz folgen«, sagte Joseph.

»Joe, wir könnten Fotografien vom Krieg machen«, rief Eveline begeistert. »Einer tut das sogar schon, glaube ich – ein gewisser Mr Brady. Ich habe in der Zeitung ein Bild von ihm gesehen. Wir könnten ebenfalls an die Orte reisen, wo die Schlachten geschlagen werden, könnten die Soldaten fotografieren, die toten, die verwundeten und die lebenden.«

»Klingt furchtbar«, erwiderte Joseph. »Wer möchte so etwas sehen?«

»Viele Menschen würden gerne die Wahrheit erfahren.«

»Meinst du? Aber wie sollten wir das denn anstellen, Evie? Stell dir doch mal vor, wie viel Zeug wir mit uns herumschleppen müssten. Nicht nur die Kamera, sondern auch die Glasplatten und die Chemikalien. Außerdem bräuchten wir eine Dunkelkammer! Wie sollen wir eine Dunkelkammer zu einem Schlachtfeld transportieren?«

»Keine Ahnung.« Eveline versank in Gedanken. »Als Sam und du die Idee hattet, herumzureisen und zu fotografieren, wie wolltet ihr denn da die Ausrüstung mitnehmen?«

»Darüber haben wir nie nachgedacht. Vermutlich waren das alles Hirngespinste, die sich sowieso nicht in die Tat umsetzen lassen.«

»Ich habe das Gefühl, dass es einen Weg geben muss. Mir wäre das wichtig.«

»Wenn es einen gäbe«, sagte Joseph langsam, »und wenn wir Fotografien mitbringen könnten – wenn wir sie im Studio ausstellen würden, sodass die Leute kommen und sie sich anschauen könnten –, dann wäre das wirklich eine große Sache.«

»Nicht wahr?«, sagte Eveline und leerte ihr Glas in einem Zug. »Lass uns darüber nachdenken, Joe? Es gibt sicher eine Möglichkeit. Irgendeine.«

## Kapitel 8

# *Eine Ankunft*

Genau wie von Jim Douglas angekündigt, trat am nächsten Morgen eine junge Frau ins Studio *Byrne and Ellis,* um das Porträt abzuholen, das Eveline am Vortag aufgenommen hatte. Miss Abigail Marshall war klein, eher pummelig und hatte ein rundes Gesicht und ein munteres Lächeln. Die Fotografie gefiel ihr sehr; der Stolz auf ihren jungen Freund war nicht zu übersehen. War er nicht umwerfend? Die Uniform sei so unglaublich romantisch und er ein so stattlicher Soldat, ob Mrs Armitage das nicht auch so sehe? Natürlich konnte Eveline ihr in allem zustimmen, und sie waren sich einig, dass eine Narbe einem Mann etwas sehr Edles und Verführerisches verlieh. Abigail zeigte Eveline den Ring, den ihr Jim geschenkt hatte, einen schlichten, schmalen Silberring. Er hatte ihr versprochen, dass sie gleich nach dem Krieg heiraten würden, und dann würde er ihr einen goldenen Ring kaufen, mit Diamanten, wenn sie Wert darauf lege, hatte er gesagt. Aber natürlich wolle sie keine Diamanten, das sei doch Unsinn; ihr war es nur wichtig, dass er wohlbehalten zurückkam und man dann den Tag für die Hochzeit festlegen könne.

Eveline blickte ihr hinterher, als sie sich verabschiedet hatte, und musste lächeln, als sie die kleine Gestalt um die Ecke verschwinden sah. Sie hoffte sehr, dass Jims und Abigails Hochzeit nicht allzu lange auf sich warten lassen würde.

Dann studierte sie die Termine für den Tag. Erstaunlicherweise waren viele Männer angemeldet, und ihr dämmerte, dass Jim Douglas nicht der einzige Soldat war, dessen Frau, Mutter oder Schwester eine Fotografie von ihm wollte, bevor er in den Krieg zog. Bevor es zu spät war. Sie fröstelte, und je weiter der Tag voranschritt und je öfter sie durch die Kameralinse schaute und wieder ein anderes Gesicht unter einer Feldmütze erblickte, desto näher rückte der Krieg. Die Männer stammten aus deutschen, irischen oder italienischen Familien, und die Gesichter waren blass und sommersprossig oder von dunklerem Teint. Sie fotografierte einen Studenten, einen Rechtsanwalt und einen Mechaniker, dann einen Schmied, einen Lehrer, einen Anstreicher und einen Tischler. Die Männer meldeten sich zur Front, weil sie für die Unionsstaaten kämpfen, weil sie den Präsidenten und seine Sache unterstützen, weil sie die Union erhalten und ihre eigenen Familien vor den Südstaatlern schützen wollten. Fotografien anlässlich von Verlobungen und Hochzeiten waren immer noch gefragt, auch solche von Babys und Familien, aber das schien allmählich abzunehmen.

»Es ist ja keine große Überraschung«, sagte Samuel irgendwann, »aber ich habe das Gefühl, dass wir weniger Porträtwünsche zu verzeichnen haben, zumindest von Damen der gehobenen Gesellschaft. Das ist ein Jammer, weil sie so gut zahlen. Dafür spazieren so viele Soldaten zur Tür herein, dass wir kaum hinterherkommen. Gut, dass wir dich an Bord geholt haben, was, Evie?«

»Danke, Sam«, sagte Eveline. »Ich bin sehr froh, dass ihr das getan habt. Mir ist bewusst, wie viel ich schon gelernt habe.«

»Du lernst schnell.« Er grinste. »Außerdem sagte Joe, du hättest die Idee gehabt, loszuziehen und Schlachten zu fotografieren, wie der berühmte Mathew Brady. Ist das wahr?«

»Ich habe keine Ahnung, wie sich das genau bewerkstelligen lässt«, sagte Eveline, »aber ich dachte, dass man das Ende des Kriegs vielleicht beschleunigen könnte, wenn die Menschen in New York mit der grausamen Realität konfrontiert würden. Ist das ein abwegiger Gedanke?«

»Nein, keineswegs.« Sein Lächeln erlosch. »Ich sehe nicht, wie man die Idee umsetzen soll, aber wenn es uns gelingen würde, könnten wir den Menschen etwas vor Augen führen, das sie sonst nie zu Gesicht bekämen. Es könnte helfen, die wahre Natur des Kriegs zu begreifen. Wie du schon sagtest, das Ganze könnte schneller enden, und das wäre doch gut, oder?«

»Unbedingt«, beteuerte Eveline ernst.

»Nun, dann lass uns darüber nachdenken«, schlug Sam vor und holte seine Taschenuhr heraus. »Musst du nicht heute diese Lady aus England vom Schiff abholen? Dann solltest du dich besser auf den Weg machen. Los, es ist Freitag. Mach Feierabend, Evie, du möchtest doch nicht zu spät kommen.«

»Oh, danke! In der Tat, ich muss mich sputen. Ich nehme die Pferdebahn zum Kai. Bis Montag, Sam!«

Und dann stand Eveline wieder in der Gewölbehalle des Castle Garden Forts und starrte angestrengt in die Menge, die durch den großen Torbogen strömte. Wie lange es schon her zu sein schien, seit Thomas und sie durch dieses Tor getreten waren. Obwohl es nur wenige Monate zurücklag, war ihr New York schon absolut vertraut. Sie hatte Freunde und eine Arbeit gefunden, konnte sich in der Stadt orientieren, kannte die Straßen, Parks und Plätze, besuchte Restaurants, Gasthäuser und sogar einen Bierkeller – und fand alles umwerfend. Jetzt musterte sie die Passanten genau. Ein Jahr war es vielleicht her, dass sie das Stubenmädchen ihrer Schwester mal gesehen hatte, und außer dem Gedanken, wie jung sie doch wirkte, hatte sie ihr keine weitere Beachtung geschenkt. Jetzt hoffte sie inständig, dass sie das Mädchen erkennen und nicht in der Menge verpassen würde. Die Menschen rauschten an ihr vorbei, rempelten einander an, redeten, riefen; ein bekanntes Gesicht war nicht darunter. Schließlich entdeckte sie unter den letzten Nachzüglern eine schmale Gestalt, die sich verwirrt umsah, ein Baby im Arm. Eveline ging zu ihr.

»Hannah?«, fragte sie zögerlich.

»Mrs Armitage?« Die Stimme bebte ein wenig. »Oh, ich bin ja so froh, dass Sie da sind. Ich hätte nicht gewusst, was ich tun soll, wenn Sie nicht gekommen wären.« Sie taumelte leicht, und Eveline nahm sie am Arm.

»Vermutlich schwankt der Boden noch unter deinen Füßen«, sagte sie. »Komm, lass uns dein Gepäck holen, Hannah. Wir sind in null Komma nichts zu Hause. Ist das alles?«

Neben Hannahs Füßen stand ein kleiner abgewetzter Koffer.

»Ja«, sagte sie matt. »Das ist alles.«

Das Baby in ihren Armen erwachte und begann leise zu weinen. Eveline nahm den Koffer, und sie verließen den Castle Garden Fort, um in die verschneiten Straßen von Manhattan zu treten.

Sobald sie zur Wohnungstür herein waren, setzte Eveline den Kessel auf und kochte eine Kanne Tee.

»Trink«, sagte sie, »dann wird dir wieder warm. Danach zeige ich dir dein Zimmer. Ich hoffe, es gefällt dir, Hannah. Es gibt sogar eine Wiege für das Baby. Sie ist nur geliehen, von einer netten Familie, die unten im Haus wohnt, aber sie scheint sehr stabil zu sein.«

Hannah nahm den Tee entgegen, legte die eiskalten Hände um die dampfende Tasse und lächelte Eveline zum ersten Mal an.

Eveline hatte sich alle Mühe gegeben, den kleinen Raum gemütlich einzurichten. Sie hatte bedruckte Vorhänge aufgehängt, und auf dem Bett lag eine kuschlige Patchworkdecke. Es gab eine Kommode mit einem kleinen Spiegel, direkt neben dem Bett stand die Wiege, und auf dem Holzboden lag ein weicher Flickenteppich. Als Hannah den Raum sah, schien sie überwältigt. Ein Zimmer ganz für sich allein! Das hatte sie noch nie gehabt, da sie sich selbst als Stubenmädchen das Zimmer mit einer anderen Bediensteten hatte teilen müssen.

»Und in London?«, erkundigte sich Eveline. »Da hast du bei einer Cousine gelebt, nicht wahr?«

»Ja, Ma'am. Sie war auch sehr nett zu mir, aber sie hatte keinen Platz zum Schlafen außer einer Matratze auf dem Küchenboden. Und Jack schlief in einer alten Schublade, die wir auf den Boden gestellt haben.«

»Dies hier ist auch kein Palast, Hannah«, sagte Eveline. »Aber uns geht es sicher wesentlich besser als vielen anderen Menschen. Morgen ist Samstag, da können wir in die Stadt gehen und alles kaufen, was du für das Baby brauchst – für

Jack. Aber jetzt möchtest du dich sicher erst einmal ausruhen.«

»Nein, nein, Ma'am, ich kann gerne gleich anfangen«, sagte Hannah. »Wenn ich Mr Bevis richtig verstanden habe, suchen Sie eine Art Mädchen für alles. Ich werde tun, was Sie von mir verlangen. Soll ich Staub wischen? Oder kochen?«

»Kommt gar nicht infrage, Hannah«, sagte Eveline sanft und griff nach der Hand des Mädchens. »Ich habe dich nicht hergeholt, damit du Sklavendienste verrichtest. Über die Arbeit können wir morgen reden, jetzt musst du dich erst einmal von deiner Reise erholen. Es war sehr mutig von dir, ganz alleine den Ozean zu überqueren. Vermutlich ist die Situation ziemlich merkwürdig für dich, aber ich werde mein Bestes tun, damit du hier glücklich wirst.«

Hannah stiegen Tränen in die Augen. »Danke, Ma'am«, flüsterte sie.

»Ich glaube nicht, dass mich schon mal jemand ›Ma'am‹ genannt hat«, sagte Eveline. »Da fühle ich mich ziemlich alt und viel zu vornehm. Glaubst du, du könntest Eveline zu mir sagen?«

Der Meinung war Hannah nicht – das war dann doch zu viel verlangt. Schließlich einigten sie sich auf Miss Eveline. Hannah erklärte sich bereit, sich hinzulegen, um sich eine Weile auszuruhen. Baby Jack war bereits in seiner Wiege eingeschlafen.

»Heute Abend koche ich«, sagte Eveline. »Nur für uns beide, da mein Ehemann zurzeit in … zurzeit nicht da ist. Es gibt Hühnersuppe, die wir ganz gemütlich am Kamin zu uns nehmen können. Morgen früh wirst du dich schon ein wenig erholt haben, da bin ich mir sicher.«

Eveline ließ sie allein und ging in die Küche, um den großen Suppentopf herauszuholen, den Rose ihr gegeben hatte. Während sie hackte und schnipselte und rührte, dachte sie über Hannahs Schicksal nach: so jung und schon ein Baby, aber keinen Ehemann, und dann so weit weg von zu Hause! Einen Moment lang fragte sie sich, ob Thomas mit seiner Kritik an ihren Plänen vielleicht recht gehabt hatte. Andererseits bekam Hannah nun die Chance, ein besseres Leben zu führen, als sie es sich in der winzigen, feuchten Wohnung in Limehouse je hätte erträumen können – vollkommen abhängig von ihrer Cousine, ohne Empfehlungen, mit denen sie eine Anstellung als Dienstmädchen hätte finden können, dafür mit einem Baby, das sie versorgen musste; wäre das nicht eine schier ausweglose Situation gewesen? Wenn ihr plötzlich Bedenken kamen, dann nur, weil Hannah selbst fast noch ein Kind zu sein schien. Eveline merkte, dass sie mehr Verantwortung auf sich geladen hatte, als ihr bewusst gewesen war. Aber egal, sagte sie sich, sie würde sich um Hannah kümmern und ihr helfen, sich an ihr neues Leben zu gewöhnen. Mit der Widerstandsfähigkeit junger Menschen würde sie sich bestimmt schon bald hier zu Hause fühlen. Außerdem, dachte Eveline, würde es sicher nicht lange dauern, bis das Mädchen verheiratet war. Hannah war wirklich überwältigend hübsch.

Die Ruhe und die beiden großen Teller Suppe – auf die Eveline ziemlich stolz war, weil sie herrlich nach Kräutern duftete und üppige Einlagen von Huhn, Gemüse und glänzenden Gerstengraupen enthielt – hatten Hannah gutgetan, und so öffnete sie sich ein wenig. Sie hatte das Baby gestillt, das nun zufrieden vor sich hin plappernd in ihrem Schoß lag. Am Finger trug sie den Ehering, den Bevis ihr gegeben hatte, damit der Anstand gewahrt blieb. Ihre Geschichte sah vor, dass ihr Ehemann bei Eisenbahnarbeiten verunglückt war, was nicht der Wahrheit entbehrte, da ihr Verlobter tatsächlich ein paar Wochen vor der geplanten Hochzeit auf diese Weise ums Leben gekommen war. Der kleine Junge war allerdings erst einige Zeit nach diesem traurigen Ereignis gezeugt worden, und zwar von Evelines Schwager. Hannah schien es Bevis nicht nachzutragen, im Gegenteil. Wenn sie von ihm sprach, klang es nach einer Mischung aus atemloser Bewunderung und Respekt, die man eher einem romantischen Helden entgegenbringen würde als einem herzlosen Verführer.

»Neben seinem ersten Vornamen trägt Jack auch noch den Namen seines Vaters«, sagte Hannah. »Er wurde auf den Namen John Bevis getauft, aber irgendwie ist Jack daraus geworden.«

»John hieß mein Vater«, sagte Eveline und hielt dem Baby den kleinen Finger hin, den es sofort nahm. »Er ist stark, nicht wahr? Und er hat wunderschöne blaue Augen.«

»Sehr stark«, sagte Hannah. »Stark und schlau und schön, nicht wahr, mein Kleiner?« Und für einen kurzen Moment sah Eveline die erwachsene Frau – die stolze, beschützende, liebende Mutter – in dem jungen Mädchen.

Wie sich herausstellte, war Hannah mit nichts als ihrem Kleid, einem abgetragenen Mantel und einer zerbeulten Strohhaube gekommen. Der kleine Koffer enthielt lediglich ein paar Kleidungsstücke und Windeln für Jack. Daher entschied Eveline am nächsten Morgen, dass sie zusammen einkaufen gehen würden, von ihrem selbst verdienten Geld; sie hatte nämlich ihren Lohn von *Byrne and Ellis* bekommen und würde Thomas' Gehalt nicht antasten müssen. Nicht dass er etwas dagegen gehabt hätte, natürlich nicht, aber für Hannah war sie selbst verantwortlich, und das Mädchen musste ja etwas zum Anziehen haben. Außer der Wiege hatte sich Eveline noch einen Kinderwagen ausgeliehen, sodass Baby Jack stilvoll transportiert werden konnte. Hannah und sie mummelten sich und Jack gut ein, um gegen die Kälte gewappnet zu sein, und zogen los. Ihr Ziel war der Marble Palace, da man dort unter einem Dach alles kaufen konnte, was modebewusste Damen für sich selbst, ihr Zuhause und ihre Kinder brauchten. Im Innern des Kaufhauses wurde ihnen sofort wieder warm, und sie wurden von äußerst zuvorkommenden Verkäufern und Verkäuferinnen hofiert. Die luxuriöse Atmosphäre versetzte Hannah in ein solches Erstaunen, dass sie aussah, als wäre sie im Märchenland. Als sie ein kleines Mittagessen zu sich nahmen, standen ein Dutzend Päckchen neben ihrem Tisch: neue Kleidchen und ein Zahnring für das Baby, außerdem ein Wolltuch und ein paar gehäkelte Hauben; für Hannah zwei schlichte Hauskleider für die Arbeit, ein warmer Mantel, ein Hut und, auf Evelines Drängen hin, ein hübsches blaues Tageskleid. Selbst Eveline, die sich normalerweise nichts aus Kleidern machte, wurde von einem hocheleganten Abendkleid aus violetter Seide angezogen und ließ sich fast schuldbewusst von der Verkäuferin überzeugen, dass Ma'am wirklich dumm wäre, ein derart schmeichelndes Kleid nicht zu nehmen; sie könne es zu vielen verschiedenen Gelegenheiten anziehen, weshalb es den Preis wirklich wert sei, zumal Ma'am so überaus reizend darin aussehe.

Allerdings war es Hannah in dem blauen Kleid, die alle

Blicke auf sich zog. Mit schamhaft gesenktem Kopf war sie in ihrem abgewetzten Mantel und der zerdrückten Haube in die Umkleidekabine getreten, aber als sie ein paar Minuten später herauskam, hielten Eveline und die Verkäuferin die Luft an, um sich dann ein bewunderndes Lächeln zuzuwerfen. Die hellen Locken kräuselten sich ungekünstelt um Hannahs herzförmiges Gesicht, ein Kranz von Wimpern rahmte ihre himmelblauen Augen ein, und auf ihren Wangen lag ein rosiger Schimmer, als sie verschämt dastand und mitanhören musste, wie beschlossen wurde, dass Miss dieses Kleid unbedingt nehmen müsse – es sei wie gemacht für sie, so gut stand es ihr! Auf dem Rückweg in die Greenwich Street waren sie beide der Meinung, dass ihr Ausflug ein großer Erfolg gewesen war. Sie packten ihre Einkäufe aus, dann wurde Jack gebadet und in seine neuen Sachen gesteckt, und schließlich verlebten sie einen friedlichen Abend, während es draußen vor dem Fenster nun zu schneien begonnen hatte. Eveline verspürte fast Muttergefühle, als sie Hannah vor dem Kamin mit dem Baby spielen sah, das perfekte Abbild einer jungen Madonna mit Kind. Ihre Zufriedenheit wurde noch gekrönt, als sie ein Telegramm von Thomas bekam: ALLES BESTENS BIN BALD ZU HAUSE.

»Da wird sich Mr Armitage aber wundern, wenn er nach Hause kommt und feststellt, dass Jack und ich uns hier schon so gut eingelebt haben«, meinte Hannah.

»Ja«, sagte Eveline nachdenklich. »Das wird er, in der Tat.«

Kapitel 9

# *Eisenbahnbau im Süden*

Weihnachten kam und ging, und irgendwann neigte sich der Winter dem Ende zu. In den Parks und auf den Plätzen New Yorks spross das erste frische Grün. Der kleine Haushalt in der Greenwich Street hatte sich zu aller Zufriedenheit eingerichtet.

»Briefe aus der Heimat!«, rief Eveline eines Morgens beim Frühstück. »Beatrice' Baby soll im Juni kommen. Sie ist schon grauenhaft dick, behauptet sie. Das Kinderzimmer wird sie aprikotfarben streichen lassen. Louisa hat ein neues Abendkleid, mit großen Keulenärmeln und einem Reifrock in blassgrüner Seide und kirschroten Streifen über dem Saum … Du liebe Güte, wirklich? Was hältst du davon, Thomas?«

»Klingt grässlich«, sagte er, ohne von seiner Zeitung aufzublicken.

»Nicht wahr? Ah, Mr Fry hat einen Preis gewonnen, für ein Bild von der Regatta in Cowes. Wie schön. Da freue ich mich aber für ihn … Und hier ist auch ein Brief von Mama. Es geht ihr gut. Der liebe Mr Watson und sie sind soeben aus Paris zurückgekehrt. Oh! Hör dir das an, wer hätte das gedacht? Paris war offenbar ganz wundervoll! Die Sehenswürdigkeiten fand sie absolut faszinierend. Sie haben auch eine Show besucht, höchst moderner Tanz, ziemlich provozierend, schreibt sie – provozierend unterstrichen. Und die

Mode, absolut göttlich. Tatsächlich hat sie sogar eine Schnecke gegessen, obwohl sie nie gedacht hätte, dass sie das übers Herz bringen würde; offenbar war es gar nicht so schlimm, wie erwartet. Jetzt hat sie Geschmack am Reisen gefunden, und Mr Watson hat schon versprochen, im Sommer mit ihr nach Rom zu fahren. Natürlich hat sie schon größte Befürchtungen, dass die Reise schrecklich wird und die Italiener ein komisches, wildes Volk sind, das lauter Dinge isst, die man nicht kennt. Aber sie scheint fest entschlossen, das tapfer zu ertragen, Mr Watson zuliebe. Um sich Mut für das römische Martyrium zu machen, wird sie sich ein neues Reisekostüm anfertigen lassen, in Perlgrau mit Satinbesatz, und dazu einen passenden Hut, von dem sie selbst behauptet, er sei atemberaubend. Wirklich, Mama ist immer für Überraschungen gut.«

Morgens widmete sich Hannah dem Haushalt, das Baby immer an ihrer Seite. Nachmittags unternahm sie auf Evelines Anregung hin Spaziergänge, damit Jack frische Luft bekam. Wenn Eveline und Thomas abends heimkehrten, war gefegt, Staub gewischt und ein Feuer im Kamin entzündet. Hannah hatte ein Händchen dafür, die Zimmer nett herzurichten und alles an Ort und Stelle zu rücken; außerdem konnte sie wunderbar Kleider flicken, und wenn sie durfte, frisierte sie Evelines Haar mit großem Geschick. Die Armitages fanden schnell heraus, dass Kochen nicht zu ihren Stärken gehörte, daher einigte man sich darauf, dass sie genug zu tun hatte, um sich auch noch darum zu kümmern. Eveline versicherte ihr, dass sie ohnehin lieber selbst in der Küche wirtschaftete. Thomas' anfängliche Bedenken, ob es klug sei, ein junges Mädchen mit Kind einzustellen, zerstreuten sich allmählich. Hannah war ein so sanftes, fröhliches Wesen und außerdem gute Gesellschaft für seine Frau, wann auch immer er – wie bereits ein paar Mal geschehen – für ein, zwei Wochen mit dem Konstruktionskorps unterwegs war. Und sollte er immer noch das Gefühl haben, dass Evelines Entscheidung, eine derart junge Frau in die Neue Welt zu locken, etwas überstürzt gewesen war, so wirkten doch immerhin die beiden Frauen glücklich mit dem Arrangement.

Eveline hatte sich allmählich daran gewöhnt, dass fast wöchentlich Nachrichten von neuen Schlachten eintrafen und man bald darauf Listen mit den Namen der Gefallenen in der Zeitung fand. Das Leben in New York ging derweil seinen üblichen Gang, geschäftig, pulsierend und mitreißend. Der Anblick von Soldaten, die im Park exerzierten, und von Invaliden, die durch die Straßen hinkten, gehörte auch schon fast zum Alltag. Die Wochen verstrichen, und das Wetter wurde heiß und schwül; bald war schon Sommer. Manchmal machte sich Eveline Vorwürfe, dass sie in der Lage war, ganz normal weiterzuleben, zu arbeiten, zu essen und zu lachen, während sich in nicht allzu weiter Ferne grausame Dinge zutrugen. Aber was sollte sie tun? Sogar an die gelegentlichen Reisen ihres Ehemanns zu Instandsetzungsmaßnahmen von Eisenbahnstrecken hatte sie sich, wie ihr bewusst wurde, längst gewöhnt. Bei seiner Rückkehr war er oft müde und nicht in der Stimmung, viel über seine Erlebnisse zu reden. Aber er war immer heil nach Hause gekommen, und manchmal ließen sich Abe und er auch ein paar Details aus der Nase ziehen.

»Es gab mal eine Brücke über einen kleinen Fluss – eine hohe, lange Brücke. Sie war die einzige Verbindung, über die unsere Züge nach Tennessee gelangen konnten«, erzählte Abe, als Rose und er bei den Armitages zu Abend aßen. »Sie muss wohl mehr als hundert Meter lang und über dreißig Meter hoch gewesen sein. Nachdem die Rebellen sie in die Luft gejagt haben, war allerdings nicht viel mehr davon übrig als ein paar verkohlte Stümpfe. Innerhalb von zehn Tagen haben wir das Ding wieder hochgezogen, sodass nun wieder jeden Tag zu jeder Stunde voll beladene Züge hinüberfahren können. Innerhalb von zehn Tagen!«

»Und was noch besser ist«, ergänzte Thomas, »das Ding besteht aus Maisstängeln.«

»Nein!«, sagte Eveline. »Ganz bestimmt nicht! Du willst uns auf den Arm nehmen, Thomas.«

»Na ja, ein paar Bohnenstangen haben wir wohl auch verarbeitet«, versicherte er ihr.

Als Hannah aus der Küche kam, um das Geschirr abzutragen und Evelines Aprikosentarte zu servieren, begrüßte Rose sie freundlich und erkundigte sich nach Jack, der inzwischen schon alleine sitzen konnte.

»Weißt du was? Ich denke, wir sollten dich mit Jack fotografieren, wo er doch jetzt so wächst«, sagte Eveline und lächelte Hannah an. »Komm morgen mit ins Studio, dann mache ich ein Bild von euch. Du könntest deiner Cousine in London eins schicken und eins für dich behalten, das würde dir doch sicher gefallen, oder?«

»Sehr, Miss Eveline«, sagte Hannah. »Vielen, vielen Dank.« Sie machte einen Knicks und stellte die Aprikosentarte auf den Tisch. Als in der Küche ein Weinen zu hören war, verschwand sie mit einem entschuldigenden Lächeln.

»Nettes Mädchen«, sagte Abe.

»Unbedingt!« Eveline nickte eifrig. »Und sehr begabt. Aus ihr könnte wesentlich mehr werden als ein Hausmädchen, da bin ich mir sicher. Sie könnte sich auch einen richtigen Beruf suchen und arbeiten, ganz unabhängig, wenn sie das wollte.«

»Und das Baby?«, fragte Thomas. »Sie kann doch nicht mit einem Baby zur Arbeit gehen, oder?« Ein Schatten flog über sein Gesicht. »Bitte sag jetzt nicht, Eveline, dass du darüber nachdenkst, auf das Kind aufzupassen, während sie zur Arbeit geht?«

Eveline lachte. »Nein, dazu liebe ich meine eigene Arbeit zu sehr. Außerdem wüsste ich kaum, wie man mit einem Baby umgeht.«

»Bei uns im Krankenhaus arbeiten auch junge Frauen, die ihre Kinder mitbringen«, sagte Rose.

»Tatsächlich?«, fragte Eveline interessiert. »Und wie funktioniert das? Wer passt denn auf die Kleinen auf?«

»Wir haben ein paar Damen, die selbst Mütter sind und eine kleine Krippe betreiben«, erklärte Rose. »Im Moment brauchen wir mehr Krankenschwestern, als wir bekommen können, wegen der vielen verwundeten Soldaten. Daher werden wir von Frauen unterstützt, die vor ihrer Hochzeit bei uns gelernt haben. Wir sind unglaublich froh darüber, und ich glaube, die Frauen genießen es auch, dass sie sich auf diese Weise ein wenig Unabhängigkeit verschaffen können.«

»Das klingt ja wunderbar. Ich frage mich, Rose, ob es Hannah nicht auch gefallen könnte, Krankenschwester zu werden. Wäre das möglich? Sie scheint mir eine ausgezeichnete Mutter zu sein, außerdem ist sie sehr geschickt und praktisch veranlagt.«

»Vorsicht, Eveline«, warnte Thomas seine Frau. »Das Mädchen verehrt dich. Wenn du ihr etwas vorschlägst, wird sie es tun, egal ob sie wirklich davon überzeugt ist.«

»Ganz bestimmt nicht!« Eveline war schockiert. »Hältst du mich für derart dominant, Thomas?«

Thomas schwieg und zog nur eine Augenbraue hoch.

»*Ich* könnte ja eine Bemerkung fallen lassen«, sagte Rose schnell. »Ganz beiläufig. Dann käme der Vorschlag nicht von Eveline. Man weiß ja nie. Für Hannah wäre es sicher eine Chance, oder? Es könnte natürlich sein, dass sie zu so einer Arbeit gar keine Lust hat. Sie ist noch so jung. Vielleicht weiß sie noch gar nicht, was sie vom Leben erwartet.«

»Nicht viele Menschen haben das Glück, groß darüber nachdenken zu können, was sie vom Leben erwarten«, meinte Thomas trocken. »Immerhin hatte sie doch großes Glück, Eveline über den Weg zu laufen. Sollte ich meinen Schwager je wiedersehen, werde ich ihm aber etwas erzählen, da könnt ihr Gift drauf nehmen.«

»Nun, Männer bekommen in der Regel durchaus die Gelegenheit, darüber nachdenken zu können, was sie vom Leben erwarten«, sagte Eveline. »Für Frauen ist das viel schwerer. Sollte ich Hannah helfen können, trotz ihres Schicksals eine eigene Entscheidung zu treffen, wird mich nichts daran hindern.«

»Du hast sehr wohl deine eigenen Entscheidungen getroffen, mein Schatz«, erinnerte Thomas sie. »Wenn du dich den Vorstellungen deiner Familie gebeugt hättest, wärst du ganz bestimmt nicht mit mir nach New York gegangen.«

»Ich kam in den Genuss von Geld und Bildung. Dadurch hatte ich ganz andere Möglichkeiten. Viele Frauen können das nicht von sich behaupten – die große Mehrheit nicht.«

»Das stimmt«, sagte Rose.

Thomas zuckte mit den Achseln und gestand ihnen den Punkt zu.

»Haben wir euch Damen eigentlich erzählt, dass wir an einer unserer Lokomotiven Panzerplatten angebracht haben?«, fragte Abe.

Rose und Eveline blickten ihn verwirrt an.

»Um sie gegen Schusswaffen zu schützen«, erklärte er. »Die Konföderierten setzen nämlich mittlerweile Scharfschützen ein, um die Züge anzugreifen, und wenn sie den Kessel treffen – oder, schlimmer noch, den Zugführer oder den Heizer –, können sie das Ding glatt zum Entgleisen bringen. Thomas und ich haben daher Eisenplatten für die Triebmaschine entworfen. Ordnungsgemäß angebracht schützen sie die Männer im Innern und auch die Lokomotive selbst. Sie haben kleine Glasfenster, damit der Zugführer hinausschauen kann, aber die Schützen haben kein wirkliches Angriffsziel mehr.«

»Aber ihr werdet doch wohl nicht selbst an Bord von Lokomotiven sein, wenn es zu Schießereien kommen könnte?«, fragte Eveline alarmiert.

»Eher nicht«, sagte Abe. »Obwohl wir mal dabei mitgeholfen haben, einen Munitionszug anzuzünden und auf eine von den Rebellen bewachte Brücke zurasen zu lassen. Was für ein Feuerwerk! Die Rebellen haben die Beine in die Hand genommen, das kann ich euch aber sagen.«

Beruhigend fanden Rose und Eveline das nicht gerade, aber Abe und Thomas waren ja bei ihnen, gesund und munter, und schließlich waren sie ja auch vernünftige Männer.

Eveline hielt Wort und erschien am nächsten Tag mit Hannah und Jack bei der Arbeit, um sie zu fotografieren.

»Es kostet dich natürlich nichts, Hannah«, versicherte Eveline. »Es ist mir ein Vergnügen, euch fotografieren zu dürfen, und für Material und Arbeitszeit komme ich selbst auf.«

Sie machte Hannah mit Samuel und Joseph bekannt, die sich, charmant und höflich wie immer, erfreut zeigten, noch eine englische Lady kennenzulernen. Als die Fotografien aufgenommen und Hannah und Jack wieder fort waren, stimmten beide darin überein, dass sich das Bild wunderbar fürs Schaufenster eignen würde.

»Sie ist wirklich sehr hübsch«, sagte Joseph. »In unserem Fenster wird sie unweigerlich die Blicke auf sich ziehen, mit diesem süßen Baby auf den Knien.«

Sam dachte dasselbe, und so arrangierte Eveline das frisch abgezogene Bild an prominenter Stelle im Schaufenster, wo die Passanten es unweigerlich sehen würden.

»Großartig!«, sagte Joe bewundernd. »Das ist wirklich ein gutes Bild, Evie. Die Leute werden sich den Hals verrenken.«

Eveline bedankte sich und stimmt ihm insgeheim zu, da Hannah auf dem Bild, so das überhaupt möglich war, noch entzückender aussah als im echten Leben. Und während sie Joe die Beleuchtungstechnik der Aufnahme erläuterte, bekam sie den Gedanken nicht aus dem Kopf, was für ein wunderbares Paar Hannah und Joe doch abgeben würden – ein derart hübsches Mädchen und der schönste Mann, dem sie je begegnet war. Sie sah die beiden schon vor sich. Joe war etwas älter als Hannah, aber immer noch in den Zwanzigern, und eine Freundin hatte er wohl auch nicht – sie war sich jedenfalls sicher, dass er noch nie eine erwähnt hatte. Wie schön das wäre, denn er war doch so liebenswürdig und hätte auch sicher nichts gegen das Baby einzuwenden, das er ja als sein eigenes adoptieren könnte. Und dann erst die Hochzeitsfotos – ganz entzückend! Hannah, die strahlende, ätherische Schönheit, vielleicht mit einem kleinen Schleier und Blumen im Haar; und Joe, eine umwerfende Erscheinung im Frack oder vielleicht einer dunkelblauen Uniform mit goldenen Kordeln auf der Schulter. Eveline würde sie nicht zu einer steifen, förmlichen Pose arrangieren, sondern ganz ungezwungen in den Sonnenuntergang schauen lassen, Hannah mit einer roten Rose in der Hand. Dämmerlicht würde auf ihre Gesichter fallen …

»Evie?«

Sie wurde rot. »Entschuldigung, Joe, ich war in Gedanken ganz woanders. Was hattest du gesagt?«

»Ich hatte nur gefragt, ob Thomas und du wohl Lust hättet, bald mal mit uns ins Pfaff's zu gehen. Du hattest doch gesagt, du würdest ihn gerne mal mit hinnehmen, oder?«

»Ja natürlich. Das wäre toll.«

»Diesen Samstag vielleicht? Oder lieber nächste Woche?«

»Samstag wäre perfekt. Montag muss Thomas wieder fort – nach Georgia diesmal, glaube ich –, also wäre das doch ein netter Abschied. Dann kann er ganz viele von diesen köstlichen deutschen Pfannkuchen essen, um sich für die Reise zu stärken.«

»Er ist ein mutiger Mann, oder? Ich bewundere ihn für seine Arbeit bei der Eisenbahn. Also Samstag, abgemacht.«

»Wunderbar. Ich bin so froh, dass dir die Fotografien von Hannah gefallen, Joe«, fügte sie beiläufig hinzu. »Sicher wird sie gelegentlich mal im Studio vorbeischauen, jetzt, wo sie dich und Sam kennengelernt hat. Ihr hättet doch nichts dagegen, oder?«

»Natürlich nicht. Sag ihr, sie kann so oft kommen, wie sie will. Sie ist wirklich reizend.«

»Nicht wahr? Und der kleine Jack ist auch ganz entzückend, findest du nicht?«

»Was? Ach so, das Kind. Klar.«

Damit musste sich Eveline zufriedengeben. Aber sie war sich fast sicher, dass eine Idee in die Welt gesetzt war, die früher oder später höchst romantische Früchte tragen würde.

Der Abend im Pfaff's war so großartig, wie Eveline sich das vorgestellt hatte; nur Thomas' bevorstehende Abreise warf einen Schatten darauf. Sie tafelten üppig und tranken Champagner, während über ihren Köpfen Myriaden von Füßen über den Broadway trampelten. Bis spät in die Nacht redeten sie über den Krieg. In letzter Zeit hatten die Konföderierten in Tennessee ein paar Siege erzielt, aber Eveline hatte auch von einer Reihe von Siegen der Unionsstaaten in Louisiana gehört. Letztlich würde General Ulysses S. Grant sicher als Sieger aus der Sache hervorgehen, tapfer und entschieden, wie er war, dachte sie.

»Georgia ist vermutlich der Schlüssel«, sagte Thomas. »Wenn die Rebellen Georgia verlieren, zerfallen die konföderierten Staaten in zwei Teile. Dann können sie beim besten Willen nicht mehr miteinander in Verbindung treten.«

»Georgia ist groß«, erklärte Sam düster. »Ich sehe nicht, wie Grant jede Stadt, jedes Dorf und jedes Fleckchen Erde erobern will.«

»Das muss er auch nicht«, erwiderte Thomas. »Er muss

nur die Eisenbahn unter Kontrolle bringen. Die Eisenbahnen sind die Lebensadern der Südstaaten. Wenn Grant die Eisenbahnstrecken kontrolliert, ist ihm der Sieg sicher. Ich bin zwar kein Soldat, sondern nur Zivilist, aber für mich stellt es sich so dar.«

»Deine Aufgabe ist genauso wichtig wie die eines Soldaten, scheint mir«, sagte Joe. In seiner Stimme schwang Bewunderung mit, fast sogar Neid. »Ich habe darüber nachgedacht: Es wird Zeit, dass ich mich auch melde und meine Pflicht für die Union erfülle.«

»Nein«, sagte Sam so vehement, dass Eveline sich wunderte. Sam war normalerweise so freundlich, so ausgeglichen. Der brüske Tonfall passte gar nicht zu ihm.

»Nun komm schon, Sam«, sagte Joe. »Du kannst dich nicht freiwillig melden, wegen deines Beins, das weiß ich. Aber ich kann es tun, und ich möchte meinen Beitrag leisten.«

»Ich kann dich im Geschäft nicht entbehren«, sagte Sam knapp. Joe sah aus, als wollte er protestieren, aber der Moment ging vorüber, und danach sagte niemand mehr etwas zu diesem Thema. Alle tranken noch ein Glas Champagner, Sam und Joe schüttelten Thomas die Hand, wünschten ihm alles Gute und ermahnten ihn, bald bei bester Gesundheit wiederzukehren, dann war der Abend vorbei.

Montagmorgen reisten Thomas und Abraham ab, wie sie es schon Dutzende von Malen getan hatten. Sie baten ihre Frauen, sich keine Sorgen zu machen, weil sie ja bald wieder zurück seien – wobei es diesmal vielleicht etwas länger dauern könnte, da Georgia weiter im Süden lag und sie noch nie so tief in konföderiertes Gebiet vorgedrungen waren; aber die Wochen würden sicher schnell vergehen.

»Pass auf dich auf, Thomas«, bat Eveline, der plötzlich ein kalter Schauer über den Rücken lief. »Begib dich nicht in Gefahr und versuch auch nicht, den Helden zu spielen. Du bist kein Soldat. Tu alles dafür, heil nach Hause zu kommen.«

Er küsste sie. »Das tue ich doch immer.«

Nach ein paar letzten Umarmungen stieg er in den Zug, der Abraham und ihn in den Süden bringen würde. Die Lok begann mit ihrem rhythmischen Stampfen, Waggontüren knallten, der Bahnhofsaufseher schrie etwas, ein Pfiff ertönte, die Räder setzten sich in Bewegung, der Zug fuhr an. Rose und Eveline sahen, wie eine Dampfwolke aufstieg, den Himmel verdeckte und sich dann nach und nach wieder auflöste; der Zug gewann an Fahrt, folgte dem Bogen der Schienen und war schließlich verschwunden.

## Kapitel 10

# *Verkupplungsversuch*

Samuel und Joe hatten sich offenbar gestritten; die Atmosphäre war zum Reißen gespannt. Joe verkroch sich in der Dunkelkammer und verließ sie bestenfalls, um Kaffee zu kochen; danach zog er sich mit einem würdevollen Schweigen wieder zurück. Sam wiederum stapfte durchs Studio und schien stärker als sonst unter seinem steifen Bein zu leiden; als er über einen Stuhl stolperte und sich einen blauen Flecken am Schienbein zuzog, fluchte er wild und trat mit hemmungsloser Wut gegen das unverschämte Möbelstück. Eveline hielt nach Möglichkeit Abstand, aber sie hatte das Gefühl, wie auf Eiern zu gehen. Keiner der Männer bedachte sie mit mehr als einem Nicken oder ein paar knappen Worten, und von dem üblichen liebevoll-spöttischen Geplänkel, an das sich Eveline so gewöhnt hatte, war nichts mehr zu spüren.

Nach drei Tagen war Eveline mit den Nerven am Ende. Es war höchst ungemütlich, diesen rätselhaften, stummen Krieg zwischen den eingeschnappten Freunden miterleben zu müssen. Männer konnten schon komisch sein. Schließlich hielt sie es nicht mehr aus. Unter dem Vorwand, dringende Fragen zu den Trocknungseigenschaften eines neuen Lacks zu haben, gelang es ihr, beide Männer gleichzeitig in einen Raum zu locken. Dann holte sie tief Luft, weil die Sache einfach rausmusste.

»Bitte, meine Herren«, sagte sie. »Ich weiß nicht, wo das Problem liegt, aber es scheint mir klar zu sein, dass keiner von euch glücklich ist. Das macht das Leben ziemlich unangenehm. Ich möchte mich ja nicht einmischen, und ihr könnt gerne sagen, dass mich euer Streit nichts angeht, aber wir müssen hier alle zusammenarbeiten. Wenn wir das nicht tun, werden uns Fehler unterlaufen. Könnt ihr nicht eine Lösung für eure Meinungsverschiedenheiten finden, egal, worin die bestehen mögen?«

Joe starrte zu Boden und erinnerte Eveline verdächtig an ihren sechsjährigen Neffen, wenn man ihn ertappt hatte, wie er Pflaumenkuchen aus der Speisekammer mopste. Sam verschränkte die Arme, schürzte die Lippen und seufzte pathetisch.

»Da fragst du besser Joseph«, erklärte er. »Scheint so, als wolle er dem Geschäft den Rücken kehren und uns beide im Stich lassen, Evie.«

»Stimmt das?«, fragte sie. »Du willst wirklich weggehen, Joe?«

»Ich habe vor, mich freiwillig an die Front zu melden«, sagte Joe hölzern. »Ich muss mein Opfer für die Union bringen. Wenn ich das nicht tue, werden mich die Leute für einen Feigling halten. Schlimmer noch, ich werde mich selbst für einen Feigling halten.«

»Du bist kein Feigling«, sagte Sam finster. »Du magst ein verfluchter Dummkopf sein, aber ein Feigling bist du nicht. Das musst du dir nicht beweisen, indem du hingehst und dich erschießen lässt.«

»Vielleicht doch«, sagte Joe, der immer noch zu Boden starrte. »Vielleicht muss ich mir etwas beweisen.«

»Die Armee will mich nicht«, sagte Sam. »Wegen meines Beins. Ich bin mit einem Klumpfuß geboren. Macht mich das zu einem Feigling?«

»Keiner von euch ist ein Feigling, da bin ich mir sicher«, sagte Eveline schnell, weil sich hier ein Grundsatzstreit anzubahnen schien. »Hört mal, es ist fast Mittag. Lasst uns in ein Lokal gehen und die Sache über einem Teller Rührei mit Speck diskutieren, ja? Ich lade euch ein. Bitte, meine Herren.«

Beide stimmten zu, wenn auch mürrisch, und so saßen sie bald darauf an einem Tischchen vor dampfenden Tellern und kaltem Bier.

»Ich muss meinen Beitrag dazu leisten, dass der Krieg gut ausgeht«, sagte Joe störrisch. So hatte Eveline ihn noch nie erlebt. Ihr wurde bewusst, dass sein sonst so liebenswürdiger Gesichtsausdruck nicht auf eine nachgiebige Natur schließen ließ. »Ich bin ein Mann. Ich sollte kämpfen, wie so viele andere auch.«

»Ich weiß«, sagte Sam gequält. »Ich weiß, Joe. Ich finde nur, dass Krieg eine so dumme Art und Weise ist, zu Tode zu kommen. Ein sinnloses Gemetzel wunderbarer junger Männer. Krieg ist falsch, so einfach ist das. Absolut falsch.«

»Aber stellt euch mal vor«, sagte Eveline langsam, »es gäbe eine Art und Weise, etwas Gutes zu tun, etwas Wichtiges, etwas, das helfen könnte, den Krieg zu beenden … etwas, das nicht sinnlos wäre … etwas, das ihr beide gemeinsam tun könntet.«

»Ich wüsste nicht, was das sein soll«, sagte Sam schroff. »Ich bin zu nichts nütze, daran hat man bei der Army keinen Zweifel gelassen.«

»Das stimmt doch gar nicht«, warf Eveline ein. »Erinnerst du dich, Joe, dass wir mal darüber gesprochen haben, ob man nicht Fotografien vom Krieg machen könnte?«

»Klar«, sagte Joe. »Allerdings ist uns nichts eingefallen, wie man das anstellen sollte.«

»Zu Hause in England habe ich gelernt, wie man draußen im Freien fotografiert. Die Platten müssen natürlich trotzdem in eine Dunkelkammer gebracht werden, aber dafür braucht man nur einen ganz kleinen Raum. Ich habe mir einen alten Schuppen dafür eingerichtet. Obwohl er beengt und ungemütlich war, hat er, sobald ich mich erst einmal daran gewöhnt hatte, seine Dienste geleistet.«

»Aber dunkel muss es schon sein«, sagte Sam und runzelte die Stirn. »Sicher gäbe es einen Weg, aber ich sehe keinen.«

»Mathew Brady hat einen gefunden«, sagte Joe. »Er hat spezielle Wagen konstruieren lassen, die als eine Art Reise-Dunkelkammer fungieren. ›Studiowagen‹ oder so nennt er sie, aber das würde sicher viel Zeit und Geld kosten.«

»Vor einer Weile war ich in Barnum's Museum«, erzählte Eveline. »Da gibt es auch Panoramen zu sehen – Szenen aus dem amerikanischen Westen. Auf manchen Bildern sah man Männer und Frauen, die sich weit in die Ebenen und die Prärie vorgewagt haben. Sie hatten ihr gesamtes Hab und Gut auf einen Wagen geladen.«

»Ja«, entgegnete Joe. »Das stimmt wohl. Aber …«

»Auf einen geschlossenen Wagen«, sagte Eveline triumphierend. »Das Innere eines Planwagens ist wesentlich geräumiger als mein alter Schuppen. Man könnte eine Art Innenkabine einbauen und sie mit schwarzem Stoff auskleiden, damit kein Licht durchdringt. Platz für die Kamera und die

Ausrüstung wäre vorhanden. Vermutlich bräuchte man noch einen zweiten, in dem man kochen und schlafen könnte. Zwei Planwagen, zwei Pferde, ein paar Vorräte. Das wäre machbar, da bin ich mir sicher.«

»Weißt du was, Evie«, sagte Joe, »ich denke, das könnte funktionieren. Das glaube ich wirklich. Sam?« Er sah den Älteren aufgeregt an. »Was meinst du?«

»Möglicherweise hast du recht. Wir würden vielleicht ein paar Kunden verlieren, wenn wir eine Weile schließen, aber die könnten wir bestimmt schnell zurückgewinnen. Und so eine Gelegenheit kommt vielleicht nie wieder.« Zum ersten Mal seit Tagen sah Eveline ein warmes Lächeln in seinem Gesicht. »Wir haben ja immer gesagt, dass wir irgendwann eine Reise unternehmen, nicht wahr, Joe? Wir haben uns immer nach einem Abenteuer gesehnt, und jetzt sieht es so aus, als hätten wir eins gefunden.«

Joe grinste. »Offenbar. Los, lasst uns ins Studio zurückkehren und Pläne schmieden. Ich könnte ausrechnen, wie groß diese transportable Dunkelkammer sein müsste. Du kannst derweil eine Liste der nötigen Ausrüstungsgegenstände erstellen, Sam.«

Der nickte. »Mach ich.« Er wandte sich an Eveline. »Tut mir leid für dich, Eveline, da wir ja das Studio für ein paar Wochen schließen müssen. Aber freu dich einfach über den Urlaub, junge Dame. Ruh dich ein bisschen aus, und wenn wir zurückkommen, bekommst du deine Stelle sofort zurück, versprochen.«

»Danke, Sam«, sagte Eveline. »Das ist sehr nett von dir. Aber ich hege die feste Absicht mitzukommen.«

Das stand vollkommen außer Frage, da waren sich die beiden einig. Sie würden sich ins Zentrum des Kriegs begeben, auf Schlachtfelder. Frauen hatten da nichts zu suchen, absolut ausgeschlossen. Sie würden schreckliche Dinge zu Gesicht bekommen, und es würde keinerlei Privatsphäre geben. Das war kein Leben für eine Dame. Als Eveline stur blieb, änderten sie die Taktik: Eine Frau würde ihre Arbeit behindern. Man müsste sich um sie kümmern, was die Arbeit erschweren, wenn nicht gar unmöglich machen würde. Außerdem wäre eine Frau eine Zielscheibe; sie würden Verdacht erregen und die Aufmerksamkeit auf sich lenken. Sie solle nicht einmal daran denken, sie auf dieser gefährlichen Mission zu begleiten.

»Ohne mich wärt ihr doch gar nicht auf die Idee gekommen«, stellte sie klar. »Es war meine Idee. Das ist nicht fair, sie mir zu klauen und mich dann hier zurückzulassen.«

»Wir können dich nicht mitnehmen, Evie«, sagte Sam wohl zum hundertsten Mal, mittlerweile zermürbt. »Das geht einfach nicht. Außerdem ist dein Ehemann nicht da. Was würde er wohl sagen, wenn er zurückkommt und feststellen muss, dass du fort bist? Höchstwahrscheinlich würde er sich sofort auf unsere Spur setzen und uns erschießen, vollkommen zu Recht, wenn du mich fragst.«

»Thomas wird spätestens in zwei Wochen wieder da sein«, meinte Eveline. »So lange werden wir sowieso brauchen, bis wir alles vorbereitet haben. Er wird es schon verstehen. Ich werde dafür sorgen, dass er es versteht.« Das klang optimistischer, als sie sich fühlte. *Ich kann dich nicht in den Krieg mitnehmen, Eveline,* hatte er gesagt. Aber er würde sie sicher unterstützen. Er konnte – würde – sie nicht zurückhalten, wenn sie ihm die Sache näher erklärte. Außerdem würde sie ja auch nicht kämpfen, sondern nur den Kampf dokumentieren. Das war alles.

»Lasst uns an die Vorbereitungen gehen«, sagte sie versöhnlich. »Sobald die praktischen Dinge geregelt sind, reden wir noch einmal darüber. Vielleicht könnte ich ja die Lebensmittelrationen für euch besorgen? Ihr müsst eine Menge mitnehmen. Essen ist die Domäne der Frauen, das könnte also mein Beitrag sein«, sagte sie bescheiden. Die beiden Männer sahen sich an, zuckten dann mit den Achseln und stimmten zu.

An jenem Abend saß Eveline mit Stift und Papier am Tisch, fertigte Skizzen von Planwagen an und dachte über ihre Idee nach. Hannah hatte, wie üblich, ihr gegenüber Platz genommen und nähte oder spielte mit dem Baby.

»Miss Eveline«, sagte sie zögerlich.

Eveline sah auf. »Was ist denn, Hannah?«

»Heute Nachmittag, als ich mit Jack draußen war, bin ich Mrs Clemens über den Weg gelaufen. Sie lässt Sie ganz herzlich grüßen und sagte, sie käme am Samstag mal vorbei, wenn es Ihnen recht ist.«

»Natürlich. Ich freue mich immer, Rose zu sehen. Habt ihr einen schönen Spaziergang gemacht?«

»Ja, sehr schön. Mrs Clemens hat uns sogar eine Weile begleitet. Das Wetter ist ja jetzt so warm, und wir waren bestimmt zwei Stunden draußen.«

»Das freut mich. Jack wird die Sonne gutgetan haben. Hat er die Enten im Park besucht? Die mag er doch so gerne.«

»Ja, hat er. Das Kind ist ja so furchtbar klug, Miss Eveline. Er zeigt mit dem Finger auf die Dinge, wenn man über sie spricht, und ist viel lebendiger und intelligenter als alle anderen Babys, die ich in meinem Leben gesehen habe. Es wird nicht mehr lange dauern, bis er spricht, das weiß ich. Überhaupt nicht mehr lange.«

»Er ist wirklich unglaublich«, sagte Eveline lächelnd.

»Mrs Clemens hat mir von ihrer Arbeit im Krankenhaus erzählt«, fuhr Hannah fort. »Sie ist nämlich Krankenschwester. Sie hat gesagt, dass ich mal einen Tag mitkommen könnte, um zu helfen. Wenn ich mich geschickt anstelle, könnte ich es vielleicht sogar richtig lernen. Also eine Ausbildung machen.« Sie sah Eveline flehentlich an. »Würde Ihnen das sehr viel ausmachen, wenn ich das täte? Es wäre auch nicht jeden Tag. An den anderen Tagen könnte ich immer noch hier arbeiten. Ich möchte aber auf gar keinen Fall undankbar erscheinen, nach allem, was Sie und Mr Armitage für mich getan haben.«

»Ob mir das etwas ausmachen würde? Nein, natürlich würde es das nicht«, sagte Eveline. »Im Gegenteil. Ich glaube, dass du eine ausgezeichnete Krankenschwester wärst, Hannah. Das würde mich sehr für dich freuen.«

»Wirklich, Miss Eveline?« Hannah strahlte. »Sie sind so unglaublich nett zu mir. Jack kann ich übrigens mitnehmen, er wäre gut versorgt, während ich arbeite. Ich weiß gar nicht, ob ich so stark und mutig bin, wie man als Krankenschwester sein muss, aber ich würde es gern mal versuchen, wenn Sie mir das zutrauen.«

»Das tu ich unbedingt, Hannah. Wirklich.« Sie streckte den Arm aus und nahm Hannahs Hand. »Es gibt Gelegenheiten, die man einfach beim Schopfe packen muss, oder?«

*Und das werde ich auch,* dachte sie. *Ich weiß, dass ich das tun muss.*

Eveline kam der Gedanke, dass der Plan, Kriegsschauplätze zu fotografieren, die Umsetzung ihres anderen Plans, Hannah und Joe miteinander zu verkuppeln, durchaus beschleunigen könnte. Das Herz welcher jungen Frau würde nicht dahinschmelzen, wenn ein so gutaussehender junger Mann in den Krieg zog? Nun, da Hannah mit der Arbeit im Krankenhaus anfing, würde sie ihre Anstrengungen verdoppeln müssen, weil die Aussichten auf zufällige Begegnungen gesunken waren. Sie hatte Hannah bereits aufgefordert, unbedingt im Studio vorbeizuschauen, wenn sie auf ihren nachmittäglichen Spaziergängen mit Baby Jack in der Nähe vorbeikam; und Joe gegenüber hatte sie fallen lassen, dass er sich doch, wenn er sonntags mal Zeit hatte, zu Hannah und ihr gesellen solle, um mit ihnen durch den Park zu spazieren. Erstaunlicherweise hatte keiner von ihnen angebissen. Zum Teufel, dachte sie, man sollte doch meinen, dass die Menschen nicht untätig herumsitzen, wenn es um die Beförderung ihrer Liebesangelegenheiten ging! Aber wenn die beiden nichts unternahmen, würde Eveline sie wohl zu ihrem Glück zwingen müssen. Daher fragte sie Joe, ob er gerne mal zum Abendessen zu ihr nach Hause kommen würde – ›nur ein kleines Mahl, nichts Aufwendiges, Joe, aber du weißt ja gar nicht, wo ich wohne!‹ Als genau in diesem Moment Sam in den Raum trat, fühlte sie sich verpflichtet, ihn in die Einladung einzuschließen – natürlich habe sie ohnehin beide einladen wollen. Sie wirkten erfreut und nahmen gerne an, also begann Eveline, einen Plan für den Abend auszuhecken.

Sie würde Hühnerfrikassee kochen, beschloss sie, mit Zitrone und Kräutern, leicht, aber köstlich; dazu würde sie eine Flasche Rotwein servieren. Das Baby würde natürlich schon tief und fest schlafen, und Hannah würde sie bitten, sich zu ihnen an den Tisch zu setzen, statt die Gäste zu bedienen. Dann würde Eveline mit Sam – und sie kam nicht umhin, das für einen äußerst gewitzten Schachzug zu halten – in Thomas' kleines Arbeitszimmer gehen und ihm seine Bücher über Ingenieurwesen und Physik zeigen, außerdem ein paar Drucke von verschiedenen Lokomotivtypen, die Sam sicher ungemein interessierten. Hannah und Joe wären also für kurze Zeit alleine. Wenn sie Sam nur eine halbe Stunde festhalten könnte, reichte das doch sicher, um den beiden ihr mögliches Glück vor Augen zu führen, oder? Joe würde seine grauen Augen über den hohen Wangenknochen auf Hannah richten; und Hannah würde ihm ein schüchternes Lächeln schenken – und schon wäre das Werk vollbracht. Eveline wäre nicht im Mindesten überrascht, wenn sich die beiden bei ihrer Rückkehr bereits verlobt hätten.

Der Abend begann wie geplant. Das Huhn war äußerst delikat, wie sie selbst zugeben musste. Eine zweite Flasche Rotwein kam auf den Tisch. Sam und Joe lobten das Essen, die Wohnung und sämtliche Möbelstücke mit offenkundiger Begeisterung. Nun wurde es Zeit, ihren Plan in die Tat umzusetzen. Sie schob ihren Stuhl zurück und stand auf, um Sam von dem zukünftigen Liebespaar wegzulocken.

Unglücklicherweise war ausgerechnet in diesem Moment aus Hannahs Zimmer ein Schrei zu hören. Hannah entschuldigte sich und lief los, um nach dem Baby zu sehen. Aber ach, der kleine Jack ließ sich nicht beruhigen. Vielleicht zahnt er ja, sagte Sam, der ziemlich viele Nichten und Neffen zu haben schien und sich als Experte für Babys auswies.

»Bringen Sie ihn doch her, junge Dame«, schlug Sam vor. »Der kleine Mann braucht sicher ein bisschen Gesellschaft.«

Er nahm Jack in die Arme und wiegte ihn sanft. Dann tauchte er den Finger in den Wein, rieb über Jacks Gaumen und sang mit rauer, schmachtender Stimme ein paar absurde Verse, bis das Baby zu weinen aufhörte und ihn anlächelte.

Eveline seufzte erleichtert.

»Soll ich ihn wieder in sein Bettchen bringen, Hannah?«, fragte sie. »Sam, Thomas hat ein paar Bücher und Drucke, von denen ich weiß, dass er sie dir gerne zeigen würde. Wirklich faszinierende Dinge! Vielleicht magst du ja mit mir in sein Arbeitszimmer gehen.«

»Ach, ich bin eigentlich ganz glücklich hier mit dem kleinen Mann«, sagte Sam und kitzelte das Baby, bis es vor Lachen quietschte.

»Es sind ein paar wunderbare Bilder von britischen Lokomotiven dabei«, wagte Eveline einen letzten verzweifelten Versuch. »Thomas hat sie jahrelang gesammelt. Du würdest sie großartig finden, das weiß ich.«

»Lokomotiven?«, fragte Joe. »Die würden mich sehr interessieren, Evie. Ich bin vernarrt in Eisenbahnen, seit ich die erste gesehen habe. Darf ich mal einen Blick drauf werfen?«

»Oh … natürlich … Komm mit und schau sie dir an, Joe«, sagte Eveline schwach. Sie warf Sam einen hoffnungslosen Blick zu, weil er nun ein Wiegenlied anstimmte, das man angeblich, wie er erklärt hatte, auf den Plantagen sang. Jack strahlte ihn an, während Hannah gerührt daneben saß. Eveline blieb nichts anderes übrig, als Joe ins Arbeitszimmer zu führen, wo sie dann eine Stunde lang seine Begeisterungsbekundungen über die Eisenbahnbilder über sich ergehen lassen musste. Sie war schon ganz erschöpft, nickte und lächelte aber tapfer, während man nebenan Sam und Hannah singen und von Jacks Schönheit und seinem Liebreiz schwärmen hörte, als hätte es noch nie ein Kind auf Erden gegeben.

Als Sam und Joe sich verabschiedeten, bedankten sie sich überschwänglich für den so überaus gelungenen Abend – die Zeit sei so schnell verflogen und Eveline sei eine derart reizende Gastgeberin –, während Hannah glücklich war, dass ein so sympathischer Gentleman wie Mr Byrne ihren Jack derart angehimmelt hatte. Nur Eveline war alles andere als zufrieden. Wirklich, es war zum Verrücktwerden, dass sich Joe und Hannah nicht einfach in die Arme fielen, wo sie doch solche Mühe auf sich genommen hatte, um die beiden zusammenzubringen. Andererseits, dachte sie, waren die Wege der Liebe verschlungen. Sie durfte einfach nicht nachlassen in ihren Bemühungen, dann würden die beiden schon merken, dass sie füreinander bestimmt waren.

## Kapitel 11

# *Nachrichten aus dem Krieg*

Die Vorbereitungen für die Fotoexpedition zu den Schlachtfeldern schritten voran. Listen wurden erstellt, Kataloge durchgeblättert, Ausrüstungsgegenstände geprüft. Man packte Lebensmittelkonserven in Kisten, wickelte sorgfältig die Fotoplatten ein, stellte die Flaschen mit den Chemikalien in hölzerne Tragekisten und kaufte ganze Bahnen von einem dicken schwarzen Tuch, mit dem man die Dunkelkammer zu schaffen gedachte. Das meiste passte in ein paar sperrige Ledertruhen. Sams und Joes Vorfreude wuchs stündlich, bis sie plötzlich merkten, dass die Kamera, die sie mitnehmen wollten, viel zu groß und unhandlich war für den Transport.

»Das ist eine großartige Kamera«, stöhnte Samuel, »wirklich die beste. Aber wie sollen wir die nur mitnehmen? In eine Truhe passt sie nicht, und selbst wenn wir eine Kiste für sie anfertigen lassen, bezweifle ich stark, dass wir das Ding mit uns herumschleppen können.«

»Unsere anderen beiden Kameras sind noch größer«, sagte Joe. »Wir bräuchten ein halbes Dutzend Männer, um sie in den Wagen zu hieven und wieder rauszuholen. Das kann nicht funktionieren.«

Eveline betrachtete sie mit einem leisen Lächeln.

»Ich habe auch eine Kamera«, sagte sie schließlich. »Die ist wesentlich kleiner als diese hier, aber trotzdem sehr gut. Es ist nicht das neueste Modell, dafür passt sie in eine Truhe.«

»Wirklich?«, sagte Sam. »Bist du dir da sicher, Evie?«

»Ganz sicher. Ich habe sie schließlich in einem Stück aus England hierhergebracht.«

»Und die könnten wir mitnehmen?«, fragte Joe. »Du würdest sie uns tatsächlich zur Verfügung stellen?«

»Natürlich. Ich wäre hocherfreut, wenn sie eine so sinnvolle Verwendung fände.«

»Du bist ein Schatz«, sagte Sam, um sie im nächsten Moment misstrauisch zu beäugen. »Aber du stellst doch keine Bedingungen, oder? Dass wir dich dann mitnehmen müssen etwa? Du weißt doch, dass wir unsere Meinung diesbezüglich niemals ändern würden.«

»Ich stelle keine Bedingungen«, sagte Eveline großmütig. »Wenn ihr bei der Abreise immer noch dieser Meinung seid, werde ich mich in mein Schicksal fügen.«

Tatsächlich gab es sogar einen kleinen Teil in Eveline, der angesichts der Gefahren und Mühen, die mit einer solchen Expedition verbunden waren, lieber zu Hause bleiben würde. Bald würde Thomas zurückkommen. Sie hatte ihn in jeder einzelnen Stunde seit seiner Abreise vermisst, und es war eine wunderbare Aussicht, wieder mit ihm zusammen sein und das herrliche Leben in New York genießen zu können. Bald nach seiner Rückkehr aufbrechen zu müssen, wäre hart, zumal sie entgegen ihren Beteuerungen eher daran zweifelte, dass Thomas begeistert wäre, wenn seine Ehefrau mit zwei Junggesellen in einem Planwagen zu irgendwelchen Schlachtfeldern reisen würde. Außerdem würde sie Hannah zurücklassen, die kaum alt genug war, um alleine für sich und ihren winzigen Sohn zu sorgen. Wenn sie ehrlich war, handelte es sich nicht um einen vernünftigen Plan. Und dennoch, dennoch … Einfach nur ein vernünftiges Leben zu führen, ein bequemes Leben, was waren das für Aussichten? In der Welt herumkommen, die Dinge verändern, etwas bewirken, das war es doch, was zählte, sagte sie sich. Fotografien von diesem Krieg zu liefern wäre ein sinnvolles Unternehmen, und selbst wenn es keine Erfolgsgarantie gab, hatte sie trotzdem das Gefühl, dass es auf einen Versuch ankam.

Eines Abends, als sie nach dem Essen mit Hannah zusammensaß, grübelte sie wieder einmal über diese Dinge nach. Hannah säumte ein Mäntelchen für das Baby, Jack schlief in seiner Wiege, und Eveline betrachtete kritisch einige ihrer frühen Fotografien und machte sich Notizen, wie sie ihre Technik verbessern könnte. Dieses Porträt ihrer Mutter zum Beispiel war viel zu arrangiert, dachte sie, viel zu steif. Es war einfach keine gute Idee, alberne Hintergrundprospekte zu nehmen und die Menschen davor posieren zu lassen, als hätten sie einen Stock verschluckt. Das Bild fing nichts von der Schönheit und dem Charme ihrer Mutter ein. Und dann diese Ansicht von der Bucht unterhalb des Hauses ihrer Mutter, viel zu weitläufig und ohne irgendeinen Blickfang. Wenn sich ein Boot im Vordergrund befände, ein kleines Segelschiff vielleicht, würde sich die Szene gleich verändern. Eveline seufzte und legte die Fotografien beiseite. Plötzlich ließ ein Klopfen sie hochschrecken, es klang dringlich. Sie ging zur Wohnungstür und traf dort auf eine vollkommen verwandelte Rose Clemens; das lächelnde, unerschütterliche Wesen war wie ausgelöscht.

»Oh, Eveline! Ich bin ja so froh, dass du da bist. Ich muss

dir etwas erzählen. Es gibt Neuigkeiten …« Sie verstummte und griff nach Evelines Arm, als hätte sie Angst hinzufallen.

»Was ist los, Rose?«, fragte Eveline beunruhigt. »Los, komm herein. Setz dich. Hannah, würdest du Mrs Clemens wohl ein Glas Wein holen?« Sie kniete vor ihrer Freundin nieder und nahm ihre Hände. »Ist etwas mit Abe? Hast du etwas von ihm gehört? Nein, sag bitte nicht, dass ihm etwas zugestoßen ist!«

»Abe geht es gut. Ihm ist nichts zugestoßen, Gott sei Dank.«

»Also hast du etwas von ihm gehört? Von Thomas habe ich schon so lange keine Nachricht mehr bekommen, seit Wochen nicht. Kein Telegramm, nichts! Er kann wirklich sehr vergesslich sein, wenn er in seine Arbeit versunken ist. Ihm ist gar nicht bewusst, was für Sorgen ich mir mache.«

»Eveline«, sagte Rose. »Abe ist zu Hause. Er ist vor einer Stunde zurückgekehrt, mitgenommen und erschöpft, aber unversehrt.«

»Dann sind sie also zurück! Oh, wie wundervoll«, rief Eveline. »Ich dachte mir schon, dass es nicht mehr lange dauern kann. Wo ist Thomas denn? Ist er unten? Ich muss sofort runter …«

Als sie Rose' Miene sah, erlosch ihre Begeisterung.

»So sag doch etwas«, bat sie. »Was ist passiert? Oh, Rose, Thomas ist doch nicht … nicht …«

Sie brachte das Wort nicht über die Lippen.

»Nein«, sagte Rose schnell. »Er ist nicht tot, Eveline. Zumindest hat Abe ihn noch lebend gesehen. Er lebte bestimmt noch, da ist sich Abe sicher. Aber es hat einen Hinterhalt gegeben. Der Zug, mit dem sie unterwegs waren, wurde angegriffen. Abe und ein paar andere konnten fliehen und wurden von einem Zug der Unionsstaaten weiter nördlich an der Strecke aufgegriffen. Aber Thomas war im entscheidenden Moment nicht bei Abe, und es sieht so aus, als hätte man ihn geschnappt – gefangen genommen. Oh, Eveline, es tut mir so leid!« Rose schlug die Hände vors Gesicht und schluchzte.

Die Zeit schien stillzustehen. Das ist ein Missverständnis, dachte Eveline, einfach nur ein furchtbares Missverständnis. Thomas kann nicht gefangen sein, unmöglich. Im nächsten Moment wird er zur Tür hereintreten und sagen: Keine Sorge, mein Schatz, da bin ich – war nur ein Scherz, ein kleines Missverständnis. Da bin ich, wohlauf und munter.

Der Raum um sie herum verschwamm. Sie streckte eine Hand aus, um sich am Tisch festzuhalten, aber ihre Knie gaben nach, und sie sah den Boden auf sich zukommen. Ihr wurde schwarz vor Augen. Aus weiter Ferne rief Thomas nach ihr, rief ihren Namen … *Eveline … Eveline …* Aber es war nur Rose, die Augen immer noch feucht. Sie beugte sich über sie und rieb ihr die Hände. Hannah hatte Wein geholt und hielt ihr ein Glas an die Lippen. *Trinken Sie, nur einen Schluck, hier. Sie haben einen Schock erlitten, können Sie sich aufsetzen?*, sagte sie. *Ja, sehr gut, nur noch einen Schluck, hier, und jetzt lassen Sie mich Ihnen hochhelfen. Setzen Sie sich auf diesen Stuhl hier.* Der Wein rann ihre Kehle hinab. Er brannte ein wenig, und sie musste husten.

»Eveline«, sagte Rose. »Hör zu. Abe sagt, er glaubt nicht, dass Thomas verletzt ist, nicht schwer jedenfalls. Er hat nämlich gesehen, wie er weggeführt wurde. Außerdem werden die Gefangenen wohl gar nicht immer so schlecht behandelt.

Wenn der Krieg vorbei ist, wird Thomas wohlbehalten zurückkehren, da bin ich mir sicher.«

Eveline biss sich mit aller Kraft in die Fingerknöchel. Sie wollte nicht weinen, nicht zusammenbrechen.

»Glaubst du, Rose? Glaubst du wirklich?«

»Ja«, sagte Rose bestimmt. »Thomas ist so stark, so vernünftig. Und so tapfer.«

»Das stimmt. Das ist er.« Evelines Hände zitterten wild, und plötzlich hatte sie ein Gefühl der Übelkeit in der Magengrube. Sie trank einen Schluck Wein. »Thomas kommt nämlich aus Yorkshire, musst du wissen«, fügte sie hinzu, als erkläre das irgendetwas.

Trotz ihrer Tränen musste Rose lächeln. »Und du denkst, das wird ihm helfen?«

»Unbedingt«, sagte Eveline tapfer. »Er ist entschlossen und vernünftig und wird nichts Unbedachtes tun. Vermutlich zuckt er mit den Achseln und sagt sich: ›Wird schon.‹«

»Wird was?«, fragte Rose irritiert.

»Wird schon werden. Ich meine, er wird sicher denken, dass schon alles gut werden wird«, erklärte sie.

Die drei Frauen verfielen ins Grübeln.

»Natürlich wird alles gut werden«, sagte Rose irgendwann. »Etwas anderes darfst du gar nicht denken. Oh, Eveline, wie blass du bist! Ich lasse dich nicht gern allein, aber ich muss zu Abe zurück. Als ich gegangen bin, schlief er tief und fest, aber sollte er wach werden, möchte ich bei ihm sein. Kommst du zurecht, meine Liebe?«

»Ich bin ja da«, versicherte Hannah. »Ich werde auf sie aufpassen, Mrs Clemens.«

»Dann weiß ich, dass du in guten Händen bist, Eveline.«

»Das bin ich, in der Tat.« Eveline rang sich ein Lächeln ab. Sie richtete sich auf und holte tief Luft. »Und Rose … Darf ich wohl morgen bei euch vorbeischauen, um Abe zu fragen, was genau passiert ist? Nur, um es zu verstehen. Meinst du, das wäre möglich?«

»Natürlich. Er wird dich auch sehen wollen, um dir alles zu erzählen. Er leidet sehr darunter, dass er diese Nachricht überbringen muss, das weiß ich.«

»Aber so darf er nicht denken. Ihn trifft doch keine Schuld. Dann komme ich also morgen vorbei, Rose.«

Rose umarmte sie. »Wenn ich etwas für dich tun kann, musst du es sagen, Eveline. Egal was.«

Als Rose fort war, löste sich Evelines Tapferkeit von einem Moment auf den nächsten in Luft auf. Sie sank auf ihren Stuhl, am ganzen Leib zitternd, und schlug die Hände vors Gesicht. Hannah kniete sich neben sie und berührte ängstlich ihren Arm.

»Es tut mir so furchtbar leid, Miss Eveline«, sagte sie. »Ich bin mir sicher, dass es Mr Armitage gut geht. Er ist doch so furchtbar tapfer, oder?«

»Ja, das ist er. Sehr tapfer.« Sie drückte Hannahs Hand. »Danke, Hannah, du machst mir Mut. Morgen werde ich mir von Mr Clemens erzählen lassen, was passiert ist, und dann wird es mir sicher schon viel besser gehen. Wir befürchten immer das Schlimmste, aber die Wirklichkeit sieht dann doch anders aus.«

Hannah nickte weise. »Das stimmt, Miss. Aber jetzt sollten Sie besser ins Bett gehen und schlafen, oder?«

Der Schlaf wollte sich allerdings lange nicht einstellen.

Tausend Ängste und Schreckensbilder schossen Eveline durch den Kopf – Thomas verwundet, blutend, ganz allein in einem schmutzigen Gefangenenlager. Oder angekettet. Halb verhungert. Hätte sie ihn doch nur nicht gehen lassen! Hätte sie doch nur geweint und gebettelt und gefleht und gezetert, damit er zu Hause blieb. Aber sie mochte sich noch so viele Vorwürfe machen, sie wusste nur zu gut, dass sie Thomas nicht umgestimmt hätte. Selbst wenn sie sich ihm vor die Füße geworfen hätte oder in Ohnmacht gefallen wäre, wenn sie sich an ihn geklammert und geweint hätte, Thomas hätte getan, was er für seine Pflicht hielt. Mit seinen Fähigkeiten konnte er den Unionsstaaten bei ihrem Kampf gegen die Sklaverei nützlich sein, und ihr war klar, dass er nicht der Mann war, der sich von einer in seinen Augen richtigen Entscheidung abbringen ließ. Morgen würde sie Abraham bitten, ihr alles zu erzählen, und sie würde der Wahrheit tapfer ins Auge blicken, Thomas zuliebe. Es würde ihm nichts nützen, wenn sie hilflos schluchzend zu Hause hockte. Sie musste stark sein und weitermachen und für seine sichere Rückkehr beten.

Irgendwann, kurz vor Sonnenaufgang, schlief sie endlich ein.

Als sie Abraham am nächsten Tag besuchte, wirkte er blass, hager und angespannt. Er nahm Evelines Hand und neigte den Kopf.

»Es tut mir so furchtbar leid, Eveline«, beteuerte er. Seine Stimme brach. »Ich hätte niemals zulassen dürfen, dass Thomas sich diesen Einsätzen anschließt. Er ist ja nicht einmal Amerikaner. Es ist nicht sein Kampf. Und jetzt ist er in Gefangenschaft. Um nichts in der Welt hätte ich gewollt, dass ihm so etwas zustößt, das musst du mir glauben.«

»Abe, du hättest Thomas niemals zu etwas verleiten können, das er nicht selbst gewollt hätte«, sagte Eveline bestimmt. »So ein Typ ist er nicht. Du hast dir nichts vorzuwerfen, und ich werde es auch nicht tun, glaub mir.« Sie zog ihn zu einem Stuhl. »Erzählst du mir, was passiert ist? Und nimm bitte kein Blatt vor den Mund, um mich zu schonen. Ich möchte alles wissen, an das du dich erinnern kannst. Die Wahrheit wird mir mehr helfen als alles andere.«

»Gut. Wenn du wirklich willst, sollst du es hören«, sagte Abe. Er holte tief Luft und begann zu erzählen. Sein Bericht war so detailliert wie möglich; seine Stimme war heiser und zitterte gelegentlich.

»Wochenlang haben wir die Eisenbahnstrecke in den Süden repariert. Die Rebellen hatten Schienen herausgerissen und Brücken zerstört, um unsere Truppentransporte und die Versorgung mit Nachschub zu sabotieren. Obwohl wir tief im Feindesland operiert haben, haben wir uns ziemlich sicher gefühlt. Ein gepanzerter Zug ist kein leichtes Ziel, und wir waren meilenweit von den Kämpfen entfernt. Wir haben Schienen neu verlegt und Brücken wiederaufgebaut – dein Thomas ist ein echter Experte in diesen Dingen. Selbst als wir an einen Streckenabschnitt kamen, den die Rebellen vermint hatten, wusste Thomas sofort, wie wir das Problem lösen. Die Strecke war hinterher wie neu …«

»Klar«, sagte Eveline ungeduldig. »Das glaube ich gerne. Aber was ist passiert, Abe?«

»Nun, vor ein paar Wochen fuhren wir mit unserem Zug weiter in Richtung Süden, ganz langsam und vorsichtig, als wir plötzlich einen Baum auf den Gleisen liegen sahen. Da er uns den Weg versperrte, stiegen Thomas und zwei andere Männer aus und begaben sich, mit Äxten und Sägen bewaffnet, zu der Stelle, um sie zu räumen. Wir anderen nutzten die Gelegenheit, um Wartungsarbeiten an der Lokomotive durchzuführen. Da wir uns hinter der Lok befanden, um eine lockere Kuppelstange wieder festzuschrauben, konnte man uns vermutlich nicht sehen. Wir hatten natürlich gedacht, der Baum sei einfach vom Wind umgerissen worden. Jetzt nehme ich an, dass es sich um einen Hinterhalt handelte und die Rebellen ihn gefällt hatten. Plötzlich hörte man nämlich Geschrei und Schüsse, und wir brachten uns schnell in Deckung. Wir flohen in den Wald, was uns gerettet hat. Wenn wir nämlich im Zug gewesen wären, hätte man uns gefunden und auch geschnappt. Mir gelang es noch, einen Blick auf das Geschehen zu werfen. Dreißig, fünfunddreißig Soldaten waren erschienen und umzingelten Thomas und die anderen. Einer unserer Männer, Enoch, war verwundet, das konnte man sehen. Tom stützte ihn, aber der sah nicht gut aus. Die Soldaten durchsuchten den Zug, und als sie niemanden mehr fanden, führten sie die anderen fort, die Mündungen ihrer Gewehre auf sie gerichtet. Wir blieben in unserem Versteck und trauten uns kaum zu atmen. Es gab nichts, was wir hätten tun können. Wir waren in der Unterzahl. Wenn wir versucht hätten, sie zu befreien, hätte es ein Blutbad gegeben. Glaub mir, Evie, wenn wir irgendetwas hätten unternehmen können, um ihnen zu helfen, wir hätten es getan.«

»Natürlich«, beruhigte Eveline ihn. »Das weiß ich doch, Abe.«

»Wir haben gewartet, bis alles wieder still war, dann haben

wir uns beratschlagt. Wenn wir die Lokomotive gestartet hätten, hätte man uns sicher gehört, zumal wir ohnehin davon ausgingen, dass die Rebellen zurückkommen würden, um sich den Zug unter den Nagel zu reißen. Also brachen wir zu Fuß auf, immer an den Schienen entlang. Wir nahmen so viele Lebensmittel mit, wie wir tragen konnten, und hielten uns nach Möglichkeit in der Deckung. Fünf Tage sind wir gelaufen, immer nachts. Tagsüber haben wir im Wald geschlafen. Schließlich stießen wir auf einen anderen Militärzug – auch einen von uns, Gott sei Dank. Die Männer haben uns mitgenommen und nach New York gebracht.«

»Du hast Thomas also davongehen sehen? Und du bist sicher, dass er nicht verwundet war?«

»Er ging zu Fuß und hat Enoch gestützt, den Verletzten, unseren Maschinisten. Tom hat vielleicht ein paar Kratzer abbekommen, mehr nicht.«

Eveline atmete aus. »Wo wart ihr genau, Abe, als es passiert ist?«

»Unten in Georgia, Eveline. Weit unten im Süden.«

»Kannst du es mir auf der Karte zeigen?«, fragte sie.

»Ich denke schon«, sagte Abe. »Wir notieren unsere Maßnahmen minutiös, damit die hohen Herren in Washington den Zustand der einzelnen Streckenabschnitte kennen. Ich zeige es dir gern. Obwohl mir nicht klar ist, warum du das wissen willst, Evie.«

»Ich weiß es selbst nicht genau«, sagte Eveline. »Aber wenn du es mir zeigen würdest, Abe, wäre ich dir unendlich dankbar.«

## Kapitel 12

# *Reisevorbereitungen*

Eveline entfernte sich langsam vom Haus der Clemens und merkte kaum, wo ihre Füße sie hintrugen. Sie würde zu spät zur Arbeit kommen, aber Hannah hatte sich freundlicherweise angeboten, zum Fotostudio zu gehen und Sam und Joe mitzuteilen, dass sie in einer dringenden Angelegenheit verhindert sei. Sie hoffte, man würde noch eine Weile ohne sie auskommen. Als sie die hübsche Gartenanlage des Washington Square erreichte, setzte sie sich auf eine Bank und hing ihren Gedanken nach.

Ihre Grübeleien wurden von einem schüchternen Gruß unterbrochen. Als sie aufblickte, sah sie eine hübsche, pummelige Frau vor sich stehen.

»Mrs Armitage?«

Das Gesicht kam ihr bekannt vor, aber in ihrer gegenwärtigen Verfassung konnte sie es zunächst nicht zuordnen. Dann fiel es ihr wieder ein.

»Miss Marshall! Natürlich. Verzeihen Sie, ich war meilenweit entfernt. Ich habe die Fotografie von Mr Douglas für Sie aufgenommen. Geht es Ihnen gut, Abigail? Geht es Jim gut?«

Sobald die Frage ihre Lippen verlassen hatte, war ihr klar, dass dem nicht so sein konnte. Dieses Gesicht, das einst so heiter und unbeschwert gewirkt hatte, war nun verschlossen und düster. Und in die Augen, an deren Funkeln sich Eveline noch gut erinnerte, schossen plötzlich Tränen.

»O Gott, Abigail«, sagte sie.

»Er ist tot.« Der Satz war so trostlos, so endgültig. »In Gettysburg. Nicht dass ich einen Brief bekommen hätte oder so etwas. Ich habe einfach seinen Namen in einer Liste entdeckt. In einer langen Liste in der Zeitung. Klar, an dem Tag sind tausende von Männern gestorben. Zehntausende. Er war nur einer von vielen. Das ist mir schon klar.«

Eveline nahm das Mädchen bei der Hand und zog sie neben sich auf die Bank. »Das tut mir furchtbar leid.« Was hätte sie sonst sagen sollen?

»Ich wollte Sie auch gar nicht mit meinem Kummer belästigen.« Abigail wischte sich über die Augen. »Eigentlich wollte ich Ihnen nur etwas sagen: Die Fotografie, die Sie von Jim gemacht haben, ist nun mein größter Schatz. Das kann mir niemand nehmen. Dafür wollte ich Ihnen danken.«

»Das freut mich. Es war mir eine große Freude, Jim kennenzulernen. Ich werde ihn nie vergessen.«

Abigail nickte ernst. »Niemand könnte das«, sagte sie schlicht.

Schweigend saßen die beiden Frauen in der warmen New Yorker Sonne; Eveline hielt immer noch Abigails Hand. Beide dachten sie an den Mann, der fast noch ein Junge gewesen war, mit dem tapferen Lächeln und dieser lächerlichen Uniform, die er mit all dem Stolz und Übermut der Jugend trug, während ein unmerkliches Zittern seiner Hände verraten hatte, dass er die Grauen des Krieges aus eigener Anschauung kannte – und der nun für immer und ewig in einer kleinen Fotografie festgehalten war.

Als sie später am Tag Samuel und Joe in aller Kürze von Thomas' Gefangennahme und dem Grund ihrer Verspätung erzählte, zeigten sich die beiden von ihrer besten Seite. Joe kochte ihr einen Kaffee, und Sam nötigte sie, sich hinzusetzen, die Beine hochzulegen und sich auszuruhen.

»Du hast einen Schock erlitten«, sagte Sam. »Nimm noch einen Zuckerwürfel. Vielleicht solltest du sowieso lieber heimgehen, wenn ich es recht bedenke. Mach dich auf den Weg nach Hause und entspann dich.«

»Danke, Sam, aber das ist das Letzte, was ich jetzt brauche«, sagte Eveline. »Ich muss mich irgendwie beschäftigen. Bitte gib mir etwas zu tun, egal was. Soll ich die Liste für die Expedition durchgehen« – der Begriff »Expedition« stand mittlerweile für das Vorhaben, dass *Byrne and Ellis,* GESELLSCHAFTSFOTOGRAFEN, dem großen Mathew Brady nacheifern und waghalsige Kriegsreporter werden würden – »und sicherstellen, dass alle Vorräte beisammen sind?«

»Klar, das wird dich sicher ablenken«, sagte Joe verständnisvoll.

Und schon griff Eveline zu Stift und Notizblock, um die einzelnen Posten abzuhaken.

»Wir haben jetzt so ziemlich alles organisiert. Ein Frachtwagen wird unsere Sachen zum Bahnhof bringen, und wenn wir am Zielort ankommen, wo auch immer der sein wird, besorgen wir uns Planwagen, um damit weiterzufahren.«

»Wollt ihr immer noch nach Virginia? Oder war es Georgia?«, erkundigte sich Eveline beiläufig, den Kopf in die Kiste mit den Lebensmittelvorräten gesenkt.

»Die endgültige Entscheidung ist noch nicht gefallen«, sagte Joe. »Ich bin unbedingt für Virginia, da es etwas näher ist. Aber es scheinen ja überall in dieser verfluchten Gegend Kämpfe stattzufinden, also kommt es wohl nicht so drauf an. Hauptsache, wir fahren in den Süden.«

»Tennessee wäre auch eine Möglichkeit«, sagte Samuel. »Ich hatte immer schon die fixe Idee, dass ich irgendwann mal nach Tennessee muss. Dort wird ganz sicher gekämpft.«

»Georgia«, sagte Eveline bestimmt. »Aus zuverlässiger Quelle habe ich gehört, dass sich die Kämpfe jetzt alle nach Georgia verlagern. Dort werdet ihr die wichtigen Schlachtfelder finden, wo ihr die aufwühlendsten und dramatischsten Bilder machen könnt.«

»Ach, tatsächlich?«, fragte Samuel. »Woher weißt du das, Evie?«

»Das darf ich nicht sagen«, erklärte Eveline. »Aber es handelt sich um eine vertrauenswürdige Quelle. Ihr solltet unbedingt nach Georgia fahren.«

»Aber wie kommen wir mit einem Zivilistenzug nach Georgia?«, fragte Joe. »Militärzüge fahren sicher dorthin, aber wir werden ja als normale Fahrgäste reisen müssen.«

Eveline rückte das letzte Päckchen Kaffee zurecht und richtete sich auf. »Darüber habe ich auch schon nachgedacht«, sagte sie. »Kommt, ich zeige es euch auf der Karte. Hier, die Strecke von New York in Richtung Westen verläuft ausschließlich auf dem Gebiet der Union. Wir … ich meine, ihr … könnt sie unbedenklich nehmen, und zwar bis Kentucky. Wenn ihr in Louisville aussteigt, seid ihr bereits in der Nähe von Tennessee – du siehst, Sam, das ist ein perfekter Plan, weil du dann sogar noch nach Tennessee kommst. Dort besorgt ihr euch ein oder zwei Planwagen und beladet sie mit eurem Zeug. Mit den Wagen fahrt ihr durch Tennessee nach

Nashville und begebt euch von dort nach Chattanooga. Hier, seht ihr den Einschnitt in den Bergen? Durch den gelangt ihr nach Georgia.«

»Warum nicht«, sagte Sam munter. »Das klingt nach einem perfekten Plan. Auf nach Georgia also.«

»Brecht ihr bald auf?«, fragte Eveline.

»Übermorgen«, sagte Joe. »Wir denken, dass wir so ziemlich alles beisammenhaben. Und mit deiner tollen Kamera, Evie, kann es tatsächlich losgehen.«

»Großartig.«

»Du solltest dir morgen freinehmen«, schlug Sam vor. »Wir verriegeln und verrammeln den Laden, da kannst du dich um deinen eigenen Kram kümmern.«

»Danke, Sam. Das werde ich wohl auch tun. Übermorgen früh komme ich aber auf jeden Fall, um euch zu verabschieden.«

»Das will ich doch hoffen!«, sagte Sam. »Und wenn wir weg sind, kannst du mal so richtig ausspannen, Evie.« Er umarmte sie fest. »Und mach dir keine Gedanken wegen deines Gatten. Er scheint der Typ Mann zu sein, der auf sich selbst aufpassen kann. Ehe du dich's versiehst, ist er wieder zu Hause.«

Gleich nach dem Frühstück am nächsten Morgen schritt Eveline zügig über die Straße zum Haus der Clemens. Sie erkundigte sich nach Abrahams Wohlbefinden und erfuhr, dass er einen ganzen Tag geschlafen hatte, dann gerade einmal lange genug wach gewesen war, um ein herzhaftes Mahl zu sich zu nehmen, und nun schon wieder schlief.

»Er ist schon wieder fast der Alte«, sagte Rose dankbar.

»Gutes Essen und viel Schlaf werden ihn wieder auf die Beine bringen.«

»Das freut mich sehr. Und ich bin froh, dass du ebenfalls wieder etwas munterer wirkst, Rose.«

»Ich hoffe, dass du auch bald Anlass haben wirst, wieder glücklich zu sein«, sagte Rose ernst. »Du musst solche Ängste ausstehen, meine arme Eveline, und ich fühle mich so machtlos, weil ich dir nicht helfen kann.«

»Nun, wo du schon davon redest: Es gibt tatsächlich etwas, das du für mich tun könntest, Rose. Dürfte ich dich um einen Gefallen bitten? Um einen großen Gefallen? Du musst aber ehrlich sagen, wenn es nicht geht oder wenn du es nicht tun möchtest.«

»Wenn es etwas gibt, das ich tun kann, dann mach ich es gern«, sagte Rose. »Komm, setz dich. Ich koche uns einen Kaffee, dann kannst du mir erzählen, um was es geht.«

Keine Stunde später war Eveline schon wieder zu Hause und band entschlossen ihre Haube auf.

»Gehen Sie heute nicht zur Arbeit, Miss Eveline?«, fragte Hannah.

»Nein, heute nicht, Hannah. Aber ich habe einen anstrengenden Tag vor mir und werde deine Hilfe benötigen.«

Hannah sah sie fragend an.

»Zunächst, meine Liebe … Ich hoffe, es macht dir nichts aus, aber ich gehe für eine Weile fort. Für wie lange, weiß ich noch nicht, aber ich habe Mrs Clemens gefragt, ob du und Jack bei ihr bleiben könnt. Die Vorstellung, dass du hier alleine herumhockst, gefiel mir nicht, und du weißt ja, wie sehr Mr und Mrs Clemens dich mögen.«

»Sie sind immer sehr nett zu mir«, sagte Hannah. »Ich kann mir gut vorstellen, bei ihnen zu wohnen, natürlich.«

»Du hättest das ganze Obergeschoss für dich und Jack allein. Es ist wunderschön, du wirst dich dort wohlfühlen. An den Tagen, an denen du im Krankenhaus arbeitest, könnt ihr zusammen hinfahren, Rose und du. Ich könnte mir vorstellen, dass sich alles ganz großartig fügt. Rose ist jedenfalls entzückt. Sie ist schon dabei, das Zimmer für dich herzurichten und Spielzeug für Jack zusammenzusuchen.«

»Mrs Clemens ist eine wunderbare Frau«, sagte Hannah warm. »An meine eigene Mutter habe ich keine Erinnerungen, aber ich bilde mir manchmal ein, dass sie vielleicht ein bisschen wie Mrs Clemens war. Klingt das albern?«

»Das klingt sehr, sehr schön, Hannah. Rose wäre gerührt, wenn sie das hören würde.«

»Vielleicht sage ich es ihr eines Tages, wenn Sie das nicht für zu dreist halten. Aber wo wollen Sie denn hin, Miss? Werden Sie weit weg fahren?«

»Ziemlich weit weg, vermutlich. Ich muss allerdings noch ein paar Dinge erledigen, bevor es losgeht. Hannah, du kannst doch so wunderbar nähen und auch so gut mit Haaren umgehen. Würdest du mir bei ein paar Vorbereitungen helfen?«

»Natürlich, Miss Eveline. Alles, was Sie wollen. Sie möchten sicher für die Reise so gut wie möglich aussehen, oder?«

»In gewisser Weise schon«, sagte Eveline. »Danke, Hannah, deine Hilfe wird von unschätzbarem Wert für mich sein. Wollen wir loslegen?«

Das Fotografiestudio *Byrne and Ellis* war bereits eingemottet, und an der Tür hing ein großes Schild mit der Aufschrift: *BIS AUF WEITERES GESCHLOSSEN.* Auf der Straße stand der Frachtwagen; mehrere stämmige Männer hievten Kisten und Reisetruhen hinein. Joe war im Obergeschoss und suchte nach seinem Lieblingshut, den er am Abend bereitgelegt hatte, da war er sich ganz sicher, aber nun schien er auf mysteriöse Weise verschwunden. Sam prüfte derweil noch einmal, ob auch sämtliche Fenster geschlossen waren, Staubtücher über den Kameras hingen und nichts Wertvolles von außen zu erkennen war. Plötzlich schallte das Türglöckchen durch die leeren Räume, weil offenbar jemand durch die Eingangstür getreten war.

»Was muss man denn für ein Schild anbringen, damit die Leute begreifen, dass hier zu ist?«, brummte Sam und ging nach vorne in den Laden.

»Es tut mir furchtbar leid, Sir, aber wir haben geschlossen«, begann er. »Falls Sie einen Termin für einen der nächsten Monate machen wollen, können wir das gerne tun. Lassen Sie mich den Terminkalender holen …«

Die große Gestalt vor ihm zog schwungvoll den breitkrempigen Hut, trat mit einem Bein vor und machte eine formvollendete Verbeugung. Sam hatte es offenbar die Sprache verschlagen.

Schließlich sagte er: »Eveline?«

»Stets zu Diensten.« Eveline lächelte munter.

»Gütiger Himmel.« Sam drehte sich um und rief die Treppe hinauf: »Joe! Komm mal schnell runter. Hier ist etwas, das du unbedingt sehen musst.«

Joe polterte die Treppe herunter. »Ich habe den verfluchten Hut gefunden. Er hing unter meinem Mantel … Oh,

Entschuldigung, Sir. Ich hatte gar nicht mitbekommen, dass wir Besuch haben.«

»Hallo, Joe«, sagte Eveline.

Joe erstarrte und glotzte sie an, ein urkomisches Ebenbild von Sam ein paar Sekunden zuvor. Eveline trug einen langen, ziemlich schäbigen Mantel aus dunkelgrüner Wolle, eine Kniehose aus Moleskin-Stoff, dazu schwere Stiefel, eine braune Lederweste und ein weißes Flanellhemd mit einem roten Halstuch, das sie sich ziemlich flott umgebunden hatte. Zu ihren Füßen stand eine große Leinentasche; in der einen Hand hielt sie den breitkrempigen Hut, in der anderen ein Paar robuster Handschuhe. Mit ihren Haaren – dieser unzähmbaren Masse dunkler Locken, die sich entweder aus sämtlichen Klammern, Hauben oder Bändern lösten oder ihr wild ins Gesicht fielen – hatte sie gnadenlos kurzen Prozess gemacht und es abgeschnitten.

»Guten Morgen, meine Herren.« Evelines Stimme klang leicht vorwurfsvoll.

»Morgen, Evie.« Sam räusperte sich. »Gut siehst du aus, wenn ich das so sagen darf.«

»In der Tat«, stimmte Joe zu, der nun die Sprache wiedergefunden hatte, sie aber immer noch mit offenem Mund anstarrte. »Diese Sachen …?«

»Alte Sachen von Thomas«, erklärte sie. »Ich hatte ihm geraten, sie wegzuwerfen, da sie schon so alt und abgewetzt sind. Jetzt bin ich froh, dass er sich geweigert hat! Hannah musste sie nur ein wenig abändern. Ich finde, dass sie ziemlich gut sitzen. An den Schultern sind sie vielleicht ein bisschen locker, aber das stört nicht weiter. In jedem Fall sind sie äußerst bequem.«

»Sehr hübsch«, sagte Sam. »Die Frisur auch. Irgendwie … irgendwie anders.«

»Auch Hannahs Werk. Im Umgang mit Kleidern und Haaren macht ihr niemand etwas vor. Wirklich, sie ist so talentiert!«, sagte sie mit einem demonstrativen Blick in Joes Richtung. »Wirklich überaus talentiert.«

»Klar«, bestätigte Joe. »Aber, Evie, wieso das Ganze?«

»Ihr hattet ja Sorge, allzu sehr aufzufallen, wenn ihr mit einer Frau reist«, erklärte Eveline. »So richtig wie ein Mann sehe ich vermutlich nicht aus, aber wenn man nicht so genau hinschaut, dürfte man mich ohne Weiteres für einen halten. Auf der Straße haben mich jedenfalls schon ein paar Leute mit ›Sir‹ angeredet. Ihr müsst jetzt also keine Angst mehr haben, dass ich eure Arbeit behindere oder die Aufmerksamkeit auf euch ziehe oder so etwas.«

»Willst du damit sagen, dass du nun doch mitkommen willst?«, fragte Sam. »Ich dachte, wir hätten uns darauf verständigt, dass das keine gute Idee ist, Evie. Doch, das hatten wir definitiv gesagt.«

»Sam«, sagte Eveline. »Mein lieber Sam! Ihr habt doch wohl nicht allen Ernstes gedacht, dass ihr mich hier zurücklassen könnt, während ihr Männer auf große Expedition geht, oder? Und dass ich jetzt, wo Thomas gefangen genommen wurde und zweifellos in einem Rebellenloch versauert, hier in New York bleibe, statt mit euch mitzufahren und vielleicht herausfinden zu können, was aus ihm geworden ist?«

»Aber die Vorräte …« Sam klammerte sich an den letzten Strohhalm. »Die reichen doch gar nicht für uns drei.«

Sie warf ihm einen mitleidigen Blick zu. »Um die Vorräte habe ich mich doch selbst gekümmert«, erinnerte sie ihn.

»Ich werde uns doch nicht der Gefahr aussetzen, dass uns die Lebensmittel ausgehen, oder?«

Sam seufzte. »Nun, vielleicht war es blauäugig von mir zu denken, dass du so leicht nachgeben würdest.«

»Der Meinung war ich ohnehin immer«, sagte Joe belustigt. »Ich hatte jedenfalls schon die ganze Zeit so eine Ahnung, dass sie mitkommen würde.«

»Aha, hattest du das?«, sagte Sam. »Nun ja, du Allwissender, dann solltest du besser ihre Tasche in den Wagen bringen. Wir wollen schließlich unseren Zug nicht verpassen.«

## Kapitel 13

# *In Louisville, Kentucky*

Als die Dampflokomotive einen langen, klagenden Pfiff ausstieß, wachte Eveline unsanft auf. Der Zug verlangsamte die Fahrt zitternd und bebend. Sie war in einen unruhigen, wenig erholsamen Schlaf gefallen, den Kopf an Sams Schulter gelehnt. Zuvor hatte sie Stunden um Stunden in die Wälder geblickt, hatte die Hügel vorbeifliegen sehen und dem rhythmischen Klappern der Räder gelauscht, unterbrochen nur von gelegentlichen Halts in kleinen staubigen Städten. Die unbestimmten Eindrücke dieses langen Tages flossen ineinander. Sie blinzelte, rieb sich die Augen und beugte sich vor, um herauszufinden, wo sie waren. Da aber inzwischen die Nacht hereingebrochen war, konnte man nicht mehr erkennen als ein paar große Gebäude und einen breiten Fluss.

»Louisville, Kentucky«, sagte Sam. »Wir sind am Ziel. Die erste Etappe der Expedition wäre geschafft.«

Sie kletterten aus dem hohen Waggon, steif und geschunden nach der langen Reise, und machten sich auf die Suche nach Gepäckträgern, die ihre Reisetruhen und Kisten aus dem Wagen laden würden. Dann bestachen sie den Bahnhofsvorsteher, damit er die schweren Teile in seinem Büro einschloss, und behielten nur die Reisetaschen mit dem Notwendigsten für den persönlichen Bedarf. Während der Fahrt hatten sie sich gefragt, ob sie in dieser Stadt, so fernab der Heimat, wohl auffallen würden – ob die Leute seltsame Fragen stellen, sie anstarren oder sie misstrauisch nach ihren Absichten befragen würden. Die Sorgen erwiesen sich als unbegründet. Louisville war eine höchst lebendige Stadt, und selbst um diese späte Uhrzeit herrschte noch geschäftiges Treiben. Viele Menschen waren auf den Beinen, liefen an den Gleisen entlang, strömten in die Brook Street, schrien, riefen und hasteten an den drei Fremden vorüber, die nichts als drei Gesichter in der Menge waren. Einen Schlafplatz zu finden war auch nicht schwer, da sich in jedem zweiten Gebäude ein Hotel oder Saloon befand, wo man Zimmer zu bezahlbaren Preisen bekam.

»Wir suchen uns aber ein anständiges Hotel«, sagte Joe. »Manche dieser Saloons scheinen mir nicht das Richtige für eine Dame zu sein, Evie.«

»Ich bin aber keine Dame«, erinnerte sie ihn. »Ich bin der Kleinste von drei Brüdern. Du bist der Mittlere …«

»… und ich der Älteste«, ergänzte Sam. »Also bestimme ich, wo wir absteigen, Kleiner.«

»Klar«, sagte Eveline, »du bestimmst, Sam. Aber nimm bitte nicht wegen mir so etwas Überkandideltes. Eigentlich würde es mir sogar besser gefallen, mal einen richtigen Saloon kennenzulernen, mit einem klapprigen Klavier in der Ecke und Damen mit gewagten Kleidern und Federn im Haar.«

»Verstehe.« Sam grinste. »Wie wär's mit dem da?«

Das Etablissement, auf das er zeigte, lag an der Main Street. Das Gebäude wirkte neu. Im Innern blinkten Lichter. Durch die geöffnete Tür sah man Leute an Tischen sitzen und ein spätes Abendessen zu sich nehmen; ausgelassenes Gemurmel war zu hören und im Hintergrund die leisen Klänge eines Klaviers. Der Geruch von Schweinebraten und Tabak drang in die Nacht.

»Perfekt, wenn du mich fragst«, sagte Eveline. »Joe?«

Joe nickte, und so traten sie ein und fragten nach zwei Zimmern. Ja, Sir, kein Problem, sie hatten noch Zimmer frei. Wenn die drei Gentlemen Geld sparen wollten, könnten sie aber auch zu dritt einen Raum mieten.

»Mein kleiner Bruder schnarcht«, sagte Joe geistesgegenwärtig. »Wie ein Holzfäller. Mit dem kann man sich kein Zimmer teilen, daher brauchen wir zwei, tut mir leid.«

Eveline nickte und hoffte, hinreichend reumütig zu wirken, um Joe aber heimlich einen ziemlich strengen Blick zuzuwerfen.

Man zeigte ihnen ihre Zimmer. Luxuriös waren sie nicht, aber die Betten waren auch nicht allzu durchgelegen, die Laken wirkten durchaus sauber, und es gab Wasser zum Waschen. Kaum eine halbe Stunde später saßen die drei Freunde unten an einem Tisch, tranken Bier, aßen Schweinefleisch mit Bohnen und lauschten dem Klavierspieler, der Potpourris alter Melodien herunterrasselte: *Aura Lea, Froggie Went A-Courting, The Girl I Left Behind.*

Sam steckte sich eine Zigarre an, und in seiner üblichen aufgeschlossenen Art war er schon bald in ein Gespräch mit einem interessierten Herrn vom Nachbartisch vertieft. Richtig, sie kämen nicht aus der Stadt, sie seien gerade erst eingetroffen. Nein, sie hätten keine Kämpfe gesehen in der Gegend, aus der sie kamen. Genau, Sir, es sei wirklich eine Schande, was unten im Süden mit unseren Jungs geschah. Innerhalb kürzester Zeit hatte sie ihr neuer Freund auch darüber aufgeklärt, wo man am besten Pferde und Planwagen kaufte, wie man aus der Stadt herauskam, welche Läden in Louisville man bei der Proviantbeschaffung meiden sollte und wo sie auf ihrer Reise Zwischenhalt einlegen könnten.

»Allerdings würde ich Ihnen davon abraten, in den Süden zu fahren«, warnte der hilfreiche Herr und nahm dankbar eine Zigarre von Sam entgegen. »Diese Rebellen kommen immer näher, wie ich gehört habe. Bleiben Sie in Louisville, hier sind Sie sicher.«

»Danke, aber wir wollen uns morgen schon auf den Weg machen«, sagte Sam. »Sie haben uns enorm geholfen, Sir.«

»Nun, Sie müssen es wissen. Der da wirkt nicht, als wäre er schon alt genug für solche Unternehmungen.« Er fuchtelte mit seiner Zigarre in Evelines Richtung. »Dem Knaben soll erst mal ein Bart wachsen.«

»Wohl wahr.« Sam lachte, legte Eveline brüderlich einen Arm um die Schulter und grinste sie an.

In einem wenig damenhaften Impuls streckte sie ihm die Zunge heraus und grinste zurück, plötzlich furchtbar glücklich in dieser von Qualm, Gelächter und Musik erfüllten Umgebung. Der Schweinebraten war köstlich, das Fleisch zartschmelzend, die Kruste knusprig und würzig, das Bier kalt und herb; vor allem aber war sie frei, schwindelerregend frei – frei von Korsetten und Röcken und Hauben und Haarnadeln und Bändern und Konventionen und den tausenden von albernen Regeln, die sie und die anderen Frauen jeden einzelnen Tag ihres Lebens befolgen mussten. Sie sah sich im Raum um. An der langen Theke saßen Männer, tranken Bier und Whisky und flirteten mit Frauen, die ihre Kleider aus Satin und Spitze in einer Weise rafften, dass Schichten von

Unterröcken zum Vorschein kamen, gelegentlich sogar zarte Knöchel in weißen Strumpfhosen. Eine der Damen drehte sich um, musterte die Gäste und blieb dann an dem Tisch hängen, an dem Sam, Joe und Eveline saßen. Sie flüsterte der Frau neben sich etwas zu und kam dann auf sie zugewankt.

»Neu in der Stadt, mein Hübscher?«, fragte sie Joe.

Sie trug ein gelbes Seidenkleid. Ihr Gesicht war mit Rouge zugekleistert, die Lippen angemalt; ihre Haare, eine Masse kastanienbraun gefärbter Ringellöckchen, fielen auf ihre nackten weißen Schultern herab.

»Ja«, sagte Joe. »Wir sind auch nur für eine Nacht hier.«

»Ach ja? Wie schade. Wir könnten aber trotzdem dafür sorgen, dass es eine unvergessliche Nacht wird, oder? Ich habe ein paar wirklich reizende Freundinnen, die glücklich wären, euch drei einen netten Empfang zu bereiten.«

»Danke, Ma'am«, meinte Joe, »aber wir müssen morgen sehr früh raus. Daher glaube ich nicht, dass ich heute Nacht noch viel auf die Beine stelle.«

Sie zuckte fröhlich mit den Achseln. »Wie du willst.« Dann wandte sie sich an Sam. »Und was ist mit dir, Mister? Würdest du mir vielleicht einen Drink spendieren?«

»Einen Drink spendiere ich dir gerne«, sagte Sam freundlich und gab dem Barkeeper ein Zeichen. »Aber ich werde heute auch nicht mehr alt, tut mir leid.«

»Ihr seid ja ganz brave Jungs.« Sie lachte. »Tja, über Geschmack lässt sich nicht streiten.« Nun sah sie Eveline an und lächelte. »Jetzt erzähl mir nicht, dass dich ein nettes Stündchen auch nicht reizen würde, ein junger Kerl wie du?« Sie zog sich einen Stuhl heran und setzte sich neben Eveline. »Wo kommst du denn her, Schätzchen?«

»Aus New York«, antwortete Eveline höflich.

»Ich mag Stadtjungen«, sagte die Frau schmeichelnd. »Besonders, wenn sie so gut aussehen.« Sie schlug ein Bein über, sodass die Rüschen ihres Kleids beiseitefielen und den Blick auf eine hübsche schwarze Schnürstiefelette frei gaben. Mit der berührte sie sanft Evelines Stiefel und beugte sich zu ihr vor. Sie roch nach Whisky und einem billigen aufdringlichen Parfüm. »Wie wär's, wenn wir oben einen Bourbon trinken, nur du und ich. Wir könnten es uns schön gemütlich machen.«

»Tut mir leid, Ma'am«, sagte Sam, der dem Wortwechsel amüsiert gefolgt war. »Das ist mein kleiner Bruder. Ich habe unserer Mama versprochen, gut auf ihn aufzupassen, damit er nicht … äh … auf Abwege gerät – falls Sie mir meine Wortwahl nachsehen.«

Sie seufzte resigniert. »Ah, okay. Schade. Jetzt habe ich sowieso erst einmal einen Auftritt. Wenn du mal wieder in der Gegend bist, Schätzchen, musst du aber unbedingt hereinschauen und hallo sagen, ja? Ich werde hier sein.« Sie stand auf und legte ihre Hand auf Evelines Schulter. »Pass gut auf dich auf.« Mit diesen Worten schwankte sie zum Klavier in der Ecke.

Sam und Joe grinsten über das ganze Gesicht.

»Tja, Brüderchen«, sagte Joe, »du hast Chancen.«

Eveline schüttelte den Kopf über so viel Unsinn und erwiderte nichts. Aber ihre Wangen hatten sich gerötet, und für einen Moment glitten ihre Finger zu der Stelle, wo die Hand der Dame ihre Schulter berührt hatte.

Als die Frau in dem gelben Kleid das Klavier erreichte, brandete Applaus auf; einige Gäste klopften auf den Tisch.

»Sing uns ein Lied, Lorena!«, rief jemand. »Sing *Shenandoah!*«

Der Klavierspieler schaute zu ihr auf und stimmte ein paar Akkorde an, dann begann die Frau zu singen, mit unerwartet sanfter, heiserer Stimme. Ein paar Minuten lang senkte sich Schweigen über den überfüllten Raum, während die melancholischen Klänge durch die verqualmte Luft schwebten.

*Seven years I've been a rover*
*Away, you rolling river*
*For seven more I've been a rover*
*Away, bound away,*
*'Cross the wide Missouri …*

Sieben Jahre zog ich umher,
Immer fort, du wogender Strom,
Sieben werden es noch mehr,
immerfort weiter und weiter,
Über den mächtigen Missouri …

Eveline schloss die Augen. O Thomas, dachte sie, Thomas, wo bist du? Geht es dir gut? Wir sind so weit fort von unserer Heimat, und nun haben wir uns verloren. Lass mich dich finden, egal wie. Ich suche dich, bis ich dich finde.

*O Shenandoah, ich habe Sehnsucht nach dir,* sang die silbrige Stimme, *immer fort, du wogender Strom.*

Der nächste Morgen zeigte sich von seiner strahlendsten Seite. Der Himmel war von einem tiefen, stählernen Blau, das von keinem Wölkchen getrübt wurde, und die Straßen schimmerten schon in der Hitze des Tages. Sam, Joe und Eveline, die sich ein Frühstück aus gebratenem Speck, Eiern und Maisgrütze hatten schmecken lassen, zogen los, um den Betrieb aufzusuchen, den ihr Freund vom Vorabend empfohlen hatte. Dort besorgten sie sich zwei klobige Planwagen und zwei kräftige Pferde – einen großen glänzenden Braunen und eine graue Stute mit einem leicht verschlagenen Blick –, außerdem noch ein paar andere Dinge für die Reise: einen Kochtopf, Feldflaschen für Trinkwasser, Hafersäcke für die Pferde und ein halbes Dutzend Maismehlbeutel. Der gesprächige Herr hatte nicht zu viel versprochen, man wurde sich schnell handelseinig. Die Pferde wurden angespannt, die neu erworbenen Waren verstaut, dann waren sie aufbruchbereit.

Joe sprang elegant auf einen der Wagen, nahm fachmännisch die Zügel des Braunen und blickte sich erwartungsvoll um.

»Na?«, sagte er munter. »Geht's los? Ich übernehme Cyrus, dann könnt ihr den Wagen mit Calamity nehmen. Hoffentlich hatte man keinen besonderen Grund, dem Pferd einen solchen Namen zu verpassen – Unglück«, sagte er grinsend. »Besonders vertrauenerweckend klingt das für meine Ohren nicht.«

»Wieso kannst du überhaupt mit Pferden umgehen, Joe?«, fragte Sam. »Verborgene Talente, oder was?«

»Ich bin auf dem Land aufgewachsen, auf einer Farm, das weißt du doch«, sagte Joe. »Natürlich kann ich mit Pferden umgehen.«

Sam und Eveline warfen sich einen Blick zu.

»Einer von euch wird ja wohl wissen, wie man einen Pferdewagen lenkt, oder?«, fragte Joe. »Dass ihr so etwas Simples nicht beherrscht, kann ich kaum glauben.«

»Mich musst du nicht anschauen. Ich bin in New York City groß geworden und habe auch nie woanders gelebt«, meinte Sam. »Ich bin ein Stadtkind durch und durch. Aber Evie, englische Mädchen kennen sich doch bestimmt mit solchen Dingen aus, was? Sie reiten sicher den ganzen Tag in der Gegend herum und trotten über diese kleinen englischen Sträßchen, um dann nach der Heimkehr ihren Tee einzunehmen …« Er geriet ins Stottern, als er Evelines eisigen Blick sah.

»Alle englischen Mädchen nicht, da muss ich dich enttäuschen«, erklärte sie. »Andererseits, was kann daran schon so schwer sein?«

Sie kletterte auf den erstaunlich hohen Kutschbock und griff nach den Zügeln. Das Pferd tat einen nervösen Satz, wich dann unvermittelt zur Seite aus, verfehlte nur knapp Sams Fuß und trabte schließlich los. Eveline hielt die Luft an und riss heftig an den Zügeln, worauf Calamity sofort stehen blieb – nur um dann ihren beachtlichen Körper mitsamt Wagen in Richtung des Stalls zu bewegen, aus dem sie soeben erst gekommen war. Der Stallbesitzer, der mit verschränkten Armen dagestanden, auf einem Strohhalm gekaut und die Szene amüsiert verfolgt hatte, erbarmte sich nun, trat vor und griff nach den Zügeln, sanft auf das Pferd einredend.

»Sie müssen klarstellen, wer der Boss ist«, sagte er mit einem Grinsen in Evelines Richtung. »Aber Sie dürfen auch nicht zu heftig an den Zügeln zerren. So müssen Sie sie halten, schauen Sie, fest und entschieden. Im Großen und Ganzen ist sie eine Brave, nur manchmal hat sie so ihre Launen. Sobald Sie unterwegs sind, wird sie sich schon fügen.«

»Danke«, sagte Eveline so würdevoll wie möglich. »Sam, bist du fertig? Komm hoch, mach schon. Das verdammte Pferd will los, wenn ich mich nicht irre. Unterwegs werde ich schon lernen, wie man einen Wagen lenkt.«

Sam kletterte auf den Wagen, was mit dem Klumpfuß nicht ganz leicht war, und setzte sich neben Eveline auf den Holzbock.

»Dann mal los«, sagte er und klammerte sich mit beiden Händen an den Sitz.

Joe schnalzte; die Pferde senkten den Kopf und begannen zu ziehen. Knarrend setzten sich die Wagen in Bewegung. Das Pferdegeschirr klirrte, die schweren Räder klapperten über das Pflaster, die Pferdehufe wirbelten Staub auf. Ihre erste Station war der Bahnhof, um die kostbaren Truhen und Kisten abzuholen und sie mit Hilfe von Gepäckträgern – die Sams großzügiges Trinkgeld dankbar annahmen – in ihren Planwagen zu verstauen. Als sie endlich aufbrachen, wimmelte die Stadt schon von Menschen, die Karren zogen oder zu den Kais am Fluss unterwegs waren. Überall sah man Leiterwagen, die mit duftenden Tabakblättern, quiekenden Schweinen, Maissäcken, Hanf oder Baumwolle beladen waren. Die Leute traten zurück, um die beiden Planwagen vorbeizulassen, und als sie die Main Street verließen und in die Straße in Richtung Süden einbogen, rief man ihnen zu: *Nehmt euch in Acht da unten!* Oder: *Gute Reise, passt gut auf euch auf!* Nach und nach ließen sie das Zentrum hinter sich, die hohen Gebäude, die lebhaften Straßen und den breiten Fluss mit dem regen Dampfschiffverkehr und den Lagerhäusern am Ufer. Je lichter die Bebauung wurde, desto schmaler und schlechter wurden die Wege, mit tiefen Schlaglöchern und hohen Buckeln; die Planwagen holperten und schaukelten, während die Pferde unbeirrt weitertrotteten. Als sie aus Louisville herauskamen, stieg die Straße sanft an und schien unaufhaltsam auf einen weiten Horizont zuzuführen. Die Pferde rackerten sich ab, um die schweren Planwagen hochzuziehen, und Joe trieb Cyrus lautstark an: *Prima! Weiter so, alter Junge!* Eveline tat es ihm nach und registrierte erleichtert, dass Calamity dem anderen Pferd klaglos folgte. Obwohl sie pausenlos unterwegs waren, schien der Horizont kein Stück näher zu kommen.

Als sie schließlich doch den Bergrücken erreichten, brachte Joe sein Pferd zum Stehen, und Eveline konnte Calamity dazu bewegen, ebenfalls anzuhalten. Sie betrachteten das Panorama. Weites Land breitete sich vor ihnen aus, eine endlose Folge von Wäldern und Hügeln; der Fluss zu ihrer Rechten, der sich in Richtung Westen schlängelte, lag silbrig glänzend in der Sonne. Die Straße war lediglich eine ausgefahrene Spur, ein schmales weißes Band, das sich irgendwann in der Ferne verlor. Menschliche Behausungen sah man nicht, keine Farmen, keine Schornsteine, keine Kirchtürme; nichts als Bäume und den blauen Horizont und die flirrende Hitze und einen großen schwarzen Vogel, der mit ausgebreiteten Flügeln hoch über ihren Köpfen durch den Himmel schwebte.

*»O mein Amerika! Mein neu gewonnenes Land«*, sagte Eveline leise.

»Wie bitte?« Sam sah sie an.

»Ach, nichts. Nur ein paar Worte. Eine Zeile aus einem

Gedicht, aus dem mal jemand rezitiert hat.« Sie beschirmte die Augen, um sie gegen die gleißende Sonne zu schützen. »Jetzt geht unser Abenteuer erst richtig los, meine Herren!«, sagte sie. »Los, Calamity, weiter geht's. Wir haben noch einen langen Weg vor uns.«

## Kapitel 14

# *Unter dem Blätterdach*

Calamity schien es darauf anzulegen, ihrem Namen alle Ehre zu machen. Als die Sonne ein paar Stunden später vom Mittagshimmel herabbrannte und die Gruppe anhielt, um sich im Schatten einer breiten Baumkrone auszuruhen und etwas zu essen, äugte sie nervös in den dunklen Wald und versuchte immer wieder, sich loszureißen. Wenn ein Blatt raschelte oder ein Eichhörnchen rief, vollführte sie mit den Hufen einen kleinen Tanz, und sobald Eveline sie zu tätscheln oder zu streicheln versuchte, warf sie unwillig den Kopf hin und her.

»Aber wirklich«, sagte Eveline, als sie versuchte, Calamitys Zügel an einem Ast festzuzurren, »sie ist so aufmüpfig. Irgendetwas muss ich falsch machen, Joe. Jetzt halt doch mal still, du blödes Vieh!«

»Was bist du nur für ein böses Mädchen«, sagte Joe milde. »Ja wirklich, ein böses Mädchen, das bist du doch, oder, altes Haus?« Er streichelte ihre samtige Schnauze und lehnte sich an den glänzenden Hals; unter seiner Berührung schien sich Calamity zu entspannen. »Wenn sie dich erst einmal besser kennt, Evie, wird sie ganz brav sein. Oder möchtest du den Wagen lieber mir überlassen und stattdessen den guten Cyrus nehmen?«

»Ich habe den Eindruck, sie stellt mich auf die Probe«, erwiderte Eveline, »und diesen Triumph möchte ich ihr nicht gönnen. Noch hoffe ich, dass ich der Herausforderung gewachsen bin. Trotzdem danke, Joe.« Sie gab dem Pferd ein bisschen Hafer und spürte die weiche Schnauze mit den Tasthaaren an ihrer Handfläche. »Vermutlich ist sie sogar ein wenig nervös. Niemand weiß, was uns erwartet, oder?«

»Wir haben heute noch eine lange Fahrt vor uns«, sagte Sam, »also komm und iss etwas, los.«

Sie saßen unter dem Blätterdach, das ein paar Sonnenflecken hindurchließ, und aßen hartes Brot und Streifen von Pökelfleisch. Sam starrte ratlos in die Karte, die sie in Louisville gekauft hatten.

»Die scheint mir keine große Hilfe zu sein«, meinte Eveline. »Es sind ja kaum Details verzeichnet, wenn ich das richtig sehe.«

»Das hat vermutlich damit zu tun, dass hier nicht viel zu verzeichnen ist«, sagte Sam. »Wir sind ja nicht in England, wo es, wie ich gehört habe, alle paar Meilen eine Stadt gibt. Wir sind in Kentucky.«

»In Kentucky muss es aber doch auch Städte geben«, entgegnete Eveline. »Schau mal, da ist eine: Elizabethtown. Das klingt doch ansprechend. Wie weit ist das wohl?«

»Wenn wir uns ranhalten, könnten wir morgen dort sein. Ein Viertel der Strecke haben wir sicher schon geschafft. Vielleicht ein bisschen weniger.«

»Ein Viertel nur, mehr nicht?« Eveline war enttäuscht. »Wir sind jetzt schon Stunden unterwegs. Ich habe es satt, auf diesem harten Kutschbock zu hocken. Meine Hände sind auch schon ganz wund, weil ich ständig an den Zügeln zerren muss, um dieses störrische Biest unter Kontrolle zu halten …«

»Du wolltest ja unbedingt mitkommen, Evie«, sagte Sam sanft. »Noch ist es nicht zu spät zum Umkehren. In ein paar Stunden könnten wir wieder in Louisville sein, und dann könntest du schon heute Abend in einem Zug nach New York sitzen.«

»Oje, nein, natürlich fahre ich nicht zurück!«, entgegnete Eveline schnell. »Tut mir leid, ich wollte mich nicht beklagen. Wirklich, ich bin überglücklich, hier zu sein.«

»Bist du dir sicher?«, fragte Sam. »Es wird eine lange Reise. Jetzt zeigt sich, was das wirklich bedeutet. Es ist nicht mehr nur ein aufregender Traum.«

»Absolut sicher«, sagte sie. »Und ich bin euch unendlich dankbar, dass ihr mich mitgenommen habt. Das bin ich wirklich.«

»Ich könnte nicht behaupten, dass wir eine Wahl hatten«, sagte Sam trocken. »Ehrlich gesagt bin ich aber froh, dass du mitgekommen bist, Evie.«

»Wirklich? Danke, Sam, vielen, vielen Dank.«

»Immerhin bewahrt es mich davor, mich selbst mit diesem verfluchten Vieh herumschlagen zu müssen. Auf jetzt, Kinder. Wenn ihr fertig seid, lasst uns aufbrechen.«

Am Abend hielten sie an einer lauschigen Lichtung, um ihr Lager für die Nacht aufzuschlagen. Zunächst kümmerten sie sich um die Pferde. Sie nahmen ihnen das Geschirr ab, tränkten sie an einem Bach und teilten ihnen ihre Haferration zu. Joe rieb sie ab, pfiff dabei durch die Zähne und murmelte sanft auf sie ein. Sam, der so geistesgegenwärtig gewesen war, ein Feuerzeug mit Feuerstein einzustecken, entzündete ein Lagerfeuer, während Eveline Bohnen und Pökelfleisch in einen Topf gab, ihn auf die Flammen stellte und so lange rührte, bis ein heißer, köstlicher Eintopf entstanden war. Sie sprachen kaum, da sie von der Reise erschöpft waren; alle drei dachten sie vielleicht darüber nach, was für ein langer Weg noch vor ihnen lag. Ihre Schlafunterlagen rollten sie in den Planwagen aus. Sam und Joe nahmen den Wagen mit dem Proviant, weil dort mehr Platz war als in dem zweiten, in dem sich die Kisten mit der Fotoausrüstung stapelten. Dort würde Eveline schlafen. Sie unternahm einen halbherzigen Versuch, sich am Bach zu waschen, wünschte ihren Freunden eine gute Nacht und kletterte in ihr Lager.

Der nächtliche Wald hallte von tausend Geräuschen wider: dem einsamen Ruf eines Nachtvogels, dem Rascheln der Blätter, dem plötzlichen scharfen Schrei eines unbekannten Tiers. Eveline hatte die Planen, mit denen man die Rückseite des Wagens verschloss, ein wenig beiseitegezogen; durch die schmale Öffnung sah sie die schwarzen Bäume und die dunklen Silhouetten der Pferde, die sich im Mondlicht nervös bewegten. Ich werde niemals einschlafen können, niemals, dachte sie, dazu ist das alles viel zu eigentümlich. Also setzte sie sich wieder auf und holte die Shakespeare-Ausgabe heraus, die sie in einer seltsamen Anwandlung im allerletzten Moment eingepackt hatte. Sie klappte das Buch an einer beliebigen Stelle auf und hielt es so, dass der Streifen Mondlicht auf die Seite fiel.

*Macht nicht Gewohnheit süßer dieses Leben als das gemalten Pomps? Sind diese Wälder nicht sorgenfreier als der falsche Hof?*

Sie lächelte und dachte an ihren Vater, der dieses Stück so sehr geliebt hatte; dann schloss sie die Augen und fiel in einen tiefen, traumlosen Schlummer.

Es war erstaunlich, wie schnell Eveline das Leben auf der Straße als vollkommen natürlich empfand. Am Morgen von dem breiten Streifen Sonnenlicht auf dem Holzboden des Planwagens geweckt zu werden; ihr Gesicht in eiskalten Bächen zu waschen; morgens, mittags, abends Pökelfleisch, Hartkekse und Bohnen zu essen, dazu in der Pfanne zubereitetes Maisbrot und Gemüse, falls sie etwas kaufen oder finden konnten; jeden Abend ein Feuer zu machen, es am nächsten Morgen auszutreten und so wenig Spuren wie möglich zu hinterlassen – sie schien nie etwas anderes getan zu haben. Dann waren da die langen Stunden, in denen sie die Landschaft an sich vorüberziehen sah, das Klappern der Räder, das Knarren der Wagen, das Muskelspiel unter dem Fell der Pferde, die vor sich hin trotteten. Eveline hielt die Zügel in der Hand, lernte, wann sie sie anziehen und wann sie etwas nachlassen musste, und redete besänftigend auf Calamity ein, wenn die nervös oder störrisch war. Allmählich hatte sie das Gefühl, dass sie und das Pferd sich schon besser verstanden. Die Straße wand sich durch weites Prärieland, das bis zum Horizont mit hohem Gras bedeckt war, dann über staubige Pfade durch karge, steinige Ebenen, dann wiederum durch tiefe Wälder, in denen die Bäume schattige grüne Tunnel für die alten Pfade frei ließen, während die Pferdehufe über weiches Gras trotteten. Nachts schliefen sie im Schutz der Wälder, auf den harten Holzdielen ihrer Planwagen, unter dem bleichen Mond und hörten in ihren Träumen gelegentlich das ferne Geheul eines Rotwolfs.

Die Grenze war unmissverständlich markiert mit einem grauen Stein, in den man den Namen eingemeißelt hatte: TENNESSEE.

»Nun sind wir im Süden«, sagte Sam, »in Dixieland. Wir sollten uns also besser so unauffällig wie möglich verhalten. Falls jemand fragt: Wir sind ganz gewöhnliche Reisende. Die Rebellen wären vermutlich nicht begeistert, wenn ihnen ein Trupp New Yorker Fotografen über den Weg liefe.«

»Warum?«, fragte Eveline. »Wir wollen doch nicht kämpfen, sondern nur berichten, was hier geschieht. Dagegen kann doch niemand etwas einzuwenden haben, oder?«

»Da würde ich Evie recht geben«, meinte Joe. »Wir sind hier, um die Wirklichkeit des Kriegs zu dokumentieren, und nicht, um uns auf eine Seite zu schlagen.«

»Sei's drum«, entgegnete Sam. »Ich wollte nur sagen, dass wir vorsichtig sein sollten. Wenn wir uns Ärger einhandeln, nützt das niemandem.«

»Das ist wohl wahr«, sagte Eveline. Sie trieben die Pferde an und überquerten mit gedämpftem Jubel die Grenze. Nach einem Abendessen aus Pökelfleisch und Kohl, der vielleicht vom Fuhrwerk eines Farmers heruntergefallen war und nicht so aussah, als würde ihn jemand vermissen, zumal schon ein Schaf daran genagt zu haben schien, feierten sie mit einem Glas Whisky, den Eveline in weiser Voraussicht in die Lebensmittelkiste gepackt hatte. Noch ungefähr ein Tag (obwohl die Zeit ihre Bedeutung verloren hatte – es gab nur noch die Straße und jenseits davon einen Lebenstraum), und sie wären in Nashville. Nashville! Eveline musste an die Zeitungsartikel denken, die sie darüber gelesen hatte: Hauptstadt eines konföderierten Bundesstaats, die von der Union gehalten wurde. Vor dem Krieg war es eine prosperierende Stadt gewesen. Eveline versuchte sich vorzustellen, was die Einwohner von Tennessee während der letzten zwei Jahre gesehen und erlitten hatten. Die Schlachten um Fort Henry und Fort Donelson, dann die grausame Schlacht von Shiloh. Und noch weitere: Chattanooga, Jackson … Eveline trank noch einen Schluck Whisky und spürte, wie ihr Körper von Wärme und einer angenehmen Trägheit durchdrungen wurde. Als sie sich umdrehte, sah sie, dass Sam an einer breiten Eiche lehnte und tief und fest schlief. Joe döste ebenfalls, den Kopf an Sams Schulter. Eveline gähnte, reckte sich und weckte die beiden.

»Zeit, ins Bett zu gehen«, sagte sie. »Wir haben einen langen Tag vor uns, also sollten wir ein bisschen Schlaf bekommen, nicht wahr?«

Die Pferde brauchten eine Pause, und der Proviant musste aufgestockt werden, daher blieben sie zwei Tage in Nashville. Sie wohnten in einem Hotel an der Main Street, das sicher schon bessere Zeiten gesehen hatte, schäbig und heruntergekommen, wie es war. Aber immerhin hatte es richtige Betten; selbst wenn die Laken vergilbt waren und nicht allzu sauber, und obwohl die ganze Nacht Mäuse – oder Schlimmeres – hinter der Wandvertäfelung herumhuschten, Bett blieb Bett. Abends tranken sie kaltes Bier und lauschten einer Gruppe von Männern, die zu Fiedel und Banjo klagende mehrstimmige Balladen sangen. Das Regierungsgebäude thronte oben auf einem Hügel, groß und majestätisch. Dampfschiffe transportierten Waren über den Fluss, und auch die Züge fuhren regelmäßig. Abgebrannte Gebäude und zerstörte Brücken zeugten allerdings von dem hohen Preis, den die Stadt dafür bezahlt hatte, dass der Norden sie besetzt halten konnte. Soldaten patrouillierten durch die Straßen, gelegentlich brachen Kämpfe aus, in der Nacht waren Gewehrsalven zu hören.

Als sie Nashville verließen, stellte Eveline fest, dass sie gerne wieder unterwegs war. Trotz der Entbehrungen – der Eintönigkeit des Essens, dem Schlaflager auf den harten Holzplanken mit nur einer dünnen Decke zum Zudecken, den langen Tagen auf dem Kutschbock, nach denen sie sich wie erschlagen fühlte, dieser steten Sehnsucht nach dem Luxus eines heißen Bads – schwang sie sich jeden Morgen mit neuer Begeisterung auf den hohen Kutschbock. Die Schönheit der Landschaft, die Weite der Wälder und Ebenen, die praktisch menschenleeren Straßen, die sich ständig verändernden Horizonte erfüllten sie mit Staunen. Und dann die Freiheit, so leben und solche Sachen tragen zu können; völlig losgelöst von allen Konventionen und Zwängen, unter denen sie in den ersten neunzehn Jahren ihres Lebens gelitten hatte. Immer draußen zu sein, unter diesem weiten Himmel, in Begleitung von Sam und Joe, die für sie mittlerweile wirklich die Brüder geworden waren, die sie nie gehabt hatte, das alles war absolut unglaublich.

Als sie eines Abends mit den beiden Männern beisammensaß, das unvermeidliche Pökelfleisch mit Bohnen aß, auf das prasselnde Feuer lauschte und zwanglos darüber plauderte, dass man schon bald in Georgia sein würde, musste sie plötzlich an ihre Mutter daheim in England denken. Was würde sie wohl sagen, wenn sie sehen könnte, wie ihre jüngste Tochter – das Haar kurz geschnitten und Männerkleider am Leib – in der äußersten Wildnis eines fremden Landes im Schneidersitz auf dem Boden saß, unter einem großen bleichen Mond, zusammen mit zwei Männern, die mittlerweile, unrasiert, ungekämmt, sonnenverbrannt und schmutzig, wie sie waren, eher wie Strauchdiebe aussahen – was auf sie selbst vermutlich auch zutraf. Mama, die schon entrüstet war, wenn sie ohne Hut das Haus verließ, alleine durch die Stadt ging oder, schlimmer noch, in Begleitung eines unangemessenen Gentlemans, besonders wenn es sich um diesen großen, ernsten jungen Mann von der Eisenbahn handelte … Oh, meine liebste Mama, dachte Eveline, vermutlich ist es nur gut, dass du mich nicht sehen kannst! Bei dem Gedanken musste sie lächeln, um dann unvermittelt von Heimweh gepackt zu werden. Sie schloss die Augen und sah das Haus vor sich, in dem sie fast ihr gesamtes Leben verbracht hatte: die großen Fenster, die den ganzen Sommer über geöffnet waren, sodass man direkt auf den grünen Rasen treten konnte; die gewaltigen Wolken duftender Rosen, die sich über die alten Backsteinmauern ergossen; der Ausblick aus ihrem Zimmer auf den Garten und die große Zeder, hinter der man einen Blick aufs Meer erhaschen konnte. Ihre Mutter, die sie ins Haus rief; ihre Schwestern, die über irgendwelche Klatschgeschichten lachten; ihre geliebte Tante und ihre ehemalige Gouvernante, die gemeinsam neue Pläne für ihre Blumenrabatten entwarfen oder sich darüber unterhielten, wie viele Eier ihre Hühner gelegt hatten … Wie fern das alles war, wie unfassbar fern. Und wie kostbar.

»Alles in Ordnung, Evie?« Sams Stimme klang sanft. Eveline schlug die Augen auf und wischte die alberne Träne fort, die von ihrer Wange hinabzutropfen drohte.

»Klar«, sagte sie und lächelte. »Alles bestens. Ich habe nur an meine Heimat gedacht. An mein altes Zuhause, meine ich, in England.«

»Wirst du eines Tages dorthin zurückgehen?«, fragte Sam.

»Eigentlich bist du viel zu jung, um so weit weg zu sein von deiner Familie und deiner vertrauten Umgebung.«

»Eines Tages bestimmt. Aber bis dahin habe ich noch eine Menge vor.«

»Tapferes Mädchen«, sagte Sam.

Sie seufzte. »Danke. Das hier ist das Abenteuer meines Lebens, Sam, und ich bin überglücklich. Aber ich habe fast vergessen, was es heißt, in einem Bett zu schlafen oder etwas anderes zu essen als Pökelfleisch mit Bohnen.«

»Mir geht es genauso«, sagte Joe. »Mittlerweile träume ich sogar schon von Essen. Heute Nacht zum Beispiel vom Pfaff's und den Pfannkuchen dort. Kannst du dich noch erinnern?«

»O Gott«, schwärmte sie, »die Pfannkuchen, klar. Mit Zimt und Zucker, heiß, herrlich weich und goldgelb an den Rändern.«

»Und die Lammkoteletts«, sagte Joe. »Erinnerst du dich an die auch noch? Mit dieser dunklen, würzig-klebrigen Kruste und innen noch ein bisschen rosa?«

»Und die Kartoffeln!«, fügte Eveline begeistert hinzu, »bergeweise Kartoffeln, buttrig und sämig, mit kleinen grünen Petersilientupfern. Und dann, o Joe, die Steaks, die wir im Delmonico's immer gegessen haben, so zart und scharf und pfeffrig, mit massenhaft dunkel glänzenden Pilzen dazu. Und der Champagner, den wir im Pfaff's getrunken haben, eiskalt, trocken, golden im Glas, dazu diese teuflischen Kekse, die Pfaff uns immer gebracht hat! Und … *Oh, das ist der sichere Weg in den Wahnsinn!*«

Sam stöhnte. »Genug!«, sagte er. »Ich halt's nicht mehr aus.« Dann warf er mit einem schweren Seufzer einen gequälten Blick in den Kochtopf. »Noch jemand Bohnen?«

Kapitel 15

# *Der Brand*

Unterwegs stießen sie nun zunehmend auf die unmissverständlichen Anzeichen des Kriegs: abgebrannte Gebäude oder Farmen, von denen man alles geplündert hatte, was es zu plündern gab, sodass man weder Feldfrüchte noch Vieh auf den Anwesen sah. Hin und wieder hielten sie in Städtchen oder Dörfern, die den Verwüstungen durch die Truppen entgangen waren, und tauschten Kaffee gegen Erdnüsse oder kauften Mais und Paprika. Außerdem nahmen sie die ersten Fotografien ihrer Reise auf. In der Nähe der kleinen Stadt Murfreesboro sahen sie zum ersten Mal ein ehemaliges Schlachtfeld. Im Winter hätten die Armeen dort gekämpft, erzählten die Einwohner, unten am Stones River. Joe machte Bilder, die zum Eindrucksvollsten zählten, was Eveline je gesehen hatte: Zedernwälder mit versengten Baumstämmen; eine plattgetrampelte Brache, auf der wieder Gras spross, während an einer Stelle noch ein blutbefleckter Mantel vor sich hin rottete; ein Pferdeskelett mit ausgebleichten Knochen. In der Nähe lagen hunderte von Gräbern, ordentliche Reihen von Erdhügeln, die weder Kreuz noch Grabstein trugen und sich scharf von dem großen weiten Land abhoben. Joes Bilder waren dramatisch, brutal und schonungslos; und doch zogen sie den Blick auf sich und gingen zu Herzen. Das finstere Erbe des Kriegs war von einer schrecklichen Schönheit.

Sie zogen Richtung Osten weiter. Der Weg stieg beständig an und folgte der hügeligen Strecke nach Chattanooga. Eveline hatte mittlerweile jedes Zeitgefühl verloren. Tagsüber war es immer noch heiß und schwül, aber morgens herrschte eine Kühle, die schon vom nahenden Herbst kündete. Eines Abends, als sie nach dem obligatorischen Mahl aus Pökelfleisch und Bohnen träge am Feuer saßen und an ihrem Whisky nippten, fragte sie sich, was für einen Tag sie wohl hatten. O Gott, dachte sie, es musste schon Mitte September sein. Wie lange sie schon unterwegs waren! Sie lehnte den Kopf an den Baumstamm, an dem sie saß, nahm noch einen Schluck von dem wunderbaren Whisky und ließ die scharfe Flüssigkeit langsam ihre Kehle hinabrinnen. Der Himmel über dem Wald war schwarz und wurde weder von Sternen noch vom Mondlicht erleuchtet. Nur am Ende des Wegs, wo die Bäume sich lichteten, sah man einen schwachen rötlichen Schein, fast wie die Morgendämmerung. Die konnte es aber nicht sein, da die Sonne gerade erst untergegangen war. Eveline beobachtete das Schauspiel eine Weile, dann richtete sie sich unvermittelt auf.

»Sam! Joe!« Sie sprang auf und rannte zu ihnen, um sie wachzurütteln. »Ich glaube, da hinten brennt es. Schnell!«

Die beiden waren sofort wach, dann liefen sie alle gleichzeitig auf die Lichtquelle zu. Sam fluchte, weil er von seinem Bein behindert wurde und nicht so rasch hinterherkam. Sie folgten dem Weg, der sich zwischen den Bäumen entlangschlängelte, und als sie den Wald verließen, sahen sie Felder und ein paar verstreute Gebäude vor sich liegen: Häuser, Scheunen und eine kleine Kirche, die in ein eigentümliches dunkelrotes Licht getaucht waren. Nun hörte man auch Schreie, ein sonderbares Brausen und das wilde Muhen panischer Tiere. Vor dem blutroten Schein zeichnete sich eine Menschenkette ab, die mit quälender Langsamkeit Wassereimer weiterreichte, um das Feuer zu löschen, das, wie sie jetzt erkannten, aus einer Holzscheune schlug. Das Dach stand in Flammen, eine Wand glühte, und die Flammen leckten bereits an dem langen, flachen Farmhaus daneben. Eveline und Joe schnappten nach Luft, rannten zu der Menschenkette und reihten sich ein. Im nächsten Moment gesellte sich auch, wild humpelnd, Sam dazu. Einige Leute drehten sich zu den Neuankömmlingen um, nickten finster und wandten sich wieder ihrer Aufgabe zu. Im grellen Licht wirkten ihre Gesichter wie groteske Masken. Pausenlos schwangen sie die schweren Eimer von Hand zu Hand oder drehten verzweifelt am Schöpfrad, um Wasser aus dem Brunnen zu holen. Evelines Arme wurden erst schwer und begannen dann in einer Weise zu schmerzen, dass ihre Muskeln schrien. Auch ihre Hände waren schon wund und mit Blasen übersät. Trotzdem arbeitete sie weiter, nahm die schweren Eimer an, schwang sie ins nächste Händepaar, hielt nicht inne, machte weiter und weiter, schmeckte den Rauch auf der Zunge und spürte, wie ihr Gesicht in der Hitze zu glühen begann. Irgendwann schienen die Flammen etwas kleiner zu werden und das Farmhaus gerettet zu sein, obwohl das Feuer in der Scheune weiterbrannte.

Vorne in der Menschenkette befand sich eine Frau, die fieberhaft Eimer um Eimer ins Feuer goss. Neben ihr stand ein etwa siebenjähriger Junge und starrte in das Inferno. Als die Flammen wieder hochschlugen, krachte in der Scheune etwas zusammen, worauf der Junge irgendetwas rief und auf das Scheunentor zurannte.

Die Frau schrie auf, ließ ihren Eimer fallen und folgte ihm, über ihre Röcke stolpernd.

»Mein Sohn! Mein Sohn!«, rief sie.

Die Menge hielt die Luft an, und im nächsten Moment rannte Joe an Eveline vorbei, packte die Frau und hielt sie fest, um sie von dem brennenden Gebäude fernzuhalten.

»Mein Sohn!«, schrie sie wieder. »Das Pferd … Er will das Fohlen retten … O Gott, nein!«

Joe drückte Eveline die Frau in den Arm und drehte sich wieder zu der Scheune um. Die Gestalt des Jungen war fort, verschluckt von der Hitze und dem Lärm des Feuers. Joe rannte los und war im nächsten Moment in dem gewaltigen Flammenmeer verschwunden. Die Anwesenden hielten nicht inne in ihren mechanischen Bewegungen und reichten weiterhin Eimer durch, aber alle Blicke waren jetzt auf die Scheune gerichtet. Plötzlich ertönte ein langsames, knarrendes Geräusch; die Menge stöhnte auf, als Balken herabkrachten und ein Teil des Daches einstürzte, einen Funkenregen in den Himmel entlassend. Wieder schrie die Frau. Eveline schlang die Arme um die zitternde Gestalt.

»Sie müssen hierbleiben«, sagte sie. »Im Moment können Sie nichts für ihn tun. Sie müssen hierbleiben.«

Ein hohes panisches Wiehern war zu hören, dann kam ein junges Pferd aus dem Stall galoppiert, die Leine hinter sich her schleifend. In diesem Moment krachte ein weiterer Balken herab und wirbelte eine Wolke aus Staub und Holzspänen auf. Sam und Eveline warfen sich einen entsetzten Blick zu. Die Frau barg das Gesicht an Evelines Schulter und begann zu weinen, lange, schwere Klagelaute der Angst – während Sam wie in einer Art Wachtraum den Eimer fallen ließ und auf das Feuer zueilte.

»Sam, nein!«, rief Eveline. »Sam, bitte nicht ...«

Doch er beachtete sie gar nicht, hielt die Hände vors Gesicht, um sich vor der Hitze zu schützen, und schritt unbeirrt voran, bis er ebenfalls verschwunden war. Eveline starrte ihm entgeistert hinterher. Die Frau an ihrer Schulter schluchzte, und die Menschen in der Kette arbeiteten weiter, eine Hand vor dem Mund oder dem Gesicht, während endlose Minuten verstrichen, in denen die Flammen immer noch hochschlugen und die Nacht erhellten. *Das kann nicht sein,* dachte Eveline, *nein, das kann nicht sein ...*

Es war kaum noch etwas zu erkennen, da nun beißender Rauch aus dem Feuer quoll. Evelines Kehle schmerzte, und ihre Augen brannten. Und dann – war das möglich? Hatte sie richtig gesehen? Aus den leckenden Flammen tauchte eine dunkle Gestalt auf, nein, zwei Gestalten, eine auf die andere gestützt, leicht wankend, ein kleines Bündel im Arm. Unsicher staksten die finsteren Silhouetten vorwärts, um schließlich zusammenzubrechen.

Eveline rannte auf die Gruppe zu. »Hierher!«, schrie sie verzweifelt. Ein paar Menschen folgten ihrem Beispiel, während sich der Rest unermüdlich der Aufgabe widmete, das Feuer zu bekämpfen. Sam und Joe lagen auf dem Boden. Sam stöhnte, da sein Fuß in einem unnatürlichen Winkel abgeknickt war, als wäre er eingequetscht worden; die Haut an seinem Bein war aufgerissen. Neben ihm lag der Junge, eingewickelt in etwas, das Sams Mantel zu sein schien. Er hustete wild, setzte sich dann aber auf, offenbar unverletzt. Jemand beugte sich zu ihm hinab, hob ihn hoch und brachte ihn zu seiner Mutter. Ihre Beine schienen nachzugeben, und sie sank in die Knie, um ihn in die Arme zu schließen.

Joe war beängstigend still. Sein Gesicht war rußverschmiert, sein Mantel nur noch eine Ansammlung verkohlter Fetzen, und sein rechter Arm lag leblos neben ihm; wo einst der Ärmel gewesen war, sah man nun direkt auf die knallrote Haut. Eveline beugte sich über ihn und suchte verzweifelt nach einem Lebenszeichen, wollte ihn aber wegen der schrecklichen Verbrennungen nicht berühren. Seine Augenlider flatterten kurz und schlossen sich dann wieder. Plötzlich fiel ihr etwas ein, das sie mal gelesen hatte.

»Wasser!«, schrie Eveline. »Schnell. Eimer mit kaltem Wasser, sofort!« Und die Frauen – es schienen vor allem Frauen dort zu sein – rannten gehorsam zu der Menschenkette zurück und schnappten sich Eimer, um sie zu Joe zu bringen. Eveline nahm den ersten und schüttete ihn über seinen Arm. Vor Schock und Schmerz riss er die Augen auf.

»Bringen Sie mir mehr davon!«, schrie sie. »So schnell Sie können!«

Unermüdlich goss sie eiskaltes Wasser über seinen Arm, so rasch, wie man ihr Eimer brachte, bis ihre Arme derart schmerzten, dass sie sich kaum noch rühren konnte. Schließlich stöhnte Joe, beschwerte sich dann und wollte sich aufrichten, zuckend vor Schmerz. Als er Eveline sah, rang er sich ein schwaches Grinsen ab.

»Hallo, Brüderchen«, sagte er, um wieder zusammenzuzucken, als sie ihm noch einen Eimer Wasser über die Haut goss. Sie beugte sich über ihn und nahm die unversehrte Hand.

»Hallo, Joe«, sagte sie. »Das war ein entsetzlicher Moment. Du hast uns einen schönen Schrecken eingejagt, was, Sam?«

»Er ist ein Idiot«, sagte Sam missmutig. »Aber ein tapferer Idiot.« Er zuckte, als er sein Bein bewegen wollte. »Mir ist ein verdammter Balken auf den Fuß gefallen. Dafür habe ich mir keine schlimmen Verbrennungen zugezogen. Wie geht es dem Jungen?«

»Dem geht es gut, Sam«, antwortete Eveline. »Ihr habt ihm das Leben gerettet, du und Joe.«

Die Frau kam mit dem Jungen zu ihnen und kniete sich hin, um sich Joes Arm anzusehen.

»Vielleicht sollten wir ihn hineinbringen und ihm den Arm verbinden«, schlug sie vor. »Ist er Ihr Bruder?«

»Ja«, sagten Sam und Eveline wie aus einem Mund.

Ein paar Leute aus dem Dorf hoben Joe hoch und trugen ihn so sanft wie möglich fort, während Eveline versuchte, Sam auf die Beine zu helfen. Sobald er stand, verzog er vor Schmerz das Gesicht und musste sich schwer auf ihren Arm stützen, um zum Farmhaus hinüberzuhumpeln.

Die Farmerin stellte sich als Agnes vor. Sie riss ein sauberes Laken in Streifen, die sie in Essig tauchte und mit größtmöglicher Sanftheit um Joes Arm wickelte. Joe lag auf einem Klappbett in der Küche; neben ihm stand der kleine Junge und sah interessiert zu, wie die geschickten Finger seiner Mutter alles taten, um nicht die wunde Haut zu berühren und den Verband trotzdem gut zu befestigen.

»Das Fohlen ist in Sicherheit«, sagte der Junge. »Der Mann hat das Fohlen gerettet. Er hat die Leine durchgeschnitten, und es ist rausgerannt. Dann hat er mich vom Feuer weggetragen.« Er grinste Eveline an. »Das Hengstfohlen gehört mir«, erklärte er. »Ich ziehe es ganz alleine auf.«

Eveline lächelte matt zurück. »Ich bin froh, dass es in Sicherheit ist«, sagte sie. »Es wird bestimmt mal ein toller Hengst.«

Agnes fühlte Joes Stirn, um zu sehen, ob er Fieber hatte, dann steckte sie die Decke um ihn herum fest. Nun wandte sie sich Sam zu, der auf einem Stuhl saß, den Fuß auf einen Hocker gelegt. Vorsichtig zog sie ihm den Stiefel aus und befreite den geschwollenen Knöchel, an dem sich bereits ein großer violetter Fleck bildete. Sie säuberte die Wunde an dem blutenden Bein, dann badete sie Fuß und Knöchel, strich eine Salbe aus einem Steingefäß darauf und wickelte einen straffen Verband drum, bis Sam wenigstens nicht mehr zuckte. Ein wenig Farbe kehrte in sein aschfahles Gesicht zurück. Agnes schob ein zusammengefaltetes Tuch unter seinen Fuß, damit er weicher lag, und richtete sich auf.

»Das ist sehr nett von Ihnen«, sagte Eveline.

»Sie haben meinem Sohn das Leben gerettet.« Sie lächelte, und ihr schmales, blasses Gesicht leuchtete mit einem Mal. Eveline musste daran denken, dass Agnes vermutlich schon lange nicht mehr gelächelt hatte. »Möchten Sie einen Kaffee? Die beiden Gentlemen vielleicht?«

Sie kochte eine Kanne Kaffee, der ziemlich schwach und bitter war und zu sehr nach Zichorie schmeckte, um wirklich gut zu sein. Aber er war heiß, und so tranken sie ihn dankbar. Eveline sah sich um. Auf einer Seite des Raums befand sich ein kleiner Ofen; um einen Holztisch herum stand ein halbes Dutzend Stühle, dann gab es eine Anrichte mit ein wenig Porzellan, und von den Dachsparren hing eine Speckseite herab. Agnes' Sohn hatte sich auf einem Webteppich vor dem Ofen ausgestreckt und schlief, ausgelaugt von den Strapazen des Tages.

»Jetzt sollten wir aber gehen, damit Sie Ihre Ruhe haben«, sagte Eveline. Ihr war selbst nicht klar, wie sie das bewerkstelligen sollten, aber sie wollte diesem kleinen Haushalt nicht zur Last fallen.

»Diese Herren gehen nirgendwohin«, erklärte Agnes. »Joes Arm ist verbrannt, und Sam kann kaum laufen. Sie müssen hierbleiben, bis sie sich für die Weiterreise erholt haben. Ich werde mich um die beiden kümmern.«

»Sind Sie sich sicher?« Sam runzelte die Stirn. »Das können wir kaum von Ihnen verlangen, Ma'am.«

»O doch«, bekräftigte sie. »Nach allem, was Sie für uns getan haben? Bleiben Sie hier. Vielleicht geht es Ihnen in ein paar Tagen schon wieder gut genug, um aufzubrechen, vielleicht aber auch nicht.«

Sam wollte widersprechen, aber selbst bei der kleinsten Bewegung seines Beins verzog er das Gesicht, daher ließ er sich wieder auf seinen Stuhl sinken.

»Agnes hat recht, Sam«, sagte Eveline. »Du und Joe, ihr bleibt hier. Ich werde zu den Planwagen zurückgehen und sicherstellen, dass mit den Pferden alles in Ordnung ist. Dann schlafe ich dort.«

Das Holz der Scheune schwelte nach wie vor, und noch immer stieg Rauch in den Nachthimmel, aber das Feuer war gelöscht. Keiner der Dorfbewohner war mehr zu sehen. In den Fenstern brannte schwaches Licht, doch es herrschte Totenstille. Der Wald war pechschwarz, als Eveline den Pfad zurückging. Die Asche von ihrem Lagerfeuer glomm noch, und die Pferde waren sicher angeleint. Als Eveline sich näherte, wieherten sie zur Begrüßung, was etwas eigentümlich Tröstliches hatte. Erschöpft kletterte sie in ihren Wagen und schlief sofort ein.

## Kapitel 16

# *Ezekiel*

Als Eveline am nächsten Morgen nach Joe und Sam sah, wirkten sie trotz ihrer bleichen Gesichter schon etwas erholt. Sam trank gerade eine Tasse von dem bitteren Kaffee, und Joe hatte sich aufgesetzt und aß mit sichtlichem Vergnügen eine Scheibe Speck und ein bisschen Maisbrot. Eveline, die ihren üblichen trockenen Hartkeks gefrühstückt hatte, gab sich Mühe, nicht allzu gierig auf seinen Teller zu schauen, aber der Geruch von gebratenem Speck war höchst verlockend. Eveline merkte, dass der kleine Junge – Caleb – ebenfalls auf Joes Teller starrte, stumm, aber mit großen, gierigen Augen, während Agnes auf der anderen Seite der Küche herumhantierte. Offenbar war Speck etwas sehr Kostbares für die Familie, sodass man sehr sparsam damit umgehen musste. Just in diesem Moment schien Joe derselbe Gedanke zu kommen, denn er winkte Caleb herbei, schnitt den Speck in der Mitte durch, legte die eine Hälfte auf ein Stück Maisbrot und reichte es dem Jungen. Caleb warf seiner Mutter einen hoffnungsvollen Blick zu; die lächelte müde und nickte. Der Junge aß mit einer Art ehrfürchtiger Freude, biss immer nur kleine Stücke ab, wischte den Teller mit kleinen Brotkrumen sauber und leckte sich dann sorgsam die Finger ab.

»Was macht der Arm, Joe?«, erkundigte sich Eveline. »Du

siehst wesentlich besser aus, als ich erwartet hätte, wenn ich das sagen darf.«

»Der Arm schmerzt«, sagte Joe, »aber es ist schon bedeutend besser als gestern. Agnes ist ein Engel.«

»Und du, Sam? Was macht der Fuß?«

»Ein paar Schritte kann ich schon wieder humpeln«, meinte Sam. »Aber insgesamt ist es ein großer Mist.«

Agnes drückte Eveline eine Tasse Kaffee in die Hand. Caleb, der Joe anzuhimmeln schien, hielt sich immer in seiner Nähe auf, holte schließlich ein geschnitztes Holzpferd und erzählte den Männern von dem Hengstfohlen, das er aufzog. Diesen Moment nutzte Agnes, um Eveline beiseitezuwinken und mit ihr zu reden.

»Joe hat üble Verbrennungen«, sagte sie leise. »Es hätte allerdings wesentlich schlimmer kommen können – vermutlich hat das kalte Wasser, das Sie ihm über den Arm gegossen haben, Wunder gewirkt. Aber er braucht Ruhe. Mindestens eine Woche, würde ich sagen, oder er wird sich eine Infektion zuziehen und Fieber bekommen. Und Sam kann auch nicht wirklich laufen, er muss sich ebenfalls schonen. Gebrochen ist der Fuß nicht, aber übel verstaucht.«

»Sie sind so freundlich zu uns«, beteuerte Eveline. »Und ich fürchte, dass wir Ihre Gastfreundschaft tatsächlich in Anspruch nehmen müssen. Wenn ich nur meine … meine Brüder besuchen dürfte, um tagsüber bei ihnen zu sein, werde ich weiterhin in unserem Lager essen und schlafen.«

»Kommt nicht infrage«, sagte Agnes. Eveline sah den Stolz in ihren Augen aufblitzen.

»Dann bring ich aber etwas von unseren Lebensmittelvorräten mit. Wir haben ohnehin viel zu viel eingepackt.«

Agnes' Miene verriet eine gewisse Erleichterung. »Wenn das tatsächlich möglich wäre, würde ich das Angebot gerne annehmen. Aber ich möchte nicht Ihre Vorräte aufbrauchen. Die Zeiten sind für alle hart.«

»Dann gehe ich jetzt mal zurück und hole die Pferde und die Wagen. Ich muss zweimal gehen, aber es ist ja nicht weit.«

Caleb sprang auf. »Ich kann ja helfen!«, sagte er. »Darf ich, Momma?«

»Wenn du ganz vorsichtig bist«, sagte Agnes. Dann sah sie zu Sam. »Ich weiß, dass Ihr einer Bruder Joe heißt und Sie selbst Sam. Aber den Namen Ihres jüngsten Bruders habe ich, glaube ich, nicht richtig verstanden.«

»Ev…«, begann Sam, drehte sich dann aber schnell um und hustete. »Ezekiel«, sagte er dann. »Er heißt Ezekiel.«

Eveline starrte ihn ungläubig an.

»Also, Ezekiel«, sagte Agnes. »Caleb wird Ihnen helfen. Er kann gut mit Pferden umgehen, wie sein Vater.«

»Das ist aber ein tolles Tier!«, sagte Caleb und streckte die Hand aus, um Calamitys samtige Nase zu streicheln. Er war kaum groß genug, um an ihren Kopf zu gelangen, aber die Stute schien unter seiner Berührung ganz zahm zu werden. Mit Hilfe des Jungen brachte Eveline Pferde und Wagen zu der kleinen Ansiedlung und trug dann sämtliche Lebensmittel, die sie ihrer Meinung nach entbehren konnten, in Agnes' Haus: einen Sack Maismehl, frischen Kaffee, ein paar Gemüsekonserven, ein Stück Pökelfleisch.

»Bitte, nehmen Sie«, sagte sie. »Wenigstens für Caleb, wenn Sie es für sich nicht wollen.« Die widerstreitenden Gefühle von Abwehr und Bedürftigkeit spiegelten sich deutlich in Agnes' verlegener Miene.

»Früher hätten wir Ihnen unsere Gastfreundschaft umstandslos angeboten«, beteuerte sie. »Aber wir haben kaum noch etwas zu essen. Die Truppen der Yankees haben alle unsere Vorräte geplündert, alles, was wir hatten, selbst das Vieh. Und die Ernte auf den Feldern haben sie abgebrannt. Bis etwas nachwächst, haben wir nichts als die wenigen Dinge, die wir verstecken konnten. Und ein paar Hühner, die nach dem Abzug der Truppen geschlüpft sind.«

»Das muss furchtbar hart sein«, meinte Eveline. »Haben die … sind die Truppen aus heiterem Himmel hier aufgetaucht?«

»Falls Sie wissen wollen, warum wir uns nicht gewehrt haben: Wir hatten fast keine Waffen. Außerdem hätten wir ohnehin nicht viel tun können«, sagte Agnes bitter. »Haben Sie es heute Nacht nicht gesehen? In unserem Dorf leben nur noch Frauen, Kinder und Alte. Unsere Männer sind vor einem Jahr in den Krieg gezogen. Sie waren so stolz, dass sie nun auch kämpfen durften, haben gesungen und gejubelt, all dieses lächerliche Heldentum, das Männer an den Tag legen, wenn sie eine Schlacht wittern. Noch wissen wir nicht, wer überhaupt zurückkommt.«

»Ist Ihr Ehemann auch im Krieg?«, fragte Eveline vorsichtig.

»Er war es.« Agnes wandte sich ab und begann, Wäsche von einem Gestell über dem Ofen abzunehmen. Sie strich sie glatt und faltete sie mit äußerster Sorgfalt zusammen. »Er ist in Shiloh gefallen. Ich habe einen Brief bekommen.«

»Oh …« Wieder einmal hörte sich Eveline die sinnlosen

Worte sagen: *Es tut mir so furchtbar leid, wie schrecklich, was für eine entsetzliche Nachricht …*

»Wenigstens weiß ich, dass er tot ist«, sagte Agnes. »Viele Frauen wissen gar nichts, und trügerische Hoffnung ist vielleicht noch schlimmer als die Wahrheit. Caleb hält seinen Vater für einen Helden.« Ihre Stimme war leer. Sie sah aus dem Küchenfenster, vor dem der kleine Junge mit anderen Kindern spielte. »Caleb konnte sein Fohlen im Wald verstecken, als die Soldaten kamen. Er hat es gerettet, also ist er vielleicht auch ein Held.«

»Das ist er zweifellos«, sagte Eveline warm. Nach kurzem Zögern fragte sie: »Agnes, dürfte ich wohl ein Bild von Ihnen und Caleb machen? Eine Fotografie, meine ich.«

»Eine Fotografie?« Agnes wirkte ratlos. »Warum wollen Sie das tun, Ezekiel?«

»Um Ihren und Calebs Mut für die Ewigkeit festzuhalten.«

Agnes schwieg. Eveline wartete, sagte aber nichts.

»Wenn Sie meinen«, stimmte sie schließlich zögerlich zu. »Was müssen wir denn dafür tun?«

»Nichts«, sagte Eveline. »Geben Sie mir eine Stunde, dann sollten Sie nur eine Weile stillstehen.«

Die Vorbereitung der Fotoplatte hatte etwas seltsam Beruhigendes. Es brachte die Erinnerungen an ihr normales Leben zurück: an das Studio am Broadway, die alltägliche Routine, die Kunden in ihrer schicken Kleidung; und an noch weiter zurückliegende Erinnerungen: an England, den kleinen Laden in der High Street, Mr Fry und seine freundlichen Unterweisungen, sein staubiges Hinterzimmer, die Entdeckung der Fotografie mitsamt ihren wunderbaren Möglichkeiten.

Sie spannte das dunkle Tuch im Planwagen zu einer Art Zelt auf, holte Wasser, stellte die Metallschüssel zurecht und rührte die Kollodium-Mischung an. Das alles war ihr mittlerweile in Fleisch und Blut übergegangen, vertraute Handgriffe, der scharfe Geruch der Chemikalien, das Gefühl für die empfindliche Platte, die Entscheidung, wann sie fertig war. Sie trug die Kamera zum Farmhaus hinüber, stellte sie auf das Stativ und schob die Platte hinein. Dann ging sie ins Haus und fragte Agnes, ob sie bereit sei.

Sie bat Agnes, sich in die Haustür zu stellen, Caleb an ihrer Seite. Die Frau lehnte sich in den Türrahmen, mit resignierter Miene und müdem Körper, das Kinn trotzig vorgereckt, während Caleb so stramm dastand wie ein Soldat, die Augen wegen der Sonne leicht zusammengekniffen, die Hände lässig in die Hosentaschen gesteckt. Eveline entwickelte die Fotografie noch am selben Nachmittag. Sie werkelte in der stickigen Enge ihrer provisorischen Dunkelkammer herum, sah die Negative entstehen und fertigte schließlich ein paar Abzüge an.

Am Abend saß sie mit Agnes, Caleb und Sam, der sein Bein hochgelegt hatte, am hölzernen Küchentisch, während Joe aufrecht in seinem Bett hockte, ein paar Kissen im Rücken und den Arm frisch bandagiert. Nachdem sie Maisbrot und Pökelfleisch gegessen hatten, holte Eveline die Abzüge und präsentierte sie schwungvoll. Agnes und ihr Sohn staunten.

»Guck mal, wie groß du schon bist!«, sagte seine Mutter. »Bald wirst du mich überragen.«

Caleb betrachtete die Fotografie.

»Bin ich schon so groß wie Vater?«, wollte er wissen.

»Irgendwann wirst du es sein«, sagte seine Mutter und lächelte, obwohl ihre Stimme vor Kummer brach.

Eveline nahm ihre Hand und dachte noch im selben Moment, dass sie das eigentlich nicht tun sollte, weil sie ja ein junger Mann war, dem so etwas nicht zustand. Agnes schien sich aber nicht daran zu stören. Sie erwiderte den Händedruck und betrachtete dann wieder die Fotografien.

»Solche Bilder habe ich noch nie gesehen«, sagte sie bewundernd. »Ist das etwas Normales, da wo ihr herkommt?«

»Irgendwann wird es sicher normal sein. Danke, Agnes, dass ich die Bilder machen durfte. Ich werde sie immer in Ehren halten. Eins müssen Sie natürlich behalten.«

Caleb schien überwältigt und verkündete, dass er einen Holzrahmen für die Fotografie schnitzen würde.

»Machen Sie so etwas beruflich?«, fragte Agnes. »Sie sind nicht hier aus der Gegend, das hört man.«

»Ja, das ist unser Beruf«, erklärte Sam. »Ich möchte Ihnen nicht verschweigen, Ma'am, dass wir aus den Nordstaaten kommen. Das werden Sie vielleicht schon erraten haben. Ich hoffe aber, Sie halten uns nicht für Ihre Feinde. Wir sind hier, um zu fotografieren, das ist alles.«

»Das hatte ich mir tatsächlich schon gedacht.« Agnes lachte. »Ihr Akzent verrät Sie sofort. Aber Sie, Ezekiel«, und damit wandte sie sich an Eveline, »Sie haben einen besonders eigentümlichen Akzent. Ich kann ihn nicht so recht verorten, aber er ist noch komischer als der Ihrer Brüder.«

»Ezekiel wurde auf ein Internat geschickt«, sagte Sam ernst. »Dort hat er sich eine sehr merkwürdige Aussprache angewöhnt. Manchmal verstehen wir ihn selbst nicht, was, Joe?«

»Stimmt.« Joe schüttelte den Kopf. »Er ist jetzt etwas Besseres, Agnes. Ein wahrer Gentleman.«

Eveline schenkte Agnes ein schwaches Lächeln.

»Soll ich die Teller abwaschen?«, fragte sie in dem Bemühen, das Thema zu wechseln.

»Wenn Sie das tun würden«, sagte Agnes dankbar, »dann würde ich Caleb ins Bett bringen.« Gegen Calebs Protest forderte sie ihn auf, gute Nacht zu sagen, und brachte ihn nach oben.

»Aber wirklich!«, beschwerte sich Eveline. »Ihr tickt ja wohl nicht richtig, ihr beiden. Ein wahrer Gentleman! Sehr witzig!«

Die beiden grinsten sie von ihren Krankenlagern aus an, als sie die Teller abräumte und Wasser auf den Ofen stellte.

»Ach, und noch etwas, Sam«, sagte sie. *»Ezekiel?* Was soll das denn?«

»Tut mir leid. Ich musste mir ganz schnell einen Namen ausdenken. Wie sind wir überhaupt so weit gekommen, ohne dir einen Namen zu geben?«

»Ihr habt mich immer ›Kleiner‹ genannt, seit wir New York verlassen haben. Dagegen habe ich auch gar nichts einzuwenden. Aber Ezekiel hätte ich mir nun wirklich nicht ausgesucht.«

»Wie hättest du dich denn genannt?«, fragte er.

Eveline dachte einen Moment nach. »Ganymed«, sagte sie dann. »Wie Rosalind in *Wie es euch gefällt,* als sie als Mann verkleidet loszieht, um im Wald von Arden zu leben.«

Joe musste lachen. »Ganymed? Da hätten aber sicher ein paar Leute die Augenbrauen hochgezogen. Mit Ezekiel bist du besser dran, würde ich sagen.«

»Schon möglich«, sagte Eveline, die es trotzdem bedauerte.

»Wie ist eigentlich das Leben als Junge so?«, fragte Sam.

»Absolut herrlich«, schwärmte Eveline. »Die Kleider sind eine Offenbarung. Ihr habt keine Vorstellung, was es bedeutet, mit Korsett, Unterröcken und langen Kleidern herumlaufen zu müssen, immer eingezwängt, sodass man kaum gehen oder sonst irgendetwas tun kann. In Kniehosen kann man marschieren, klettern, springen, egal! Und dann die Taschen! Taschen sind etwas Wunderbares. Alle Kleidungsstücke sollten Taschen haben, wenn man mich fragt. Zukünftig werde ich kein Teil mehr ohne Taschen kaufen.«

»Daran habe ich nie einen Gedanken verschwendet, muss ich zugeben«, erklärte Joe interessiert. »Aber wo du es jetzt sagst, verstehe ich natürlich, was du meinst. Wo bewahren Frauen eigentlich ihre Taschentücher und ihr Geld, ihren Tabak und so etwas auf?«

»In lächerlichen kleinen Täschchen«, sagte Eveline. »In Pompadours und Börsen. Glaub mir, Joe, Hosentaschen sind eine bahnbrechende Erfindung.«

Als Agnes in die Küche zurückkehrte, wollte sich Eveline von den anderen verabschieden. Trotz Agnes' Protesten hatte sie beschlossen, wie immer im Planwagen zu schlafen. Das kleine Farmhaus war bereits voll genug, zumal sie sich mittlerweile daran gewöhnt hatte, beim Schlafen die kalte nächtliche Brise im Gesicht zu spüren und die vertrauten Geräusche der Pferde in der Nähe zu hören.

»Wenn Sie meinen«, sagte Agnes zweifelnd. »Ich kann Ihnen aber gerne ein Lager hier auf dem Boden bereiten. Oder Sie könnten bei Ihrem ältesten Bruder schlafen. Sein Bett ist groß genug.«

»Nein danke«, sagte Eveline schnell. »Ich schlafe lieber im Wagen, wirklich.« Sie sah zu Sam und Joe. »Vermutlich erinnert mich das an die harten Betten in der Schule, in der man mir auch meinen komischen Akzent angewöhnt hat«, sagte sie sanft. »Danach sehnt man sich immer zurück.«

Sam verschluckte sich an seinem Kaffee.

»Nun, das Angebot steht, sollten Sie es sich anders überlegen«, sagte Agnes. »Und wenn Sie etwas Komisches hören, müssen Sie sofort hereinkommen, ja? Ich lasse die Hintertür auf. Wenn Sie Stimmen hören oder Schüsse, egal was, kommen Sie rein und verriegeln die Tür.«

»Ist das denn zu erwarten?«, erkundigte sich Eveline. »Denken Sie, die Kämpfe finden hier in der Nähe statt?«

»Das will ich nicht hoffen«, sagte Agnes erschöpft. »Aber angeblich haben Leute gesehen, dass die Armee von Tennessee vor nicht einmal zwei Tagen in Richtung Chattanooga marschiert ist. Einer meiner Nachbarn hat auf dem Feld gearbeitet, ein Stück die Straße hoch, und er schwört, dass er hunderte von Soldaten vorbeiziehen sah, mit Gewehren und Pferden und allem Drum und Dran. Seien Sie einfach wachsam, das ist alles, was ich sagen will.«

»Wie weit sind wir denn von Chattanooga entfernt?«, wollte Eveline wissen.

Agnes zuckte mit den Achseln. »Eine Reitstunde. Mit dem Planwagen einen halben Tag.«

»Einen halben Tag?«, sagte Eveline nachdenklich. »Mehr nicht? Gut.« Damit ging sie in Richtung Tür.

»Warte, Kleiner«, sagte Sam ernst. »Was meinst du mit *gut?*«

»Ich dachte, dass ich einen Wagen nehmen und mich dort

mal umschauen könnte. Morgen früh«, erklärte Eveline munter. »Natürlich werde ich mich von den größeren Straßen fernhalten und mich nicht in Gefahr bringen. Ich möchte nur sehen, was da los ist.«

»Nein«, sagten Sam und Joe in einem Atemzug.

»Du kommst ja nicht einmal richtig mit einem Pferdewagen zurecht«, fügte Joe hinzu. »Alleine in einer unbekannten Gegend mit dem Planwagen herumzukurven, mitten im Krieg? Das kannst du dir aus dem Kopf schlagen.«

»Absolut richtig«, stimmte Sam zu. »Er hat recht, Ev... Ezekiel. Du kannst nicht alleine losfahren, einfach so, auf gut Glück. Nicht, wo Agnes gehört hat, dass Truppen unterwegs sind. Unmöglich. Das kannst du einfach nicht tun.«

Eveline stand an der Tür und betrachtete sie lächelnd: Joe, der immer noch bleich und schwach war, mit seinen Verbänden überall, und Sam, der sein verletztes Bein ausgestreckt und den Fuß vorsichtig auf ein Kissen gebettet hatte.

»Tja, meine lieben Brüder«, sagte sie. »Um ehrlich zu sein, würde ich gerne sehen, wie ihr mich wohl aufhalten wollt.«

## Kapitel 17

# *Calamity*

Ein breiter Fluss lag blau und friedlich in der Septembersonne und schlängelte sich träge durch die waldbestandene Ebene. Eveline studierte die Karte.

»Wenn wir dort sind, wo ich vermute, Calamity«, sagte sie, »ist das der Tennessee. Sobald wir erst einmal diese Brücke überquert haben, sind wir nur noch ein paar Meilen von Georgia entfernt.«

Das Pferd trat zaghaft einen Schritt vor. Die Brücke war beschädigt, vielleicht durch Artilleriefeuer, denn an den hölzernen Seiten klafften gewaltige Löcher; überhaupt wirkte die Konstruktion höchst wackelig. Aber wenn Eveline vom Kutschbock herabsteigen und Calamity hinüberführen würde, dürfte die Brücke noch passierbar sein.

Auf der anderen Seite sah man eine verwüstete Farm. Die Steine waren von Flammen geschwärzt, und nur ein einziges Gebäude – ein Kuhstall möglicherweise – stand noch; ein vereinzeltes mageres Rind graste auf der versengten Weide, die nur noch in Form spärlicher gelber Flecken auf dem steinigen Feld spross. An einem Tor lehnte eine Gestalt. Als Eveline näher kam, erkannte sie, dass es ein alter Mann war, der sie beobachtete; sein Gesicht war so verschrumpelt wie ein Apfel, den man in der Sonne hatte liegen lassen; die Miene unter dem breitkrempigen Hut unergründlich. Eveline wünschte ihm einen guten Tag und erkundigte sich, ob dies der Weg nach Chattanooga sei.

»Klar«, sagte er, »aber ich kann mir kaum vorstellen, dass Sie ausgerechnet in diese Richtung wollen, junger Mann.«

»Warum nicht?«, fragte Eveline. »Ich habe nichts Böses im Sinn.«

»Davon bin ich überzeugt. Aber wenn Sie Ihren Verstand beisammenhaben, machen Sie auf der Stelle kehrt und gehen dahin zurück, wo Sie herkommen.«

»Ich habe eine weite Reise hinter mir«, sagte sie. »Zu weit, um umzukehren. Aber wie ich schon sagte, ich suche keinen Ärger.«

Unvermittelt brach er in ein gackerndes Lachen aus, das sich zu einem schlimmen Hustenanfall auswuchs. Dann spuckte er aus.

»Sie mögen vielleicht keinen Ärger suchen«, erklärte er, »aber der Ärger sucht Sie, wenn Sie diese Straße nehmen.«

»Was erwartet mich denn dort, Sir?«, erkundigte sie sich.

»Der Chickamauga Creek erwartet Sie dort«, sagte der alte Mann, »und sechzigtausend Mann auf Seiten der Union und mindestens ebenso viele auf Seiten der Truppen von Tennessee. Wenn Sie dorthin gehen, geraten Sie da mitten hinein.«

Sie dankte dem Alten und versicherte ihm, dass sie nur ein kleines Stück in die Richtung fahren und äußerste Vorsicht walten lassen würde. Er schüttelte den Kopf, sagte aber nichts mehr.

Die Landschaft mit ihren sanften grünen Hügeln wirkte friedlich; schwer zu glauben, dass in der Nähe Gefahr lauern sollte. Abseits von der Straße fand Eveline eine bewaldete Senke, in der man lagern konnte, ohne von anderen Reisenden gesehen zu werden. Nachdem sie das Pferd gefüttert und getränkt hatte, band sie es sorgsam an, damit es grasen, aber nicht herumstreunen konnte; dann machte sie sich auf den Weg durch den Wald. Vorsichtig stieg sie zwischen den Bäumen auf, immer in die Richtung, die der alte Mann ihr gezeigt hatte. Irgendwo dort müsste sie auf das Flüsschen stoßen, den Chickamauga Creek. In der Luft lag ein fernes Geräusch, eine Art Murmeln, das immer lauter wurde. Das ist nur der Wind, der durch die Blätter rauscht, dachte Eveline, verwarf den Gedanken aber gleich wieder, weil das Geräusch anschwoll, als sie oben auf den Hügelkamm gelangte. Aus der Deckung der Bäume äugte sie hinab und sah eine breite Straße.

Das Geräusch kam von den Stiefeln der Soldaten, die zu hunderten oder vielleicht sogar tausenden im Gleichschritt marschierten. Der furchteinflößende rhythmische Klang drang zu der unsichtbaren Zeugin hinauf, während die marschierenden Füße eine große Staubwolke aufwirbelten, die das Heer in einen rötlichen Nebel tauchte. Jenseits der Straße, vielleicht eine halbe Meile entfernt, halb verborgen hinter Weiden und Büschen, schlängelte sich ein Flüsschen durch die sanfte, dicht bewaldete Hügellandschaft. Durch die Staubwolke hindurch konnte Eveline erkennen, dass die Uniformjacken der Soldaten blau waren; in vielen Fällen war es ein ausgebleichtes, staubiges Blau, das mit Schlamm oder vielleicht sogar Blut verschmiert war, aber es war noch deutlich als die Farbe der Unionsarmee zu erkennen. Am anderen Ufer des Flüsschens konnte man durch den Gifthauch von Staub und Hitze etliche Zelte, Pferde und Wagen erkennen. Außerdem weitere Männer – dutzende, hunderte, vielleicht gar tausende, die herüberschauten und warteten. Und alle trugen Grau.

Eveline wandte sich ab und kehrte zum Wagen zurück. Calamity wirkte unruhig, als wären ihre Nerven zum Reißen gespannt. Sie tat ihr Bestes, um das Pferd zu beruhigen, so wie sie es bei Joe immer beobachtet hatte. Mit sanfter Stimme versicherte sie ihr, dass schon alles gut werden würde.

»Wir bleiben einfach heute Nacht hier, altes Haus«, sagte sie. »Niemand kann uns sehen. Hier sind wir in Sicherheit. Und morgen früh schmieden wir einen Plan. Irgendetwas scheint hier zu passieren, und ich habe nicht die geringste Absicht, darin verwickelt zu werden. Andererseits sind wir jetzt schon so weit gekommen, was, Calamity? Zu weit, um uns eine so gewaltige Sache entgehen zu lassen.« Ein Feuer zu entzünden wagte sie nicht, um nicht durch den Rauch die Aufmerksamkeit auf sich zu lenken, also begnügte sie sich mit hartem Brot und einem Streifen Dörrfleisch. Als die Sonne unterging, kletterte sie in den Wagen, legte sich angekleidet auf ihr Lager, schloss die Augen und fragte sich, was der morgige Tag wohl bringen würde.

In dieser Nacht schlief sie kaum, weil ihr nur zu bewusst war, dass sich jenseits des Hügelkamms tausende von bewaffneten Männern auf den Kampf vorbereiteten. Die Nacht war kalt, und der Boden des Planwagens wirkte noch härter als sonst, sodass sie einfach keine bequeme Schlafposition fand. Und sobald sie in einen unruhigen Schlaf sank, wurde sie prompt von Geräuschen wieder geweckt: fernen Schreien, einem Rumpeln, als würde man schweres Gerät über die Straße ziehen, vereinzelten Gewehrschüssen, dem Schrei einer

Eule. Es dämmerte schon fast, als sie endlich in einen tiefen, bewusstlosen Schlaf fiel. Aber es schien nur eine kurze Zeit vergangen zu sein, als sie von Geschrei geweckt wurde, das aus nächster Nähe zu kommen schien. Eine donnernde Explosion folgte, dann noch eine, dann Gewehrsalven. Eveline sprang von ihrem Lager hoch und zog die Plane ihres Wagens beiseite. Über den Bäumen hing eine schwache Rauchwolke.

Calamity verdrehte die Augen und zerrte an der Leine, mit der sie angebunden war. Von jenseits des Hügelkamms ertönten eine Reihe schneller Schüsse, dann ein Brüllen, das aus den Kehlen tausender Männer zu dringen schien, dann der gewaltige Knall eines Kanonenschusses. Das Pferd warf den Kopf zurück, bäumte sich mit einem panischen Wiehern auf, und die Leine riss. Calamity stürmte in den Wald und war innerhalb von Sekunden verschwunden.

Eveline schaute ihr ungläubig hinterher. Sie traute sich nicht, nach ihr zu rufen, zumal es auch nicht wahrscheinlich war, dass sie zurückkommen würde. Sie ging ein Stück in die Richtung, die das Tier eingeschlagen hatte, aber es war hoffnungslos; durch das dichte Unterholz war kein Durchkommen, und ein Weg war weit und breit nicht in Sicht. Nichts deutete darauf hin, wo das Pferd sein könnte. Verzweifelt ging Eveline zum Wagen. Vielleicht würde Calamity ja irgendwann von sich aus zurückkehren. Hatten Pferde nicht diesen speziellen Instinkt, der sie immer wieder nach Hause finden ließ?, fragte sie sich. Hatten sie überhaupt einen Sinn für Treue? Dieses verfluchte Mistvieh! Da stand sie nun und musste das Beste aus der Situation machen. Sie war näher am Schlachtgeschehen, als sie es je für möglich gehalten hätte, und sie hatte die Kamera. Dies war die Chance, die Wirklichkeit des Kriegs einzufangen, wie es wohl kaum jemandem zuvor gelungen sein dürfte.

Der Fotoapparat war schwer. Ihn quer durch den Wald auf den Hügelkamm zu schleppen, auf dem sie gestern gestanden hatte, war eine Strapaze, und Eveline geriet außer Atem. Mit jedem Schritt schwoll der Schlachtenlärm an; Befehle, Schreie und Artilleriefeuer stiegen in einem unmenschlichen Missklang gen Himmel. Kurz vor Erreichen des Hügelkamms ließ Eveline die Kamera in einem Gebüsch liegen und schlich auf das Licht zu. An einer günstigen Stelle hielt sie die Luft an und bog ein paar Zweige auseinander, um wie tags zuvor hinabzuschauen.

Die gesamte Landschaft war unter einer Staubwolke verschwunden. Wie ein Leichentuch lag sie über den Köpfen der Soldaten, und mit jedem Knattern und Aufblitzen von Gewehrfeuer verdichtete sich der Dunst. Eine Schlachtordnung war nicht zu erkennen: Manche Männer rannten vorwärts, andere fielen hin, wieder andere liefen in die entgegengesetzte Richtung. Eine Gruppe mit einer Fahne kämpfte gemeinsam; Pferde, die vor schwere Lafetten gespannt waren, zuckten zusammen und bäumten sich auf, panisch in diesem Lärm. Ein Reiter in einer goldbetressten Uniform galoppierte die Straße entlang. Das andere Ufer des Flüsschens war bei all dem Qualm und Feuer gar nicht mehr zu sehen. Urplötzlich entstand Bewegung, und ein Trupp von ungefähr hundert Mann brach mit markerschütterndem Geschrei aus dem Wald hervor, Gewehre und Bajonette in der Hand. Wieder erschollen Gewehrsalven, Männer fielen schreiend zu Boden, während ihre Kameraden über sie hinwegtrampelten und mit wahnwitziger Entschlossenheit vorpreschten, um irgendwann selbst in einem Gewirr aus Blut, Schlamm und verrenkten Gliedmaßen aufzugehen.

Eveline verhielt sich totenstill. Bei dem wilden Lärm hätte sie zwar niemand hören können, aber die kleinste Bewegung könnte Schüsse provozieren, dachte sie, selbst überrascht über ihre Seelenruhe. Später, im Schutze der Dunkelheit, würde sie ihre Kamera aufstellen und eine Art Sichtschutz errichten, dann könnte sie die Schlacht morgen fotografieren – falls die dann noch nicht vorbei war. Sicher konnten nicht derart viele Männer sterben, ohne beide Seiten so zu schwächen, dass man den Kampf einstellen musste.

Den ganzen Tag über beobachtete sie die höllische Szenerie und kehrte nur gelegentlich zum Wagen zurück, um Wasser und etwas zu essen zu holen. Und nachzusehen, ob das Pferd zufällig wieder zurückgekehrt war, aber von Calamity keine Spur.

Als die Nacht hereinbrach, schwoll der Lärm ab. Allmählich lichtete sich der Qualm und hinterließ eine schwarze Ebene. In der Ferne brannten ein paar Lagerfeuer. Das Schlachtfeld konnte Eveline nicht erkennen, aber als sie Buschwerk zu ihrem Aussichtspunkt schleppte, um einen Sichtschutz für ihre Kamera zu errichten, stieg das Stöhnen der Verletzten und Sterbenden in einer einzigen markerschütternden Klage zu ihr auf. In dieser Nacht war es noch kälter, und Eveline lag zitternd in der Dunkelheit.

Die Schlacht war am nächsten Tag nicht vorbei. Die aufgehende Sonne wurde von den wieder aufflammenden Kämpfen begrüßt, als wären die ein untrennbarer Bestandteil der Morgendämmerung. Eveline hockte in ihrem provisorischen Unterstand und sah reglos zu; sie bewegte sich nur, um die

Glasplatten einzulegen, langsam und vorsichtig, oder um die Linse einzustellen. Es kam ihr absolut unwirklich vor, was sie da tat. Ich bin Fotografin, sagte sie sich immer wieder, das ist meine Arbeit. Es ist doch nicht meine Schuld, was hier passiert. Meine Aufgabe ist es, das Geschehen festzuhalten, das ist alles.

Im Verlauf des Tages nahm sie vielleicht ein Dutzend Fotografien auf und stellte die Kamera immer wieder neu ein, um einen anderen Ausschnitt zu erwischen. Der Qualm ließ vieles verschwimmen, aber hin und wieder klarte es ein wenig auf, und man konnte einen ganzen Trupp erkennen, einen Soldaten, eine Ansammlung angstbleicher Gesichter, einen blutverschmierten Arm, der eine zerfetzte Flagge in die Höhe reckte. Nach jeder Belichtung musste Eveline zu ihrem Wagen zurückkehren, um die Glasplatte in Säure zu legen und sie dann zu waschen und zu trocknen. Danach mischte sie neue Kollodium-Lösung, um die nächste Platte zu präparieren, und schließlich ging es wieder von vorne los. Ihre Ohren schmerzten von dem dröhnenden Lärm, dem nicht enden wollenden Geschützfeuer, dem Gebrüll und den Schreien, und ihre Glieder waren stocksteif von dem Bemühen, sich nicht zu bewegen. Und immer noch wurde angegriffen und gemetzelt. Wo sich die Reihen aufzulösen schienen, ertönten prompt Kommandos, die sie wieder zusammentrieben und von neuem in die Klauen des Todes hetzten.

Der Tag schien endlos zu sein. So viele Männer waren unterwegs, Männer zu Pferd, Männer zu Fuß, Männer, die mit Bajonetten voranjagten oder schwere Waffen herbeirollten oder hinter Barrikaden hervorstürmten. So viele auch schon gefallen sein mochten, es kamen immer wieder neue hinzu – Verstärkung, nahm Eveline an. Wieder griff man an, zog sich zurück, schrie, brüllte, begleitet von dem unermüdlichen Donnern der Geschütze und dem Knattern der Gewehre, dem Qualm und Staub, die zu einer rötlichen Wolke über den Köpfen aufwirbelten. Irgendwann neigte sich der Tag schließlich dem Ende zu. Als sich die Dämmerung herabsenkte, schien es zu einem letzten Vorstoß zu kommen, und die Männer in den zerfetzten, staubigen blauen Uniformjacken zogen sich in Richtung Chattanooga zurück. Die Dunkelheit brach herein; endlich ebbte der Lärm ab. Mit schmerzenden, zitternden Gliedern richtete Eveline sich auf und nahm ihre Kamera. Dann stolperte sie zurück zu ihrem kleinen Lager.

So zerschlagen und erschöpft sie auch sein mochte, sie musste die Glasplatten noch fixieren. Es war schon tiefe Nacht, als sie schließlich das letzte Negativ in der Hand hielt, viel zu dunkel, um zu sehen, ob ihre Bilder auch nur annähernd brauchbar waren. Sie streckte sich in ihrem Planwagen aus und lauschte auf die Geräusche der Nacht. Es ertönten keine Gewehrsalven mehr, keine Schreie, kein Gebrüll, keine Einschläge, die die Erde zum Zittern brachten. Es war fast still. Nur hin und wieder hörte man aus weiter Ferne schwache, gequälte Schreie, ausgestoßen von den Männern, die blutend und hingemetzelt und sterbend zwischen ihren toten Kameraden und ihren toten Feinden im Staub lagen.

## Kapitel 18

# *Die Kriegsfotografin*

Die Vorstellung, am nächsten Morgen wieder zu ihrem Versteck zu gehen und auf das Schlachtfeld hinabzuschauen, war fast unerträglich. Und doch musste Eveline es tun. Mit welcher Berechtigung sollte sie sich eine Kriegsfotografin nennen, wenn sie zu zimperlich war, um die Spuren der Kämpfe zu sichten? Wollte man sich in der Kunst der Fotografie bewähren, musste man die Augen offen halten und genau hinsehen, absolut unerschrocken, um die Welt in ihrem Glanz, aber auch in ihrem Elend wahrzunehmen. Für sie als Frau galt das besonders. Energisch musste sie sein und stark, damit man nicht sagen konnte: *Frauen sind zu schwach und zu zart für einen solchen Anblick; sie sind für Haus und Herd gemacht, für Küche, Kinderzimmer und Salon, nicht für die Welt da draußen.* Eveline spürte von ganzem Herzen, wie falsch das war; wie jedem Mann musste man auch ihr die Freiheit lassen, in die Welt hinauszuziehen, Dinge zu entdecken, am Leben teilzuhaben und mit ihren ureigensten Möglichkeiten etwas zu bewirken. Daher überwand sie, so gut es ging, die Angst und das Gefühl der Übelkeit in ihrer Magengrube und schleppte sich noch einmal auf den Hügelkamm.

An jenem Morgen vor zwei Tagen hatte sie auf Wälder, grüne Felder und einen Fluss hinabgesehen. Nun lag eine vollkommen verwandelte Landschaft vor ihr: schwarz, verwüstet, verbrannt, geschunden. Wo einst Bäume gewachsen waren, sah man nur noch Stümpfe; die Erde war aufgewühlt und plattgetrampelt; eine kleine Hütte, die im Schatten eines Walds gestanden hatte, war vollständig ausgebrannt. Mit angehaltenem Atem nahm Eveline die Eindrücke in sich auf. Das ganze riesige Schlachtfeld war mit dunklen Gestalten übersät, Umrissen von Menschen, als wären tausende von Männern auf dem Boden eingeschlafen, um jeden Moment zu gähnen, sich zu räkeln und zu erheben.

Reglos stand sie da und blickte hinab. Aus einem fernen Wäldchen trat nun eine Gruppe von Männern, die einen Pferdewagen mit Verdeck mit sich führten. Sie gingen zwischen den Gefallenen hin und her und bückten sich gelegentlich, um eine Person aufzuheben, auf eine Trage zu legen und zum Wagen zu bringen. Vier Mal taten sie das, dann kehrten sie langsam zum Pferd zurück und verschwanden wieder im Wald. Ein weiterer Wagen erschien, dann noch einer und noch einer, und immer schritten kleine Gruppen das Feld ab, riefen sich etwas zu, wenn sie ein Lebenszeichen entdeckt hatten, bückten sich, hoben eine geschundene Gestalt auf und brachten sie in die Ambulanz-Kutsche. In weiter Ferne, auf einem Feld jenseits des Wäldchens, standen Zelte, vermutlich ein provisorisches Feldlazarett. Immerhin schien es für einige Soldaten in dieser Szene des Grauens noch Hoffnung zu geben. Was aber konnten ein Dutzend Männer und Frauen mit ebenso vielen Pferden und Kutschen schon tun, als ein paar wenige von den vielen tausend Soldaten zu retten, die hier im Staub lagen?

Nachdem Eveline eine Weile zugesehen hatte, wollte sie sich umdrehen und zurückkehren, als sie plötzlich zwischen den Bäumen unter ihr etwas Graues aufblitzen sah. Richtig, da war es wieder! Die Bewegung eines Schwanzes – eines Pferdeschwanzes, und zwar von einem grauen Pferd. Einem Pferd, das Calamity sein konnte.

Als hätte es Evelines Blick gespürt, drehte sich das Tier um und verschwand wieder in dem dichten Wald, der das Schlachtfeld säumte. Wenn sie doch nur unbemerkt dorthin gelangen könnte, dachte Eveline, dann könnte sie Calamity vielleicht einfangen, zum Wagen zurückführen und einspannen. Dann wäre sie bald schon wieder auf dem Rückweg zu der kleinen Siedlung, wo Sam und Joe auf sie warteten. Was für eine wunderbare Vorstellung!

Vorsichtig und mit gesenktem Kopf schlich sie den Hügel hinab, gegen die Dornen und Sträucher im Unterholz ankämpfend. Sie folgte einem undeutlichen Pfad, der zu der Stelle zu führen schien, wo sie das Pferd gesehen hatte. Es war schwer, die Orientierung zu behalten, aber wenn sie einfach immer geradeaus ging, müsste sie es schaffen. Der Weg war steil und heimtückisch; einmal knickte sie fast um, weil sie an einer Wurzel hängen blieb, was sie aber nicht aufhalten konnte. In einem undurchdringlichen Dickicht kratzte sie sich Hände und Arme blutig, aber schließlich schienen sich die Bäume ein wenig zu lichten, und dann sah sie auch schon das freie Feld vor sich. Eigentlich wollte sie nicht aus der Deckung treten, aber im Wald konnte man kaum etwas erkennen; nichts deutete darauf hin, wo das Pferd sein könnte, zumal man auf dem mit Blättern bedeckten Waldboden keine Hufspuren sah. Ihr Mut sank, es war hoffnungslos. Sie machte kehrt, um auf demselben Weg zurückzugehen. Die Bäume sahen aber plötzlich ganz anders aus, und sie war sich nicht mehr sicher, wo sie überhaupt hergekommen war.

Panik stieg in ihr auf. Sie blieb stehen, holte tief Luft und versuchte sich daran zu erinnern, wo auf dem Hinweg die Sonne gestanden hatte. Eher zu ihrer Linken, da war sie sich sicher; wenn sie die Sonne beim Aufstieg also rechts hätte, müsste sie eigentlich zu ihrem Wagen gelangen. Sie kämpfte sich durchs Unterholz. Nein, der Weg schien nicht passierbar zu sein; ein tiefer Spalt tat sich vor ihr auf, an den sie sich vom Abstieg her nicht erinnern konnte. In jedem Fall würde sie ihn nicht überwinden können. Vielleicht sollte sie lieber auf die Sonne zugehen und sich einen direkteren Weg auf den Hügelkamm suchen. Sie schlug eine andere Richtung ein und bahnte sich einen Weg durch einen Abschnitt zäher Grasbüschel.

Plötzlich hörte sie in der Ferne ein leises Wiehern. Sie blieb wie angewurzelt stehen, lauschte und hörte es noch einmal. Sie wagte kaum zu atmen, als sie sich auf das Geräusch zubewegte. Nun hatte sie die Sonne direkt im Gesicht und wurde geblendet von dem grellen Licht, das durch die hohen Äste fiel.

Als sie eine Lichtung erreichte, schien da tatsächlich etwas zu stehen, ganz am anderen Ende, neben einer hohen Fichte. Sie beschirmte die Augen. Konnte das sein?

»Gütiger Gott«, sagte sie. »Calamity! Mein liebes, liebes Tier!«

Das Pferd stand am Waldrand und hatte den Blick auf sie gerichtet. Ein-, zweimal warf es den Kopf zurück, ansonsten rührte es sich nicht. Eveline ging ganz vorsichtig hinüber. Das Tier stieß ein kurzes Wiehern des Wiedererkennens aus, und Eveline streckte langsam die Hand aus. Sie nahm die gerissene Lederleine, die noch vom Zaumzeug herabbaumelte, legte die Wange an den glänzenden Pferdehals, streichelte Calamitys Schnauze und atmete den vertrauten Geruch ein.

»Braves Mädchen«, sagte sie sanft. »Braves Mädchen. Dann komm mal mit, du liebes, altes Ding, komm mit.«

Einen Moment lang schloss sie die Augen, erfüllt von Erleichterung und Dankbarkeit, dann wollte sie das Pferd auf dem Weg zurückführen, auf dem sie gekommen war. Doch im nächsten Moment erstarrte sie. Direkt vor ihr, nur wenige Meter weiter, lehnte ein Soldat in einer grauen Uniformjacke an einem Baum und sah sie an. Sie stieß einen leisen Schrei aus, das Herz schlug ihr bis zum Hals. Eine Ewigkeit schien zu verstreichen, in der sie stockstill dastand, die Hand an Calamitys Leine geklammert, und dem Mann in die Augen blickte. Er zuckte nicht mit der Wimper und bewegte sich auch nicht. Als sie zitternd einen Schritt vortrat, rührte er sich immer noch nicht, sondern betrachtete sie nur stumm. Sie machte den Mund auf, um zu sagen: *Bitte nicht schießen, bitte, ich werde Sie auch nicht verraten, lassen Sie mich einfach durch, ich tue Ihnen nichts,* aber dann erstarben ihr die Worte auf den Lippen.

Der Mann war tot, mausetot. Die weit aufgerissenen Augen waren stumpf und leer. Über seinem Herzen befand sich ein dunkler Fleck, wo das Blut durch den Stoff der Jacke gesickert war; seine Hand hielt immer noch das Gewehr umklammert. Eveline blieb entsetzt stehen und starrte dem Mann in die Augen, unfähig, den Blick loszureißen. Eine Ameisenspur zog sich seinen Ärmel hinauf und dann über sein Gesicht. Er schien blutjung zu sein. War er bei der Schlacht verletzt worden und hatte sich in den Schutz des Waldes gerettet? Oder war er bei der Flucht in einen Hinterhalt geraten? Oder hatte er die Schrecken des Krieges nicht länger ertragen und seinem Leben ein Ende bereitet? Es gab nichts, was sie tun konnte; für diesen Mann kam jede Hilfe zu spät. Sie hatte auch kein Werkzeug dabei, um ihn zu begraben, nicht einmal in einem provisorischen Grab. Man würde ihn in die Liste der Vermissten aufnehmen, sodass irgendjemand wider besseres Wissen die Hoffnung hegen würde, ihn nach dem Krieg wiederzusehen. Die Hoffnung würde mit der Zeit vergehen, während an diesem abgeschiedenen, friedlichen Ort das Gewehr vor sich hin rosten, Kleidung und Fleisch in Regen und Sonne verrotten und die Knochen allmählich ausbleichen würden.

Ohne zu wissen, was sie da tat, bückte sich Eveline, pflückte ein paar von den weißen Blümchen, die am Boden wuchsen, und legte sie neben dem Soldaten nieder. Dann zog sie sanft an Calamitys Leine, trat zwischen die Bäume und ließ ihn alleine im Wald zurück.

Es schien fast so, als würde das Pferd den Weg zu ihrem Lager kennen. Eveline, die immer noch erschüttert war von ihrer Entdeckung, trottete wie in Trance neben dem Tier her, mittlerweile vollkommen orientierungslos. Calamity zog sie zielstrebig mit sich fort, bis sie irgendwann zwischen den Bäumen hervortraten und auf den Planwagen stießen. Die gesamte Fotoausrüstung, Calamitys Hafersack, die Schlafmatte, alles lag unversehrt im Innern – wie durch ein Wunder noch genauso, wie Eveline es hinterlassen hatte. Sie trank einen Schluck Wasser, fütterte das Pferd, flickte provisorisch die Leine und spannte Calamity an. Durch den Wald kehrten sie zu der Straße zurück, über die sie erst vor wenigen Tagen gekommen waren. Eveline zog an den Zügeln und hielt den Wagen an. Zur Rechten lag die Straße, die sie in die Siedlung zurückbringen würde, fort von Tod und Verwüstung am Chickamauga Creek. In wenigen Stunden könnte sie wieder bei Sam und Joe sein, würde sich mit ihren Freunden unterhalten und in Agnes' Küche heißen Kaffee trinken. Einen Moment lang überließ sie sich dem Verlangen nach Sicherheit, Wärme und Freundschaft. Das Pferd scharrte ungeduldig, als könne es auch nicht schnell genug fortkommen und die Schrecken der vergangenen Tage hinter sich lassen. Sehnsüchtig blickte Eveline die Straße hinunter, dann schluckte sie und lenkte das Pferd entschieden in die andere Richtung, die zum Schlachtfeld führte.

»Los, Calamity«, sagte sie. »Vorher müssen wir noch etwas erledigen.«

Die Straße war nichts als ein staubiger, mit Schlaglöchern übersäter Streifen. Mit gesenktem Kopf trottete das Pferd voran. Der Wagen schaukelte bei jedem Schritt, und die Räder knarzten und ächzten bei der quälenden Fahrt über den zerklüfteten Boden. Als sie um eine Ecke bogen, wurde ihnen fast von einer Holzbarrikade der Weg versperrt. Sie war mittlerweile in ihre Einzelteile zerfallen, aber direkt dahinter tat sich ein langer Schützengraben auf, eine rohe, klaffende Wunde. Und in diesem Graben lagen, wie weggeworfene, nutzlose Gegenstände, die Leichen von Soldaten. Eveline schluckte hart, kämpfte gegen die Übelkeit an, die in ihr aufstieg und sie zu überwältigen drohte, und kletterte vom Kutschbock. Calamity band sie so fest wie möglich an einen Baum.

»Schön hierbleiben«, sagte sie. »Nicht wieder türmen, alte Dame.«

Nachdem sie noch ein letztes Mal getestet hatte, ob die Leine auch hielt, lud sie ihre Kamera aus dem Wagen. Niemand schien sich daran zu stören. In der Ferne holperten immer noch die Ambulanz-Kutschen über die verwüstete Ebene, und die Träger setzten ihre traurige Arbeit fort. Eveline fiel gar nicht weiter auf; sie war einfach eine schmale Gestalt, die eine Kamera auf ein Stativ stellte, aus einem dunklen Tuch ein Zelt bastelte, zurück in den Wagen kletterte, dann wieder auftauchte und die schwere Kamera ein paar Meter weiter schleppte, dabei die Toten nicht störte, sondern einfach unbeirrt weiterarbeitete, während die Herbstsonne am Himmel höher stieg. Ihre Arme schmerzten, ihr Rücken tat weh, und ihre Kehle brannte in der trockenen, staubigen Luft. Nur einmal ritt ein Mann vorbei, hielt an und musterte sie. Seine Uniform war so zerrissen und verdreckt, dass man kaum sagen konnte, ob sie blau oder grau war.

»Was tun Sie da, mein Junge?«, fragte er mit einer Stimme, in der das ganze Elend der Welt mitzuschwingen schien.

»Ich bin Kriegsfotograf«, sagte Eveline knapp und schaute kaum von ihrer Kamera auf.

»Kriegsfotograf? Warum in Gottes Namen sollte man Fotografien von so etwas machen?«, fragte er. »Wer will denn Bilder von all diesen Leichen sehen? Sie sind doch verrückt.«

Eveline richtete sich auf und sah ihn an. Eine Gesichtshälfte war mit schwarz geronnenem Blut verkrustet, und er schwankte ein wenig. Gleichzeitig saß er so aufrecht im Sattel wie bei einer Parade, als wäre er immer noch stolz darauf, Soldat zu sein. Seine Lippen waren trocken und warfen Blasen. Eveline holte die Feldflasche heraus, die sie morgens am Bach im Wald wieder aufgefüllt hatte, und reichte sie dem Mann. Er trank gierig und gab sie ihr dann mit einem dankbaren Nicken zurück.

»Niemand will das sehen«, sagte Eveline, »aber es muss festgehalten werden. Wir müssen dem Krieg ins Auge blicken, statt ihn zu ignorieren oder zu verherrlichen. Sonst werden noch mehr junge Männer sterben müssen und es wird nie ein Ende haben.«

»Es wird sowieso nie ein Ende haben«, gab er zurück. »Männer ziehen nun mal in den Krieg, mein Junge, sie werden es immer tun. Das liegt ihnen im Blut.«

Eveline erwiderte nichts, sondern beugte sich wieder über ihre Arbeit.

»Danke für das Wasser«, sagte der Soldat und ritt langsam davon. Dann drehte er sich noch einmal um und rief über die Schulter: »Mit Ihren dummen Bildchen werden Sie keinen Krieg verhindern!«

»Mag sein«, antwortete sie. »Aber ich kann hunderten oder sogar tausenden Menschen, die nie im Krieg waren, sein wahres Gesicht vor Augen führen. Vielleicht ist der Schock groß genug, damit sie diesen Krieg schneller beenden, als sie es sonst tun würden. Mehr will ich nicht.«

Wortlos trottete er davon.

Eveline wandte sich wieder ihrer Aufgabe zu, stellte das Stativ so ein, dass sie die Kamera stärker senken konnte, und richtete die Linse auf die Szenerie vor ihren Augen. Der Schützengraben zog sich lang hin, und überall in seinem Schatten lagen Tote, einige ausgestreckt, das Gesicht zum Himmel gewandt, andere wie schlafende Kinder zusammengerollt. Manchen fehlten Körperteile, bei anderen war das Gesicht nur noch eine blutrote, mit Knochensplittern versetzte Masse. Ein Mann lag da, als würde er sich ausruhen, das Gesicht auf den Arm gebettet, während der andere Arm in einem zerquetschten Stumpf endete. Ein Stück weiter lag ein Stiefel, als hätte ihn jemand vor dem Zubettgehen ausgezogen, nur dass er ordentlich verschnürt war und der Fuß noch drinsteckte. Dann gab es einen Mann, der entspannt auf dem Rücken zu liegen und in den Himmel zu schauen schien – wären seine Augen nicht schwarze blutgefüllte Löcher gewesen. Eveline arbeitete entschlossen weiter und konzentrierte sich auf die Kameraperspektive, die Belichtung, die korrekte Positionierung der Glasplatte. Sämtliche Gedanken an die Wirklichkeit vor ihren Augen schob sie nach Möglichkeit beiseite. Ohne sich auszuruhen oder etwas zu essen, fotografierte sie diese Männer, Bild um Bild um Bild. Erst als sämtliche Glasplatten aufgebraucht waren, hievte sie die Kamera wieder in den Planwagen und bereitete alles für die Abfahrt vor. Sorgsam verstaute sie die Fotoausrüstung, sicherte die Platten und steckte die Flaschen mit den Chemikalien in ihre Kiste. Am Himmel sank bereits die Sonne. Es schien eine Ewigkeit her zu sein, seit sie am Morgen auf den Hügelkamm gestiegen war, um einen Blick auf die Spuren der Schlacht am Chickamauga Creek zu werfen. Jetzt war sie schwach vor Hunger und bis auf die Knochen ausgelaugt. Ihre Hände zitterten, als sie das Pferd losband, auf den Wagen kletterte und an den Zügeln zog, bis ihre Gesichter in Richtung Westen schauten.

»Komm, Calamity«, sagte sie. »Ab nach Hause, mein Mädchen. Wir haben genug gesehen.«

## Kapitel 19

# *Jungen weinen nicht*

Ein silberner Mond stand am Himmel und tauchte die Straße vor ihr in bleiches Licht. Es war schon spät; zu spät vielleicht, um an die Tür des Farmhauses zu klopfen und sich zurückzumelden. Als sie näher kam, sah sie aber, dass hinter dem Fenster noch ein Feuer brannte und sich im Schein der Flammen eine Gestalt bewegte. Eveline ließ sich vom Kutschbock gleiten und ging mit wackeligen Schritten auf das Haus zu.

Sie klopfte und hörte drinnen jemanden rufen. Die Tür öffnete sich gerade weit genug, dass ein ängstliches Gesicht durch den Spalt schauen konnte. Im nächsten Moment stieß Agnes einen Schrei aus und riss die Tür auf.

Sie konnte Eveline, die fast über die Schwelle gestolpert wäre, gerade noch auffangen. Joe und Sam, die am Küchenofen saßen, brachen bei ihrem Anblick in Jubel aus. Joe erhob sich ein Stück von seinem Stuhl und umarmte sie ungelenk mit seinem gesunden Arm. Sam stand auf, verlegte vorsichtig ein wenig Gewicht auf seinen verstauchten Fuß, kam dann mit einem breiten Grinsen auf sie zugehumpelt und schloss sich der Umarmung an.

»Ich bin's«, sagte Eveline überflüssigerweise.

Sie sah sich in dem schlicht eingerichteten Raum um; das Feuer flackerte, und es roch nach Kaffee. Mit einem Lächeln registrierte sie die verwunderten Gesichter ihrer Freunde und ihre überraschten Freudenschreie. Agnes nahm Eveline in den Arm und schob sie zu einem Stuhl am Feuer.

»Nun, Brüderchen«, sagte Sam und ließ sich wieder auf seinen Stuhl sinken, »was sind wir froh, dich zu sehen! Wir hatten uns schon lauter Katastrophen ausgemalt. Wo warst du nur, in Teufels Namen? Uns ist zu Ohren gekommen, dass es ein Stück weiter eine gewaltige Schlacht gab. Hast du etwas davon mitbekommen?«

»Ja, das hab ich.«

»Los, erzähl!«, drängte Joe. »Haben die Kämpfe tatsächlich zwei Tage lang angehalten, wie es die Leute hier in der Siedlung gesagt haben? Ist General Rosecrans mit seinem riesigen Ross in die Schlacht geritten? Stimmt es, dass die Armee der Union Repetiergewehre hat, mit denen man sieben Schüsse nacheinander abgeben kann, ohne nachladen zu müssen?«

Agnes legte Joe die Hand auf die Schulter. »Immer mit der Ruhe«, sagte sie freundlich. »Sehen Sie nicht, dass der arme Junge vollkommen erschöpft ist? Ihre Fragen können Sie morgen noch loswerden. Jetzt muss er sich erst einmal ausruhen.«

Eveline drehte sich dankbar zu ihr um.

»Danke, Agnes. Morgen früh werde ich alles erzählen, versprochen. Aber im Moment glaube ich nicht, dass ich darüber reden kann, was ich …« Sie hielt inne, weil sie Angst hatte, ihre Stimme könnte versagen. Sie wollte jetzt nicht in Tränen ausbrechen.

Agnes reichte ihr eine Tasse Kaffee. »Hier, trinken Sie«, sagte sie. »Und heute Nacht schlafen Sie hier drinnen, nicht draußen im Wagen. Joe hat bislang das Klappbett bekommen, Sam Calebs Bett und Caleb war bei mir. Aber sein

Bett ist groß genug, dass Sam und Joe es sich teilen können. Dann bleibt für Sie das Klappbett hier in der Küche, wo es schön warm ist.«

Eveline wollte protestieren, aber Sam unterbrach sie.

»Agnes hat recht. Tu ausnahmsweise einmal, was man dir sagt, mein Kind.«

Sie nickte schwach. »Wenn ihr meint.«

»Klar meinen wir das«, sagte Sam.

»Dann können Sie ja jetzt schlafen«, schlug Agnes vor, die sich mit einem Lächeln zu Sam und Joe umgedreht hatte. »Gehen Sie ins Bett. Ich schließe ab und kümmere mich darum, dass Ihr Bruder es schön bequem hat.«

»Nur eins noch«, sagte Joe und blieb in der Tür stehen. »Darf ich eine einzige Frage stellen?«

»Natürlich.«

»Wer hat gewonnen? Wer hat die Schlacht am Chickamauga gewonnen? Das hattest du noch gar nicht gesagt.«

»Nun, das könnte damit zu tun haben, dass ich es nicht weiß. Beide Seiten haben tausende von Männern verloren. Letztlich ist es für beide Seiten eine Niederlage, soweit ich das beurteilen kann.«

Als die beiden fort waren, neigte Agnes den Kopf zur Seite und sah Eveline an.

»Würden Sie gerne ein Bad nehmen?«, fragte sie. »Ein heißes Bad? Ich könnte Wasser erhitzen und die kleine Zinnwanne vor den Ofen ziehen. Wenn ich einen Wandschirm davorstelle, sind Sie auch ganz für sich«, fügte sie hinzu.

»Ein heißes Bad wäre das Schönste auf der Welt«, sagte Eveline. »Oh, Agnes, wenn das möglich wäre, gerne. Das wäre wunderbar.«

Agnes stellte Gefäße auf den Ofen, um Wasser zu erhitzen, und holte ein großes Handtuch aus dem Wäscheschrank. Es war rau und zerschlissen, aber sauber. Dann wühlte sie noch einmal in dem Schrank herum und zog schließlich mit einer Miene stillen Triumphs ein großes Stück Seife hervor, das liebevoll in verblichenes Seidenpapier gewickelt war.

»Hier«, sagte sie, »nehmen Sie. Das bewahre ich für besondere Gelegenheiten auf. Ich habe es im Frühjahr einem Hausierer abgekauft. Monatelang hat die Wäsche nach Rosen geduftet.«

Sie reichte Eveline die Seife. Unvermittelt brachte der süße, schwere Duft tausend Erinnerungen an den Sommer in England zurück: an den Garten, den Nachmittagstee im Schatten der Traueresche; die Rosengestecke, die ihre Mutter immer auf den Tisch stellte, karminrot, weiß oder blassrosa; die träge Wärme der Julinachmittage, wenn die Bienen summend von Blüte zu Blüte flogen; den Duft der Abenddämmerung. Sie schlug die Hand vor den Mund, um sich nicht durch das Zittern ihrer Lippen zu verraten. *Jungen weinen nicht,* dachte sie, *Jungen weinen nicht.* Und sie benutzten vermutlich auch keine parfümierte Seife.

»Das kann ich nicht annehmen«, sagte sie, um einen schroffen Tonfall bemüht. »Die gehört Ihnen, Agnes. Außerdem ist das etwas für Frauen, nicht für Männer.«

Agnes lächelte. »Aber Sie sind ja auch nicht wirklich ein Mann, oder?«

Eveline hielt die Luft an, musste dann aber lachen. »Nein, nicht wirklich. Eigentlich überhaupt nicht. Aber erzählen Sie es bitte niemandem, Agnes. Es macht das Leben einfach um einiges leichter.«

»Das glaube ich gern«, sagte Agnes mit einem Seufzer. »Verraten Sie mir Ihren Namen, meine Liebe? Vermutlich lautet er nicht Ezekiel.«

»Nein, Gott sei Dank. Ich heiße Eveline.«

»Ah, ein schöner Name. Also los, Eveline, das Bad ist bereitet.«

Eveline ließ sich Zentimeter um Zentimeter in das herrlich heiße Wasser hinab, lehnte sich zurück und schloss die Augen. Vom Trockengestell hingen grüne Decken herab, die einen provisorischen Wandschirm bildeten und vor Zugluft schützten. Sanftes Licht und die Wärme des Feuers umfingen Eveline. Sie hörte, wie Agnes die Haustür schloss, die schweren Riegel vorschob und das Bett mit sauberen Laken bezog; dann goss sie noch einen Topf mit heißem Wasser in die Wanne und sagte:

»Gute Nacht, Eveline. Aber nicht in der Wanne einschlafen! Träumen Sie gut, meine Liebe!«

Eveline blieb noch lange nach Agnes' Abschied in der Wanne liegen, atmete den warmen, duftenden Dampf ein, machte ausgiebig Gebrauch von der seidigen, parfümierten Seife und goss sich Wasser über die schmerzenden Glieder. Schließlich trat sie auf den Webteppich, wickelte sich in das raue Handtuch ein und fühlte sich wie neu geboren, blitzsauber und durch und durch warm. Ihre Haut glühte vor Hitze. Das Bett erwartete sie, schmal, etwas uneben wegen der Pferdehaarmatratze, die Laken fast durchscheinend, aber für Eveline war es, als schwebe sie auf einer Wolke aus Schwanendaunen. Sie schloss die Augen und ließ sich vom Schlaf übermannen.

Am nächsten Morgen verbreitete sich die Nachricht, dass die Konföderierten gewonnen hatten. Die Unionsarmee hatte sich nach Chattanooga zurückgezogen, während sich die Rebellen auf dem Lookout Mountain verschanzt hatten. Beide Seiten hatten allerdings schwere Verluste erlitten, und es hieß, dass sich die Rebellen nicht mehr viele solcher Siege leisten könnten. Agnes zuckte mit den Achseln und schien sich kaum noch darüber aufzuregen. Stattdessen machte sie das Frühstück und bestand darauf, für jeden ein Stück von der kostbaren Speckseite abzuschneiden, gerade so viel, dass man es auf ein Stück Maisbrot legen und zu Evelines echtem Kaffee verzehren konnte. Caleb war völlig aus dem Häuschen, dass er mit diesen Helden an einem Tisch sitzen und solche Köstlichkeiten essen durfte, als feierten sie ein Fest. Außerdem war er genauso begierig darauf wie Sam und Joe, von der Schlacht am Chickamauga zu hören, von den Soldaten, den Pferden, den Waffen. Eveline erzählte, was sie erlebt hatte und wie es kam, dass sie zur Augenzeugin der Schlacht geworden war, verborgen in einem sicheren Versteck, aus dem heraus sie Bilder gemacht hatte. Dass Calamity ihr mit ihrer Flucht ein paar ängstliche Momente beschert hatte, berichtete sie ebenfalls – sie habe sie aber wiedergefunden, das beste Pferd der Welt, wirklich, obwohl es so störrisch war. Den toten Soldaten im Wald erwähnte sie nicht, und auch nicht, was sie am Morgen auf dem Schlachtfeld gesehen hatte. Das konnte warten, bis sie noch einen Blick auf die Negative geworfen und Abzüge gemacht hatte. Sie wollte erst sehen, was sie überhaupt hatte einfangen können und ob die Bilder auch nur annähernd das Grauen der Szenerie widerspiegelten. Caleb zuliebe ließ sie alles wie ein großes Abenteuer klingen, während sie dasaßen und den gebratenen Speck und das goldgelbe Maisbrot aßen und jeden Bissen genossen. Der Junge hatte schon genug von der Wirklichkeit des Krieges erfahren, um bis an sein Lebensende gestraft zu sein.

Als Agnes später im Gemüsegarten war, um Äpfel zu pflücken, und Caleb zu seinem Hengstfohlen gegangen war, um es an die Longe zu gewöhnen, erzählte sie Sam und Joe ausführlicher von ihren Erlebnissen.

»Ich fasse es nicht, dass du das alles alleine gemacht hast, ohne uns«, sagte Sam. »Zwei nutzlose Männer, die sich mit einem verbrannten Arm und einem malträtierten Bein ins Bett legen, während du, obwohl du nur ein Mädchen bist, in den Krieg hinausziehst.«

»Das ›nur ein Mädchen‹ überhöre ich jetzt mal«, sagte sie. »Dennoch: Vergesst nicht, dass ihr einem Kind das Leben gerettet habt. Nichts von dem, was ich getan habe, könnte so heldenhaft und wichtig sein.«

»Aber wir haben trotzdem ein ungutes Gefühl dabei, Evie«, sagte Joe. »Du hättest gefangen genommen, zwangsrekrutiert, verwundet oder getötet werden können.«

»Wurde ich aber nicht«, erwiderte sie. »Hier stehe ich, gesund und munter. Tatsächlich glaube ich nicht, dass ich ernsthaft in Gefahr war.«

»Dem Herrn sei gedankt«, sagte Sam warm. »Aber diese Dinge, die du gesehen hast – das ist nichts für die Augen einer Frau.«

»Für niemandes Augen ist das was. Oder vielleicht sollte ich lieber sagen, dass jeder sich diese Dinge anschauen sollte, wenn sie nun einmal passieren.«

»Wir sollten einen Blick auf die Fotografien werfen«, sagte

Joe. »Denkst du, es ist etwas Brauchbares dabei, Evie? Irgendetwas, das wir in New York City vorzeigen können?«

»Ich muss die Abzüge machen, dann werden wir es ja sehen. Ich würde mir sehr wünschen, dass welche dabei sind, die wir ausstellen können, wenigstens ein paar wenige. Hoffentlich ist es nicht ein kompletter Fehlschlag.«

Den Vormittag verbrachte sie auf der Ladefläche ihres Planwagens. Ein paar Glasplatten waren zerbrochen; einige Negative überbelichtet; viele Fotografien, die sie von ihrem Hügelkamm über dem Schlachtfeld aus aufgenommen hatte, zeigten nur eine verschwommene Masse aus Staub und Qualm, mit schemenhaften Gestalten, die zu fern und zu unbestimmt waren, um ein nützliches Bild abzugeben. Einige hingegen – jene von dem Morgen, an dem sie an diesem elenden Schützengraben gearbeitet hatte – fingen genau das ein, was sie sich erhofft hatte. Die Männer verstummten, als sie die Abzüge durchsahen. Gelegentlich murmelten sie vor sich hin und schüttelten den Kopf.

»Außergewöhnlich«, sagte Sam leise. »So etwas habe ich noch nie gesehen. Evie, du bist absolut unglaublich. Du musst einen robusten Magen, einen kühlen Kopf und ein heldenhaftes Herz haben.«

Sie schüttelte den Kopf. »Nicht wirklich. Jedenfalls habe ich mich weder mutig noch ruhig noch stark gefühlt, als ich dort war.«

»Ach, Kindchen«, sagte Joe. »Nimm das Kompliment doch einfach mal an.« Seine Augen verdüsterten sich; einen Moment lang klang er melancholisch, fast bitter. »Ich wollte ein Held sein. Ich wollte kämpfen und unter Beweis stellen, dass ich ein Mann bin. Aber was du getan hast, bleibt mir versagt.«

Eveline nahm seine Hand und schaute ihm ernst in die Augen.

»Joe«, sagte sie, »du hast einem Kind das Leben gerettet. Das macht dich unbedingt zu einem Helden. Ich habe weder gekämpft noch den Verwundeten geholfen, sondern nur fotografiert. Ich habe niemanden gerettet.«

Nun lächelte Joe. »Danke, Brüderchen«, sagte er leicht barsch.

Eveline musste an den jungen toten Soldaten im Wald denken. »Allerdings war ich dem Krieg näher, als mir lieb war.«

»Dann sollten wir allmählich die Heimreise antreten, oder?«, sagte Sam. »Du hast die Arbeit erledigt, wegen der wir hergekommen sind, und zwar praktisch im Alleingang. Lass uns heute Abend Kriegsrat halten und überlegen, wie wir in den Norden zurückkommen.«

Joes Arm heilte gut, wie es aussah, und Sam konnte mit seinem verstauchten Fuß fast schon wieder laufen, wenn er sich auf einen Stock stützte.

»Nur noch ein, zwei Tage Ruhe«, sagte Agnes. »Um auf Nummer sicher zu gehen. Dann dürften Sie wieder reisebereit sein.«

Sie protestierten. Eigentlich seien sie schon wieder gesund und könnten auch morgen abreisen. Sie seien schon viel zu lange da. Agnes sei so nett und gastfreundlich, das könnten sie nicht länger ausnutzen.

»Aber Eveline muss sich auch einen Tag ausruhen«, sagte Agnes bestimmt.

»Eveline?«, fragte Joe. »Soll das heißen, du …?«

»Agnes hat gemerkt, dass ich kein Mann bin«, sagte Eveline und musste lachen, als sie die erschrockenen Gesichter der Männer sah. »Vielleicht ist meine Verkleidung doch nicht so gut, wie ich dachte.«

»Oh, die Verkleidung ist wunderbar«, beeilte sich Agnes zu sagen. »Wenn man nicht genau hinschaut, würde man niemals Verdacht schöpfen.«

»Nun, mir gefällt sie jedenfalls, und ich werde ein Mann bleiben, bis wir wieder in New York sind. Vielleicht bleibe ich es dort sogar. Männersachen sind so bequem, Agnes. Sie sollten das auch mal ausprobieren.«

»Warum nicht. Vielleicht kann ich hier unten ja eine neue Mode etablieren.«

»Also bleiben wir noch einen Tag und eine Nacht, da Agnes so freundlich ist, darauf zu bestehen«, schloss Sam. »Aber dann sollten wir uns eine Eisenbahn suchen, die uns wieder nach Hause bringt.«

»In Chattanooga fahren angeblich noch Züge«, sagte Agnes. »Jedenfalls in den Norden, und da wollen Sie ja hin. Wenn Sie mit dem Wagen bis nach Chattanooga kommen, können Sie da vielleicht einen Zug erwischen.«

»Perfekt.« Sam seufzte erleichtert. »Ich hätte nichts dagegen, die Rückkehr anzutreten. Wir waren lange unterwegs.«

Joe nickte, und so erklärte Agnes ihnen, auf welchem Weg sie nach Chattanooga fahren sollten, um keine Aufmerksamkeit auf sich zu lenken, wie sie am besten zum Bahnhof kamen und wo sie die Pferde und Wagen zu einem guten Preis verkaufen konnten. Eveline beteiligte sich nicht an der Diskussion, sondern kaute nachdenklich auf der Lippe herum.

»Macht dir etwas zu schaffen, Evie?«, fragte Sam irgendwann. »Sicher möchtest du doch auch nach Hause, nach allem, was du erlebt hast, oder?«

»Da kannst du Gift drauf nehmen«, sagte sie. »Ich hätte nur ein paar Vorschläge zu machen.«

Joe grinste. »Wie sollte es auch anders sein«, sagte er. »Los, Brüderchen, erzähl uns von deinen verrückten Plänen.«

»Vielleicht findet ihr sie wirklich verrückt«, sagte Eveline würdevoll, »aber hört mir doch erst einmal zu, meine Herren. Bitte.«

»Natürlich«, versicherte Sam. »Also los, Evie. Lass hören.«

»Nun«, begann sie, »zunächst einmal brauchen wir nicht zwei Wagen, um nach Chattanooga zu gelangen. Es ist ja nicht weit, und wir können unser Zeug auch in einem Wagen unterbringen. Unsere Vorräte sind ja praktisch aufgebraucht. Mit nur einem Gespann würden wir jedenfalls weniger auffallen. Daher würde ich vorschlagen, Agnes Calamity und einen Wagen dazulassen.«

Calebs Gesicht leuchtete auf. »Noch ein Pferd!«, rief er begeistert. »Ja, Momma, lass uns noch ein Pferd nehmen! Dann können wir es zum Pflügen benutzen und Dinge zum Markt bringen. Und du kannst sie reiten wie eine Dame. Ich kann sie auch reiten, wenn ich etwas größer bin.«

»Oh, das geht aber nicht, tut mir leid«, sagte Agnes und wirkte plötzlich erschöpft und verloren. »Es wäre wunderbar, noch ein Pferd zu haben, natürlich, aber ich kann es nicht bezahlen. Tut mir leid. Ich hoffe, Sie verstehen das.«

»Nein, nein«, sagte Eveline schnell, »Sie sollen sie ja nicht kaufen. Es soll ein Geschenk sein. Ein kleines Dankeschön für das, was Sie für uns getan haben.«

Agnes hielt die Luft an. »Wirklich?«, fragte sie und blickte sie einen nach dem anderen an. »Das würden Sie wirklich tun?«

»Natürlich«, sagten Sam und Joe wie aus einem Mund.

»Bitte, Agnes«, beteuerte Eveline, »nehmen Sie das an. Calamity ist mir sehr ans Herz gewachsen, so störrisch sie auch sein mag. Ich bin mir sicher, dass Caleb ihr Manieren beibringen wird. Jedenfalls hoffe ich das.« Sie schenkte Caleb ein Lächeln. »Glaubst du, dass du mit ihr zurechtkommst, Caleb?«

»Klar«, sagte Caleb entschieden. »Ich mag sie. Calamity ist ein braves Mädchen.« Dann kam ihm ein Gedanke. »Vielleicht kann sie ja Kinder bekommen, Momma, dann habe ich irgendwann einen ganzen Stall voller Pferde und werde reich und berühmt. Dann kann ich für dich sorgen, und wir essen jeden Tag Speck.«

»Schon möglich«, sagte Agnes lachend. »Und mit dem Wagen können wir unsere Ernte zum Markt bringen, wenn wieder Frieden herrscht. Meine Nachbarn werden auch davon profitieren. Oh, wie kann ich Ihnen nur dafür danken?«

»Müssen Sie gar nicht«, meinte Sam. »Es ist uns ein großes Vergnügen. Mich wurmt nur, dass ich nicht selbst auf die Idee gekommen bin. Das hätten wir also geklärt. Hattest du nicht gesagt, dass du noch einen weiteren Vorschlag hast, Evie?«

»Ja«, sagte Eveline. »Tatsächlich muss ich ein Geständnis ablegen. Als ich darauf bestanden habe, dass wir nach Georgia fahren, hatte ich die vage Vorstellung, dass wir Thomas dort finden können. Meinen Ehemann«, erklärte sie Agnes, die diese Information mit erstaunlichem Gleichmut aufnahm. »Jetzt ist mir klar, wie absurd das war. Dieses Land ist so gewaltig. Mir war gar nicht bewusst, wie riesig es wirklich ist und was Krieg bedeutet.«

»Wohl wahr«, sagte Sam mitfühlend. »Und Georgia ist ein großer Bundesstaat. Einen einzelnen Mann dort aufspüren zu wollen wäre wie die berühmte Suche nach der Stecknadel im Heuhaufen.«

»Wenn wir andererseits«, fuhr Eveline fort, »einfach nur ein Stück nach Georgia hineinfahren – wenn wir also nicht nach Chattanooga fahren, sondern uns an die Eisenbahnstrecke halten, die von Chattanooga nach Atlanta und dann weiter zum Meer führt –, dann könnten wir vielleicht jemanden finden – einen Weichensteller oder einen Maschinisten oder so –, der weiß, was mit gefangenen Mitarbeitern der Eisenbahn geschieht. Oder der wenigstens irgendwelche Gerüchte gehört hat. Das ist zwar ein Schuss ins Blaue, ich weiß, aber es würde uns nur einen einzigen zusätzlichen Tag kosten – na ja, einen Tag und eine Nacht vielleicht –, und ich hätte es wenigstens versucht. Wenn wir nichts in Erfahrung bringen, wär's das dann. Dann sitzen wir am nächsten Tag im Zug Richtung Norden.« Sie sah ihre Freunde hoffnungsvoll an.

»Was denkst du, Sam?«, fragte Joe. »Ein Tag mehr oder weniger macht auch keinen großen Unterschied, oder?«

»Nun ja, schaden kann es nicht. Also gut. Einen Tag bleiben wir noch hier, um Kräfte zu sammeln und unsere Sachen zu packen. Anschließend suchen wir die Eisenbahnstrecke und hören uns um, ob wir etwas in Erfahrung bringen können. Man weiß ja nie, Evie. Jetzt bist du schon den ganzen Weg hierhergekommen, und dein Mann muss ja irgendwo sein. Lass uns schauen, ob wir nicht wenigstens herausfinden, wo er stecken mag.«

## Kapitel 20

# *Eine Gestalt im Mondlicht*

Eveline erwachte, weil Räder vor ihrem Fenster entlangrollten. Agnes hantierte leise in der Küche herum, kochte Kaffee und schnitt Brot. Sie lächelte, als sie sah, dass Eveline wach war.

»Sie haben noch einmal richtig lange geschlafen, meine Liebe«, sagte sie. »Das ist gut, denn ich denke, dass Sie es dringend nötig hatten. Die Männer stehen auch gerade auf. Caleb ist schon draußen, um mit Calamity Freundschaft zu schließen.«

»Wunderbar.« Eveline setzte sich auf und reckte sich. »Was ist denn da draußen los? Habe ich soeben einen Wagen vorbeirumpeln hören?«

»Den Wagen der Nachbarn«, sagte Agnes. »Der Johnsons, die unten an der Straße wohnen. Sie verlassen die Siedlung, weil ihnen der Krieg mittlerweile zu nahe gerückt ist. Da sie ohnehin alles verloren haben, gehen sie nach Arkansas, wo die Frau einen Bruder hat. Sie wollen ihr Glück dort versuchen.«

Eveline sah aus dem Fenster und erblickte eine Frau mit düsterer Miene und ein halbes Dutzend Kinder, die auf einem Fuhrwerk saßen, zwischen Töpfen und Pfannen und einem festgezurrten Bett.

»Werden Sie denn hierbleiben, Agnes? Sie und Caleb?«

»Wir bleiben«, sagte sie knapp. »Ich wüsste gar nicht, wo ich hingehen sollte. Dank Ihnen haben wir ja jetzt das Pferd. Das ist unsere Chance. Unsere Nachbarn werden auch davon profitieren, beim Pflügen und bei der Maisaussaat. Vielleicht werden wir irgendwann sogar genug beisammenhaben, um uns wieder eine Kuh leisten zu können. Aber von den Menschen aus der Siedlung hier werden sicher die meisten weggehen, schätze ich. Alle, die irgendwo jemanden kennen oder denen hier nichts geblieben ist.«

Eveline nickte, immer noch dem Fuhrwerk hinterherschauend, das schwerfällig über die Straße rumpelte.

»Ich glaube, wir haben noch ein paar Glasplatten, weil ich nicht alle zum Chickamauga mitgenommen habe«, sagte sie plötzlich. »Ob ich wohl ein paar Fotografien machen dürfte, was meinen Sie? Von der Siedlung und vielleicht von ein, zwei Nachbarn?«

»Ich wüsste nicht, was dagegen spricht. Die Leute hier wissen ja, dass Sie bei der Bekämpfung des Brands mitgeholfen und Caleb gerettet haben. Sie werden nichts dagegen haben, wenn Ihnen das so wichtig ist.«

Also nutzte Eveline den letzten Tag, um die Kamera aufzustellen und die Bewohner der Siedlung zu bitten, sie fotografieren zu dürfen. Es gab noch eine zweite Familie, die an diesem Morgen ihre gesamte Habe auf einen Wagen lud und in Richtung Westen aufbrach, vielleicht sogar bis in die Indianergebiete, wie sie erklärten.

»Eine Fotografie, warum nicht?«, sagte die Frau und musterte Eveline, als sei die ein bisschen verrückt; trotzdem stand sie geduldig neben ihrem Wagen, mit einer Schute auf dem Kopf und einem abgetragenen Mantel, und blickte stoisch in die Kamera. Ein etwa zwölfjähriges Mädchen hielt das Maultier an der Leine, und zwei Jungen, die kaum älter waren als Caleb, hockten ganz oben auf der wackeligen Ladung: drei klapprigen Stühlen, ein paar zerschlissenen Decken, einer Holzkiste, einem Kessel.

Im Anschluss fotografierte Eveline eine Hütte, die schon vor Monaten ausgebrannt war; die Holzkonstruktion ragte skelettartig empor und bildete einen eigentümlichen Kontrast zu dem makellos blauen Himmel. Ihr nächstes Motiv war eine alte Frau, die zwischen den kahlen Maisstängeln nach übrig gebliebenen Maiskolben Ausschau hielt; eine Hand in die Hüfte gestützt war ihrem Gesicht und den gebeugten Schultern die Erschöpfung deutlich anzusehen.

Im Laufe des Tages kamen weitere Fotografien hinzu: die verkohlten Überreste der Scheune; eine Gruppe von Frauen und Kindern, die am Brunnen standen; Caleb, der sein geliebtes Hengstfohlen am Zaumzeug hielt; und schließlich noch Agnes' Plymouth-Rock-Hühner, wunderschöne Vögel mit grau-weiß melierten Federn und roten Kämmen. Dieses reizende Abbild von Häuslichkeit und Ordnung inmitten von so viel Leid würde sie ihrer Tante schicken.

Am Ende des Tages hatte sie also ein paar zusätzliche Bilder für eine mögliche Ausstellung beisammen. Der Wagen war auch schon bepackt und stand für den nächsten Tag bereit. Als die Sonne unterging, half sie Agnes, ein bescheidenes Mahl zuzubereiten, ergänzte es um ein paar Dinge aus ihren mittlerweile arg geschrumpften Vorräten – ein paar letzten Resten Pökelfleisch und den unvermeidlichen Bohnen – und behielt nur das Nötigste für ein paar wenige Mahlzeiten zurück. Agnes hatte auf wundersame Weise aus Fallobst und hartem Brot einen Pudding gezaubert, und nachdem sie gegessen, abgeräumt und die Teller abgewaschen hatten, holte sie aus einem Geheimversteck eine kostbare staubige Flasche Bourbon Whisky hervor. Sie saßen um den Tisch herum und prosteten einander zu; sogar Caleb durfte probieren. Nachdem er ein paar Mal genippt und wild gehustet hatte, erklärte er, es schmecke ihm sehr gut – zumindest werde es ihm sicher sehr gut schmecken, wenn er denn bald groß sein würde.

Sam brachte einen Toast aus, um sich bei Agnes zu bedanken. Joe schloss sich an und schenkte ihr ein so umwerfendes Lächeln, dass sie errötete, den Kopf schüttelte und murmelte, dass das nicht der Rede wert sei, dass vielmehr ihre Gäste es seien, die Dank verdienten, und dass sie niemals vergessen würde, was sie für sie getan hätten. Und so tranken alle auf alle und auf die Freundschaft und das Ende des Kriegs. Joe schenkte Caleb noch einen Silberdollar als Andenken, dann wünschten sie sich eine gute Nacht, und nachdem sie sich am nächsten Morgen noch einmal umarmt und verabschiedet hatten, brachen sie auf.

Chattanooga war eine Stadt im Kriegszustand. Am Ufer reihten sich Zelte und Versorgungswagen aneinander, und die Hügel, die jenseits des Flusses steil anstiegen, waren befestigt. Man sah Truppen, die Barrikaden errichteten, schwere Waffen transportierten und Nachschub auf den Lookout Mountain und den Missionary Ridge schleppten. Der Planwagen schaukelte in die Main Street, die rechts und links von trostlosen Läden und Saloons flankiert war; einige waren zugenagelt, während andere sich mühsam behaupteten und ihre wenigen verbliebenen Waren in den staubigen Schaufenstern darboten. Und dann, am anderen Ende der Straße, sah man tatsächlich den Bahnhof.

»Fahren heute Züge?«, erkundigte sich Joe.

Womöglich hielt er Joes verwundeten Arm in der Schlinge für eine Kriegsverletzung, jedenfalls unterbrach der verhärmte Mann, der den Bahnsteig fegte, seine Arbeit und bedachte Joe mit einem respektvollen Blick.

»Morgen vielleicht, Sir«, sagte er. »Im Moment läuft hier nichts mehr nach Plan. Entlang der Strecke sind viele Brücken abgebrannt, und wie ich gehört habe, reißen die Unionssoldaten weiter südlich Schienen heraus, damit unsere Truppen nicht aus Atlanta hierherkommen.« Er seufzte. »Verrückt, was?«

»Ja, Wahnsinn«, sagte Joe. »Sie haben sicher schon eine Menge erlebt, was? Und viele Geschichten gehört?«

»Ich könnte Ihnen Dinge erzählen …«, sagte der Mann und schob die Kappe nach hinten. »Sie würden mir kein Wort glauben.«

»Wirklich?«, sagte Joe interessiert. »Das klingt aber spannend.« Er nickte zu einem Saloon hinüber, der sich gleich neben den Gleisen befand. »Vielleicht dürfen wir Sie ja zu einem Bier einladen. Meine Brüder und ich würden gern ein paar Ihrer Geschichten hören.«

Die Vorstellung ließ das Gesicht des Mannes aufleuchten. »Das ist aber wahnsinnig nett«, sagte er. »Ein kleines Getränk kann nicht schaden. Hier ist sowieso nichts los, wie Sie sehen. Und wenn ein Zug kommt, hören wir es da drinnen, lange bevor er eintrifft.«

Der Saloon war eher eine Bruchbude mit einer Theke an der Seite, ein paar Fässern Bier und wenigen Stühlen, die um schmutzige Tische herumstanden. Joe bestellte Bier für alle, und ihr neuer Freund nahm einen Schluck.

»Nicht mal das Bier ist noch das, was es vor dem Krieg mal war«, sagte er düster. »Wenn man die Plörre überhaupt Bier nennen will.«

Auch Eveline dachte, dass es ziemlich wässrig und sauer schmeckte, aber immerhin war es kalt und schien den gewünschten Effekt zu haben, ihrem Begleiter die Zunge zu lösen. Er hieß Henry und war der Bahnhofsvorsteher. Seit zehn Jahren arbeitete er nun schon für die Eisenbahngesellschaft von Chattanooga, Nashville und St Louis. Die Lokomotiven liebte er, als wären es seine eigenen Kinder. Ihm war egal, welche Seite diesen verfluchten Krieg gewann, solange er nur wieder arbeiten konnte. Wenn alle fünf Minuten Lokomotiven zerschossen oder Schienen herausgerissen wurden, konnten schließlich keine Züge mehr fahren.

»Schwere Zeiten für einen Eisenbahner wie Sie, Henry«, erklärte Sam mitfühlend. »Noch ein Bier?«

»Klar, warum nicht? Was machen Sie eigentlich hier?«

»Wir sind verletzt«, sagte Sam lakonisch und zeigte auf sein Bein und Joes Arm. »Aber nur auf der Durchreise.«

»Und was ist mit dem da?« Henry musterte Eveline eindringlicher, als ihr lieb war.

»Zu jung für die Truppe«, sagte Sam.

»Aha.« Henry schien das Interesse zu verlieren. »Tja, ich kann Ihnen Dinge erzählen …« Seine Stimme verlor sich, und er starrte in sein leeres Glas.

»Noch ein Bier«, rief Joe dem Barkeeper zu und lächelte aufmunternd. »Erzählen Sie doch mal, was Sie so alles gesehen haben, Henry. Wir sind ganz Ohr.«

»Es gibt sicher auch spannende Geschichten von Leuten, die in Gefangenschaft geraten sind?«, sprang Eveline ihm zur Seite.

»In Gefangenschaft? Ja, davon habe ich einiges gehört – dass ein Zug in einen Hinterhalt geraten ist und ein paar Yankees geschnappt oder erschossen wurden oder so«, sagte Henry und trank noch einen Schluck.

Eveline erbleichte. Joe drückte ihr unter dem Tisch beruhigend die Hand.

»War das hier in der Nähe? In der Nähe von Chattanooga?«, fragte sie schwach.

»Nein, eher weiter südlich. Doch, doch, so war's. Ein ganzes Stück im Osten, glaube ich, in Augusta, Georgia. Oder war es eher bei Savannah?«

Sie warteten gespannt. Henry wischte sich den Schaum vom tropfenden Schnurrbart und nahm dann nachdenklich noch einen Schluck.

»Ja«, sagte er schließlich. »In der Nähe von Savannah war das wohl. Und ich werde Ihnen auch verraten, warum ich das noch weiß«, fügte er hinzu, als würde er ihnen einen großen Gefallen tun.

»Bitte, tun Sie das«, sagte Eveline in dem Bemühen, nicht allzu ungeduldig zu erscheinen. *Um Himmels willen, Henry, mach schon,* dachte sie innerlich.

»Ich erinnere mich daran«, sagte er bedeutungsschwer, »weil man dort in der Nähe ein neues Lager eingerichtet hat. In der Nähe von Savannah, wissen Sie. Es hieß, man hat die Yankees dorthin verfrachtet, nachdem man sie gefangen genommen hat. Man konnte sie ja nicht alle erschießen, also hat man sie in das Lager gebracht.«

»In das Lager?«, fragte Joe beiläufig.

»Ein Gefangenenlager«, sagte Henry. »Für Kriegsgefangene«, erklärte er, als könnten sie es vielleicht nicht richtig verstanden haben. »Doch. In der Nähe von Savannah war das. Da gehören sie auch hin, diese verdammten Yankees, hinter Gitter. Ziemlich wahrscheinlich, dass sie da abkratzen. Hab gehört, dass keiner lebendig da rauskommt. Wenn sie nicht von Krankheiten dahingerafft werden, sterben sie an Hunger. Hätte nichts gegen noch ein Bier, Sir, wenn's recht ist.«

Eveline war schweigsam, als sie am Abend aus der Stadt herausfuhren. Sie folgten der Eisenbahnlinie eine gute Meile in Richtung Süden, um sich ein stilles Plätzchen für ihr letztes Nachtquartier zu suchen. Auf den Bergen im Norden lagerten Truppen, und in der Stadt waren so viele Soldaten unterwegs, dass es sicherer schien, nicht dort zu bleiben. Außerdem wirkte die ganze Stadt derart heruntergekommen, dass wohl kaum Hoffnung auf eine anständige Mahlzeit bestand. Ein letztes Mal Pökelfleisch und Bohnen, eine letzte Nacht auf den harten Planken, dann würden sie Pferd und Wagen für welchen Preis auch immer verkaufen und auf den nächsten Zug in Richtung Norden warten. Es könnte eine lange Reise werden, aber immerhin wären sie auf dem Weg in die Heimat.

»Du darfst Henrys Worte nicht so ernst nehmen, Evie«, sagte Sam, der sie beobachtet hatte, als sie unter den hohen Fichten saßen. »Thomas kriegt man nicht so schnell kaputt, würde ich sagen.«

»Aber Sam, du hast doch gehört, was Henry gesagt hat: Krankheiten, Hunger – falls er nicht doch schon längst erschossen wurde. Oh, wie konnte ich nur so dumm sein zu denken, dass er noch leben könnte?«

»Du darfst die Hoffnung nicht aufgeben, Evie«, meinte Joe.

»Möglich«, sagte Eveline niedergeschlagen. Sie brütete ein paar Minuten vor sich hin, den Blick in die Glut ihres Lagerfeuers gerichtet. »Savannah, Georgia. Ich nehme nicht an, dass wir …?«

Sam schüttelte den Kopf.

»Tut mir leid, Evie, aber wenn du denkst, was ich denke, dass du es jetzt denkst, dann schlag dir das aus dem Kopf. Wirf einen Blick in die Karte: Savannah liegt weit hinter Atlanta, an der Küste, weit unten im Süden. Das dürften geschätzt dreihundert Kilometer sein. Und in Georgia haben immer noch die Rebellen das Sagen. Unsere Vorräte sind erschöpft, und Joe und ich sind immer noch schwach auf den Beinen. Vermutlich würde man uns schnappen und selbst in ein Lager stecken, wenn nicht Schlimmeres. Wie könnte das Thomas von Nutzen sein?«

Sie seufzte. »Du hast natürlich recht. Es ist unmöglich. Ich dachte nur … Ach, ich weiß selbst nicht, was ich gedacht habe. Vermutlich hatte ich die Vorstellung, ich könnte ihn retten, wenn er … wenn er denn überhaupt noch lebt.« Sie schluckte hart. »Wie, weiß ich allerdings auch nicht.«

»Wir müssen zurück nach New York, Evie«, insistierte Joe. »Von hier aus können wir Thomas nicht helfen. Aber wenn wir die Fotografien ausstellen, wird das vielleicht etwas bewirken. Wer weiß, vielleicht trägt es sogar dazu bei, den Krieg eher zu beenden. Selbst wenn es nur ein paar Tage wären, wäre Thomas ein paar Tage eher frei.«

»Das ist wahr«, sagte sie müde. In ihrem Innern hatte sich aber eine tiefe Angst eingenistet, die alles übertraf, was sie bislang empfunden hatte. *Geschnappt oder erschossen … Wenn sie nicht von Krankheiten dahingerafft werden, sterben sie an Hunger …* Sie hatte sich so lange an die Vorstellung geklammert, dass es Thomas gut ging. Nun zwang sie sich zum ersten Mal, den Gedanken an sich heranzulassen, dass sie ihn nie wiedersehen, nie wieder in seinen Armen liegen würde, dass sie nie wieder hören würde, wie seine Stimme ihren Namen sprach. Sie biss sich so fest auf die Lippe, dass sie Blut schmeckte, und merkte selbst, dass sie heftig zitterte.

»Ich hole dir eine Decke, Evie«, sagte Sam. »Du frierst.«

Sie rang sich ein Lächeln ab. »Eigentlich nicht. Ist übrigens noch Whisky da, weißt du das?«

»Eine Flasche, für Notfälle«, meinte Joe. »Soll ich sie holen? Wir könnten auf das Ende der Reise trinken. Und auf Thomas.«

Er stand auf, reckte sich und drehte sich zum Wagen um. Plötzlich hielt er inne und bedeutete ihnen, still zu sein.

»Da ist etwas«, flüsterte er. »Da drüben. Ein Feuer, würde ich sagen, und vielleicht ein paar Leute. Ich meine, Stimmen zu hören.«

»Das könnten Soldaten sein«, flüsterte Sam. »Wir sollten besser das Feuer löschen, damit sie uns nicht entdecken.«

Er erstickte die Flammen und bedeckte die Asche mit Erde, damit sie nicht qualmte.

»Vielleicht sind es auch nur Einwohner, die vor den Gefechten in den Süden fliehen«, sagte Joe.

»Sollen wir hingehen und nachschauen?«, fragte Eveline, die plötzlich das Bedürfnis hatte, irgendetwas zu tun, egal was, um nicht herumsitzen zu müssen, gepackt von dieser finsteren, schrecklichen Angst. »Wenn es Einwohner sind, wissen sie vielleicht, wo wir morgen die Pferde verkaufen können oder wann hier wieder ein Zug fährt. Und wenn es Soldaten sind, kehren wir einfach wieder um.«

»Gut, lasst uns näher rangehen«, stimmte Joe zu. »Aber vorsichtig. Wenn es sich um Soldaten handelt, ziehen wir uns sofort zurück und legen uns flach auf die Erde.«

»Klar«, sagte Eveline. »Sam, möchtest du hier bleiben und dein Bein schonen, während Joe und ich schnell durch die Bäume spähen, was da los ist?«

»Vermutlich ist es besser, wenn ihr mal nachschaut«, grummelte Sam. »Aber seid in Gottes Namen vorsichtig, Kinder, ja?«

Joe grinste ihn an. »Kinder, aha. Wir werden wie die Mäuschen sein, Sam. Niemand wird uns bemerken.«

Der Boden unter ihren Füßen war weich und mit Blättern bedeckt. Leise schlichen sie zwischen den Bäumen hindurch. Als Eveline auf einen Zweig trat, hallte das Knacken wie ein Schuss durch die Nacht. Sie erstarrten und hielten die Luft an, aber es geschah nichts. Schließlich bewegten sie sich wieder vorsichtig auf den Lichtschein zu. Vor ihnen erhob sich eine Bodenwelle, eine Art langer niedriger Damm.

»Offenbar sind wir direkt an der Eisenbahnstrecke«, flüsterte Joe. »Wenn wir uns ducken, können wir uns an den Damm heranschleichen und hinüberschauen. Aber keinen Schritt weiter.«

Sie krochen durch das Unterholz und schoben vorsichtig ein paar Zweige auseinander, um einen Blick auf die Szenerie vor sich zu erhaschen.

Eine kleine Gruppe von Männern war zu sehen, nur vier Gestalten, dunkle Silhouetten vor dem blassen Himmel. Sie arbeiteten mit schnellen, geschmeidigen, geübten Bewegungen. Im ersten Moment war schwer auszumachen, was sie überhaupt taten. Sie bückten sich, setzten einen Hebel an, mühten sich ab, etwas hochzustemmen, hielten lange Metallgegenstände über einen schwachen Feuerschein und traten wieder zurück, um das blitzende Metall zu verbiegen und zu verdrehen.

»Sie reißen Gleise heraus und verbiegen sie«, flüsterte Joe ihr ins Ohr. »Um die Strecke zu zerstören. Ob es Rebellen oder Yankees sind, kann ich nicht sagen. Ganz still! Wir sollten besser zu unserem Lager zurückkehren und darauf hoffen, dass sie uns nicht entdecken.« Er legte Eveline die Hand auf den Arm. »Wenn sie mal abgelenkt sind, hauen wir ab.«

Sie sahen noch eine Weile zu, fasziniert von dem eleganten Rhythmus, in dem die Männer arbeiteten. In der Mitte stand ein großer Mann, der das Kommando zu haben schien. Mit kurzen, leisen Worten befahl er, wo was hingelegt werden sollte, oder lauschte mit geneigtem Kopf auf Fragen. Als das Feuer aufflammte, drehte er sich zu ihnen, um es schnell wieder in Schach zu halten. Für einen kurzen Moment fiel Licht auf sein Gesicht. Eveline schnappte nach Luft und erstarrte, dann rappelte sie sich auf.

»Was tust du da, Evie?«, zischte Joe. »Bleib in Deckung. Kopf runter …«

Aber Eveline riss sich von ihm los, war schon aus ihrem Versteck hervorgeschossen, rannte den Damm hoch, auf der anderen Seite wieder runter, direkt auf die Eisenbahnlinie zu. Als sie auf dem unebenen Untergrund stolperte, stieß sie unwillkürlich einen Schrei aus. Die Männer fuhren herum. Einer griff nach seinem Gewehr, rief eine Warnung und zielte, aber sie beachtete ihn gar nicht. Sie fand ihr Gleichgewicht wieder und rannte weiter. Einen guten Meter vor dem großen Mann blieb sie stehen. In diesem Moment vertrieb der Wind eine dunkle Wolke am Himmel, und ihr fiel ein Mondstrahl ins Gesicht.

Reglos stand der Mann da; auf seinen Lippen formte sich, leise und ungläubig, ein Name:

»Eveline …«

»Thomas«, stammelte sie. »Oh, Thomas …«

Sie schwankte, als würde sie stürzen. Er trat einen Schritt vor und zog sie an sich. Einen langen Moment standen sie wie aneinandergeschweißt da, während die anderen Männer erstaunt zusahen. Eveline versuchte, ihre Atmung unter Kontrolle zu bekommen, aber dann brach sich ein unkontrolliertes Schluchzen Bahn, packte ihren Körper und schüttelte sie. Eveline barg ihr Gesicht an Thomas' Schulter.

»Nun komm schon, mein Schatz«, sagte Thomas Armitage. »Nun komm schon. Es ist ja alles gut.«

## Kapitel 21

# *Der große Gefängnisausbruch von Georgia*

Bis tief in die Nacht saßen sie am Lagerfeuer. Eveline blickte immer wieder in die Gesichter, die von der Glut erleuchtet wurden. Sam und Joe natürlich, dann die drei Männer aus Thomas' Trupp, Frank, Enoch und Jacob, und schließlich, unfassbar und überwältigend und direkt an ihrer Seite, Thomas höchstpersönlich. Sie waren zum Planwagen zurückgekehrt, hatten das Feuer wieder entfacht und den letzten Proviant verteilt. Zu dem kargen Mahl ließen sie die letzte Whiskyflasche herumgehen. *Bestimmt ist es nur ein Traum,* dachte Eveline, *und ich wache bald auf, mutterseelenallein; Thomas wird verschwunden sein, weil dies hier einfach zu schön ist, um wahr zu sein.* Andererseits spürte sie Thomas' warmen Körper neben sich und das Gewicht seines Arms auf ihren Schultern. Sie lehnte sich an ihn, schloss für einen Moment die Augen und überließ sich dem tröstlichen Gefühl, ihn so nah zu wissen.

»Aber jetzt schießt mal los«, drängte Sam. »Wir möchten alles hören, Gentlemen. Wie haben es vier Unionisten geschafft, aus einem Lager im tiefsten Georgia zu entfliehen und nach Chattanooga zurückzukehren?«

»Das ist eine lange Geschichte«, sagte Thomas, »und wir möchten eure natürlich auch hören. Wie kommen zwei Männer und eine Frau aus New York in den Süden, mitten durch Staaten der Rebellen hindurch, und landen dann ausgerechnet an dieser Stelle?«

»Wir wollten den Krieg fotografieren«, erklärte Joe. »Auf dem Weg haben wir auch ein paar Abenteuer erlebt. Wir sind schon eine Weile unterwegs.«

»Fotografieren?«, fragte Jacob. »Das habe ich ja noch nie gehört, dass jemand Bilder vom Krieg macht. Klingt nach einem gefährlichen Hobby.« Er schenkte Eveline ein Lächeln.

Jacob war ein gutaussehender junger Mann, mit einem sehr weißen Lächeln in seinem dunklen Gesicht.

»Ursprünglich war es Evies Idee«, sagte Joe.

»Ich könnte nicht behaupten, dass mich das überrascht.« In Thomas' Stimme hatte sich ein amüsierter Unterton geschlichen.

»Wir haben tatsächlich ein paar gute Bilder«, sagte Sam. »Die meisten hat deine Frau aufgenommen, Thomas. Leider gab es einen kleinen Zwischenfall mit einer brennenden Scheune …«

»Einen kleinen Zwischenfall?«, rief Joe empört. »Eine Heldentat, meinst du wohl. Hier, ich trage immer noch einen Verband, von der Schulter bis zum Handgelenk. Ein Wunder, dass ich überhaupt noch lebe.«

»Okay, gut«, lenkte Sam grinsend ein, »eine Heldentat also.«

»Sam und Joe haben einem Kind das Leben gerettet. Sie haben einen kleinen Jungen aus den Flammen geholt«, erläuterte Eveline. »Sie sind tatsächlich Helden.«

»Quatsch«, knurrte Sam. »Wir waren einfach nur zufällig vor Ort, das ist alles. Aber nun kommt schon, Jungs, lasst hören. Reicht den Whisky herum und berichtet, wie um alles in der Welt ihr hierhergekommen seid.«

Und so begannen sie zu erzählen. Die Stimmen der Männer hoben und senkten sich, als jeder das Seine zu dem Bericht beitrug. Das Feuer brannte niedrig vor sich hin, die nächtliche Brise flüsterte in den Bäumen über ihren Köpfen, und die außergewöhnliche Geschichte nahm ihren Anfang.

Die vier Männer vom Konstruktionskorps waren tief in die Rebellengebiete vorgedrungen, als sie überfallen wurden. An jenem Tag hatten sie gute Fortschritte erzielt und einen ganzen Abschnitt der Strecke repariert, die den Unionstruppen die Fortbewegung durch den Bundesstaat ermöglichen sollte. Nach Abschluss der Reparaturarbeiten hatten sie die Lokomotive gestartet, und Enoch, der Lokführer, hatte den Zug in mäßigem Tempo über die Strecke gelenkt. Irgendwann hatte er gebremst und gerufen, dass vor ihnen ein Baum auf den Gleisen liege. Es schien kein unüberwindliches Hindernis zu sein, daher bewaffneten sich Thomas, Enoch und Frank, der Heizer, mit Äxten und Sägen, stiegen aus und gingen an den Gleisen entlang, um den Baum aus dem Weg zu räumen. Der Rest der Männer wollte derweil die Kuppelstange inspizieren, da Abe den Eindruck hatte, sie habe sich gelockert.

Die drei Männer begannen also, den umgekippten Baum zu bearbeiten. Vielleicht übertönte der Lärm der Sägen und Äxte alle anderen Geräusche, in jedem Fall waren sie vollkommen überrascht, als eine Kugel an ihnen vorbeisauste, und dann noch eine. Im nächsten Moment tauchte ein Trupp konföderierter Soldaten auf und schrie, sie mögen die Waffen fallen lassen. Vielleicht hielten sie ihr Werkzeug für Waffen, denn sie schossen wieder und trafen Enoch in die Schulter. Er stürzte zu Boden. Thomas rief, sie sollten aufhören, weil ein Mann verwundet sei, aber nun wurde er selbst von einer Kugel gestreift. Als die Soldaten merkten, dass sie unbewaffnet waren, erlaubten sie Frank und Thomas, Enochs Wunde mit einem zerrissenen T-Shirt zu verbinden und ihm wieder auf die Beine zu helfen. Dann befahlen sie den dreien, in Richtung Süden zu gehen. Thomas und seine Kollegen hatten geschworen, dass niemand mehr im Zug sei, und hielten die Luft an, als die Soldaten ihn durchsuchten. Aber vielleicht hatten die Schüsse ihre Freunde gewarnt, denn die waren tatsächlich verschwunden. Als sie noch einmal bekräftigten, dass die Besatzung nur aus ihnen bestand, zuckten die Soldaten mit den Achseln und gaben die Suche auf.

»Abe und die anderen konnten sich in Sicherheit bringen«, sagte Eveline. »Sie sind zu Fuß losmarschiert, an der Eisenbahnlinie entlang, aber immer in Deckung. Schließlich wurden sie von einem Zug der Union aufgegriffen. Abe leidet furchtbar darunter, dass er dich zurücklassen musste, aber er sagt, er habe nichts tun können.«

»Gott sei Dank, dass er entkommen ist«, sagte Thomas. »Er hat vollkommen recht, gegen so viele Soldaten hätte er nichts ausrichten können. Wir waren froh, dass die anderen fliehen konnten, dann konnte wenigstens jemand erzählen, was passiert ist.«

Die drei Männer wurden an der Eisenbahnstrecke entlanggeführt. Thomas und Frank mussten Enoch stützen, weil er so viel Blut verloren hatte. Die Soldaten, die sie gefangen genommen hatten, gestanden ihnen Ruhepausen zu und gaben ihnen sogar etwas von ihrem Essen ab. Offenbar hatten sie den Krieg längst satt und befolgten nur noch Befehle. Nach einigen Tagen steckte man sie in einen Zug, der sie nach Savannah brachte. Sie schöpften wieder ein bisschen Lebensmut, weil sie hofften, dass Enoch dort vielleicht von einem Arzt behandelt werden würde. Als sie das Gefangenenlager in Savannah erreichten, waren sie alle geschwächt, und auch die Streifwunde an Thomas' Arm hatte sich mittlerweile entzündet.

Wie sich herausstellte, befand sich das Gefangenenlager in einem überstürzt umfunktionierten Tabakmagazin, das schon vor Jahren aufgegeben worden war. Immerhin wies man ihnen derbe Betten zu, und sie konnten endlich schlafen. Die Rationen waren spärlich, aber es gab Trinkwasser. Allerdings grassierten in dem mit Ungeziefer verseuchten Gebäude etliche Krankheiten. Enoch schien sich dennoch auf wundersame Weise zu erholen, während Thomas, dessen Arm nun schmerzhaft angeschwollen war, Fieber bekam und praktisch aufgegeben wurde.

Eveline drückte seine Hand. »Der Gedanke ist schier unerträglich, dass du dort hättest sterben können«, sagte sie.

»Bin ich aber nicht. Und das habe ich Frank zu verdanken. Er hat sich um mich gekümmert wie um ein kleines Kind. Drei Tage und Nächte ist er nicht von meiner Seite gewichen, wenn ich es recht verstanden habe. Meine Erinnerungen an die Zeit sind nämlich etwas getrübt. Zum Glück, vermutlich.«

Eveline wandte sich an Frank, einen großen, stämmigen Mann. Wie Taue zogen sich die Muskeln an seinen Armen entlang, und seine Hände glichen Bratpfannen, was gar nicht so recht zu seinem freundlichen Gesicht passen wollte.

»Wie kann ich Ihnen jemals danken?«, sagte sie.

»Ach, nicht der Rede wert«, erwiderte Frank verlegen. »Er hätte vermutlich dasselbe für mich getan.«

»Wie seid ihr denn von dort weggekommen?«, fragte Joe. »Die da oben haben doch schon vor einer Weile aufgehört, Gefangene auszutauschen, das weiß ich. Eigentlich ein vernünftiges Prinzip, aber es wurde ausgesetzt, nicht wahr?«

»Ja«, bestätigte Jacob knapp. »Letztes Jahr schon, weil sich die Konföderierten geweigert haben, schwarze Unionssoldaten freizugeben.«

»Während ich mich vom Fieber erholte und sonst nichts zu tun hatte«, fuhr Thomas fort, »begann ich darüber nachzudenken, wie man aus dem Lager fliehen könnte. Zunächst erschien mir das unmöglich, denn das alte Tabakmagazin war sehr solide gebaut, mit dicken Steinmauern, und lag mitten in der Stadt, direkt an einer Straße. Der Innenhof war von Mauern umschlossen und stand unter ständiger Überwachung. Aber die Idee hielt mich beschäftigt und gab mir ein Ziel. Irgendwie muss es doch zu schaffen sein, dachte ich und grübelte endlos darüber nach. Trotzdem sah ich einfach keine Möglichkeit, diesen dicken Wänden zu entkommen – sie waren viel zu hoch und wurden ständig überwacht. Schließlich gelangte ich zu dem Schluss, dass unsere einzige Chance darin bestand, einen Tunnel zu graben. Das Problem war, dass sich im Erdgeschoss des Lagerhauses die Räume der Wachen befanden, während man die Gefangenen in den beiden Stockwerken darüber unterbrachte. Es gab also keine Möglichkeit, so etwas unbemerkt zu tun, zumal wir ja auch keine Spaten hatten. Und dann lernte ich Jacob kennen.«

Nun übernahm Jacob.

»Wir – also die ehemaligen Sklaven – wurden in einem anderen Teil des Gebäudes gefangen gehalten, abseits von den anderen. Außerdem mussten wir Zwangsarbeit leisten. Man hat uns aus dem Gefängnis rausgeführt, manche zum Kai, um Dampfschiffe zu be- und entladen, andere in verschiedene Ecken der Stadt, um provisorische Befestigungsanlagen zu errichten. Die Arbeit war hart, eine wahre Schinderei, viele Stunden pausenlos am Stück. Andererseits hatten wir es besser getroffen als viele unserer Brüder, die gleich nach der Kapitulation erschossen wurden. Ausruhen konnten wir uns nur abends, beim Hofgang, wo wir uns allerdings in dem markierten Bereich für Schwarze aufhalten mussten. Gelegentlich aber, wenn die Wachen mal nicht so genau hinschauten, schafften wir es, mit den anderen Soldaten zu reden. Thomas hatte uns jeden Abend mit den Gerätschaften für den Bau der Befestigungsanlagen durch die Tore kommen sehen – mit Spitzhacken, Spaten und Schaufeln, von denen wir schon einige beiseitegeschafft hatten. Wir begannen also von Flucht zu fantasieren. Schon die bloße Idee half uns vermutlich, durchzuhalten und nicht in Verzweiflung zu versinken.«

»Allerdings hatten wir keine Vorstellung, wo wir anfangen sollten mit unserem Tunnel«, sagte Thomas. »Es gelang uns, ein Loch in die Wand zwischen den beiden Quartieren zu bohren; wir lockerten einen Ziegelstein, den wir tagsüber wieder an Ort und Stelle setzten, damit man das Loch nicht sah. Nun konnten wir endlich ungestört miteinander reden und Pläne schmieden. Irgendwann kamen wir auf die Idee mit dem Untergeschoss. Dort hatte sich mal die Küche befunden, aber sie wurde nicht mehr benutzt, weil der Keller oft volllief und außerdem von Ratten wimmelte. Die Wachen hatten sie also abgesperrt und betraten sie selbst nur noch in Ausnahmefällen. Wenn wir Zugang zum Untergeschoss hätten, könnten wir ungestört graben. Das Problem war nur, dorthin zu gelangen, weil der Zugang zum Keller nämlich durch die Quartiere der Wachen führte. Irgendwann fiel uns auf, dass sich über die gesamte Höhe des Gebäudes ein Schornstein zog. Wenn wir im ersten Stock einen Ofen beiseiterückten, bekämen wir Zugang zum Kamin und damit direkt in die Rattenhölle.«

»Rattenhölle?«, fragte Eveline.

»So wurde das Untergeschoss von allen genannt, Ma'am«, erläuterte Jacob. »Von den Gefangenen und von den Wachen. Auf dem Boden lag eine dicke Strohschicht, in der sich Ratten äußerst wohlfühlten.«

Eveline schüttelte sich.

»Allzu angenehm war es nicht, dort unten zu arbeiten. Unter der Strohschicht konnten wir aber auch die Erde verstecken, die wir aus dem Tunnel aushoben. Die Wachen haben keinerlei Verdacht geschöpft. Oft sind sie sowieso nicht dort unten gewesen, und wenn, war nichts zu sehen.«

»Wo sollte der Tunnel denn überhaupt hinführen?«, fragte Joe fasziniert. »Wenn ihr mitten in der Stadt wart und überall Wachen standen, wo habt ihr dann überhaupt ans Tageslicht kommen können?«

»Nun«, sagte Thomas, und nur Eveline registrierte, dass in seiner ruhigen, ausgeglichenen Stimme etwas mitschwang, das auf seine innere Erregung hindeutete, »gegenüber von dem alten Tabakmagazin, in dem man das Gefangenenlager eingerichtet hatte, befand sich eine Tabakfabrik, die auch noch in Betrieb war. Direkt daneben stand ein großer Schuppen, in dem der Tabak getrocknet wurde. Ich habe, soweit das ohne Messinstrumente möglich war, ein paar Berechnungen angestellt und die Richtung bestimmt, in die wir graben müssen, um in diesem Schuppen herauszukommen. Nun ergab sich aber das Problem, die Länge des Tunnels zu errechnen. Zu kurz, und wir würden uns auf der Straße wiederfinden; zu lang, und wir würden mitten auf dem Fabrikgelände herauskommen, unter freiem Himmel. Stundenlang habe ich aus dem Fenster geschaut. Ich war mir sicher, dass es irgendeine Lösung gab, ich musste nur darauf kommen. Irgendwann fiel mir auf, dass einer der Lagerwärter jeden Tag über die Straße zu besagtem Trockenschuppen ging. Offenbar hatte er einen Kumpel, der dort arbeitete und ihm immer ein bisschen Tabak zusteckte. Der Mann war ungefähr so groß wie ich, und so beobachtete ich nun täglich, wie er die Straße überquerte, und zählte seine Schritte. Jedes Mal brauchte er genau dreiundzwanzig, nie mehr oder weniger. Nun war es nicht mehr schwer, sich auszurechnen, wie weit dreiundzwanzig meiner Schritte reichten. Wir hatten nur eine Schnur, um es auszumessen, aber es funktionierte. So fanden wir heraus, wie lang unser Tunnel sein musste.

Wir trommelten eine kleine Gruppe kräftiger Männer zusammen, damit sie uns halfen. Sobald wir erst einmal mit dem Tunnel begonnen hatten, kamen wir gut voran, da die Erde ziemlich locker war. Mit Hilfe von Jacobs Werkzeugen war es kein Problem. Er kennt sich auch mit Konstruktionsmethoden aus und hat Decke und Seiten des Tunnels mit Holzdielen aus dem Obergeschoss abgestützt. Die Lücken im Dielenboden haben wir mit alten Matratzen kaschiert.

Eines Nachts haben Jacob und ich dann einen provisorischen Durchbruch gemacht und festgestellt, dass wir richtiglagen. Der Tunnel kam, genau wie ich es berechnet hatte, in der Ecke des Trockenschuppens heraus. Wir waren vollkommen aus dem Häuschen, das kann ich euch aber sagen. Die Flucht planten wir für eine mondlose Nacht drei Tage später. Es lief wie am Schnürchen, wirklich. Sobald die Sonne untergegangen war, krochen wir in den Tunnel und hatten dann eine ganze Nacht vor uns, um das Weite zu suchen. Wir krabbelten aus unserem Loch und schlenderten unbehelligt aus dem Schuppen heraus. Niemand schöpfte Verdacht, weil man so etwas wohl nie für möglich gehalten hätte. Und die Wachen, die nicht im Traum mit einer Flucht gerechnet hätten, stellten erst beim Morgenappell fest, dass Männer fehlten. Und da waren wir schon viele Meilen weit weg.«

»Das ist wirklich bemerkenswert!«, sagte Sam. »Eine Flucht aus einem Kriegsgefangenenlager – so etwas hat es meines Wissens noch nie gegeben. Ihr Jungs seid ziemlich gerissen, und mutig obendrein. Gleich vier Leute, in einer einzigen Nacht! Die Südstaatler müssen fuchsteufelswild gewesen sein.«

Thomas grinste. »Es waren aber nicht nur wir vier«, sagte er. »Wir sind noch zusammen, weil wir alle aus irgendeinem Grund nach New York wollen. Insgesamt sind in der Nacht viel mehr Männer entkommen, und ich kann nur hoffen, dass sie alle sicher an die Grenze zu Unionsgebieten gelangt sind oder sich sonst wie in Sicherheit gebracht haben.«

»Wie viele Männer waren es denn insgesamt?«, fragte Eveline.

»Dreiundneunzig.«

Zunächst herrschte Schweigen.

Dann sagte Sam ungläubig: »Dreiundneunzig Unionssoldaten sind in einer einzigen Nacht aus einem Kriegsgefangenenlager entkommen?«

»So ziemlich alle, die gesund genug waren, um es zu Fuß zu verlassen«, sagte Jacob. »Thomas war der Letzte. Er ist zurückgeblieben, um sicherzustellen, dass die Tunnelwände halten, und um Wache zu schieben. Dann ist er auch geflohen. Ich hätte einiges darum gegeben, beim Morgenappell die Gesichter der Wachen zu sehen.«

»Stellt euch das nur vor«, lachte Frank. *»Gefangener Nummer eins … Gefangener Nummer zwei … Gefangener Nummer drei … He, stimmt da was nicht? Wo sind die denn alle?«*

Sie kicherten, um dann schließlich in lautes Gelächter auszubrechen. Plötzlich hatten sie keine Angst mehr davor, dass jemand sie hören könnte. Sie krümmten sich vor Lachen und schüttelten sich vor Begeisterung, als sie sich diesen unbeschreiblichen Moment der Verwirrung vorstellten.

## Kapitel 22

# *Chattanooga*

»Dreiundneunzig Männer! Das ist unglaublich!« Joe wischte sich die Lachtränen aus den Augen. »O mein Gott, Thomas, du bist wirklich ein Held.«

»Nein, ich war es nicht alleine. Wir haben es zusammen getan«, sagte Thomas. »Diejenigen, die stark genug waren, haben sich mit dem Graben abgewechselt, immer in dieser rattenverseuchten Hölle; Nacht um Nacht mussten wir Erde verstecken, tonnenweise, und immer wieder mussten sie in diesen engen Tunnel kriechen. Und dann die ständige Gefahr, entdeckt zu werden.« Er nahm noch einen Schluck aus der Whiskyflasche. »Wir vier haben beschlossen, zusammenzubleiben und in den Norden zurückzukehren. Frank und Enoch leben auch in New York und werden sich wieder dem Konstruktionskorps anschließen. Und Jacob ist …«

Jacob beugte sich vor. Der Schein des Feuers flackerte in seinem Gesicht.

»Ich bin ein Sklave«, sagte er.

»Du *warst* ein Sklave«, verbesserte Thomas ihn, »aber jetzt bist du frei, Jake.«

»Ich bin ein entlaufener Sklave, der sich mit den Unionisten eingelassen hat. Aber ich habe für die Union gekämpft, und ich werde es wieder tun, wenn ich die Gelegenheit dazu bekomme.«

»Jacob war Sklave auf einer Plantage in Alabama«, erklärte Thomas. »Schon in jungen Jahren wurde er bei Bauarbeiten eingesetzt und hat an Schuppen, Häusern und Scheunen mitgebaut. Außerdem musste er Maschinen und Motoren reparieren. Er hat ein Händchen dafür. Die Eisenbahngesellschaft könnte jemanden wie ihn gut gebrauchen. Sobald wir in New York sind, werde ich Abraham davon überzeugen, ihn einzustellen.«

»Wenn das möglich wäre, stünde ich mein ganzes Leben lang in deiner Schuld.«

»Unsinn«, erwiderte Thomas, »du hast dazu beigetragen, dass unsere Flucht überhaupt erst möglich wurde. Von Schuld kann keine Rede sein. Außerdem bist du ein tüchtiger Arbeiter, Jake. Wir können uns glücklich schätzen, wenn du bei uns anfängst.«

Die anderen nickten, und nach einer Weile fuhr Thomas mit der Geschichte fort.

»Nun, außer dem Stand der Sonne und der Sterne hatten wir keinerlei Orientierungspunkte, wie wir in den Norden gelangen sollten. Ich wusste aber, dass die Eisenbahnstrecke nach Chattanooga führt, daher sind wir ihr einfach gefolgt.«

»Ihr seid den ganzen Weg von Savannah nach Chattanooga gelaufen?«, fragte Sam ungläubig.

»Nein«, sagte Thomas. »Wie es der Zufall wollte, mussten wir überhaupt nicht weit laufen. Wir haben einen Zug genommen.«

Wieder musste Eveline lachen. »Ihr habt einen Zug genommen? Das nenne ich zivilisiert! Vier entflohene Häftlinge gehen mitten im Krieg zum Bahnhof und kaufen sich eine Fahrkarte, verstehe ich das richtig?«

»Nein«, erklärte Thomas, »wir haben einen Zug *genommen,* wortwörtlich. Man könnte es auch ›gestohlen‹ nennen. Aber in der Liebe und im Krieg ist schließlich alles erlaubt, oder?«

»Ihr habt einen Zug gestohlen?«, fragte Eveline matt. »Oh, Thomas, hattest du mir nicht versprochen, dass du niemals etwas Leichtsinniges oder Gefährliches tust?«

»Und hattest du mir nicht versprochen, dass du dich von Kriegsgebieten fernhältst?«, gab Thomas trocken zurück. »Also lass uns nicht streiten, was, mein Schatz?«

»Na schön«, sagte sie, viel zu glücklich, um sich die Stimmung verderben zu lassen. »Wie habt ihr es denn nun angestellt, einen Zug zu stehlen?«

»Nun, in der ersten Nacht sind wir ziemlich weit gelaufen, immer schön in Deckung natürlich«, erklärte Thomas. »Am nächsten Morgen stießen wir auf eine kleine Bahnstation, an der gerade ein Zug herumstand. Wir haben uns versteckt und beobachtet, wie die Mannschaft und die Fahrgäste ausstiegen und in ein nahegelegenes Hotel gingen, wahrscheinlich zum Frühstück. Niemand blieb im Zug. Das schien uns ein Geschenk des Himmels, wirklich. Wir kuppelten die meisten Waggons ab, stiegen in die Lokomotive, heizten das Feuer an und waren aus dem Bahnhof heraus, bevor jemand etwas merkte. Natürlich gab es ein paar brenzlige Momente. Wir mussten auf Abstellgleise ausweichen, um nicht mit den wenigen entgegenkommenden Zügen zusammenzustoßen, und manchmal mussten wir an Bahnhöfen anhalten, um Treibstoff und Wasser zu besorgen.«

»Fand man es denn nicht komisch, dass ihr gar keine richtige Mannschaft wart?«, fragte Joe. »Und dass ihr kaum Passagierwaggons hattet?«

»Wir haben behauptet, wir seien ein außerplanmäßiger Munitionszug, der auf Befehl von General Beauregard nach Chattanooga fahre«, antwortete Thomas und klang ziemlich zufrieden mit sich. »Niemand hat daran gezweifelt, und das Glück blieb uns vorerst hold. Offenbar hat man dort, wo wir den Zug gefunden haben, keine Telegraphenstation, sodass es eine Weile dauerte, bis sich die Nachricht an der Strecke verbreitete. Wir hatten schon fast die Hoffnung, es bis nach Chattanooga zu schaffen. Ein Stück davor wurden wir aber plötzlich von einer anderen Lokomotive verfolgt. Uns war klar, dass uns der Treibstoff ausgehen würde, bevor wir sie abhängen könnten, also wichen wir irgendwann auf ein Nebengleis aus und ließen sie an uns vorbeisausen. Wir sprangen raus und rannten davon. Als man begriffen hatte, was geschehen war, waren wir längst auf und davon. Einen Tag lang haben wir uns in einer Scheune versteckt, dann sind wir weitergelaufen, meistens nachts und immer in Deckung. Wir nutzten die Gelegenheit, um mit dem Werkzeug, das wir aus dem Zug mitgenommen hatten, die Eisenbahnstrecke zu sabotieren; ungefähr nach jeder Meile verbogen wir die Schienen. Uns war nämlich zu Ohren gekommen, dass die Armee von Tennessee in Chattanooga lagerte, und da wollten wir es den Rebellen erschweren, Soldaten und Nachschub dorthin zu befördern – und uns zu verfolgen, falls das denn jemand vorhatte. Wenn man die Schienen verbiegt, kann man sie nicht mehr so schnell reparieren.«

»Aber was habt ihr denn gegessen?«, fragte Eveline. »Ihr müsst doch furchtbar hungrig gewesen sein.«

Jacob zuckte mit den Achseln. »Wir haben ein bisschen von den Lagerrationen abgezweigt. Außerdem haben wir ein paar Handvoll Mais oder Erbsen von den Feldern geklaut oder anderswo nach Essensresten gesucht. Wie sich herausstellte, waren wir tatsächlich schon in der Nähe von Chattanooga, obwohl wir erst ein paar Tage unterwegs waren. Dies hier ist aber das beste Mahl, das man uns seit geraumer Zeit serviert hat, Ma'am, das muss ich schon sagen. Und so etwas Köstliches wie diesen Whisky habe ich in meinem Leben noch nicht getrunken.«

Die anderen murmelten zustimmend.

»Ich wusste doch, dass es eine gute Idee ist, Whisky mitzunehmen«, sagte Eveline zu Sam und Joe, fast ein wenig selbstgefällig.

»Aber was für ein außerordentlicher Zufall, dass ihr drei hier seid, genau an dieser Stelle! Wie konnte es nur dazu kommen?«

»Eine glückliche Fügung war das schon, aber kein vollkommen verrückter Zufall«, erklärte Sam. »Eveline wollte uns unbedingt nach Georgia locken, da euer Freund Abraham ihr erzählt hat, dass du dort in Gefangenschaft geraten seist. Und wenn man nach Georgia will – oder aus Georgia heraus, so wie ihr –, ist es naheliegend, bei Chattanooga die Berge zu passieren.«

»Das stimmt, im Prinzip ist es sogar der einzige Weg. Alle Eisenbahnen führen nach Chattanooga«, sagte Thomas. Dann gähnte er und küsste Eveline auf den Kopf. »Jetzt sollten wir aber mal schlafen gehen. Der Wagen bleibt natürlich dir vorbehalten, mein Schatz, als der einzigen Dame unter uns.«

»Ich brauche keine Sonderbehandlung …«, begann sie.

»Ach, komm schon, Evie«, sagte Joe. »Ausnahmsweise kannst du die Vorzüge des Frauseins doch einmal genießen. Wir Männer werden es uns auf dem Boden gemütlich machen.«

»Genau.« Thomas lächelte. »Übrigens, du hast eine neue Frisur, mein Schatz? Und neu eingekleidet hast du dich auch.«

Plötzlich ging ihr auf, wie sie auf ihn wirken musste, in Kniehose und Stiefeln und mit den kurzen Haaren. Sie hatte sich schon derart an diesen Aufzug gewöhnt, dass sie kaum noch einen Gedanken daran verschwendete.

»Ich habe schon lange nicht mehr in den Spiegel geschaut«, sagte sie reumütig. »Weiß der Himmel, wie ich aussehe. Wenn ich geahnt hätte, dass ich meinen vermissten Ehemann nach so langer Zeit wiedersehe, hätte ich mir ein bisschen mehr Mühe gegeben.«

Fast den ganzen nächsten Tag nahm es in Anspruch, Vorbereitungen für die Rückkehr nach New York zu treffen. Zunächst mussten sie Cyrus und den Planwagen verkaufen. In einer belagerten Stadt gab es etliche Interessenten für ein kräftiges Pferd und einen Wagen, weil viele Menschen die Stadt verlassen und sich in Sicherheit bringen wollten, und so mussten sie schon bald von dem gutmütigen Tier, das sie so weit gebracht hatte, Abschied nehmen. Nun galt es allerdings, die Truhen und Kisten mit der Kamera und ihrer Ausrüstung irgendwo unterzubringen. Sie wandten sich an ihren alten Freund Henry, der mittlerweile Stammgast im Saloon neben dem Bahnhof zu sein schien, und überredeten ihn, das Zeug in der Gepäckaufbewahrung einzuschließen. Irgendwann solle ein Zug kommen, erklärte Henry, dessen Schnurrbart trauriger herabhing denn je, aber ob das heute sei oder morgen oder übermorgen, könne er auch nicht sagen.

In einem schäbigen Saloon bekam die Gruppe ein fades Mahl aus wässriger Suppe und altem Brot vorgesetzt, aber der Gedanke, dass sie bald wieder in der Großstadt sein würden, hielt sie bei Laune. Sam und Joe hatten schon tausende Ideen zu ihrer Ausstellung mit Kriegsfotografien; Eveline sehnte sich ebenfalls danach, der Welt ihre Bilder zu zeigen, und freute sich darauf, Hannah, ihr Baby, Rose und Abraham wiederzusehen; und Frank und Enoch konnten es kaum erwarten, zu ihren Familien zurückzukehren. Der Tag zog sich hin, und es war immer noch kein Zug in Sicht. Joe ging noch einmal zum Bahnhof, da Henry die einzige Informationsquelle zu sein schien, aber der war sich mittlerweile sicher, dass an diesem Tag wohl doch kein Zug mehr fahren würde.

»Rein gar keiner, denkt er«, berichtete Joe.

»Dann werden wir die Nacht wohl hier verbringen müssen«, schloss Sam messerscharf. »Und morgen – oder vielleicht auch übermorgen – geht's nach Hause. Denkt ihr, in dieser Spelunke gibt es noch Zimmer?«

»In letzter Zeit kommen sicher nicht viele Reisende hierher«, sagte Frank.

Tatsächlich war der Besitzer des Saloons glücklich, ihnen so viele Räume anzubieten, wie sie nur wünschten; nur zu essen gebe es nicht viel, da die Soldaten fast alle seine Vorräte geplündert hätten und nahezu keine Lebensmittel in die Stadt kämen. Einige Einwohner seien schon halb verhungert, und er selbst habe auch nur noch einen Sack Maismehl, eine Handvoll Erdnüsse und ein paar Fässer Bier. Tatsächlich war es wieder ein karges Mahl, das die Gruppe am Abend vorgesetzt bekam, aber das war ihnen ziemlich egal, weil das Ende nun wirklich in Sicht schien. Sie wünschten einander eine gute Nacht und begaben sich in ihre Zimmer, gut gelaunt und voller Hoffnung.

Der Raum, den der Wirt Eveline und Thomas zugedacht hatte, lag hoch oben unter dem Dach. Steile Dachschrägen flankierten das kleine Fenster, das auf die Straße hinabsah; vor den matten Fensterscheiben hing ein schiefer, fadenscheiniger Vorhang, der einst samtrot gewesen sein musste, nun aber zu einem matten Braun verblichen war. Auf dem Bett lag eine vielfach geflickte Patchworkdecke aus Häkelquadraten, und auf einer klapprigen Kommode standen ein Krug und eine Schüssel, beide angeschlagen. In einer rostigen Laterne flackerte eine Kerze, in der Ecke stand ein uralter Stuhl. Zwischen den Balken des Dachstuhls hingen graue Spinnweben. Der Dielenboden war uneben und nur mit einem schäbigen Flickenteppich bedeckt, der am Fußende des Bettes lag. Der Raum war eiskalt. Eveline ging zum Fenster und sah auf die Main Street hinab, fröstelnd, als sie so dastand. In den Häusern und Saloons brannte kaum Licht; ein paar Gestalten eilten die Straße entlang, dick eingepackt gegen die nächtliche Kälte. Am Flussufer in der Ferne, wo sich endlos die Zelte der Soldaten aneinanderreihten, schimmerten die Lagerfeuer, ein roter Schein vor dem Nachthimmel.

Thomas schloss die Tür, kam zum Fenster und blieb hinter Eveline stehen, dicht, aber ohne sie zu berühren. Einen Moment lang fühlte sie sich fast schüchtern. Es war so lange her, dass sie allein gewesen waren. Sie kramte nach Worten.

»Mein Aufzug hat dich sicher überrascht, oder?«, fragte sie schließlich.

»Eine interessante Überraschung«, stimmte er zu.

»Das sind alte Sachen von dir. Hannah hat sie für mich

abgeändert. Ich hoffe, du findest das nicht so schlimm. Die Nähte des Mantels haben sich sowieso schon aufgelöst.«

»Nein, ich finde das nicht schlimm.«

»Deine Stiefel waren mir allerdings zu groß«, sagte sie. »Die hier habe ich mir extra für die Reise gekauft.«

Er betrachtete die robusten Stiefel. Es waren solche, wie ein Cowboy sie tragen würde: dunkles Rostbraun, kantige Zehenkappe und gestickte Schnörkel, die das nunmehr abgewetzte, ramponierte Leder schmückten.

»Die gefallen mir sehr«, sagte er.

»Aber meine Haare, die wirst du vielleicht nicht so gut finden, oder? Die wachsen aber schnell nach.« *Warum rede ich eigentlich so viel?*, fragte sie sich.

Thomas sagte nichts. Er neigte den Kopf zu ihrem Nacken hinab, der unter den kurzen Locken ungeschützt dalag, und küsste ihn. Ein Schauder der Lust durchlief sie, und er küsste sie noch einmal, dann noch einmal. Sein Mund war heiß in ihrem Nacken, und die Bartstoppeln bohrten sich schmerzlich in ihre Haut. So blieben sie lange stehen. Eveline bebte am ganzen Körper, und ihr Atem wurde unregelmäßig, bis sie es nicht länger aushielt, nach Luft schnappte und sich zu ihm umdrehte. Er nahm sie immer noch nicht in die Arme, sondern griff nach dem obersten Knopf ihres weiten Baumwollhemds und öffnete ihn langsam; dann öffnete er den nächsten Knopf und den übernächsten, bis das Hemd allmählich von ihren Schultern rutschte. Seine Hände legten sich um ihr Gesicht, und er sah sie so eindringlich an, als wolle er sich den Anblick für immer einprägen – um im nächsten Moment seinen Mund auf ihre Lippen zu pressen, zu einem langen, leidenschaftlichen Kuss. Er schlang die

Arme um sie, hüllte sie mit seinem Körper ein, hob sie hoch und warf sie nicht allzu sanft aufs Bett.

»Ich halte es nicht länger aus«, sagte er rau und riss sich die Kleider vom Leib.

Nachdem er sie ebenfalls ausgezogen hatte, kniete er sich aufs Bett und drang in sie ein. Sie streckte die Arme aus und zog ihn zu sich herab. Keuchend vergrub er sein Gesicht in ihrem Haar.

»Eveline«, murmelte er, als er kam. *»Eveline.«*

Hinterher lagen sie, Haut an Haut, in einem Gewirr von Laken, unter der gehäkelten Patchworkdecke. Die Luft war so eisig, dass ihre Atemluft zu Wölkchen gefror, aber ihr Nest in den Tiefen des Bettes war herrlich warm. Eveline schmiegte sich in den Bogen seines Körpers; seine Knie in ihren Kniekehlen, ihr Rücken an seiner Brust, sein Arm fest um ihren Körper geschlungen.

»Ich habe dich vermisst«, sagte er.

»Nicht so sehr wie ich dich.«

»Unmöglich.«

»Das musst du mir beweisen«, sagte sie sanft. »Beweis mir, wie sehr du mich vermisst hast.«

»Mit Vergnügen«, flüsterte er. Und tat es.

## Kapitel 23

## *Ein Streit*

Spät am nächsten Morgen beschlossen Thomas und Jacob, dem Lager der Unionssoldaten einen Besuch abzustatten. Joe war noch einmal zum Bahnhof gegangen, um sich bei Henry zu erkundigen, ob an diesem Tag wohl ein Zug fahren würde, aber Henry, der mit jedem Tag trübseliger wurde, schüttelte einfach nur den Kopf. Nicht einmal das Angebot, ihm ein Bier zu spendieren, konnte ihn zu einer Meinungsäußerung bewegen. Joe kehrte also ohne Informationen zurück, wann man Chattanooga denn nun verlassen könne.

»Die Soldaten könnten es vielleicht wissen, oder jedenfalls ihre Vorgesetzten«, sagte Thomas. »In jedem Fall wird doch sicher ein Militärzug erwartet, der Truppen oder Nachschub aus dem Norden bringt. Vielleicht könnten wir mit dem zurückfahren.«

»Ist das denn nicht gefährlich?«, fragte Eveline. »Könnt ihr einfach so in ein Lager hineinspazieren?«

»Ich trage ja noch die Uniform des Konstruktionskorps und Jacob die eines Infanterieregiments. Viele Soldaten haben ohnehin nur noch provisorische Uniformen. Wir sind nicht die Einzigen, die so heruntergekommen sind. Man wird uns schon als Soldaten der Union erkennen. Und wenn nicht, weisen wir uns aus und erklären alles.«

»Seid vorsichtig«, sagte Eveline, als sie loszogen.

Während die beiden sich zu dem riesigen Zeltlager begaben, das sich um die Stadt herumzog, blieb den anderen nichts übrig, als in dem leeren Saloon zu sitzen, Karten zu spielen, zu gähnen und Ersatzkaffee zu trinken. Die Zeit zog sich. Stunde um Stunde verstrich, aber Thomas und Jacob kehrten nicht zurück. Eveline hatte schon Sorge, dass ihnen etwas zugestoßen sein könnte.

Es war später Abend, als sie endlich in den Saloon traten und verkündeten, dass tatsächlich ein Zug fahren würde, und zwar am nächsten Tag. Gemäß einer Depesche sollte er aus Nashville eintreffen und Männer und Munition bringen, er war der einzige, der vermutlich durchkommen würde. Garantieren konnte man das nicht, ebenso wenig wie man garantieren konnte, dass der Zug sicher war, da die Rebellentruppen ihn möglicherweise unter Beschuss nehmen könnten. Sollte er aber kommen und sollte man das Risiko eingehen wollen, könnte die Gruppe in jedem Fall mitfahren und auf diese Weise vielleicht nach Nashville gelangen.

»Je eher wir hier rauskommen, desto besser«, sagte Joe gähnend. »Morgen sitzen wir im Zug und fahren in Richtung New York, dem Himmel sei Dank.«

Bei der Aussicht wurde Eveline von einer gewaltigen Erleichterung ergriffen. In die Stadt zurückzukommen, wo es warmes Essen gab, saubere Kleidung, ein Bad, Sicherheit, ihre Freunde. Und vor allem Thomas. Sie beide würden wieder zusammen sein, in ihrer hübschen Wohnung in der Greenwich Street. Sie schloss die Augen und lächelte vor Glück.

Als sie die Augen wieder aufschlug, sah sie, dass Thomas sie mit ernstem Blick betrachtete. Sie verspürte eine gewisse Irritation.

»Was ist, Thomas?«, fragte sie. »Es gibt nichts, was wir hier noch tun könnten, um zu helfen. Es ist Zeit, nach New York zurückzukehren, oder?«

Er beugte sich vor und nahm ihre Hand.

»Du musst morgen heimfahren, zusammen mit den anderen«, sagte er. »Aber Jacob und ich bleiben hier, nur noch eine kleine Weile.«

Sie starrte ihn entgeistert an.

»Ihr bleibt hier … Warum um alles in der Welt solltet ihr das tun?«

»Als wir im Lager waren, haben wir mit General Smith gesprochen. Er hat den Plan, eine neue Versorgungsroute zu erschließen, um regelmäßigen Nachschub zu gewährleisten. Seiner Meinung nach wird General Grant ihn darin unterstützen, wenn er eintrifft, was jeden Tag zu erwarten ist. Die Moral ist im Keller, die Männer sind am Ende; die Armee kann nicht mehr mit leerem Magen kämpfen. Die Soldaten sind halb verhungert und werden sich ergeben, wenn nicht eine Möglichkeit gefunden wird, sie mit Lebensmitteln zu versorgen. Smith möchte einen Brückenkopf am Tennessee errichten und auf diesem Weg das Nötigste über den Fluss schaffen. Jacob und ich können dabei helfen, wir kennen uns im Brückenbau aus. Als Smith erfuhr, dass ich dem Konstruktionskorps angehöre, zeigte er sich sehr interessiert an meiner Hilfe. Jacob in die Sache einzubeziehen, hat allerdings gewisse Überredungskünste gekostet: Smith beharrte darauf, dass ein ehemaliger Sklave nicht neben mir dienen könne, so lächerlich das auch sein mag. Letztlich konnte ich ihn aber davon überzeugen, dass Jacobs Fähigkeiten von so unschätzbarem Wert seien, dass es dumm wäre, ihn außen vor zu lassen. Smiths Plan könnte den entscheidenden Unterschied machen; er ist gewagt, aber nicht aussichtslos.«

»Thomas«, sagte Eveline und gab sich Mühe, ganz ruhig zu bleiben. »Bitte tu das nicht. Du bist kein Soldat, nicht wirklich. Du bist nicht einmal Amerikaner. Kommt mit nach New York, alle beide. Du hast schon so viel getan. Du hast Eisenbahnstrecken der Union repariert und Eisenbahnstrecken der Konföderierten zerstört. Du hast die Flucht aus einem Gefangenenlager organisiert. Ich habe genug von *gewagten Plänen!* Du hast mehr als nötig für diesen Krieg getan.«

Thomas schüttelte den Kopf. »Es dauert auch nicht lange. Eine Woche vielleicht oder eventuell einen Monat. Aber ich muss das tun, Eveline.«

»Nein!«, rief sie. »Nein, Thomas, müssen musst du gar nichts!« Sie sah ihn trotzig an. »Vermutlich *willst* du es. Du möchtest ein Held sein oder so ein Unsinn, auf den Männer immer so viel Wert legen. Du denkst, dass der Krieg etwas Großartiges sei und du für eine gerechte Sache kämpfen würdest. Aber das ist er nicht, er ist grausam. Tausende von jungen Männern sterben, Frauen und Kinder bleiben zurück und hungern und leiden, und das Land wird gespalten.«

Eine Weile sagte Thomas nichts, während die anderen Männer peinlich berührt zu Boden starrten, da sie sich nicht in den Streit einmischen wollten. Unbehagliches Schweigen senkte sich herab. Thomas warf Jacob einen Blick zu und schien eine stumme Botschaft mit ihm auszutauschen. Schließlich ergriff er wieder das Wort, ruhig, aber bestimmt.

»Tut mir leid, Eveline. Jacob und ich haben das schon fest beschlossen. Wir bleiben. Du fährst morgen nach New York zurück, und wir kommen in ein paar Wochen nach.«

Sie sagte nichts, sondern entzog ihm die Hand. Das Kinn gereckt, warf sie ihm einen zornigen Blick zu. Wie auf ein Signal hin standen die anderen auf, wünschten sich eine gute Nacht und stiegen die knarrende, staubige Treppe zu ihren Zimmern im Obergeschoss hoch. Thomas und Eveline blieben alleine in der Bar des Saloons zurück.

Eveline holte tief Luft.

»Ich bin den ganzen Weg hierhergekommen und habe *wochenlang* auf der Straße gelebt«, begann sie. »Ich habe zerstörte Städte und Schlachtfelder gesehen, habe in einem Planwagen geschlafen und praktisch nichts gegessen als ekelige *Bohnen,* nur um dich zu finden. Wie kannst du dich da weigern, mit mir nach Hause zu kommen?«

*»Nur um mich zu finden?* Ich dachte, du hättest das alles auf dich genommen, um Kriegsfotografin zu sein, Eveline.«

»Ja natürlich! Trotzdem, Thomas … obwohl kaum Hoffnung bestand, habe ich immer daran geglaubt, dich zu finden, und als ich dich dann sah, dachte ich, das muss ein Traum sein. Ich war so glücklich, so erleichtert, so dankbar. Ich hatte mir schon ausgemalt … Na ja, viele grausame Dinge halt. Ich dachte, du bist verwundet, du leidest vielleicht … Oh, Thomas, ich dachte, du seist *tot!* Und nach all diesen Qualen, all dieser Warterei, erklärst du einfach, du kommst nicht mit zurück nach New York, sondern stürzt dich erst in ein neues verrücktes Abenteuer. Ich fasse es nicht, dass man so tollkühn sein kann, und so … so *herzlos.«*

Er verschränkte die Arme und lehnte sich zurück.

»Tollkühn? Mag sein.« Er bedachte sie mit einem sarkastischen Blick. »Es ist natürlich etwas ganz anderes, als Mann verkleidet durch ein unbekanntes, vom Bürgerkrieg geschütteltes Land zu fahren, im Planwagen mit zwei Männern, die man kaum kennt.«

»Ich kenne Sam und Joe! Sie sind wie Brüder für mich.«

»Wie Brüder? Nun, immerhin nicht mehr, hoffentlich.«

»Natürlich nicht! Was willst du damit sagen? Und was hat das überhaupt mit dem Thema zu tun? Wir waren doch bei deiner verrückten Idee, den Belagerungsring von Chattanooga eigenhändig zu durchbrechen.«

»Es ist nicht meine Idee«, erinnerte er sie, »sondern die von General Smith.«

»Was macht das schon für einen Unterschied!« Sie zitterte vor Wut. »Du bringst mich noch zur Weißglut.«

Sein Mund hatte sich zu einer harten Linie verzogen.

»Ist es dir nicht mehr wichtig, dass die Nordstaaten den Krieg gewinnen?«, fragte er. »Damals in New York hast du dich noch furchtbar über die Grausamkeiten der Sklaverei aufgeregt. Hast du deine Meinung geändert?«

»Nein, natürlich habe ich meine Meinung nicht geändert! Aber Krieg! Jetzt, wo ich gesehen habe, was das wirklich bedeutet, denke ich, dass es einen besseren Weg geben muss als dieses grausame Gemetzel.«

»Sollte es einen besseren Weg geben, sehe ich ihn jedenfalls nicht. Und du vermutlich auch nicht. Jacob ist mein Freund, Eveline. Ich kämpfe nicht zuletzt für ihn, für ihn und für tausende und zehntausende von Menschen wie ihn. Und Rose ist *deine* Freundin. Ist ihre Geschichte nicht Grund genug, den Kampf fortzusetzen?«

»Ich bin mir nicht sicher, ob es in diesem Krieg überhaupt noch um die Sklaverei geht, Thomas. Die Männer in Washington – und es sind tatsächlich immer nur Männer – wollen die Union zusammenhalten, aber ich habe den Verdacht, dass sie eigentlich ganz andere Interessen verfolgen: Geld, Macht, das Übliche halt. Die Menschen, die sterben – zu tausenden sterben, und zwar auf beiden Seiten –, gehören natürlich nicht zu den Reichen und Mächtigen. Das sind einfach *Jungen* …«

Sie hielt inne, unfähig weiterzureden.

»Wie dem auch sei«, sagte Thomas ruhig, »ich werde bleiben. Jacob und ich haben uns bereits als Freiwillige gemeldet, und ich werde mein Wort garantiert nicht brechen. Und jetzt gehe ich ins Bett. Du solltest das auch tun, würde ich vorschlagen.«

Eveline lag steif in dem durchhängenden, ziemlich abgenutzten Bett, Thomas den Rücken zugewandt. Sie war aus himmelhochjauchzender Freude in tiefe Verzweiflung gestürzt. Das glückliche Ende all ihrer Abenteuer hatte sich blitzschnell verflüchtigt. Thomas würde nicht mit ihr zurückkehren, sondern sich in diese neue Verrücktheit stürzen und mit aller Wahrscheinlichkeit getötet werden, und sie würde ihn nie wiedersehen. Nun, wenn er nach so langer Zeit gut auf sie verzichten konnte, würde sie halt alleine mit ihren Freunden nach New York zurückkehren. Sollte er doch sein Glück versuchen!

Sie zog die Häkeldecke enger um die Schultern und versuchte, ihre Wange auf dem harten Kissen bequemer zu betten. In der Ferne schlug eine Kirchturmuhr, die Minuten verstrichen, aber der Schlaf wollte sich nicht einstellen. Vielleicht sah er die Dinge morgen schon ganz anders und begriff, wie albern er sich verhielt. Vielleicht hatte sie selbst, wenn sie recht darüber nachdachte, auch zu heftig reagiert. Gut, sie würde ganz artig sein und sich entschuldigen, dann würden sie sich vertragen, er würde die Verrücktheit seines Vorhabens einsehen und sie würden gemeinsam in den Zug in Richtung New York City steigen. Sie drehte sich um. Sein Gesicht war in der Dunkelheit nicht zu sehen, aber sie streckte vorsichtig ihre Hand aus und berührte seinen Arm. Er war so warm, so stark.

»Thomas?«, flüsterte sie.

Keine Antwort. Vermutlich war er immer noch sauer auf sie.

»Thomas?«, fragte sie noch einmal, aber es war nichts zu hören als sein regelmäßiger Atem und dann ein leises Schnarchen.

Es war zum Verzweifeln herzlos, wie schnell er hatte einschlafen können.

Sie fuhr mit dem Planwagen eine Straße entlang, eine endlose Straße, die wie ein blasser Streifen vor ihr im Mondlicht lag. Hohe, düstere Wälder flankierten sie, die Bäume finster und bedrohlich. Aber dann sah sie, in weiter Ferne, eine große Gestalt. Sie zeichnete sich allmählich in der Nacht ab und kam auf sie zu, immer näher und näher. Sicher war es Thomas, der ihr sagen wollte, dass er mit ihr heimkehren würde. Als der finstere Schatten nur noch wenige Meter entfernt war und sie sein Gesicht erkennen konnte, sah sie aber, dass sich eine Ameisenspur über seine Braue zog; tote Augen starrten sie an, und direkt über seinem Herzen prangte ein blutroter Fleck.

Keuchend fuhr sie aus dem Schlaf hoch, mit wild klopfendem Herzen; die dünnen, zerschlissenen Laken waren schweißgetränkt. Die Sonne sandte ihre ersten schwachen Strahlen durch das schmutzige Fenster; Staubflocken wirbelten im Licht. Im ersten Moment wusste Eveline nicht, wo sie war, aber dann kam alles wieder zurück: der Saloon, der Streit, Thomas, der im Bett neben ihr schlief, während sie sich die halbe Nacht über gegrämt hatte. Sie drehte sich um, aber da war niemand mehr, nur ein Zettel auf dem Kopfkissen.

*Mein Schatz,*
*sei nicht böse. Sobald es geht, werde ich wieder bei Dir sein.*
*T.A.*

Das war alles. Jacob und er waren bereits fort.

Am Nachmittag saß Eveline mit den anderen Männern im Zug. Und obwohl er unerträglich langsam war und ständig aufgehalten wurde, weil Schienen defekt waren oder Steine auf den Gleisen lagen, brachte er sie nach Nashville und dann nach Louisville, und dann, nach ein paar Tagen, erreichten sie endlich New York.

Kapitel 24

## *Evelines Heimkehr*

Eveline bog mit einem leicht unwirklichen Gefühl in die Greenwich Street ein. Am Bahnhof hatte sie sich freundschaftlich von Frank und Enoch verabschiedet, die heilfroh waren, wieder nach Hause zu kommen, und sich schon den Freudentaumel ausgemalt hatten, mit dem ihre Familien sie in Empfang nehmen würden. Sie hatte Sam und Joe umarmt und ihnen versprochen, so bald wie möglich wieder zur Arbeit zu kommen. Dann hatte sie nach ihrer Reisetasche gegriffen und war losmarschiert. Eine Pferdebahn fuhr an ihr vorbei; Menschen eilten durch die Straßen, die Kragen zum Schutz gegen die Kälte hochgeklappt; ein Hausmädchen fegte eine Vortreppe. Diesen Moment hatte sie so lange herbeigesehnt: über die breite Straße auf ihr Haus zuzugehen, den Schlüssel im Schloss herumzudrehen, die helle Wohnung mit den großen Fenstern und der vertrauten Aussicht zu betreten; den Kessel auf den kleinen Herd zu stellen, ein Mahl zuzubereiten, zu baden, etwas Frisches anzuziehen, bei einem Glas Wein den Sonnenuntergang über dem Hudson zu beobachten. Nur dass sie es in ihrer Vorstellung immer mit Thomas getan hatte, während sie nun alleine war. Sie war müde von der langen Reise, von dem ewigen Geruckel des Zugs und den unzähligen Fahrtunterbrechungen; außerdem hatte sie seit Chattanooga kaum etwas gegessen. Als sie am Haus der

Clemens vorbeikam, verlangsamte sie den Schritt. Es waren nur noch ein paar hundert Meter bis zu ihrem Wohnhaus, aber aus einem Impuls heraus blieb sie stehen und klingelte.

Ein Hausmädchen öffnete die Tür und musterte sie misstrauisch.

»Wen soll ich melden?«, fragte sie leicht abschätzig, als Eveline ihr Anliegen vorgetragen hatte.

Unvermittelt wurde ihr bewusst, was für einen Anblick sie bieten musste, immer noch in ihren Männersachen, die mittlerweile in einem elenden Zustand waren, vollkommen verstaubt und verdreckt, und mit dem sonnenverbrannten Gesicht unter dem breitkrempigen Hut.

»Würden Sie Mrs Clemens bitte ausrichten, dass Mrs Armitage sie gerne sprechen würde?«, sagte sie matt.

Das Mädchen starrte sie verständnislos an und machte keinerlei Anstalten, sich zu bewegen. In diesem Moment erklang Rose' Stimme im Flur.

»Wer ist da, Sadie?«

»Ein junger Mann, Ma'am«, sagte das Mädchen streng. »Er behauptet, er sei eine Mrs Armitage.«

Rose erschien, leicht außer Atem.

»Was sagst du da, Sadie?« Sie betrachtete die Gestalt vor sich. »Ach du liebe Güte, ist das möglich? Eveline? Bist du das wirklich?«

»Ich bin's«, sagte Eveline und rang sich ein reumütiges Lächeln ab. »Tut mir leid, Rose, dass ich einfach so hereinplatze. Aber ich kam gerade vorbei und dachte, ich sag schnell hallo und melde mich zurück …«

»Meine Güte! Aber komm doch, komm rein, steh da nicht in der Kälte herum! Verzeih mir, im ersten Moment habe ich dich gar nicht erkannt … Sadie, koch Tee, bitte, und zwar so schnell du kannst. Bring ihn in den Salon. Eveline, Gott sei Dank, du bist zurück! Wir haben uns solche Sorgen gemacht.« Sie umarmte Eveline und zog sie hinein in das Zimmer, wo ein Feuer brannte und alles warm und glänzend und sauber war. »Abe!«, rief sie. »Komm schnell und schau, wer hier ist!«

Abe erschien, rief ihren Namen und schloss sie ebenfalls in die Arme.

»Meine liebe junge Dame!«, sagte er, als die erste Überraschung abgeklungen war. Sie hatten Platz genommen, und der Tee war eingeschenkt. »Du musst uns alles erzählen, Evie. Hast du wirklich ein Schlachtfeld gesehen und fotografiert? Wie weit in den Süden bist du denn gekommen? Und das Wichtigste: Hast du Neuigkeiten von Thomas?«

»Nun bedräng sie doch nicht so«, sagte Rose schnell. »Du musst furchtbar müde sein, meine Liebe. Sicher sehnst du dich nach einem Bad und möchtest schnell aus deinen Sachen heraus.«

Eveline hob die zarte Tasse an die Lippen und nahm einen Schluck. Der Tee war unglaublich köstlich: heiß, duftend, stark.

»Das wäre wunderbar«, gab sie zu, »aber jetzt kommt es auf ein paar Minuten auch nicht mehr an.« Daher begann sie, während der Tee ihre Lebensgeister weckte, ihre Geschichte zu erzählen: von der Reise, den Abenteuern und den Dingen, die sie gesehen hatte.

»Aber wo ist der gute Thomas denn jetzt?«, fragte Rose, nachdem sie erzählt hatte, wie sie ihm in jener denkwürdigen Nacht über den Weg gelaufen war. »Ist er auch hier?«

»Thomas ist in Chattanooga geblieben, nur … nur für eine kleine Weile«, sagte sie. »Er hat da noch etwas zu erledigen.«

»Großartiger Kerl!«, sagte Abe. »Er ist wirklich eine herausragende Erscheinung, dein Mann, oder?«

»Das ist er, in der Tat.« Eveline war die Erschöpfung nun anzuhören. Sie stellte die Tasse ab. »Vielen, vielen Dank für den Tee und die freundliche Aufnahme – aber ich sollte jetzt in unsere Wohnung gehen und nachsehen, ob alles in Ordnung ist.«

Sie erhob sich, aber plötzlich waren Geräusche in der Eingangshalle zu hören: die Haustür, die sich öffnete, eine Kinderstimme, Gelächter.

»Hannah!«, rief Rose. »Wir sind im Salon, mein Schatz. Du errätst nie, wer hier ist!«

Die Tür ging auf, und ein kleiner Junge kam ins Zimmer marschiert. Als er Eveline sah, blieb er verschüchtert stehen und drehte sich zu seiner Mutter um.

Hannah blieb auf der Schwelle stehen, im ersten Moment offenbar verwirrt. Dann holte sie tief Luft.

»Miss Eveline! Ist das möglich?« Sie rannte zu Eveline und umarmte sie, gleichzeitig lachend und weinend. »Wir dachten schon, wir würden Sie nie wiedersehen! Schau mal, Jack, schau, das ist Miss Eveline. Jetzt ist sie endlich wieder zu Hause.«

»Ich bin's, in der Tat«, sagte Eveline. »Hallo, Jack. Bist du aber groß geworden! Du läufst ja schon. Ein so großer, hübscher Junge. Aber Hannah, lass dich ansehen. Man könnte meinen, dass du auch gewachsen bist.«

Hannah wirkte tatsächlich größer. Sie hielt den Kopf erhoben, und ihre ganze Haltung sprach von einem Selbstbewusstsein und einer Freude, die neu waren. Sie trug ihre Krankenschwesternuniform, ein dunkelblaues Kleid mit einem kurzen Umhang; ihr Haar war streng zurückgekämmt und steckte unter einer weißen Baumwollhaube. Aber trotz der Schlichtheit ihres Aufzugs war sie so schön wie immer.

»Ich bin jetzt tatsächlich Krankenschwester«, sagte Hannah stolz. »Mrs Clemens hat dafür gesorgt, dass ich eine Ausbildung bekomme, und nun arbeite ich drei Tage in der Woche im Krankenhaus. Jack spielt in der Zeit mit den anderen Kindern im Hort.«

»Sie macht das großartig«, sagte Rose warm, »wirklich unglaublich.«

»Das ist wunderbar«, sagte Eveline. »Daran hatte ich allerdings auch nie einen Zweifel, Hannah. Du musst mir alles über deine neue Arbeit erzählen. Jetzt muss ich allerdings erst einmal aufbrechen. Ich komme morgen noch einmal vorbei, wenn's recht ist. Dann können wir uns länger unterhalten, aber jetzt muss ich gehen …« Plötzlich hatte sie das Gefühl, vor Erschöpfung zusammenzubrechen.

»Bleib doch hier«, sagte Rose. »In eurer Wohnung wird es kalt sein, und es gibt nichts zu essen. Bleib wenigstens für eine Nacht.«

»Danke, meine liebe Rose«, sagte Eveline, »aber irgendwie habe ich das Gefühl, dass ich lieber in meinem eigenen Bett schlafen würde … nach so langer Zeit.«

»Natürlich. Das verstehe ich, meine Liebe. Dann packe ich dir aber wenigstens einen Korb mit Lebensmitteln.«

»Und ich begleite Sie in die Wohnung und bereite alles vor«, sagte Hannah. »Mrs Clemens wird Jack bestimmt ein bisschen Tee geben …« Rose bestätigte es mit einem dankbaren Lächeln und nahm den kleinen Jungen in den Arm, »dann kann ich sicherstellen, dass Sie alles haben.«

»Nein, nein, ich kann gut für mich alleine sorgen«, protestierte Eveline. »Das ist nicht nötig, Hannah. Ich brauche nur ein wenig Schlaf, dann sieht die Welt schon wieder anders aus.«

»Hannah hat absolut recht«, sagte Rose. »Sie soll mitgehen und sich um alles kümmern, meine Liebe.«

Eveline war zu müde, um weiter zu protestieren. »Na gut«, sagte sie. »Das ist sehr nett von dir, Hannah. Aber du musst wirklich nicht lange bleiben.«

Hannah legte ihr eine Hand auf den Arm. »Ich sorge einfach für das Nötigste«, sagte sie streng und klang plötzlich wie eine freundliche, souveräne Krankenschwester. »Mrs Clemens hat mir das Kochen beigebracht, müssen Sie wissen. Für ein kleines Nachtmahl reicht es mittlerweile. Außerdem kann ich den Kamin anzünden, Wasser erhitzen und die Betten lüften.« Sie warf Eveline einen kritischen Blick zu. »Und Ihr Haar sollte ich vielleicht auch in Ordnung bringen, damit Sie wieder wie eine Dame aussehen«, erklärte sie bestimmt.

Eveline, die zu erschöpft war, um sich zu widersetzen, nahm Hannahs Angebot pflichtschuldig an.

Die Wohnung war eiskalt, staubig und verlassen, als sie ankamen, aber innerhalb einer Stunde war sie dank Hannah wie verwandelt. Im Kamin prasselte ein Feuer, die Lampen waren angezündet, und aus einem nach Sandelholz duftenden Bad stieg wirbelnder Dampf auf. Eveline, die vor Erschöpfung fast zitterte, schälte sich aus ihren schmutzigen Sachen, stieg ins Wasser und ließ sich zurücksinken. All die

Dinge, die sie immer für selbstverständlich gehalten hatte – den großen, weichen Schwamm, die wohlriechende Glyzerinseife, ihre Flasche mit Kölnisch Wasser –, kamen ihr nun wie herrlicher, extravaganter Luxus vor. Nie wieder würde sie das einfach als normal hinnehmen. Nie wieder. Sie überließ sich dem Bad, schloss die Augen und spürte die Wärme in ihre schmerzenden Schultern und die müden Glieder dringen. In einen Morgenmantel gehüllt wie eine Kranke saß sie nach dem Bad neben dem Kamin, wo Hannah ihr ein Pilz-Omelett, gebuttertes Brot und ein Glas Wein servierte. Es war köstlich.

»Das ist so furchtbar lieb von dir, Hannah«, sagte Eveline. »Jetzt geht es mir schon viel besser. Du wirst sicher zum kleinen Jack zurückkehren wollen.«

»Jack ist fast so gerne mit Mrs Clemens zusammen wie Mrs Clemens mit ihm.« Hannah lächelte. »Ich kann Ihnen gar nicht sagen, Miss Eveline, wie unglaublich nett Mr und Mrs Clemens zu uns sind.«

»Das ›Miss‹ können wir jetzt aber wirklich weglassen, oder? Nichts unterscheidet uns beide, Hannah, dich und mich. Wir sind beide Frauen, die in einem merkwürdigen Land ein neues Leben begonnen haben. Wir arbeiten beide. Sag Eveline zu mir, bitte.«

»Also gut, Eveline«, sagte Hannah.

Nachdem sie das Tablett weggetragen hatte, kehrte sie zurück und setzte sich neben Eveline an den brennenden Kamin.

»Ihnen habe ich es zu verdanken, dass ich hier in Amerika sein darf, Eveline. Jack gedeiht so wunderbar und ist gesund und munter. Wenn ich an all die Möglichkeiten denke, die sich ihm hier später bieten werden. Und ich habe eine Arbeit, die ich liebe – das verdanke ich alles Ihnen. Wenn ich daran denke, wie mein Leben aussehen könnte, wenn Sie mir nicht diese Chance gegeben hätten. Wie Jacks Leben aussehen könnte … Ich fühle mich wirklich vom Glück gesegnet.«

»Das freut mich, Hannah«, sagte Eveline und nahm ihre Hand. »Du musst mir aber nicht danken. Ich war froh, dir helfen zu können. Und von dir war es höchst mutig, ganz alleine so weit zu reisen, in so jungen Jahren.«

Hannah schenkte ihr ein warmes Lächeln. »Danke. Oh, Eveline, ich bin so unendlich froh, dass du heil zurückgekehrt bist! Wir haben uns schreckliche Sorgen gemacht, um dich und um Mr Thomas. Aber jetzt bist du hier und Mr Thomas ist gefunden und wird auch zurückkehren … Wann sagtest du, kommt er zurück?«

»In einer Woche oder so«, antwortete Eveline, aber ihr Lächeln wurde etwas starr bei den Worten.

»Was für einen Empfang man ihm bereiten wird!«, sagte Hannah aufgekratzt. »Er wird wie ein Held gefeiert werden, nach allem, was er getan hat.«

»Ich glaube nicht, dass ihm das gefallen würde. Er hält nicht viel von so einem Zinnober.«

»Das ist wohl wahr«, sagte Hannah. »Trotzdem, er wird zweifellos froh sein, nach Hause zu kommen. Er hat ja so viel durchgemacht, wenn ich das richtig verstanden habe. Außerdem«, fügte sie streng hinzu, »kann ich mich bis dahin um dein Haar und deine Haut kümmern, damit du dich wieder sehen lassen kannst. Ich habe nicht den Eindruck, dass du in letzter Zeit Hautcreme benutzt hast. Und deine Haare sind zwar schon wieder ein bisschen gewachsen, seit ich sie so kurz geschnitten habe, aber sie sind furchtbar wild und zerzaust. Doch ich habe wunderbare Cremes für die Haut und alle möglichen Lotionen, mit denen wir diesen Haarwust schon zähmen können. Wenn Mr Thomas nach Hause kommt, wirst du wieder so schön sein wie zuvor, das verspreche ich dir.«

»Danke, Hannah«, sagte Eveline matt.

»Ich kann hierher zurückziehen und mich um dich kümmern, sobald du das wünschst. Ich kann putzen und die Wäsche machen und so, abends und an den Tagen, wenn ich nicht im Krankenhaus arbeite.«

»Hannah, du hast genug zu tun mit deiner Arbeit und mit Jack. Zieh wieder hier ein, wann immer du willst, aber nicht zum Arbeiten. Natürlich müssen wir das auch mit Mrs Clemens besprechen …«, Eveline gähnte, »… aber jetzt verzeih mir, ich muss wirklich ins Bett.«

»Ja natürlich. Ich habe es frisch bezogen und eine Wärmflasche hineingelegt. Auf das Kopfkissen habe ich ein paar Tropfen Lavendelöl gespritzt, damit du süße Träume hast.«

»Hannah, du bist ein Engel.«

## Kapitel 25

# *Kaffee und Mandelkuchen*

Als Eveline Sam und Joe wiedertraf, sahen die beiden so adrett aus, dass Hannah ihre wahre Freude daran gehabt hätte. Ihre Haare waren ordentlich geschnitten, Joe war rasiert, und Sams Schnurrbart glänzte vor Pomade. Beide trugen wieder einen gut geschnittenen dunklen Anzug und Hemden mit schneeweißen Krägen, wie sie es immer im Studio getan hatten. Nur ihre braungebrannten Gesichter verrieten, dass sie wochenlang auf der Straße gelebt hatten. Obwohl Joes Arm immer noch Verbrennungsnarben aufwies, heilte er bestens und ließ ihn schlimmstenfalls mal zusammenzucken.

»Alle Achtung!«, sagte Eveline bewundernd. »Gentlemen, ihr seht fantastisch aus! Die abenteuerlustigen Reisenden, mit denen ich so viel Zeit verbracht habe, hätte ich kaum in euch wiedererkannt.«

»Das könnte man von dir auch behaupten, Evie.« Sam lächelte. »Keine Spur mehr von Ezekiel, dafür steht jetzt eine formvollendete Dame vor uns. Schau dich nur an, der Liebreiz in Person. Ich nehme an, du bist froh, wieder deine eigenen Kleider tragen zu dürfen.«

»Es ist zweifellos angenehm, sauber zu sein«, sagte Eveline. »Und in frischen Laken in einem bequemen Bett zu schlafen, war ein Traum. Aber Kleider und Petticoats fühlen sich jetzt doch sehr beengend an. Um ehrlich zu sein, vermisse ich die Freiheit, Kniehosen und so etwas tragen zu dürfen. Aber erzählt das bitte nicht Hannah. Sie freut sich so sehr, dass sie mich in eine echte Dame zurückverwandelt hat. Es ist besser, wenn sie nicht weiß, dass ein Teil von mir lieber Ezekiel wäre.«

»Mir gefiel Ezekiel auch ziemlich gut«, murmelte Joe.

»Und wie geht es Hannah?«, erkundigte sich Sam. »Und ihrem Baby? Was für ein hübscher kleiner Kerl.«

»Hannah geht es wunderbar«, sagte Eveline. »Und sie ist schöner denn je«, ergänzte sie und warf Joe einen schnellen Blick zu. »Immerhin ist sie jetzt eine richtige Krankenschwester, verantwortungsbewusst, tüchtig und dabei so unglaublich liebenswert. Sie ist ein Schatz, wirklich, in jeder Hinsicht.«

»Wir müssen die beiden unbedingt mal wieder herholen«, sagte Sam herzlich. »Vielleicht können wir sie noch einmal fotografieren.«

»Stimmt, das ist eine hervorragende Idee«, stimmte Eveline schnell zu. »Ich werde mich darum kümmern. Ihr werdet sehen, dass aus dem Mädchen eine wunderbare, patente und schöne Frau geworden ist. Du wärst erstaunt, Joe.«

»Mhm?« Joe sah von dem Stapel Fotografien auf, der vor ihm auf dem Tisch lag. »Klar. Dann lasst uns jetzt mal die Ausstellung planen, oder? Ich dachte, wir könnten sie nach Themen gruppieren. Zunächst die frühesten Fotografien, die wir unterwegs aufgenommen haben. Dann die Bilder von Murfreesboro, mit der verbrannten Landschaft und den endlosen Grabhügeln. Und schließlich Evelines Aufnahmen von der Schlacht am Chickamauga; das sind die aufwühlendsten, die dramatischsten. Sie wären ein großartiges Finale.«

Eveline seufzte und ließ das Thema Hannah vorerst auf sich beruhen. Joe war wirklich ein hoffnungsloser Fall. Sie musste sich wohl eine neue Taktik ausdenken, um ihn mit der Nase darauf zu stoßen, dass er und Hannah das absolute Traumpaar wären.

»Ich hätte auch gerne eine Sektion zu den Auswirkungen, die der Krieg auf Frauen und Kinder hat«, sagte sie. »Die Fotografien von den Familien, die ihre Häuser verlassen und all ihr Hab und Gut auf Wagen laden; dann die geplünderten Felder, die zerstörten Hütten, all das Elend. Diese Geschichte sollte auch erzählt werden.«

»Klingt überzeugend«, sagte Sam. »Dann lasst uns loslegen!«

Es tat gut, wieder zu arbeiten, dachte Eveline, gut, beschäftigt zu sein. Sie konzentrierten sich auf die Fotografien und überlegten, welche sie ausstellen, wie sie sie rahmen und wie anordnen wollten, damit die schrecklichen und anrührenden Geschichten dieses verheerenden Kriegs lebendig würden. Stirnrunzelnd betrachtete Eveline die Fotografie von einem Soldaten, der wie ein kaputtes Spielzeug im Schützengraben geendet war, und dachte lange darüber nach, ob es besser konzipiert war als das von den drei Männern, die tot neben einer Lafette lagen. Beide hatten ihre Vorzüge, urteilte sie schließlich und legte sie auf den Stapel zum Thema *Schlacht am Chickamauga.* Dieser Sektion würde eine ganze Wand in der Galerie im ersten Stock gewidmet. Joe, der ein gutes Auge für Effekte hatte, sollte die Fotografien rahmen und arrangieren. Sam hingegen war zur

*New York Times* gegangen, um eine Anzeige für die Ausstellung aufzugeben und um zu sondieren, ob die Zeitung vielleicht für einen Artikel zu gewinnen war. Evelines Tätigkeit war beklemmend, aber sie nahm sie voll in Anspruch und hielt sie davon ab, allzu viel an Thomas zu denken und daran, was er und Jacob wohl gerade tun mochten – ob sie in Sicherheit waren oder auf gefährlicher Mission oder gefangen oder verwundet oder Schlimmeres noch … Sie zwang sich, ihre Gedanken wieder auf ihre Aufgabe zu lenken. Über Fotografien von Toten zu brüten war allerdings kein gutes Gegengift für ihre Ängste.

Als Sam aus der Redaktion der *New York Times* zurückkehrte, wirkte er außerordentlich gut gelaunt.

»Ich habe eine Anzeige aufgegeben«, sagte er. »Eine halbe Seite, ziemlich weit vorne. Das sollte doch wohl die Aufmerksamkeit der Leser beim Frühstück erregen. Außerdem habe ich gleich noch einen Reporter zur Eröffnung eingeladen, und er hat mir sein Kommen zugesichert.«

»Zur Eröffnung?«, fragte Eveline. »Planen wir denn eine große Eröffnung? Eine richtige Veranstaltung, meinst du?«

»Meines Erachtens sollten wir das tun«, sagte Sam. »Jetzt bin ich sogar fast dazu verpflichtet, wo doch der Reporter kommt. Heute in einer Woche, dachte ich. Bis dahin schaffen wir das doch, oder?«

»Klingt so, als bliebe uns nichts anderes übrig«, meinte Joe gelassen.

»Und das ist noch nicht alles.« Sam zog schwungvoll eine Ausgabe der *New York Times* aus der Tasche. »Schaut euch das an!«

Die Schlagzeile lautete:

HALSBRECHERISCHE FLUCHT AUS KONFÖDERIERTEN-LAGER
*Über einhundert Mann mitten in der Nacht aus einem Gefangenenlager in Georgia entflohen*

»Das muss die Flucht sein, die Thomas und die anderen organisiert haben!«, schloss Joe, als er und Eveline den Artikel überflogen.

»Kann das sein?«, fragte Eveline. *»Über einhundert Mann,* das stimmt doch gar nicht. Dreiundneunzig waren es. Ich erinnere mich genau, dass es dreiundneunzig waren.«

»Das nennt man wohl dichterische Freiheit«, sagte Sam. »Du weißt doch, wie diese Zeitungen sind. Hier, es *muss* sich um dasselbe Ereignis handeln: *Ein fachgerecht angelegter Tunnel führte direkt in einen Tabakschuppen auf der anderen Straßenseite,* und: *Die Wachen der Rebellen merkten es erst am nächsten Morgen,* und – was mir besonders gut gefällt: *Mit Einfallsreichtum und Mut gelang es unseren Helden, ihren Plan geheim zu halten.«*

»Eveline«, sagte Joe nachdenklich, »hast du vielleicht ein Bild von Thomas? Wir könnten es in unsere Ausstellung hängen – *der Anführer der halsbrecherischen Flucht* –, direkt neben den gerahmten Zeitungsartikel.«

»Ein paar wenige Fotografien von Thomas habe ich schon. Er hat sich zwar immer nur sehr widerwillig fotografieren lassen, aber gelegentlich konnte ich ihn dazu überreden. Allerdings glaube ich nicht, Joe«, fügte Eveline zweifelnd hinzu, »dass ihm an einem solchen Rummel gelegen wäre. Er würde nicht in einer Ausstellung hängen wollen, als sei er ein Held.«

»Aber er ist einer«, rief Joe. »Er ist ganz entschieden ein Held.«

»Außerdem«, sagte Sam unbarmherzig, »ist er ja nicht da, um sich dagegen zur Wehr zu setzen. Komm schon, Evie, das wäre eine Sensation für unsere Ausstellung! Niemand weiß, wer die Ausbrecher waren. Vermutlich hat es die *New York Times* einfach von ihren Korrespondenten in Georgia gehört. Hier, in dem Artikel steht: *Unter den Soldaten befanden sich Männer aus den verschiedensten Regimentern, einschließlich des Afrika-Corps und der Brigade von General Hauptmann,* aber Namen werden nicht genannt. Eine Fotografie von Thomas, edel und umwerfend … und englisch. Ein *Engländer!* Etwas Besseres könnte uns kaum passieren. Die Menschen werden entzückt sein. Die Chance müssen wir einfach nutzen, Evie, das wird ein Knaller.«

»Nun …«, begann Eveline unsicher.

»Hör zu, Evie«, unterbrach Joe sie, »wir haben diese ganzen Strapazen auf uns genommen, um zu fotografieren. Es war deine Idee, falls ich dich daran erinnern darf. Wir wollten den Leuten zeigen, was Krieg wirklich bedeutet, wollten die Wahrheit über die Grausamkeiten berichten, über den Tod, die Folgen für die Witwen und Waisen, das ganze Zeug. Das erschien uns wichtig und richtig, nicht wahr?«

»Natürlich ist es wichtig!«, sagte Eveline entschieden. »Das glaube ich immer noch. Mehr denn je sogar.«

»Dann lass uns sicherstellen, dass die Ausstellung die größtmögliche Aufmerksamkeit bekommt«, drängte Joe. »Denk doch, wie viel wir bereits geleistet haben. Und jetzt lass uns alles dafür tun, ganz New York durch diese Tür zu locken. Wenn Thomas hier wäre, würde er dir doch sicher wünschen, dass du Erfolg hast, oder?«

»Natürlich würde er das.« Eveline klang überzeugter, als sie sich fühlte.

»Dann bring uns ein Bild von Thomas mit«, sagte Sam. »Den Rest erledigen wir. Der Mann sei gesegnet! Ich frage mich, wie es ihm und Jacob unten in Chattanooga wohl ergehen mag. Hast du etwas gehört, Evie?«

»Nein, nichts.«

»Vermutlich ist er zu beschäftigt«, sagte Joe freundlich. »Okay! Schlichte dunkle Rahmen, würde ich vorschlagen, um die drastischen Motive hervorzuheben, aber mit breiten Passepartouts. Und jedes Bild bekommt eine Beschriftung, direkt daneben. Wenn die Ausstellung in einer Woche fertig sein muss, sollten wir besser loslegen.«

Sie nutzten jede wache Stunde, um die Ausstellung vorzubereiten. Die Eröffnung war für Montagnachmittag geplant, und gegen Ende der Woche waren sie schon fast fertig. Die Fotografien waren sehr elegant gerahmt, die Beschriftungen getippt, neben den Bildern angebracht und zu jedem Thema Erläuterungen verfasst. Das erste Stockwerk hatten sie vollständig für die Ausstellung geräumt. Sie hatten Willkommensschilder gemalt, Handzettel verteilt und Wein und Essen bestellt.

»Ich denke, das Wochenende können wir uns freinehmen«, schlug Sam vor. »Die letzten Kleinigkeiten erledigen wir Montagmorgen, dann müssen wir nur noch die Daumen drücken, dass die Leute auch kommen.«

Eveline, die am Wochenende nichts vorhatte, war dankbar für die Erholung und verbrachte den Samstag größtenteils im Bett, genoss den Frieden, die weiche Matratze und die glatten Laken – Dinge, die ihr nach der Rollmatte im Planwagen immer noch wie ein Wunder vorkamen. Sie döste, las und trank Tee, Daunenkissen in den Rücken gestopft. Außerdem ging sie sämtliche Briefe durch, die bei ihrer Rückkehr auf sie gewartet hatten. Das Baby ihrer Schwester Beatrice war geboren und wohlauf, ein kleines Mädchen, das auf den Namen Adeline getauft werden würde, nach ihrer Großmutter, aber Adèle gerufen werden sollte. Tante George hatte außergewöhnliche neue Hühner, sogenannte Brahmas, die mit ihrem Federkleid an den Beinen so aussahen, als trügen sie Hosen – Miss Angell hatte erfahren, dass die Queen dieselbe Rasse hielt. Ihr Neffe Henry lernte reiten, und ihre Mama und Mr Watson (sie konnte an ihren Stiefvater nicht anders denken als an den guten alten Mr Watson) waren aus Rom zurückgekehrt, wo sie eine Menge Statuen, Ruinen und Tempel gesehen und eine Menge eigentümliches Essen gekostet hatten. Offenbar waren die Italiener aber ein zauberhaftes Volk. Bei ihrer Rückreise hatte es im Ärmelkanal einen Sturm gegeben, aber wie durch ein Wunder waren sie verschont geblieben und sicher zu Hause angekommen, wo sie nun ihre nächste Reise planten.

Eveline seufzte und lächelte, als sie all diese Briefe las, dann trat sie an ihren Schreibtisch, kramte Papier und Stift hervor und beantwortete sie schuldbewusst. Ihr Abenteuer beschrieb sie als *kurze Reise in die Südstaaten,* damit sich niemand Sorgen machen musste; für ihre Tante legte sie eine Fotografie von Agnes' Plymouth-Rock-Hühnern bei. Später nahm sie ein Bad, putzte die Wohnung und verließ das Haus, um in der scharfen Winterkälte und der anbrechenden Dunkelheit einen Spaziergang zu machen.

Die Schaufenster lockten immer noch mit einer verschwenderischen Warenflut. In den Auslagen der Juweliere glitzerten Diamanten, Rubine und Saphire, und die Kaufhäuser stellten Satinkleider, Pelze, Samtumhänge, perlenbestickte Portemonnaies, Wildlederhandschuhe, bemalte Fächer und die abenteuerlichsten Hüte zur Schau. Es gab mit Bändern geschmückte Bonbondosen, glasierte Maronen und Schokolade mit Rosen- und Veilchengeschmack, außerdem Seidenschals, bestickte Kissen, Kristallvasen, Porzellangeschirr. Eveline betrat einen Laden und kaufte ein Kleid mit Häubchen, weiß mit blassrosa Bändern und Rosenknospen aus Satin, um es Beatrice für ihr neugeborenes Kind zu schicken. Dann machte sie sich wieder auf den Heimweg.

Der ganze Abend lag noch vor ihr. Sie war unruhig, konnte sich nicht auf ihr Buch konzentrieren oder malen, und von Fotografien hatte sie vorerst auch genug. Schließlich ging sie in Thomas' Arbeitszimmer. Ich könnte es neu streichen, dachte sie, und neue Gardinen aufhängen; vielleicht könnte ich auch ein neues Kissen für den alten Ledersessel besorgen. Dann freut er sich, wenn er zurückkommt. *Falls* er zurückkommt.

Solche Gedanken waren nicht hilfreich. Sie beschloss, eine Küchenschublade aufzuräumen, und kippte sie einfach aus. Dann fehlte ihr die Geduld, und sie warf alles wieder hinein, sodass die Schublade in einem schlimmeren Zustand war als zuvor. O Gott, das war doch lächerlich! Sie setzte sich schnell hin und schrieb eine Nachricht für Rose: Ob sie vielleicht

Zeit habe, sich morgen mit ihr zu treffen, vielleicht auf einen Kaffee? Es wäre doch schön, schrieb Eveline, wenn man sich sehen und nach so langer Zeit mal wieder richtig miteinander plaudern könne und so weiter und so fort. Dann warf sie sich den Mantel über, eilte die Straße entlang und warf die Nachricht durch den Türschlitz der Clemens.

Tatsächlich trafen sich die beiden Frauen am nächsten Tag, spazierten eine Weile durch die frische Luft und plauderten über dies und das, bevor sie sich schließlich in einem Café niederließen. Als sie in einer Fensternische saßen, dampfenden Kaffee und ein Stück Mandelkuchen vor sich, erzählte Eveline von den Ereignissen in Chattanooga: dass Thomas und sie sich gestritten hatten und im Streit auseinandergegangen waren und wie empört sie war, wie fuchsteufelswild, bis heute noch – dass sie sich aber gleichzeitig ganz furchtbare Sorgen mache.

»Stell dir vor, er wird getötet, Rose«, sagte sie. »Stell dir vor, ich sehe ihn nie wieder, und unser allerletztes Zusammentreffen war von Wut und Schweigen vergiftet! Wenn er sich erst einmal etwas in den Kopf gesetzt hat, ist er nicht mehr davon abzubringen.«

Rose lächelte. »Er ist verdammt stur, das stimmt. Wenn er allerdings wirklich das Gefühl hat, dass er bei der Einrichtung dieser Versorgungslinie helfen kann, wie du es beschreibst, dann gereicht ihm das doch zur Ehre, oder?«

»Aber er hat schon genug getan, Rose! Er war im Lager und ist so abgemagert und erschöpft. Ich habe ihn regelrecht angefleht, mit mir nach Hause zu kommen und nicht so töricht zu sein, aber er hat sich einfach darüber hinweggesetzt.«

Sie aß einen Bissen von ihrem Mandelkuchen. Er war umwerfend, aber nicht einmal das konnte sie trösten.

Rose beugte sich über den Tisch und nahm ihre Hand.

»Versteh mich nicht falsch, Eveline«, sagte sie, »aber als du, verkleidet als Mann, Samuel und Joe auf ihrer Expedition in den Süden begleitet hast, hätte Thomas dich davon abzubringen versucht, wenn er hier gewesen wäre?«

»Oh, er hatte mir sogar ausdrücklich verboten, in Kriegsgebiete zu reisen. Das war nicht klug von ihm, weil er ja weiß, dass ich mir nichts vorschreiben oder verbieten lasse. Aber das ist ja etwas ganz anderes.«

»Wirklich?«, fragte Rose sanft.

»Etwas *vollkommen* anderes! Das heißt ... na ja, so vollkommen anders vielleicht doch nicht«, gab Eveline zu. »Thomas lässt sich auch nichts vorschreiben oder verbieten. Aber trotzdem, Rose, er hätte auf mich hören sollen. Wir hatten uns doch gerade erst wiedergefunden, nachdem wir so lange getrennt waren. Nach so vielen Gefahren.«

»Nun, meine Liebe«, sagte Rose. »Wenn ich ganz ehrlich sein darf, ich habe das Gefühl, dass ihr beide ziemlich stur seid.«

Eveline reckte das Kinn und wollte widersprechen, aber dann dachte sie über Rose' Worte nach.

»Letztlich, Eveline«, fuhr Rose fort, »könntest du dich auch fragen, ob du dich in Thomas verliebt hättest, wenn er ein Mann ohne Rückgrat wäre – ein Mann, den du herumkommandieren könntest und der immer brav tun würde, was du von ihm verlangst.«

»Vermutlich nicht«, gab Eveline widerstrebend zu. »Er ist sehr entschlossen, wenn er sich erst einmal etwas in den Kopf gesetzt hat. Aber ich fürchte, du hast recht, Rose. Ich bin nicht viel besser als er.«

»Ich bin mir sicher, dass er bald wieder bei dir ist«, sagte Rose tröstlich. »Dann könnt ihr euch versöhnen. Und eines Tages werdet ihr beide darüber lachen.«

»Wenn er nur heil nach Hause kommt, Rose, dann werde ich mich nie wieder mit ihm streiten! Aber im Moment befindet er sich in einer belagerten Stadt und plant wilde Verrücktheiten, obwohl tausende von bewaffneten Soldaten um ihn herum lauern. Im Gefangenenlager war er wenigstens in Sicherheit, gewissermaßen. Aber nun steckt er inmitten der Gefahr, und ich habe solche Angst um ihn!«

## Kapitel 26

# *Die Ausstellung*

»Eveline, meine Liebe, warum wohnst du nicht bei uns?«, fragte Rose. »Wir würden uns sehr freuen. Mir gefällt der Gedanke nicht, dass du ganz alleine in deiner Wohnung hockst. Oder wäre es besser, wenn Hannah zu euch zurückzieht?«

Nachdem sie eine Weile hin und her überlegt hatten, kamen sie zu dem Schluss, dass es besser wäre, wenn Hannah und Jack bei den Clemens blieben. Rose waren die beiden sehr ans Herz gewachsen.

»Wirklich, sie ist wie die Tochter, die ich nie hatte«, gestand sie Eveline. »Und solange ich dich nicht ihrer Gesellschaft beraube, lass sie doch vorerst bei uns. Das ist natürlich furchtbar egoistisch von mir. Du bist sicher sehr einsam, so ganz alleine in der Wohnung, oder?«

»Ich bin doch den ganzen Tag bei der Arbeit«, sagte Eveline. »Und Hannah soll nicht das Gefühl haben, sie müsse nach ihrer Arbeit im Krankenhaus noch abends im Haushalt schuften. Das würde sie aber unweigerlich tun, wenn sie zurückkäme. Außerdem, Rose, und das mag vielleicht komisch klingen – ich bin direkt aus meiner Kindheit in den Hafen der Ehe eingelaufen und habe nie alleine gelebt. Irgendwie habe ich das Gefühl, dass ich das gerne mal tun würde.«

Nachdem Hannah eingesehen hatte, dass Eveline sehr gut

alleine zurechtkam, erklärte sie sich gerne bereit, bei den Clemens zu bleiben. Da sie ja nun Geld verdiente, bestand sie auch darauf, Miete für die Etage zu zahlen, die sie mit Jack bewohnte. Das hätte fast zu Unstimmigkeiten geführt, da Rose und Abe nichts davon wissen wollten; Hannah wiederum war es wichtig, sich zu beweisen, dass sie keine hilflose Abhängige mehr war, sondern eine berufstätige Frau, die selbst für sich und ihren Sohn sorgen konnte. Die Angelegenheit wurde geklärt, indem man sich auf einen symbolischen Betrag einigte – den Rose heimlich auf die Seite schaffte, um das Geld für den kleinen Jack anzulegen, der es später sicher mal brauchen könnte. Eveline vermisste Hannahs Gesellschaft, aber gleichzeitig war sie fast froh, die Wohnung abends für sich zu haben, weil sie sich dann ungestört ihrem Trübsinn hingeben konnte.

Am Morgen der Ausstellungseröffnung hatten sie alle Hände voll zu tun, weil noch tausend Dinge erledigt werden mussten. Joe beschloss, dass die Bilder wesentlich besser zur Geltung kämen, wenn man die Hälfte noch einmal neu arrangierte. Sam bestand darauf, einen Jungen zu engagieren, der mit einem Umhänge-Plakat den Broadway auf- und ablief, um Passanten ins Studio zu locken. Und Eveline fiel auf, dass sie zwar Wein, aber keine Gläser hatten, und so ging sie schnell los, um welche zu besorgen.

Um zwei Uhr nachmittags war alles geschafft: Die Räume waren sauber, geheizt und hell erleuchtet; Tische waren aufgestellt und mit Wein, Häppchen und Kuchen bestückt; und an den Wänden hingen, in all ihrer düsteren Pracht, die Fotografien. Sam und Joe trugen ihre besten Anzüge, Eveline ihr schickstes Kleid; auf Hannahs Drängen hatte sie ihre Haare, die wieder etwas gewachsen waren, hochgesteckt und mit einem Band befestigt.

»Wir sollten den Wein besser schon mal probieren«, sagte Joe und goss ihnen allen ein Glas ein.

Sie sahen auf die Uhr. Für halb drei war die Eröffnung anberaumt; dann würde die Öffentlichkeit erstmals einen Blick auf die Bilder werfen dürfen.

»Nur um auf Nummer sicher zu gehen, ihr versteht schon.«

Sam und Eveline ließen sich nicht lange bitten, und so gelangten sie gemeinsam zu dem Schluss, dass der Wein annehmbar war. Joe tigerte auf und ab, Sam rückte ein Bild gerade, das einen Millimeter aus der Reihe tanzte, und Eveline stand auf, setzte sich wieder, stand wieder auf, trat schließlich ans Fenster und fragte sich, ob das Ganze wohl eine Schnapsidee gewesen war. Draußen auf der Straße liefen die Leute achtlos vorbei. Die Minuten verstrichen. Irgendwann kamen zu ihrer großen Erleichterung Abraham und Rose Clemens, dann Frank und Enoch mit ihren Frauen, alle lächelnd und ihre große Freude bekundend, an so einer Veranstaltung teilnehmen zu dürfen. Wieder ein paar Minuten später erschienen Freunde von Sam, denen er am Vorabend im Pfaff's das Versprechen abgenommen hatte, unbedingt vorbeizuschauen. Immerhin waren es nun genügend Leute, um sich angeregt zu unterhalten, in den Räumen herumzuschlendern und den Eindruck zu erwecken, es sei etwas los.

»Aber das sind alles unsere Freunde«, sagte Eveline bedeutungsschwer zu Joe. »Die sind ja verpflichtet zu kommen.«

»Ja«, pflichtete Joe ihr missmutig bei. »Aber es gefällt ihnen immerhin, oder nicht?«

»Es muss ihnen ja gefallen«, beharrte Eveline. »Oder sie müssen zumindest so tun. Wo ist denn überhaupt dieser Reporter, der sich angekündigt hat? War das eine verrückte Idee von uns, Joe?«

Unvermittelt musste sie an den Soldaten auf dem verlassenen Schlachtfeld am Chickamauga denken. Was hatte er noch gesagt? *Wer will denn Bilder von all diesen Leichen sehen? Sie sind doch verrückt … Mit Ihren dummen Bildchen werden Sie keinen Krieg verhindern!* Vielleicht hatte er ja recht gehabt.

»Schon möglich«, sagte Joe.

»Es tut mir so leid. Es war schließlich meine Idee. Ich hätte euch niemals zu solchen Verrücktheiten verleiten dürfen.«

Joe legte ihr den Arm um die Schulter. »Ich wollte es um nichts in der Welt missen«, sagte er. »Das war das Abenteuer meines Lebens, Evie, wirklich. Und Sam sieht das genauso, das weiß ich. Wir wollten schließlich immer eine Reise unternehmen, du erinnerst dich. Was auch immer passiert, es war goldrichtig, was wir getan haben. Außerdem ist es ja noch früh. Schau mal, steht da nicht jemand an der Tür?«

Ein elegantes Paar war eingetreten. Sam lief ihnen entgegen, um ihnen ein Glas Wein in die Hand zu drücken und sie mit einem freundlichen Lächeln willkommen zu heißen, gewinnend wie immer. Im nächsten Moment folgte eine Gruppe von Damen mittleren Alters, dann ein Geschäftsmann mit hohem Hut und Regenschirm und schließlich noch ein Paar. Das allgemeine Gemurmel schwoll an; die Menschen schritten zwischen den Bildern hin und her, unterhielten sich, taten ihre Bestürzung kund. Eine Dame, die sich die Bilder von der Schlacht am Chickamauga angesehen hatte, schien der Ohnmacht nahe, und Eveline führte sie zu einem Stuhl. Die Menschen schüttelten den Kopf, nickten, zeigten, hielten die Luft an. Immer mehr Besucher kamen; die Räume waren schon überfüllt, der Geräuschpegel ohrenbetäubend. Auf der Straße hatte sich eine Schlange gebildet. Sobald jemand das Studio verließ, drängten andere herein und kämpften sich die Treppe hinauf, durch die Menge hindurch, um sich die Bilder anzusehen. Von den Häppchen waren nur Krümel geblieben, und der Wein war bis auf den letzten Tropfen geleert, aber das schien niemanden zu stören. Sam sprach angeregt zu einer größeren Menge, die förmlich an seinen Lippen hing, während Joe ein paar Damen der gehobenen Gesellschaft bezirzte, die nicht so recht zu wissen schienen, ob sie schockiert oder insgeheim fasziniert sein sollten. Eveline wiederum gab sich alle Mühe, dem Reporter der *New York Times,* der erfreulicherweise doch noch aufgekreuzt war, über das Stimmengewirr hinweg die Geschichte ihrer weiten Reise zu erzählen. Er kritzelte eifrig in sein Notizbuch, während sie erläuterte, wie Sam, Joe und sie unter so schwierigen Umständen fotografiert, den Planwagen zu einer provisorischen Dunkelkammer umfunktioniert, die Glasplatten in Holzgestellen verstaut, die Chemikalien in eine Reisekiste gepackt und sich von kargen Lebensmittelrationen ernährt hatten – und wie sie, Eveline, schließlich auf das Schlachtfeld am Chickamauga gestoßen war. Als sie hinterher auf die Uhr blickte, war es schon fünf, die Zeit, zu der die Ausstellung eigentlich schließen sollte. Aber es kamen immer noch Leute. Es war schon nach acht, als die letzten Besucher schließlich gingen, kopfschüttelnd und aufgewühlt von den Dingen, die sie gesehen hatten.

Als Eveline am nächsten Morgen zur Arbeit kam, stand bereits eine Schlange vor dem Studio von *Byrne and Ellis.* Viele Leute hielten eine Zeitung in der Hand. Der Artikel, der am Morgen in der *New York Times* erschienen war, war länger, anerkennender und leidenschaftlicher, als sie es je zu hoffen gewagt hätten.

»Schaut euch das an!«, sagte Joe triumphierend. »So viel Platz für einen einzigen Artikel. Und ihr müsst das mal hören: *die Wirklichkeit eines grausamen Kriegs ... die Faszination des Schrecklichen ... ein so mutiges Unterfangen ... die Bewunderung und Anerkennung der amerikanischen Öffentlichkeit ...* Schier unglaublich!«

Die drei fielen sich in die Arme und vollführten einen Freudentanz, um sich dann schnell zusammenzureißen und ernste, angemessene Gesichter aufzusetzen, bevor sie die Tür öffneten und die ersten Besucher einließen.

Sie taten ihr Bestes, sich unter die Leute zu mischen, Fragen zu beantworten, zu erklären, zu beschreiben. Eveline wusste schon gar nicht mehr, mit wie vielen Menschen sie gesprochen hatte. Manche kamen natürlich nur aus Sensationslust, andere hingegen waren sichtlich bewegt. Eine junge, blasse Frau ging von Bild zu Bild und studierte sie so genau, als suche sie nach einem bestimmten Gesicht; eine ältere Dame im Pelzmantel schritt langsam an den Fotografien vorbei und schüttelte den Kopf, das Gesicht schmerzlich verzogen; ein Mann mit Spitzbart und Goldbrille starrte minutenlang auf die Bilder aus der Siedlung in Tennessee – Agnes und Caleb im Türrahmen, das klapprige, mit den letzten Habseligkeiten beladene Fuhrwerk, die dünnen Kinder in ihren Lumpen, ihre Mütter mit den finsteren Mienen. Es wurde ein weiterer langer Tag. Es gab viele Leute, die tagsüber arbeiten mussten und ihre Bilder dennoch unbedingt sehen wollten, und so hatte Sam beschlossen, die Ausstellung bis in den späten Abend hinein offen zu halten.

Am Ende der ersten Woche waren sie erschöpft und konnten ihr Glück immer noch nicht fassen. Am Ende der zweiten waren sie offenbar zu einer Art Sensation geworden.

»Und nicht nur wir scheinen Stadtgespräch zu sein«, sagte Joe und wedelte mit der jüngsten Ausgabe der *New York Times.* »Die haben sich auch auf unser Bild von Thomas gestürzt – hört euch das an: *Der Held des großen Ausbruchs von Savannah ist, wie wir jetzt wissen, ein attraktiver junger Engländer, Mr Thomas Armitage. So viele unserer Männer hat er in Sicherheit gebracht.* Oder das hier: *Direkt unter der Nase der feindlichen Wachen haben diese eleganten Gentlemen einen Ausbruch von spektakulären Ausmaßen organisiert. So manch tapferer Soldat kann nun wieder in den Kampf für unsere Sache ziehen …* Da wird er aber überrascht sein, wenn er heimkommt, was?«

»Sehr überrascht, in der Tat.«

»Gibt es eigentlich Neuigkeiten von Thomas, Evie, wo wir schon dabei sind?«, fragte Sam. »Ist er immer noch mit diesem jungen Jacob in Chattanooga?«

»Soweit ich weiß, schon.«

Da sie das Thema von Thomas' Verbleib und all die unschönen damit verbundenen Erinnerungen nicht vertiefen wollte, nahm sie die Zeitung und tat so, als konzentrierte sie sich auf die Vorankündigung einer Inszenierung von Shakespeares *Coriolanus,* die an diesem Abend am Niblo's Garden Theatre Premiere haben würde; die Anzeige versprach eine prunkvolle Ausstattung und ein überragendes ästhetisches Vergnügen. Vielleicht sollte sie hingehen, dachte sie, das würde sie vielleicht auf andere Gedanken bringen. Außerdem wäre es eine schöne Abwechslung zum allabendlichen einsamen Abendessen, bei dem sie ohnehin nur darüber nachdachte, was Thomas wohl tat. Aber plötzlich fiel ihr Blick auf einen kurzen Artikel ganz unten auf der Seite. Die Überschrift lautete: NEUIGKEITEN AUS CHATTANOOGA.

Als sie zu lesen begann, verschwammen die Worte vor ihren Augen, sodass sie kaum etwas verstand.

*Kämpfe bei Brown's Ferry nahe Chattanooga … Chefingenieur der Armee von Cumberland, General Smith, entwickelt gewagten Plan … neue Versorgungsroute, um Lebensmittel, Uniformen und Verstärkung zu bringen … Eröffnung der »Cracker Line« … am 29. Oktober erster Nachschub für Chattanooga … Gemüse, kleine Lebensmittelrationen, Decken, Feuerholz, Medikamente … durch den Einschnitt am Raccoon Mountain …*

Thomas hatte getan, was er angekündigt hatte, und Eveline fühlte sich hin und her gerissen. Zunächst verspürte sie Stolz, dass er Teil eines solchen Unterfangens war, dann Wut, dass er nicht mit ihr zurückgekehrt war und jetzt, statt in Sicherheit zu sein, irgendwo im Nirgendwo Gott weiß was anstellte, und schließlich überwältigende Angst, dass er immer noch in Gefahr sein könnte.

»Alles in Ordnung, Evie?«, fragte Sam besorgt. »Du bist so blass. Es gibt doch wohl keine schlechten Nachrichten?«

»Nein. Na ja, eigentlich weiß ich nicht, wie ich die Nachricht einschätzen soll«, sagte Eveline düster und las Sam und Joe den Artikel vor.

Er schilderte, wie mitten in der Nacht des 27. Oktober eine Flottille flacher Boote ganze Mannschaften den Tennessee hinunterbefördert hätte, lautlos und praktisch unter der Nase des Feindes, der auf dem Lookout Mountain lagerte. Obwohl die Konföderierten Uferposten aufgestellt hatten, waren die Boote unbemerkt durch die Dunkelheit geglitten. Erst bei der Landung waren Gefechte ausgebrochen. Lange hatten sie aber nicht gedauert, da die zahlenmäßig unterlegenen Truppen der Rebellen geflohen waren. So hatte man am Südufer des Flusses einen Brückenkopf errichten können.

»Und hört euch das an«, sagte Eveline. *»Morgens um sechs begannen Smiths Ingenieure, eine Brücke über den Fluss zu bauen, und gegen Mittag waren sie bereits fertig. Die Männer nennen die Strecke die »Cracker Line«, weil man nun den dringend benötigten Nachschub liefern kann – unter anderem eben auch besagte Hartkekse.* Ich weiß nur, dass Thomas sich daran beteiligen wollte, unter unmöglichen Bedingungen eine Brücke zu bauen, und das in unglaublich kurzer Zeit. Bei solchen Unternehmungen ist er unschlagbar.«

»Der Mann ist göttlich«, sagte Joe. »Lasst uns heute Abend ins Pfaff's gehen, Evie, dann können wir die Heldentaten deines Ehemanns feiern. Wenn uns Bohnen und Pökelfleisch zu den Ohren herausgekommen sind, haben wir immer davon geträumt, im Pfaff's zu schlemmen. Komm schon, Brüderchen, denk an kalten Champagner, Lammkoteletts, deutsche Pfannkuchen …«

Eveline seufzte. »Das ist sehr lieb von dir, Joe. Mir wäre es aber lieber, mit dem Feiern zu warten, bis er heil wieder zurück ist.«

»Nicht einmal ein Zimtpfannkuchen?«

»Nicht einmal der.«

## Kapitel 27

# *Stadtgespräch in New York*

Die Ausstellung lockte immer noch jeden Tag Besucher an. Eveline war nun in der glücklichen Lage, ihrem alten Freund Theodore Fry von ihrem Erfolg schreiben zu können und sich noch einmal dafür zu bedanken, dass er immer so nett zu ihr gewesen war und ihr so viel beigebracht hatte. Allerdings bat sie ihn, die Ausstellung ihrer Mutter gegenüber nicht zu erwähnen, falls er ihr in Cowes über den Weg laufen sollte, weil sie sicher ein paar unangenehme Fragen stellen würde.

Der Erfolg der Ausstellung trug ihnen neue Kunden zu, sodass sich Sams Befürchtungen, das Geschäft könnte aufgrund der langen Schließzeit nur schleppend wieder anlaufen, nicht bewahrheiteten. Im Gegenteil, die Nachfrage nach Fotografien des unerschrockenen Mr Ellis und des umwerfenden Mr Byrne stieg, sodass sie gar nicht mehr allen Terminwünschen gerecht werden konnten. Einige Kunden fragten auch ehrfürchtig nach Mrs Armitage, weil es sich weithin herumgesprochen hatte, dass die junge englische Dame die Ehefrau des heldenhaften Anführers des großen Lagerausbruchs in Georgia war; in diesem Glanz wollte man sich doch gerne sonnen. Sam und Joe freuten sich natürlich, weil es gut für das Geschäft war, und selbst Eveline kam nicht umhin, einen gewissen Stolz zu verspüren, wenn sie an Thomas' Anteil an den Ereignissen dachte. Gleichzeitig war sie die Erste, die darauf beharrte, dass er nicht der Anführer gewesen, sondern nur Teil einer Gruppe war, die gemeinsam den Plan geschmiedet, den Tunnel gegraben und die Flucht in die Freiheit gewagt hatte. Was Eveline allerdings zunehmend irritierte, war die große Menge an vorwiegend jungen Damen, die vor Thomas' Bild standen. Sie betrachteten es bewundernd und erkundigten sich sogar, ob sie einen Abzug erwerben könnten. Wenn Eveline sich dann darauf konzentrieren musste, diese Damen selbst zu fotografieren, löcherten sie sie mit tausend Fragen: ob Thomas in England ein Lord war, ob sie in einem großen zugigen Schloss gewohnt hätten, ob sie die Queen kannten und, absurder noch, was seine Lieblingsfarbe war, was er zum Frühstück aß und was für ein Rasierwasser er benutzte. Eveline hatte die größte Mühe, sie wenigstens so lange zum Stillhalten zu bewegen, bis sie ihr Bild gemacht hatte.

In manchen Kreisen wurde sogar gemunkelt, dass – wie schockierend – die junge Mrs Armitage ebenfalls zu den Schlachtfeldern gereist sei und dort fotografiert hätte. Die älteren Kunden runzelten die Stirn über ein so außergewöhnliches, wenig damenhaftes Benehmen und schüttelten ungläubig den Kopf darüber, was aus der Welt geworden war. Von den jüngeren Kunden waren aber viele höchst erpicht darauf, überall herumerzählen zu können, dass sie sich von der exzentrischen und unkonventionellen Engländerin, die ein solches Abenteuer auf sich genommen hatte, um ein unwissendes Publikum über den Krieg aufzuklären, hatten fotografieren lassen. Eveline wollte die Gerüchte weder bestreiten noch bestätigen. Sam und Joe hingegen waren gerne bereit, sich das ein oder andere entlocken zu lassen, vor allem bei einem Glas Wein und einer Zigarre. Und so kam es, dass man in den Kreisen der New Yorker Bohème bald fast genauso viel über Eveline sprach wie über ihren immer noch abwesenden Ehemann.

Ende November kam die Nachricht, dass die Union in Chattanooga einen Sieg erzielt hatte. Die Cracker Line hatte sich bewährt, und die Truppen verfügten wieder über Nachschub. Eveline studierte jede einzelne Ausgabe der *New York Times*, um Hinweise zu suchen, die irgendetwas mit Thomas oder Jacob zu tun hatten. Mit angehaltenem Atem überflog sie die Liste der Toten und Verwundeten, voller Angst, dass ihr ein geliebter Name ins Auge springen könnte; sie holte erst wieder Luft, wenn sie die Liste noch einmal in Ruhe gelesen hatte und zu dem Schluss kam, dass Thomas und sein Freund für den Moment verschont geblieben sein dürften.

»Hier steht, dass General Grant in Chattanooga nun eine Art Eisenbahnbaugesellschaft befehligt«, sagte Eveline, die mit Rose in ihrer Wohnung Kaffee trank. Über das Dächermeer sah man auf den breiten Fluss, der in der Wintersonne glitzerte. »Denkst du, das ist der Grund, warum Thomas einfach nicht wiederkommt? Arbeitet er jetzt vielleicht für General Grant?«

»Das könnte ich mir gut vorstellen«, antwortete Rose.

»*Viele Brücken wieder aufgebaut … Baupontons* … Ich kann nur spekulieren, was Thomas und Jacob dort treiben. *Vierzigtausend Mann mit der Eisenbahn gebracht, um General Grants Armee zu verstärken … die Front der Union rückt vor … ungetrübter Triumph* … Du liebe Güte, Grant wird mit Herkules verglichen!«

»Hier ist ein langer Artikel über ehemalige Sklaven, die für die Union in den Krieg ziehen«, sagte Rose, die in ihrer eigenen Ausgabe der *New York Times* blätterte. »*Soldaten, die in harten Schlachten Seite an Seite mit ihren weißen Kameraden kämpften … tapfere Männer, die ihr Leben ebenso bereitwillig opferten wie jene* … Nun ja, in der Tat … *Universelle Freiheit* … Oh, endlich besteht Hoffnung auf wahre Gerechtigkeit, auf eine wahrhaft gleiche Gesellschaft.«

»Wenn wir nur irgendwie helfen könnten, Rose«, sagte Eveline düster. »Ich hocke hier und führe ein bequemes Leben, während diese Männer Tag für Tag in die Schlacht ziehen und für die Sache der Freiheit sterben. Kämpfen will ich nicht, das ist mir mittlerweile klar geworden. Ich will niemanden töten – obwohl mir zu Ohren gekommen ist, dass es durchaus Frauen gibt, die als Männer verkleidet in den Reihen unserer Truppen untergetaucht sind. Aber diese Tatenlosigkeit ist unerträglich, dieser Zwang, dazusitzen und auf Neuigkeiten zu warten, statt sich an dem Kampf zu beteiligen und das Ende dieses grauenhaften Kriegs zu beschleunigen.«

»Du hast doch etwas Außergewöhnliches getan, Eveline«, gab Rose zu bedenken. »Deine Reise zu den Schlachtfeldern, deine Fotografien, die Ausstellung, ist das nicht bemerkenswert?«

»Aber jetzt? Ich rede über das Jetzt«, sagte Eveline. »Wenn ich nur etwas tun könnte, irgendetwas Praktisches. Sonst werde ich noch verrückt.«

»Nun«, meinte Rose nachdenklich, »du weißt doch, dass Abraham Mitglied der Union League ist, oder? Sie sammelt Geld für die medizinische Versorgung der verwundeten Soldaten. Wir wär's, wenn wir eine Veranstaltung organisieren – einen Ball beispielsweise –, um sie zu unterstützen?«

»Vielleicht.« Eveline blieb skeptisch. »Aber ein Ball – ein Fest – mitten im Krieg, das ist doch ziemlich obszön, oder?«

»Heiligt der Zweck nicht die Mittel? Im Krankenhaus fehlt es am Nötigsten, um die Verwundeten zu behandeln, die ständig eingeliefert werden, Monat um Monat. Wir brauchen Verbände, Morphin, Karbolsäure und tausend andere Dinge. Und die Feldlazarette an den Rändern der Schlachtfelder müssen mit noch weniger auskommen, wenn sie darum kämpfen, die armen Jungen mit ihren entsetzlichen Verletzungen zu retten.«

Eveline musste an den Morgen am Chickamauga denken, als die Karren mit ihrer schrecklichen Last zwischen den Relikten des Schlachtfelds herumstanden; an die Schmerzensschreie der Männer, das Blut, die abgetrennten Gliedmaßen, die abscheulichen Wunden, den Gestank.

»Ja«, sagte sie. »Du hast recht. Geld für die medizinische Versorgung zu sammeln, wäre eine große Hilfe.«

»Abraham hat viele wohlhabende Freunde in der Geschäftswelt. Die können uns nützlich sein.«

»Und die vielen Damen und Herren der gehobenen Gesellschaft, die unsere Ausstellung besucht haben«, sagte Eveline nachdenklich, »die kann man vielleicht auch für eine großzügige Spende gewinnen.«

»Ich könnte mir einen Weihnachtsball vorstellen. Vielleicht an Heiligabend. Wir könnten ihn in unserem Haus abhalten; groß genug ist es ja. Abe wird begeistert sein, wie ich ihn kenne. Eine exklusive Gästeliste, und Zugang nur mit Eintrittskarten – *sehr* teuren Eintrittskarten. Wir werden alle

Hände voll zu tun haben, aber ich bin mir sicher, dass wir das gut hinbekommen.«

»Wir werden das glänzend hinbekommen. Lass uns loslegen. Ich erstelle eine Liste.«

Eveline stürzte sich voller Tatendrang in die Vorbereitungen des Wohltätigkeitsballs. Abends und an den Wochenenden entwarf sie unermüdlich Einladungen, erstellte Listen, kümmerte sich um Essen, Champagner und Eiskübel und machte sich Gedanken über die Dekoration.

»Vielleicht alles in Silber und Weiß?«, schlug sie vor. »An den Wänden Girlanden mit Schneeflocken aus Seidenpapier und auf den Tischen weiße Christrosen. Ich meine mich erinnern zu können, dass ich irgendwo Kristallfiguren gesehen habe, die man an die Kerzenständer hängt, damit sie das Licht reflektieren und den Raum in glitzerndes Funkeln tauchen. Überall müssen Tannenzweige verteilt werden, mit silbernen Tropfen und Bändern. Und dann natürlich ein Baum. Habt ihr einen Weihnachtsbaum?«

»Natürlich haben wir einen Weihnachtsbaum«, sagte Rose. »Vor dem Krieg hatten wir immer den größten, den wir bekommen konnten. Wir könnten ihn in die Eingangshalle stellen, natürlich auch ganz in Silber geschmückt. Wenn die Gäste eintreffen, zieht er sofort die Blicke auf sich, in all seinem Glanz erstrahlend.«

»Perfekt.« Eveline schrieb eifrig mit.

»An die Tür hängen wir natürlich einen Kranz aus Stechpalmen und Lorbeer.«

»Und die Tanzfläche? Euer Salon dürfte groß genug sein, wenn wir die Möbel beiseiteschieben.«

»Genau. Getanzt wird im vorderen Teil des Salons. Und das Essen werde ich im Speisezimmer anrichten lassen, auf langen Tischen, dann können sich die Leute selbst bedienen, wenn sie Hunger bekommen. Zum Empfang gibt es heißen Punsch zum Aufwärmen, später servieren wir eisgekühlte Getränke zum Abkühlen.«

»In England spielen die Leute bei abendlichen Festveranstaltungen oft Karten.«

»Wirklich? Nun, das wäre auch mal eine Idee. Ja, lass uns mutig sein und Kartentische im Salon aufstellen. Das wird Stadtgespräch in New York.«

»Ganz bestimmt. Du musst mir unbedingt davon berichten.«

»Wie meinst du das, Eveline? Du bist doch dabei. Du musst unbedingt an dem Ball teilnehmen. Es ist ausgeschlossen, dass du nicht kommst.«

»Ach, Rose. Ich glaube nicht, dass ich es übers Herz bringe, an dem Abend selbst dabei zu sein. Ich werde natürlich alles tun, um zu helfen, alles. Ich werde kochen und putzen und schmücken, egal was. Aber ich kann mir nicht vorstellen, an einem Fest teilzunehmen. Nicht … nicht, wo Thomas wer weiß wo ist und ich unentwegt an den Krieg denken muss. So viele Menschen leiden. Ich kann einfach nicht tanzen und plaudern und mich amüsieren.«

»Eveline«, sagte Rose streng. »Du musst da sein. Ich weiß, dass du dir schreckliche Sorgen um Thomas machst, aber das Leben geht weiter. Wir hatten uns doch darauf geeinigt, dass dies unser Beitrag zur Unterstützung der Soldaten ist, oder? Ich brauche dich an meiner Seite, als liebenswürdige Gastgeberin, die sicherstellt, dass sich die Gäste amüsieren. Alleine schaffe ich das nicht.«

»Abraham ist doch auch noch da«, sagte Eveline stur. »Er wird die Gäste mit seinem Charme schon entzücken.«

»Klar, damit wird er sicher nicht geizen. Aber er spricht niemals jemanden von sich aus an, der verloren herumsteht, oder macht junge Damen mit den geeigneten Herren bekannt oder achtet darauf, dass kein Weinglas leer bleibt! Er wird sich mit angenehmer Gesellschaft umgeben, Anekdötchen erzählen und gar nicht auf die Idee kommen, dass irgendwo Not am Mann sein könnte. Deshalb brauche ich dich. Versprich mir jetzt sofort, dass ich mit dir rechnen kann.«

»Ich bin mir sicher, dass Abraham schon weiß, was zu tun ist.«

»Du magst dir da sicher sein, ich nicht. Und noch etwas: Wenn wir die Leute dazu überreden wollen, diese exorbitant teuren Eintrittskarten zu kaufen, sollten wir den Hinweis fallen lassen, dass du ebenfalls mit von der Partie bist – die Ehefrau des mysteriösen Mr Armitage, des aufsehenerregenden Ausbrechers, und ihres Zeichens Kriegsfotografin. Wenn die reichen Damen und Herren der New Yorker Gesellschaft das hören, werden sie der Verlockung nicht widerstehen können, glaub's mir. Mach dir also einfach klar, wie viel Gutes wir erreichen und was für einen Unterschied es macht, all dieses Geld einzutreiben.«

Eveline seufzte. »Na schön. Wenn du wirklich darauf bestehst, Rose, werde ich kommen.«

»Wunderbar, meine Liebe«, sagte Rose. »Es muss unerträglich für dich sein, dass Thomas immer noch fort ist, das weiß ich. Aber du solltest nicht in Trübsal versinken. Das würde er bestimmt nicht wollen.«

Es war seltsam, inmitten von Kriegszeiten über Tänze und Kartentische und Punsch und Champagner zu reden. Das Leben in der Stadt hatte etwas Surreales bekommen. In vielen Geschäften, an denen Eveline vorbeikam, lagen immer noch die verlockendsten Dinge in den Schaufenstern. Gelegentlich klafften aber auch schwarze Löcher in den Häuserreihen, weil früher im Jahr bei gewalttätigen Protesten gegen das Wehrgesetz etliche Gebäude niedergebrannt waren; wie Zahnlücken in einem grinsenden Gebiss sah das aus. Immer noch saßen modebewusste Damen in eleganten Hotels und vornehmen Speiselokalen beim Lunch, aber es war anzunehmen, dass sie jetzt genauso oft über Nachrichten von der Front sprachen wie über neue Ärmelmoden. Geschäftsmänner gingen in ihre Büros, Ladenbesitzer in ihre Geschäfte, und der Handel florierte, aber mittlerweile wurden nicht nur Baumwollstoffe, sondern auch Waffen gehandelt, während sich Schneider in gleichem Maße über Militäruniformen wie über Seidenkleider beugten. Große Segelschiffe kamen über den Atlantik und brachten Menschen, die auf der Suche nach Geschäften oder Vergnügungen waren, während direkt auf der anderen Seite des East River die Marinewerft Militärschiffe baute und instand setzte. In den Straßen sah man Matrosen Schulter an Schulter mit vornehmen Herren und Soldaten neben feinen Damen sitzen.

Der Weihnachtsball bei den Clemens entwickelte sich bald zu *dem* Ereignis der Saison. Sobald der diskrete Hinweis auf die Veranstaltung unter ein paar höchst exklusiven Mitbürgern gestreut worden war, sprach sich die Sache schnell herum. Der noble Anlass, die Aussicht auf ein elegantes Fest, die Gelegenheit, zu tanzen, Karten zu spielen und die prächtigsten Kleider vorzuführen und vor allem die Andeutung, dass auch die wagemutige junge Engländerin komme, von der man munkelte, dass sie eine so aufsehenerregende Reise unternommen und Fotografien mit nach New York gebracht haben könnte – all das erregte das Interesse der mondänen Welt, sodass die Karten trotz des schwindelerregenden Preises in wenigen Tagen ausverkauft waren. Sam und Joe waren die Ersten, die zuschlugen und sich zudem begeistert in die Organisation einbrachten. Sie machten Vorschläge zu Essen, Dekoration und Musik und versprachen, an dem Abend eine Tombola zu veranstalten, die noch mehr Geld einbringen sollte. Als Hauptgewinn würden sie eine Studioaufnahme von Joe aussetzen.

»Ich werde dafür sorgen, dass Hannah auch teilnimmt – als Gast natürlich«, sagte Rose beim Kaffee, den sie jetzt regelmäßig in Evelines Küche tranken. »Die Kosten gehen auf mich. Sie schuftet im Krankenhaus und muss sich um den kleinen Jack kümmern, daher hat sie nicht viele Gelegenheiten, sich schick zu machen und auszugehen, um sich ein wenig zu amüsieren. Oder um junge Männer zu treffen! Natürlich habe ich im Hinterkopf auch die Idee, dass sie, jung und schön, wie sie ist, vielleicht einen passenden Herrn trifft. Einen netten und einfühlsamen natürlich, der auch für den kleinen Jack sorgen würde. Es müsste ein außergewöhnlicher Mann sein, der sie schier umhaut.«

Eveline kam eine Idee, und sie richtete sich auf. »Stimmt, Rose. Zu diesem Thema habe ich mir sogar schon meine Gedanken gemacht. Du kennst ja Sam und Joe, meine Arbeitgeber. Sam ist ein überzeugter Junggeselle, würde ich sagen. Er scheint zufrieden mit seiner behaglichen Existenz, seiner

Arbeit, seinem guten Essen mit Wein und Zigarren – als hätte er alles erreicht. Ich kann mir kaum vorstellen, dass er etwas an seinem Leben ändern möchte. Aber Joe … Joe ist so jung und sieht wirklich blendend aus. Außerdem ist er der netteste Mann, den man sich nur vorstellen kann, charmant, nachdenklich … ach, einfach zauberhaft! Ich denke schon eine ganze Weile, dass er der perfekte Mann für Hannah wäre.«

»Was für eine wundervolle Idee!«, rief Rose beeindruckt. »In der Tat, Joe ist äußerst attraktiv. Die beiden würden ein prächtiges Paar abgeben, nicht wahr?«

»Genau! Denk doch nur an die Hochzeitsfotos – göttlich. Ich habe sogar schon versucht, die beiden zu verkuppeln, aber sie sind furchtbar begriffsstutzig. Vermutlich sind sie einfach schüchtern. Dabei habe ich immer dieses Bild vor Augen: Joe, mit seinem unwiderstehlichen Lächeln im Gesicht, und Hannah, die durch ihre langen Wimpern zu ihm aufsieht … Oh, ich war mir so sicher, dass es sofort funken würde, wenn man sie zusammenbringt. Aber na ja, manche Menschen sind einfach nicht so schnell von Begriff. Wenn sie aber bei dem Ball aufeinandertreffen, ist das sicher ein ideales Umfeld, um sich ineinander zu verlieben. Hannah wird in einem hübschen Kleid bezaubernd aussehen …«

»Und Joe im Frack, mit einer weißen Rose im Knopfloch …«

»Der Raum in flackernden Kerzenschein getaucht …«

»Champagner fließt …«

»Draußen fällt vielleicht Schnee, und in der Ferne ertönt Glockengeläut …«

»Das kann gar nicht schiefgehen!«, sagte Rose. »Was für ein unglaublich romantisches Bild werden die beiden abgeben. Ich bin schon ganz aufgeregt. Was für eine kluge Idee von dir, Eveline! Der Ball wird *die* Gelegenheit sein, die beiden zusammenzubringen.«

»Unbedingt. Und dieses Mal werde ich sicherstellen, dass sie nicht zaudern und zagen, selbst wenn ich sie höchstpersönlich in die Arme des anderen schubsen muss.«

»Ich werde dir dabei helfen. Wenn wir die Romanze mit vereinten Kräften erzwingen, bleibt kein Platz mehr für Schüchternheit und Versteckspielchen. Unsere beiden Goldstücke! Was für ein Glück auf sie wartet! Ach so, um was müssen wir uns noch kümmern?«

»Für Essen und Wein ist gesorgt, denke ich.« Eveline warf einen Blick auf ihre Liste. »Der Raumschmuck, die Musik – ja, alles arrangiert. Mir scheint, dass gar nicht mehr viel zu klären ist.«

»Außer der großen Frage, was wir anziehen sollen, natürlich«, sagte Rose. »Ich habe mir ein umwerfendes Kleid gekauft, aus dunkelroter, fein gemusterter Seide mit schwarzer Spitzenborte. Bislang habe ich mich noch nicht getraut, Abraham zu beichten, was es gekostet hat. Das scheint mir genau das Richtige zu sein. Was Hannah betrifft, würde ich ihr gerne etwas für diesen Anlass kaufen. Ein richtiges Abendkleid. Ich weiß, dass sie so etwas nicht hat. Glaubst du, sie wird das zulassen?«

»Sie besteht sehr entschieden darauf, dass sie auf eigenen Beinen stehen und für sich selbst aufkommen will«, antwortete Eveline. »Aber ein Kleid wird sie sicher annehmen. Vielleicht kannst du ja vorschlagen, dass es ihr Weihnachtsgeschenk sein soll. Ich würde ihr einen Fächer oder Schuhe dazu aussuchen, dann wäre der Aufzug komplett.«

»Ich sehe schon, dass wir noch einen Einkaufsbummel machen müssen«, sagte Rose nachdenklich. »Und du? Was wirst du tragen, meine Liebe? Wirst du dir auch ein neues Kleid kaufen?«

»Nein, das habe ich eigentlich nicht vor. Irgendetwas von meinen Sachen wird es schon tun.«

Rose schüttelte den Kopf. *»Irgendetwas, das es schon tun wird,* klingt nicht sehr aufregend. Sollen wir vielleicht gemeinsam mal einen Blick in deinen Schrank werfen?«

Evelines Auswahl an Kleidern war tatsächlich eher bescheiden: drei nüchterne, hochgeschlossene dunkle Kleider, die sie bei der Arbeit trug, ein kariertes aus Wolle, ein Ausgehkleid und ein paar aus Baumwolle für den Sommer.

»Ich habe ein wunderschönes Hochzeitskleid«, sagte Eveline. »Aber das sieht …«

»… zu sehr nach Hochzeit aus?«

»Viel zu sehr nach Hochzeit.«

»Hast du sonst noch etwas?«

»Eine Kniehose mit Hemd und Stiefeln«, sagte Eveline leichthin. »Das sind im Moment meine Lieblingssachen.«

»Es handelt sich nicht um ein Kostümfest, meine Liebe.« In die Stimme ihrer Freundin hatte sich ein leicht tadelnder Unterton geschlichen. Rose betrachtete die schon etwas abgetragenen Kleider vor ihren Augen und seufzte. »Und was ist das da?«

Ganz hinten im Kleiderschrank, kaum zu sehen in der Dunkelheit, stand eine längliche Schachtel.

»Keine Ahnung.« Eveline war ratlos.

Sie holte die Schachtel heraus, löste die Schnur, mit der sie zugebunden war, und nahm den Deckel ab.

»Ach so! Das hatte ich ganz vergessen. Nach Hannahs Ankunft hier in New York bin ich mit ihr einkaufen gegangen. Damals habe ich das hier für mich selbst gekauft. Eigentlich hat man mich eher überredet, es zu kaufen, weil es nämlich sündhaft teuer war. Offenbar hatte ich ein derart schlechtes Gewissen, dass ich es weggepackt und seither nie mehr daran gedacht habe.«

Sie nahm das Kleid aus den raschelnden Seidenpapierschichten. Violetter Satin floss aus der Schachtel, lebendig schimmernd. Das Kleid war schlicht geschnitten, hatte einen tiefen, eckigen Ausschnitt und lange Ärmel. Einen Reifrock hatte es nicht, aber der Rock war im Rücken ein wenig gerafft und fiel in weichen, sich bauschenden Falten auf den Boden, wo er eine kleine Schleppe bildete. Winzige Kristallperlen am Saum waren der einzige Schmuck. Eveline hielt sich das Kleid an und betrachtete ihre Freundin hoffnungsvoll.

»Würde dieses Kleid es tun, Rose, was meinst du?«

»O Gott!«, sagte Rose. »Wie wunderschön es ist! Das wird es in jedem Fall tun. Du wirst umwerfend aussehen!«

## Kapitel 28

# *Der Weihnachtsball*

Heiligabend war gekommen, und im Haus der Clemens herrschte atemlose Anspannung. Der Weihnachtsbaum in der Vorhalle war mit gläsernen Tropfen geschmückt, die das Licht der kleinen Kerzen auf den Ästen reflektierten. Auf den Tischen, die mit weiß-silbernen, durch glänzenden Efeu gewundenen Bändern geschmückt waren, reihten sich Unmengen von Speisen aneinander: Austernpasteten, kalter Braten, Huhn in Aspik, glasierter Schinken und Gänseragout, frittierte Artischocken, Oliviersalat, Endiviensalat und gebackene Pilze, Kuchen, Trifles, ein italienischer Pudding und eingewecktes Obst. Auf Silberplatten türmten sich große Haselnüsse, kandierte Orangen, Esskastanien und Datteln. Es gab einen heißen Punsch mit Rum, Zitrone, Muskat und Zimt, der den gesamten Raum mit Weihnachtsduft erfüllte; dann einen kalten Punsch aus Champagner und Curaçao, der in einer riesigen gefrosteten Schale mit Eiswürfeln serviert wurde. Die Schneeflocken aus Seidenpapier, die Eveline und Hannah an langen Winterabenden ausgeschnitten hatten, tanzten in anmutigen Mustern vor den dunklen Wänden. Trauben von weißen Blumen mit durchscheinenden, wächsernen Blütenblättern und Arrangements von üppigem Blattwerk verteilten sich großzügig über den Raum. Und überall glitzerten die Lichtreflexe von den Kerzen in den Kronleuchtern, wurden von den Kristallgläsern reflektiert, lagen glänzend auf dem Tafelsilber und wurden von den großen Spiegeln mit den prunkvollen Rahmen zurückgeworfen.

Eveline zog sich ohne große Begeisterung für den Ball um. Den Tag hatte sie bei den Clemens verbracht, um die letzten Handgriffe zu tun, dann war sie nach Hause zurückgekehrt, um ein Bad zu nehmen und sich anzukleiden. Plötzlich fühlte sie sich erschöpft und mutlos. Seit sie sich damals in Chattanooga so überstürzt getrennt hatten, hatte sie nichts mehr von Thomas gehört. Die Wohnung wirkte heruntergekommen und freudlos; überall lag Staub, die Blumen, die sie vor einiger Zeit gekauft hatte, um sich ein wenig aufzumuntern, welkten vor sich hin und ließen bereits die Köpfe hängen, und auf ihrem Schreibtisch stapelten sich Briefe, die sie noch nicht einmal geöffnet hatte. Feste hatten sie noch nie besonders gereizt, und jetzt lag dieser schreckliche Abend vor ihr, mit all diesen Verpflichtungen, Smalltalk zu machen, zu lächeln und ständig neue Leute kennenzulernen, obwohl sie sich eigentlich lieber in eine Decke wickeln, mit einem Buch vor den Kamin legen und an Thomas denken würde, so fest, dass er irgendwie spüren musste, dass sie in Gedanken bei ihm war, als könne sie ihn durch die schiere Kraft der Gedanken retten. Aber nein, das ging nicht. Sie hatte Rose versprochen zu kommen, und Hannah hatte Eveline sogar gebeten, so rechtzeitig zu erscheinen, dass sie zumindest zu Beginn des Abends an ihrer Seite sein könne. »Ich werde kaum jemanden kennen, Eveline«, hatte sie gesagt, »und ich war noch nie auf einem so großen Fest.« Auch Joe und Sam hatten darauf bestanden, dass sie unbedingt mit ihnen tanzen müsse. Sie hatte es versprochen, also musste sie nun auch hingehen. Nach einem letzten bedauernden Blick auf den Kamin, in dem das Feuer nun fast herabgebrannt war, warf sie ihren besten Mantel über und begab sich hinaus in die eiskalte Nacht.

Sobald sie durch die Haustür getreten war, entführte Rose sie ins Obergeschoss.

»In mein Ankleidezimmer, schnell«, sagte sie. »Hannah wartet oben, um mir die Haare zu machen. Dich kann sie dann auch noch frisieren, meine Liebe. Ich bin weit davon entfernt, eine präsentable Erscheinung zu sein, und jetzt sagt Hannah plötzlich, dass die schwarze Spitze an meinem Kleid eher alt macht, und schau nur auf die Uhr! In einer halben Stunde treffen die Gäste ein. Komm, ich nehme dir deinen Mantel ab. Oh, Eveline, dein Kleid ist einfach hinreißend.«

Hannah, die noch im Morgenmantel war, übernahm das Kommando.

»Setzen Sie sich, los. Mrs Clemens, Sie zuerst. Ich werde Ihre Haare hochnehmen und auf dem Kopf arrangieren … einfach so …« Sie türmte die glänzenden schwarzen Löckchen zu einer prächtigen Krone auf. »Haben Sie vielleicht eine Schmuckspange, mit der ich sie befestigen kann?«, erkundigte sie sich.

»O ja«, rief Rose. »Schau mal in die Schachtel dort. Abe hat mir letztes Jahr zu Weihnachten einen wunderschönen Kamm mit Böhmischem Granat geschenkt. Ich wusste aber nie, wie ich ihn tragen soll.«

Hannah blickte in das Schmuckkästchen und suchte den Kamm heraus. Die dunkelroten Steine funkelten in der goldenen Fassung.

»Perfekt.« Sie steckte den Kamm in Rose' Haar und bewunderte das Ergebnis.

»Und die schwarze Spitze?«, fragte Rose unsicher. »Denkst du tatsächlich, sie wirkt ein bisschen altbacken?«

»Ja«, sagte Hannah entschieden. »Ohne sie würde das Kleid viel besser aussehen.«

Sie nahm eine kleine Schere aus einem Nähkästchen, das neben dem Ankleidetisch stand, und trennte die Spitze beherzt ab. Die karminrote Seide lag nun direkt auf Rose' honigfarbener Haut.

»*Viel* besser«, sagte sie. »Und jetzt vielleicht noch eine Halskette?«

»Wenn ich mich recht entsinne, war der Kamm Teil eines Sets«, meinte Rose.

Sie holte eine flache, mit Leder bezogene Schachtel und öffnete sie. Auf weißem Samtfutter lagen eine Halskette und Ohrringe. Aus den filigranen Schnörkeln und Ranken der Goldfassung leuchteten die Granate tiefrot hervor. Rose legte die Ohrringe an, Hannah schloss die Kette in ihrem Nacken, dann standen sie beide da und bewunderten die Wirkung.

»Umwerfend«, staunte Eveline.

»Sie sehen aus wie eine Königin, Mrs Clemens«, sagte Hannah zufrieden.

Rose lächelte sie beide im Spiegel an. »Danke, meine Lieben. Abe wird sich freuen, dass ich endlich mal etwas von dem Schmuck trage, den er mir immer schenkt. Und mit der Spitze hattest du vollkommen recht, Hannah. Du bist so klug.«

»Jetzt du, Eveline«, sagte Hannah. »Komm, setz dich, dann frisiere ich dich.«

»Ich fürchte, dass nicht einmal du etwas mit meinen

Haaren anfangen kannst, Hannah. Im Moment sind sie weder lang noch kurz, dafür aber unbändiger denn je. Tut mir leid.« Sie betrachtete sich im Spiegel und seufzte.

Hannah ließ die Finger durch die dunklen Locken gleiten. »Überlass das nur mir«, sagte sie bestimmt und begann damit, Evelines Haar zu bürsten.

Gekonnt glättete sie wirre Strähnen, steckte ein paar Locken fest und zupfte andere so zurecht, dass sie über Evelines Brauen fielen. Schließlich trat sie zurück und musterte ihr Werk.

»Vielleicht bräuchte ich ein Band oder irgendetwas, das einen Kontrast zu deinem Kleid bildet. Hast du ein Haarband mitgebracht, Eveline? Oder einen Kamm?«

»Nein, gar nichts«, sagte Eveline entschuldigend.

»Ich hätte vielleicht eine Idee!« Rose kramte wieder in ihrem Schmuckkästchen, das eine unerschöpfliche Quelle von Schätzen zu sein schien. Schließlich zog sie eine Halskette heraus, ein schmales Diamantband. »Könnte man das hier nicht einfach durchs Haar winden?«, fragte sie.

Hannah nickte, nahm die glitzernde Kette und flocht sie locker in Evelines Haar. Halb unter den Locken verborgen, glitzerte sie immer wieder dazwischen hervor. Auch zu dieser Kette gab es die passenden Ohrringe. Die Diamanten in der Fassung aus silbernen Blättern zitterten und blitzten bei jeder Bewegung, weil sie das Licht einfingen und es in tausend kleinen Reflexen zurückwarfen. Aus dem Spiegel schaute plötzlich eine andere Eveline zurück: glühende dunkle Augen, sanft gerötete Wangen, die Schultern blass vor dem intensiven Violett der Seide.

»Meine Liebe!«, rief Rose. »Du siehst wunderbar aus!«

»Hannah, du bist unglaublich«, sagte Eveline. »Und was ist mit dir? Du musst dich auch noch umziehen!«

Hannah schlüpfte in das Kleid, das Rose ihr, wie versprochen, zu Weihnachten geschenkt hatte. Eveline und Rose schnürten das Mieder und zupften die Röcke zurecht, dann drehten sie Hannah um, damit sie sich im Spiegel bewundern konnte. Das Kleid bestand aus einem Schaum von Seidengaze in einem sehr hellen Blau und war mit silbernen Pailletten bestickt; die Röcke bauschten sich unterhalb des schmalen Mieders zu einer luftigen Wolke. An den Füßen trug Hannah Riemchenschuhe, das Geschenk von Eveline.

»Na also!«, sagte Eveline zufrieden. »Alle Köpfe werden sich nach dir umdrehen, Hannah. Du bist eine Offenbarung.«

Hannah, die ganz rot geworden war, schüttelte den Kopf und brachte kein Wort hervor. Dann hob sie aber den Kopf und sah lange in den Spiegel. Irgendwann erwiderte sie ihr Lächeln, strahlend vor Jugend und Schönheit.

»Und hier noch das Tüpfelchen auf dem i.« Rose legte Hannah eine Perlenkette um den Hals. »Ich denke«, sagte sie dann, »dass wir nun bereit sind für den großen Auftritt! Sollen wir uns zeigen, meine Damen?«

Mit diesen Worten wechselten sie ein aufmunterndes Lächeln und traten auf den breiten Treppenabsatz. Abraham stand gerade mit Joseph und Samuel in der Vorhalle, nahm ihnen die Mäntel ab und schüttelte ihnen die Hand. Dann reichte er ihnen ein Glas heißen Punsch.

»Meine Herren!«, rief Rose munter, und die drei sahen zu ihnen hoch.

Ihr Lächeln wurde breiter, als sie die drei Frauen die Treppe herabsteigen sahen: Rose königlich in ihrem dunkelroten Kleid mit den Granaten um den Hals und im Haar; Eveline strahlend in violetter Seide mit glitzernden Diamanten zwischen den Locken; und Hannah bezaubernd schön in der eisblauen Seidengaze, die hellen Löckchen mit einem schlichten Band geschmückt, die Perlen schimmernd auf ihrer weißen Haut.

»So wahr ich hier stehe!«, rief Abraham, »da kommen die drei Grazien! Meine Damen, ihr seht bezaubernd aus, alle drei.«

Sam und Joe stimmten zu und schwärmten entzückt über ihre Kleider, ihre Juwelen und überhaupt ihre zauberhafte Erscheinung.

»Gut siehst du aus, Brüderchen.« Sam grinste Eveline an. »Ezekiel gehört wohl der Vergangenheit an, was?«

»Für mich nicht«, sagte Eveline mit einem Anflug von Nostalgie.

Die Gäste waren eingetroffen, und das Haus war von Licht und Gelächter erfüllt. Im Speisezimmer nahmen ein paar Leute ein spätes Abendessen ein; im Salon, wo die Spieltische standen, herrschte eine Atmosphäre äußerster Konzentration, während im großen Salon ein halbes Dutzend Paare zu den Klängen eines Pianisten Walzer tanzte, beobachtet von kleinen Grüppchen, die an den Wänden saßen, plauderten und sich Luft zufächelten. Eveline hatte mit Sam getanzt, dann mit Joe, und nachdem sie ihre Pflicht erfüllt hatten, machten sich die beiden Männer auf die Suche nach einer kleinen Erfrischung. Rose hatte Hannah ein nettes, etwa siebzehnjähriges Mädchen vorgestellt, Ada, die Tochter eines Freundes der Clemens. Die beiden Mädchen wirkten schon wie beste Freundinnen; sie saßen am Fenster, steckten kichernd die Köpfe zusammen, bestaunten Kleider und tranken eisgekühlten Champagner. In diesem Moment kehrten Sam und Joe in den Salon zurück und blieben nebeneinander stehen, um dem anmutigen Treiben der Tänzer zuzuschauen. Joe lehnte elegant im Türrahmen, während sich Sam eine Zigarre ansteckte.

»Jetzt vielleicht?«, flüsterte Eveline und wechselte einen entschlossenen Blick mit Rose.

»Mr Ellis, Mr Byrne«, sagte Rose sanft, nachdem sie auf die beiden eleganten Männer in ihren schwarzen Fräcken und Seidenwesten zugeschwebt war. »Wenn ich Ihnen vielleicht jemanden vorstellen dürfte …« Sie führte sie zu den beiden Mädchen, die schüchtern über ihre Fächer hinwegschauten und lächelten und erröteten. »Aber Hannah kennen Sie ja schon, oder? Und dies ist Ada, die Tochter eines ganz besonderen Freundes. So bezaubernde junge Damen sollten doch keinen Tanz auslassen, oder?«

»Nein, wahrhaftig«, sagte Sam sofort, machte eine galante Verbeugung und streckte seinen Arm aus. »Hannah? Wenn Sie mir die Ehre erweisen würden?«

Hannah lächelte, stand auf und nahm seinen Arm mit der natürlichen Geste einer alten Freundin. Als sie die erste Drehung vollführten, hörte Eveline, wie er sich nach dem kleinen Jack erkundigte; Hannah beruhigte ihn, dass es dem Schätzchen gut gehe und dass es in diesem Moment tief und fest im Obergeschoss schlafe. Joe führte Ada mit einer freundlichen, aber wenig begeisterten Miene auf die Tanzfläche, und Eveline und Rose sahen den Tänzern zu.

»Aber wirklich!«, klagte Eveline. »Warum hat sich Joe nicht

um Hannah bemüht? Jetzt läuft es komplett anders, als gedacht. Ada ist ein reizendes Mädchen, klar, aber so hatte ich mir das nicht vorgestellt.«

»Andererseits, schau dir Samuel und Hannah an, wie schön sie miteinander tanzen und sich unterhalten!«, meinte Rose. »Sie gehen so locker und natürlich miteinander um, und er ist dem kleinen Jack doch so zugetan. Vielleicht liegen wir falsch, Eveline. Vielleicht sind Sam und Hannah das Traumpaar! Er ist so aufmerksam, so väterlich …«

»Väterlich, genau«, sagte Eveline fast ungehalten. »Ganz genau. Aber das bietet wohl kaum Stoff für eine Romanze, oder? Sam ist ein wundervoller Mann, aber er ist doppelt so alt wie Hannah und mittlerweile auch schon ein bisschen korpulent. Außerdem … Nein, nein, Sam wäre überhaupt nichts für sie.«

»Vielleicht hast du recht. Ich gebe gerne zu, dass Joe ein außerordentlich attraktiver Mann ist. Er und Hannah würden ein bezauberndes Paar abgeben. Schau ihn dir doch an.«

Im Frack war Joe noch umwerfender als sonst. Seine Locken hingen auf den Kragen hinab und betonten die hohen Wangenknochen, die seinem Gesicht eine nahezu klassische Schönheit verliehen. Die kleine Ada wirkte fast überfordert mit der Ehre, mit einem derart glamourösen Mann tanzen zu dürfen; ihr Gesicht war erhitzt, aus ihrem Seidenblumenkränzchen, das ihr Haar zusammenhielt, lösten sich Strähnen, und sie stolperte über ihre eigenen Füße.

»Und was ist mit Ada und Joe?«, fragte Rose unsicher.

»Um Gottes willen, nein!«, rief Eveline. »Hannah und Joe, alles andere ist undenkbar. Beim nächsten Tanz, Rose, du wirst schon sehen. Dann passiert es.«

Aber als der Tanz vorbei war, verbeugte sich Joe artig vor Ada, erklärte, dass er ein paar Herren eine Partie Piquet versprochen habe, und machte sich flugs auf die Suche nach seinen Mitspielern. Sam hingegen, der offenbar den guten Onkel in sich entdeckt hatte, besorgte den jungen Damen kalte Limonade, ließ sich gemütlich zwischen ihnen nieder und schien sich nichts Schöneres vorstellen zu können, als den Rest des Abends in ihrer Gesellschaft zu verbringen. Rose und Eveline wechselten einen verzweifelten Blick.

Der Pianist spielte das nächste Stück, und Abraham trat zu ihnen.

»Dürfte ich meine wunderschöne Frau um einen Tanz bitten? Eveline, würdest du uns wohl entschuldigen?«, fragte er, um im nächsten Moment mit Rose davonzuwirbeln.

Ein rothaariger Jüngling forderte Hannah auf, fast erschrocken über seine Kühnheit, sich an eine solche Schönheit heranzuwagen, während Sam liebenswürdig Ada auf die Tanzfläche führte. Eveline sah den Tänzern eine Weile zu, wandte sich dann aber ab und ging in die Vorhalle. Dort war es kühler und im Moment wie ausgestorben. Der große Weihnachtsbaum verströmte einen intensiven Harzgeruch; die Kerzen, die mittlerweile herabgebrannt waren, spendeten nur noch schwaches, flackerndes Licht. Nach dem Glanz im Salon schien die dämmrige Vorhalle von tausend Schatten erfüllt zu sein.

Eveline ließ sich auf einen Stuhl sinken, mit einem Mal erschöpft, und schloss die Augen. Der natürliche Duft der Fichte versetzte sie für einen Moment in den Sommer und den Herbst zurück, in ihr Leben auf der Straße und in den Wäldern, in denen sie so viele Nächte verbracht, aus ihrem

Wagen in den bleichen Mond geschaut und auf das Rascheln der Blätter und das ferne Heulen der Wölfe gelauscht hatte. Was für ein Abenteuer! Und wie fern schien das alles nun zu sein, in diesem Haus, in dem die Leute tanzten, aßen und Champagner tranken, während in nicht allzu weiter Ferne immer noch Krieg herrschte. Sie dachte an Agnes und den kleinen Caleb, stellte sie sich in der Küche vor dem flackernden Ofen vor und hoffte inständig, dass es ihnen gut ging. Dann dachte sie an die tausende von Männern, die gestorben waren und immer noch starben; und an den Soldaten im Wald, der sie im Traum immer noch mit seinen toten Augen anstarrte, bis sie zitternd und keuchend und mit tränennassem Gesicht hochfuhr. Immer wenn sie diesen Traum hatte, fürchtete sie, er könne ein böses Omen sein. Vielleicht lag ja auch Thomas mutterseelenallein irgendwo herum, wo ihm der Regen in die blinden Augen fiel. Womöglich waren die letzten Umarmungen in der schäbigen Dachkammer des heruntergekommenen Hotels alles, was ihr geblieben war für den Rest ihres Lebens.

Ein scharfes Geräusch riss sie aus ihren Gedanken. Jemand hatte an die Haustür geklopft. Erschöpft stand sie auf. Ein sehr später Gast vermutlich. Niemand kam herbeigeeilt: Die Hausmädchen waren alle damit beschäftigt, Geschirr zu spülen, Gläser aufzufüllen und vollbeladene Tabletts in die Küche zu schleppen. Wieder klopfte es. Eveline seufzte und ging selbst zur Tür, um zu öffnen.

Eisige Luft schlug ihr entgegen, als sie in die Dunkelheit spähte. Zwei Gestalten standen auf der Vortreppe, mächtige Silhouetten, in abgewetzte Mäntel gehüllt, den Kragen gegen die Kälte hochgeschlagen. Ihre Gesichter konnte sie nicht erkennen.

»Eveline.«

Einen Moment lang stand sie wie erstarrt da. Schneeflocken trieben ihr ins Gesicht, gefolgt von einem heftigen Windstoß, der an ihr vorbei ins Haus fegte. Ihr Gehör gaukelte ihr etwas vor; sie träumte immer noch, und aus diesem Traum würde sie bald erwachen, um wieder in der grausamen Realität zu landen.

»Eveline«, wiederholte Thomas ungeduldig. »Lass uns rein. Es ist verdammt kalt hier draußen.«

## Kapitel 29

# *Liebe auf den ersten Blick*

Eveline wich zurück, immer noch wie im Traum. Die beiden Gestalten traten in die Vorhalle, Schnee und bittere Kälte mit sich bringend. Sie schloss die Tür und drehte sich um. Thomas zog seinen nassen Übermantel aus; angetauter Schneeregen tropfte auf den polierten Boden. Neben ihm stand Jacob und zitterte, die Hände an dem hohen Kragen um seinen Hals.

»Los, Jake, zieh den Mantel aus«, sagte Thomas. »In der Wohnung war niemand, Eveline, daher dachte ich mir schon, dass du hier bist. Ich bin davon ausgegangen, dass Abe und Rose nichts dagegen haben, wenn wir vorbeikommen.« Plötzlich schien er die Musik und das Gelächter aus dem Nebenraum wahrzunehmen. »Was ist denn hier los? Feiert ihr ein Fest?«

Endlich fand Eveline die Sprache wieder.

»Ja«, sagte sie matt, »einen Weihnachtsball. Deshalb bin ich auch hier.«

Sie trat unsicher auf ihn zu. In diesem Moment flackerten die letzten Kerzen noch einmal auf und erleuchteten die Vorhalle. Thomas, der Eveline zum ersten Mal richtig wahrnahm, starrte die Gestalt vor sich gebannt an: das elegante, schmale Kleid aus violetter Seide, die im schwachen Licht sanft glänzte; die Locken mit der glitzernden Diamantkette; die Juwelenohrringe, die bei jeder Bewegung aufblitzten; ihre Augen mit dem dunklen Glanz; ihr Gesicht, ihren Mund.

»O Gott, Eveline«, sagte er sanft, »wie schön du bist.«

Er rührte sich nicht, und sie tat es auch nicht. Sie blieben einfach stehen, sahen sich an und musterten das Gesicht des anderen. Dann trat Thomas einen unmerklichen Schritt auf sie zu, aber in diesem Moment kamen Rose und Abraham in die Vorhalle, Hand in Hand, lächelnd und vom Tanz erhitzt.

»Wen haben wir denn da?«, fragte Abe, ganz der liebenswürdige Gastgeber. »Kommen Sie herein, wer auch immer Sie sind …« Dann erkannte er ihn. »*Thomas!* Ich fasse es nicht … Tom! Du lebst! Mein lieber Freund, wie froh ich bin, dein Gesicht zu sehen. Wir haben uns so furchtbare Sorgen gemacht. Außerdem musste ich immerzu daran denken, dass es meine Schuld ist, dass man dich vor all den Monaten gefangen genommen hat.«

»Unsinn.« Thomas griff nach seiner Hand. »Es herrscht Krieg. Solche Dinge passieren. Und da bin ich ja nun, wie du siehst, gesund und munter. Dies hier, Abe, ist mein Freund und Retter. Verzeih, dass wir in dein Fest platzen. Wir werden auch nicht länger stören, sondern gleich wieder aufbrechen.«

»Von wegen!«, sagte Rose. »Schaut euch doch nur an, ihr beiden, nass und kalt und sicher auch halb verhungert. Kommt mit.« Sie komplimentierte sie in die Küche im Untergeschoss, wo ein Feuer brannte, nahm ihnen die Mäntel ab und setzte sie dicht an die willkommene Wärmequelle, wo ihre Sachen trocknen konnten. Dann brachte sie ihnen heißen Punsch und kalten Braten und verfolgte mit mütterlich herzlicher Miene, wie sie aßen und tranken und sich in diesem großen warmen Küchengewölbe allmählich entspannten. Die Köchin und die Küchenmädchen lächelten und flüsterten und warfen ehrfurchtsvolle Blicke auf die beiden Männer, die ganz offenbar Helden waren, frisch aus der Schlacht zurückgekehrt.

Nach Mitternacht waren die meisten Besucher aufgebrochen, ohne von der Ankunft der beiden Männer etwas mitbekommen zu haben. Abraham wünschte den letzten Gästen eine gute Nacht und frohe Weihnachten und schüttelte ihnen die Hand, dann blieben Eveline, Hannah und er alleine zurück. Im nächsten Moment eilten sie wie auf Kommando in die Küche.

Thomas und Jacob wirkten ausgemergelt und erschöpft. Thomas hatte eine Wunde an der Wange. Nun, da ihre Mäntel an einem Ständer über dem Ofen trockneten, sah Eveline, dass ihre Kleidung abgerissen, schmutzig und verstaubt war. Ihre Stiefel waren in einem jämmerlichen Zustand; die Sohlen klafften auf, und das rissige Leder hatte sich vollgesogen. Aber immerhin waren die Sachen jetzt trocken. Die beiden Männer wärmten sich die Hände an den Punschgläsern, zwei leere Teller neben sich.

»Das war wunderbar, Rose«, lobte Thomas. »So etwas Köstliches habe ich schon ewig nicht mehr gegessen.«

»Da kann ich mich nur anschließen«, sagte Jacob und stand auf, um Eveline zu begrüßen.

Sie nahm seine Hände und schenkte ihm ein warmes Lächeln.

»Jacob, es ist so schön, Sie zu sehen. Verzeihen Sie, ich habe nicht einmal hallo gesagt, als Sie vorhin gekommen sind. Ich war wohl starr vor Schock.«

»Das kann ich mir gut vorstellen, Ma'am. Ich hatte zu Thomas gesagt, dass wir ein Telegramm schicken sollten, um

Sie vorzuwarnen. Leider haben wir keine Gelegenheit dazu gefunden.«

Eveline konnte Thomas kaum ansehen, vor Angst, er könne sich vor ihren Augen in Luft auflösen, vor Angst, es könne nur ein eigentümlicher Traum sein. Bevor sie ihn nicht berührt hatte, konnte sie nicht glauben, dass er wirklich hier war. Sie drehte sich zu Hannah um, die schüchtern hinter ihr stehen geblieben war.

»Ach, Jacob. Hannah kennen Sie ja noch gar nicht.«

Sie trat beiseite, und Hannah tat einen Schritt nach vorn. Ihr Gazekleid schimmerte im Schein des Feuers, ihre blonden Locken fielen auf die Schultern hinab, ihre blauen Augen leuchteten.

»Aha. Hallo, Ma'am«, sagte Jacob und sah auf sie hinab, ein langer, glühender Blick aus tiefbraunen Augen.

»Sehr erfreut«, sagte sie und streckte die Hand aus.

Er nahm sie und hielt sie einen Moment lang fest, dann führte er sie an die Lippen. Hannah lächelte. Draußen in der Ferne läutete eine Kirchenglocke.

Eine lange Pause entstand, in der Rose zwischen den beiden, die wie angewurzelt dastanden, hin und her schaute. Schließlich lächelte sie und legte Jacob eine Hand auf den Arm.

»Bleiben Sie bei uns, Jacob? Wir haben so viel Platz und würden uns sehr freuen.«

»Das ist sehr nett von Ihnen, Ma'am«, sagte Jacob, der den Blick immer noch nicht von Hannah abwandte. »Wenn Ihnen das wirklich nichts ausmacht, würde ich das Angebot gerne annehmen.«

»Und für mich wird es Zeit, meine Frau mit nach Hause

zu nehmen.« Thomas stand auf und reckte sich. »Rose, Abe, danke für diesen Empfang und das Essen. Eveline, wollen wir?«

Sie traten in die Nacht hinaus, Thomas in seinen abgerissenen Sachen, dem fadenscheinigen Mantel und den ruinierten Stiefeln, Eveline in ihrem Seidenkleid, dem Samtmantel und den geborgten Diamanten. Hinter ihnen schloss sich die Haustür, und im selben Moment riss er sie unsanft in seine Arme. Wortlos hielt er sie fest, als würde er sie nie wieder loslassen wollen; das Gesicht in ihren Haaren vergraben, sog er ihren Duft ein und presste sie an sich.

»Da schau mal einer an«, sagte er, nachdem endlose Minuten verstrichen waren. »Als ich dich zuletzt gesehen habe, in diesem gottverlassenen eiskalten Hotelzimmer, warst du als Mann verkleidet, als wilder Abenteurer. Und jetzt … jetzt bist du eine anbetungswürdige Erscheinung. Eigentlich dürfte ich dich nicht einmal berühren.«

»O Thomas«, sie lächelte in die Dunkelheit, »es ist doch längst bekannt, dass ich anstößige Subjekte mag, und im Moment siehst du tatsächlich wie eines aus, muss ich zugeben.«

»Aber du bist eine Dame heute Abend … eine umwerfende, atemberaubende Dame, viel zu vornehm, um von einem abgerissenen Soldaten geküsst zu werden.«

Eveline legte die Hand an seine verletzte Wange. Rau und unrasiert war sie, und man spürte die harte Linie des Wangenknochens unter der Haut. Dann schlang Eveline die Arme um Thomas' Taille und presste sich an ihn; die dünne Seide ihres Kleids rieb sich am rauen Stoff seines Mantels.

»Nein«, sagte sie, »nein. Ich mag zwar eine Dame sein,

Thomas, aber ich wünsche mir nichts sehnlicher, als von einem abgerissenen Soldaten geküsst zu werden.«

Er stieß eine Art Seufzer aus und legte den Mund auf ihre Lippen, zu einem langen, zarten Kuss. Die Nachtluft war eiskalt, aber sie blieben einfach stehen, aneinandergekettet, und spürten nur die Wärme ihrer Körper und die Hitze ihrer Küsse.

Und dann sah sie ihn endlich an, direkt in die Augen, und ließ das Gefühl zu, dass er es war, dass er tatsächlich zurück war und sie fest in den Armen hielt.

»Ich war mir sicher, dass ich dich verloren habe.« Ihre Stimme zitterte. »Du bist in der Gefangenschaft dem Tod entronnen, und ich dachte, dass man so viel Glück nur einmal haben kann.«

»Ich werde dich nicht noch einmal verlassen, mein Schatz«, sagte er. »Ein drittes Mal müssen wir das Schicksal nicht herausfordern, was?«

Und dann gingen sie, sein Arm um ihre Schultern gelegt, zusammen die Greenwich Street hinunter, während um sie herum dichter Schnee fiel.

Sie wurde aus dem Schlaf gerissen. Glocken läuteten, und im ersten Moment wusste sie nicht, wieso. Dann fiel ihr wieder ein, dass Weihnachten war. Thomas schlief noch. Sein Gesicht war wunderschön, und er wirkte um Jahre jünger als die erschöpfte, ausgemergelte Gestalt, die in der Nacht in der Dunkelheit erschienen war. Lange lag sie da, ihre Haut an der seinen, und spürte, dass dies ein unendlich kostbarer Moment war, ein Moment reinen Glücks. Schließlich stand sie auf und sah auf die Uhr. Es war schon Mittag. Sie zündete ein Feuer an, kochte sich einen Tee und nahm ihn mit zum Bett, um stillvergnügt Thomas' schlafende Gestalt zu betrachten. Es dauerte noch eine Stunde, bis er ebenfalls aufwachte. Verschlafen sah er sich um und schien nicht zu begreifen, wo er war, bis er schließlich Eveline erblickte und sie wieder an seine Seite zog.

»Guten Morgen«, sagte er. »Bist du das, mein Schatz? Bin ich wirklich mit dir zusammen?«

»Bist du.«

»Und hast du mir verziehen, dass ich so lange weg war?«

Sie seufzte. »Unser Abschied war keine Meisterleistung, oder? Ich war so wütend, dass du nach der langen Zeit nicht mit mir nach New York fahren würdest. Mir kam es so vor, als wolltest du dich freiwillig von mir abwenden. Es war eine wahrhaft lange Reise, Thomas, und ich habe so viele grauenvolle Dinge gesehen. Und all das – die toten Soldaten, so *viele* tote Soldaten, oder, fast schlimmer noch, die Soldaten, die nicht tot waren, sondern verwundet, verstümmelt, Todesqualen leidend –, habe ich fotografiert. Alle hatten sie jemanden, der sie liebt, alle hatten eine Mutter, einen Schatz, eine Ehefrau, die von ihrem Tod erfahren und fortan nicht mehr dieselben sein würden. Und jedes Mal, wenn ich durch die Kameralinse geblickt habe, sah ich dich. Dachte ich an dich. Ich wusste nicht, ob du in einem Schützengraben verblutest oder ob du an einer Krankheit stirbst. Aber dann haben wir dich gefunden – wie durch ein Wunder –, und du wolltest trotzdem nicht mitkommen …«

»Himmel, Eveline«, sagte er barsch, »glaubst du nicht, dass ich mit jeder Faser meines Körpers mit dir zurückkehren wollte? Ich hatte das Gefühl, dich Jahre nicht gesehen zu haben – und dann dieses Lager mit all seinem Grauen und dieser Tunnel, den wir gegraben haben, kaum höher und breiter als ein Sarg und heiß wie in der Hölle. Der bestialische Gestank und die Ratten … nun, genug davon. Aber glaub mir, meine Geliebte, ich habe mich danach gesehnt, mit dir in diesen Zug zu steigen, an deiner Seite zu sein und dich nie wieder zu verlassen. Es war nur so, dass etwas dazwischenkam, von dem ich wusste, dass ich es tun kann – tun muss. Ich wäre meines Lebens nicht mehr froh geworden, wenn ich mich ausgerechnet in dieser Situation aus dem Staub gemacht hätte.« Er nahm ihre Hand und presste sie an den Mund. *»Nicht könnt ich lieben dich so sehr, liebt ich die Ehre nicht noch mehr.«*

»Na schön, wenn du mir wieder mit Poesie kommst, dann verzeih ich dir natürlich. Und du musst mir auch verzeihen, dass ich so stur und misstrauisch war. Lass uns nicht mehr daran denken. Und nun, was hättest du gerne zum Frühstück? Tee? Kaffee?«

»Dich«, sagte er. »Einfach nur dich.«

Erst sehr viel später verließen sie endlich das Bett; der kurze Wintertag neigte sich schon dem Ende zu. Sie traten in die eiskalte Luft und gingen durch die Straßen, dann hinüber zum Washington Square, wo sich die Bäume unter der Schneelast bogen. Mit der weißen Schneedecke und den menschenleeren Straßen wirkte die Stadt fast fremd.

»Thomas, warum hast du Jacob gestern als deinen Retter bezeichnet?«, fragte Eveline unterwegs. »Ist es nicht eher so, dass du *sein* Retter bist, wo du ihn doch mit nach New York gebracht hast?«

»Jake habe ich mein Leben zu verdanken«, sagte Thomas. »Wir haben im Auftrag von General Grant östlich von Chattanooga eine Brücke repariert. Dafür hatte man uns angeheuert – um die Stadt herum war ja so viel zerstört. Gefahr schien nicht im Verzug, zumal das Lager der Konföderierten weit weg war. Ich war wohl so versunken in meine Aufgabe, dass ich gar nicht achtgab, was um uns herum geschah. Offenbar war aber eine Patrouille der Rebellen in der Nähe. Jacob sah, wie sich im Wald oberhalb des Ufers etwas bewegte, und warnte uns. Die anderen duckten sich, während ich seine Stimme bei den Bohrgeräuschen kaum gehört hatte. Er kam angerannt und warf sich auf mich, und wir stürzten gemeinsam, als auch schon die erste Kugel vorbeizischte. Sie hat mich noch knapp erwischt, daher die Wunde an meiner Wange. Wenn Jacob nicht so geistesgegenwärtig gewesen wäre, hätte sie mich in den Kopf getroffen. Bei der Aktion hätte sie außerdem auch seinen Kopf treffen können.«

Eveline, die sich bei Thomas untergehakt hatte, presste ihn zitternd an sich. »Ich werde ihm ewig dankbar sein.«

Im Vorbeigehen konnten Thomas und Eveline in die erleuchteten Fenster hineinsehen zu den warmen Wohnungen und den Familien, die sich zum Weihnachtsessen versammelt hatten. An vielen Tischen war ein Platz frei geblieben, eine Lücke, die womöglich nie wieder geschlossen werden würde.

»Wir werden kein Weihnachtsessen haben, tut mir leid«, sagte Eveline. »Aber ich denke, es ist noch etwas Käse und Rotwein da. Außerdem könnte ich Mince Pies backen.«

»Das klingt nach einem wahren Festmahl.«

»Ein Geschenk habe ich auch nicht für dich«, sagte Eveline zerknirscht. »Wenn ich nur gewusst hätte …«

»Ich habe auch keins. Es sei denn, du hättest gerne die silberne Patrone, der ich die Wunde verdanke. Jacob hat sie aus einem Baum gekratzt, als Andenken. Wenn du magst, kannst du sie gerne haben.«

»Himmel! Ich bin mir nicht sicher, ob das wirklich das Romantischste ist, was ich je gehört habe.«

»Ich werde dir so bald wie möglich ein richtiges Geschenk besorgen«, versicherte er ihr.

»Ich brauche nichts. Du bist da, das ist alles, was zählt. Es ist ja schon fast dunkel. Lass uns nach Hause gehen.«

Das Feuer im Kamin prasselte munter vor sich hin, spendete Wärme und verteilte seinen flackernden Schein im Raum. Sie hatten Käse und Mince Pies gegessen und saßen jetzt mit einem Glas Wein vor dem Kamin. Thomas hatte angefangen, davon zu berichten, was seit ihrem Abschied in Chattanooga geschehen war – die Eröffnung der Cracker Line, der Bau von Brücken unter dem Kommando von General Grant –, aber es war zu viel, um alles auf einmal zu erzählen. Außerdem waren sie jetzt in der glücklichen Situation, Zeit genug zu haben, um früher oder später alles austauschen zu können. Thomas lehnte sich zurück, ein Buch in der Hand, ohne sich darauf konzentrieren zu können; zufrieden sah er sich um und sog die vertrauten Dinge in sich auf. Eveline hatte die Füße untergezogen und öffnete schuldbewusst die so lange ignorierte Post; zwischendurch sah sie immer wieder auf, um den Blick liebevoll auf Thomas ruhen zu lassen.

»Ah, die Rechnung für die Schuhe, die ich Hannah für den Ball geschenkt habe; nun, sie sind entzückend und jeden Penny wert. Und was ist das? Oh, eine Einladung zu einem Liederabend. Ich glaube nicht, dass das etwas für uns ist, oder? Und hier ist auch ein Brief von Mama«, sagte Eveline und öffnete den Umschlag aus dickem, cremefarbenem Papier. »Schon vor Wochen aufgegeben. Dennoch, es ist schon ein Wunder, dass Briefe überhaupt über den Ozean gebracht werden.« Sie überflog die eng beschriebene Seite. »Beatrice' Baby gedeiht prächtig und ist schon aus den ersten Hauben herausgewachsen – schön, nicht wahr? Die Sandhams waren zum Dinner bei uns – Mama schreibt, Lady Sandham trug einen Reifrock, der so weit war, dass er kaum durch die Tür passte. Oh, und dann hat sie noch ziemlich schamlos versucht, Mama das Rezept für die Lachsrouladen abzuluchsen, das sie aber niemals herausrücken würde, vor allem nicht an Lady Sandham.« Sie drehte die Seite um. »Du liebe Güte, ist das ein langer Brief! Louisas beste Haube hat jetzt eiserne Spitzen … – nein, das kann nicht sein; Mamas Schrift wird immer schlimmer, habe ich den Eindruck – … *neue Spitzen* soll das wohl heißen. Tante George lässt auch grüßen – sie war entzückt von den Fotografien von den Plymouth-Rock-Hühnern –, während Miss Angell sich eine Kopfgrippe zugezogen hat, aber nach einer Kur mit viel heißem Grog geht es ihr schon wesentlich besser. Mama hofft«, sie drehte das letzte Blatt um, »dass es uns gut geht. Sie wollte uns … Oh!«

»Was ist?«, fragte Thomas. Er sah von seiner Zeitung auf und registrierte ihren Gesichtsausdruck. »Eveline? Hoffentlich keine schlechten Nachrichten?«

»Nein, nicht direkt«, sagte sie. »Obwohl … O Gott, Thomas. Mama schreibt, dass Mr Watson und sie nach New York kommen wollen. Sie würde uns wahnsinnig gerne sehen und sie hätte die Absicht, sämtliche Sehenswürdigkeiten der Stadt zu besichtigen. Wir sollen ihr alles zeigen. Die beiden wollen einen ganzen Monat bleiben, damit sie viel Zeit für uns haben und alle möglichen Dinge erledigen können, Geschenke für Louisa und Beatrice kaufen zum Beispiel. Die Schiffspassage haben sie bereits gebucht.«

## Kapitel 30

# *Besuch kündigt sich an*

»Deine Mutter kommt nach New York?« Thomas, der zuvor nur mit halbem Ohr gelauscht hatte, richtete sich auf.

»Scheint so«, meinte Eveline. »Mama ist schon erstaunlich. Es ist noch nicht lange her, dass sie erklärt hat, sie würde niemals in eine Eisenbahn steigen, weil das viel zu gefährlich sei und viel zu schnell. Und als Sir William sie zu einer Segelpartie einlud, wollte sie nichts von einem derart halsbrecherischen Unternehmen wissen. Aber dann ist sie nach Paris und nach Rom gereist, und jetzt offenbar nicht mehr zu bremsen!«

»Aber du freust dich doch sicher, deine Mama zu sehen, oder?«

»Natürlich freue ich mich. Andererseits … Natürlich, klar. Die gute Mama! Es wird wunderbar sein, sie hier zu haben und den lieben Mr Watson auch. Nur dass …«

»Nur dass was?«

»Na ja, es ist nur so, dass ich in meinen Briefen vielleicht kein *ganz* korrektes Bild von meinem Leben in Amerika vermittelt habe. Ich dachte, es ist besser, sie nicht aufzuregen oder mir nur Vorwürfe oder Zurechtweisungen einzuhandeln. Daher habe ich zum Beispiel kaum etwas über den Krieg berichtet.«

»Watson liest doch Zeitung. Er muss über diesen Krieg informiert sein. Die Details kann er ja kaum übersehen haben.«

»Nein, vermutlich nicht. Andererseits habe ich auch nicht so direkt geschrieben, dass ich im Fotostudio arbeite, weil Mama das überhaupt nicht gutheißen würde. Und dann diese Reise mit Sam und Joe, als Mann verkleidet, bis zu den Schlachtfeldern – Mama würde schon bei dem bloßen Gedanken Herzrasen bekommen.«

»Muss sie es denn erfahren?«

»Wenn sie einen ganzen Monat da ist, wird sie alles herausfinden, da bin ich mir sicher. Du kennst Mama nicht. Sie wird unsere Freunde kennenlernen wollen und tausend Fragen stellen. Ich bin einmal ohne Hut durch Cowes spaziert – du glaubst nicht, was ich zu hören bekommen habe. Kaum auszumalen, wie sie es kommentieren wird, dass ich wochenlang mit zwei Männern unterwegs war und in einem Planwagen geschlafen habe, mitten in einem Krieg.«

»Wenn sich dein Ehemann nicht daran stört, sehe ich nicht, warum deine Mutter es tun sollte.«

»Es hat dich aber gestört, wenigstens ein bisschen«, erwiderte sie.

»Aber das hätte dich nicht davon abgehalten. Tatsächlich hast du sogar erklärt, dass meine Zustimmung keinerlei Bedeutung für dich hat, nicht einmal im Nachhinein.«

»Na gut, schön. Keiner von uns beiden lässt sich sagen, was er zu tun und zu lassen hat, Thomas.«

»Und warum interessiert es dich dann, was deine Mutter darüber denkt?«

»Tut es doch gar nicht. Natürlich nicht. Aber sie könnte einen Schock bekommen, und ich möchte nicht, dass sie sich aufregt.«

»Verstehe.« Thomas nickte ernst. »Du hast also einfach Angst, dass sie sich Sorgen um dich machen könnte?«

»Ja genau.«

»Umso besser. Da sie ja sieht, dass du wohlbehalten wiedergekehrt bist, hat sie auch keinen Grund zur Sorge.«

»Nein. Das heißt … Nein, vermutlich nicht.« Sie dachte lange darüber nach, mit gerunzelter Stirn, den Blick in die Flammen gerichtet. »Aber egal, ich bin jetzt eine verheiratete Frau und ziemlich unabhängig von meiner Familie. Wenn Mama mir mit lächerlichen Vorhaltungen kommt, weil ich irgendetwas tue – oder getan habe –, dann werde ich sie einfach daran erinnern. Freundlich, aber bestimmt.«

»Das klingt doch vernünftig«, meinte Thomas.

»Immerhin leben wir ja in der Neuen Welt. Hier stehen Frauen viel weniger unter dem Zwang dieser albernen altmodischen Regeln – dass sie zu Hause bleiben müssen zum Beispiel. Mama wird sich einfach damit abfinden müssen.«

»Gut, wunderbar, dann hätten wir das ja geklärt«, sagte Thomas und gähnte. »Wann kommen sie denn? Sie werden den Atlantik ja wohl nicht im Winter überqueren, oder?«

»Nein, Gott sei Dank. Sie kommen im Frühjahr … April, steht hier. Ich habe also noch genug Zeit, um mich auf den Besuch einzustellen. Vielleicht sollte ich Mama in meinen nächsten Briefen schon einmal vorsichtig auf bestimmte Dinge vorbereiten, dass ich in einem Fotostudio arbeite zum Beispiel. Ich lasse es einfach beiläufig fallen, dann ist es kein so großer Schock, wenn sie hier ist. Und wenn sie Sam und Joe kennenlernt, wird sie entzückt sein, ohne jeden Zweifel. Und Abraham und Rose natürlich, und … Oh!«

Sie schlug die Hand vor den Mund.

»Was ist denn?«, fragte Thomas.

»Hannah!«, rief sie. »Was um alles in der Welt wird Mama sagen, wenn sie herausfindet, dass Hannah hier ist, mit ihrem kleinen Jungen … Bevis' kleinem Jungen? Mama hat nicht die leiseste Ahnung, dass ich sie nach Amerika geholt habe. Für sie ist Hannah ein kleines Luder, das sich schamlos an Louisas Ehemann herangemacht hat. Mama denkt, sie lebt in London. Von mir weiß sie nicht, dass ich die Idee hatte, Hannah hier ein neues Leben zu ermöglichen, und ich glaube nicht, dass Bevis es ihr erzählt hat.«

»Nicht anzunehmen«, sagte Thomas trocken.

»Sie wird schockiert sein. O Gott, hoffentlich behandelt sie Hannah nicht schlecht.«

»Muss sie denn erfahren, dass Hannah hier ist?«

»Irgendwann wird sie ihr unweigerlich über den Weg laufen, und dann wird sie sie zweifellos wiedererkennen. Hannah ist so hübsch, dass man ihr Gesicht nicht so schnell vergisst. Und der kleine Jack ist Bevis wie aus dem Gesicht geschnitten. Er sieht genauso aus wie Henry in dem Alter. Sie wird sofort alles durchschauen. O Thomas, das ist eine Katastrophe!«

Trotz ihrer Bedenken befand sich Eveline nach Thomas' Rückkehr in einem solchen Zustand der Seligkeit, dass der bevorstehende Besuch ihrer Mutter sie nicht allzu sehr beunruhigen konnte. Bis zum Frühling war es noch ein paar Monate hin, Zeit genug, um zu planen, wie sie ihrer Mutter all die Neuigkeiten am besten unterbreiten konnte: dass sie arbeitete, dass sie in Kriegsgebiete gereist war und dass Hannah und der kleine Jack in New York waren. Das Fotostudio *Byrne and Ellis* hatte so viele Aufträge, wie die drei gerade noch bewältigen konnten, sodass Eveline immer alle Hände voll zu tun hatte. Die Tage flogen nur so dahin. Thomas blieb vorerst in New York, um an den Plänen für eine Eisenbahnstrecke in den Westen zu arbeiten. Wie versprochen hatte er Abraham gebeten, Jacobs Freigabe aus seinem Regiment zu erwirken und ihm eine Assistentenstelle bei der Eisenbahngesellschaft anzubieten; da eine solche Stelle von der Regierung als kriegsrelevant erachtet wurde, konnte Jacob ehrenhaft aus dem Militärdienst entlassen werden. Der junge Mann, der bereits viele Erfahrungen im Ingenieurwesen gesammelt hatte, lernte schnell und genoss im Unternehmen bald Vertrauen und Respekt. Er hatte eine Unterkunft in der Bleecker Street gefunden und aß manchmal mit Thomas und Eveline in ihrer Wohnung oder im Delmonico's. Wesentlich häufiger hingegen war er bei den Clemens anzutreffen, wo er Rose seine Aufwartung machte oder Abraham ein paar Pläne vorbeibrachte. Dass seine Besuche zufällig oft in Zeiten fielen, in denen auch Hannah zu Hause war, und dass Jacob und Hannah dann oft auf die nette Idee kamen, Jacob könne sie und den kleinen Jack doch auf ihrem Spaziergang in den Park begleiten oder sie könnten zusammen einkaufen gehen, damit Jacob ihr die schweren Taschen heimtragen könne, oder sie könnten dem kleinen Jack doch die Schiffe auf dem Fluss zeigen, registrierten Rose und Abraham mit einem leisen Lächeln. Sie mahnten Hannah, sich und den Kleinen warm anzuziehen, und baten Jacob, gut auf die beiden aufzupassen.

Als die Wochen im Nu vergangen waren und sich in der Stadt die ersten Frühlingsboten ankündigten – die ersten blühenden Blumen im Park und ein Hauch von Wärme in den Sonnenstrahlen –, wurde Eveline bewusst, dass es bis zum Besuch ihrer Mutter und ihres Stiefvaters nicht mehr allzu lange hin war. Etliche Briefe waren hin- und hergegangen. Die Watsons würden im Hotel wohnen und hatten auch schon eins auserkoren.

»Wir haben ohnehin nicht viel Platz, Thomas«, sagte Eveline, der das ganz recht war, »zumal Mama ein deutlich schickeres Leben gewöhnt ist, als wir es ihr bieten könnten.«

Außerdem verkündeten die Watsons, alles sehen zu wollen, was man in New York so sehen musste, wobei Mr Watson speziell an den amerikanischen Lokomotiven interessiert war. Darüber hinaus würden sie Thomas und Eveline gerne in das Restaurant einladen, das die beiden als das beste New Yorks erachteten. Eveline antwortete pflichtschuldig, versprach ihrer Mutter, dass sie alles tun würde, um ihnen den Aufenthalt so angenehm wie möglich zu gestalten, bat sie, sowohl warme Sachen als auch Sommerkleider einzupacken, da das Wetter äußerst launisch sei, und versicherte ihr, dass es kein Problem sei, guten Kaffee zu bekommen – bei Tee sei das schon schwieriger, wenn man gewisse Ansprüche hegte. Irgendwie schaffte sie es aber nicht, die richtigen Worte zu finden, um schon einmal anzudeuten, dass sie nicht jeden Tag Zeit für Stadtführungen haben würde, weil sie als Fotografin arbeitete. Und noch weniger gelang es ihr, von ihrer Reise zu schreiben oder von ihrer Idee, Hannah nach Amerika zu holen. Immer wieder griff sie zum Stift und begann: *Liebste Mama, es wird Dich sehr überraschen zu hören* … Oder: *Liebe Mama, ich wollte Dir noch ein paar Dinge mitteilen, die hoffentlich nicht Deinen Unmut erregen* … Oder: *Meine allerliebs-*

*te Mama, was ich Dir noch sagen wollte …* Aber jedes Mal endete es damit, dass sie die Seite zerriss und verzweifelt in den Papierkorb warf. Stattdessen schrieb sie lieber ein paar Worte zu Thomas' Ausflug in den Krieg, über seine Gefangenschaft und seine Rückkehr.

»Mama und Mr Watson werden höchst überrascht sein, dass du hier in New York ein Held bist, Thomas«, sagte sie eines Abends.

Ein Brief war eingetroffen und enthielt die letzten Details für den Besuch, bis zu dem es jetzt nur noch zwei Wochen hin war.

»Das ist doch lächerlich«, entgegnete Thomas knapp. »Ich hoffe, du wirst ihnen nicht so einen Unsinn erzählen.«

»Warum nicht?«, fragte sie. »Du bist doch ein Held, Thomas. Die *New York Times* hat einen langen Artikel über dich geschrieben, wie du weißt. Und wir können kaum irgendwo hingehen, ohne dass sich die Leute umdrehen und anstupsen und flüstern, *da ist der junge Engländer, du weißt schon, der, der den großen Ausbruch organisiert hat.* Ganz zu schweigen von den jungen Damen, die immer noch in Scharen in die Ausstellung kommen, mit großen schmachtenden Augen vor deinem Bild stehen bleiben und fast in Ohnmacht fallen, um sich dann hinterher zu erkundigen, ob sie wohl einen Abzug erwerben könnten.«

Thomas verdrehte die Augen. »Weißt du was, Eveline, es wird höchste Zeit, dass das Bild da verschwindet. Hängt lieber Jacobs Bild auf. Ich habe Sam und Joe schon tausendmal gebeten, es abzunehmen. So alte Geschichten locken doch niemanden mehr hinter dem Ofen hervor.«

»Oh, die Damen zieht es schon an«, sagte sie kokett. »Und

sie kommen zurück und bringen ihre Freundinnen mit, und die Freundinnen fallen auch in Ohnmacht und kaufen auch einen Abzug. Eine Fotografie von Jacob haben wir natürlich längst aufgehängt, direkt neben deines. Wir hatten ihn vor ein paar Wochen im Studio und haben eine höchst gewinnende Aufnahme gemacht. Und da seid ihr nun, ihr beiden, ein überaus reizendes Paar, das alle möglichen zarten Empfindungen im Busen der New Yorkerinnen auslöst. O nein, Thomas, du bist ein viel zu gutes Geschäft, um abgenommen werden zu können.«

»Sehr lustig«, sagte er. »Aber setz deiner Mutter und Watson keinen Floh ins Ohr. Ich möchte nicht, dass sie ein Affentheater deswegen machen oder ich ständig diese Geschichte erzählen muss.«

»Ich habe ihnen keinen Floh ins Ohr gesetzt, ich habe einfach nur die Tatsachen geschildert.«

»Mhm.« Er warf ihr einen schrägen Blick zu. »Und deine Abenteuer? Hast du darüber genauso freimütig berichtet?«

Eveline schluckte.

»Nicht wirklich«, gab sie zu. »Das werde ich natürlich noch tun. Aber ich dachte, ich warte vielleicht, bis die beiden hier sind.«

»Viel Glück.« Er grinste. »Hoffentlich bin ich dabei, wenn du deine Geständnisse ablegst.«

Als Eveline ihren Kollegen von dem bevorstehenden Besuch berichtete, waren sie begeistert.

»Den ganzen Weg von England hierher, nur für einen Urlaub. Und das in ihrem Alter!«, sagte Joe. »Deine Mutter muss genauso unerschrocken sein wie du, Evie.«

»Bitte benutz die Formulierung ›in ihrem Alter‹ nicht in

Mamas Gegenwart«, warnte Eveline. »Seit sie neununddreißig ist, ist sie nicht mehr älter geworden.«

»Mir ist sie jetzt schon sympathisch«, meinte Sam. »Wir müssen unbedingt mit ihr ins Pfaff's gehen und ihr das wahre New York zeigen.«

»O Gott, nein, das ist nichts für Mama«, sagte Eveline bestimmt. »Sie würde sicher Anstoß nehmen. Manchmal kann sie ganz schön altmodisch sein, fürchte ich. Viele englische Damen sind so.«

»So altmodisch klingt das aber nicht, was du erzählst«, sagte Sam. »Mir scheint sie eher ein Typ wie du zu sein, Evie – reist in der Welt herum und macht sich ihren eigenen Reim auf die Dinge.«

»O Gott, nein. Mama und ich haben überhaupt keine Ähnlichkeit miteinander«, widersprach Eveline. »Sie wird euch natürlich kennenlernen wollen, unbedingt, da bin ich mir sicher. Macht euch aber darauf gefasst, dass sie ziemlich konventionell ist und großen Wert auf Etikette legt.«

»Wir werden die reinsten Musterknaben sein«, versicherte Sam mit einem Grinsen. »Ich nehme an, du willst dir ein paar Tage freinehmen, wenn sie hier ist, oder? Dann kannst du Zeit mit ihr verbringen, ihr die Stadt zeigen und den letzten Familientratsch austauschen.«

»Das wäre vielleicht nicht schlecht. Ja, danke. Vielleicht in der ersten Woche ihres Besuchs? Wäre das möglich, Sam?«

»Klar. Du kannst dir auch zwei Wochen freinehmen oder drei, wenn du magst. Du hast deine Mutter schließlich lange nicht mehr gesehen.«

»Nein danke«, sagte sie. »Eine Woche in Gesellschaft meiner Mutter wird reichen, da bin ich mir ziemlich sicher.«

Zwei Wochen später stand Eveline an einem strahlenden Frühlingstag an der Mauer neben dem Kai und sah die *RMS Persia* langsam in Sicht kommen. An Deck standen die Menschen, die begierig die ersten Eindrücke von New York in sich aufsogen. Das Schiffshorn stieß einen lauten, triumphierenden Signalton aus, dann hörte man Schreie und sah, wie Taue herabgeworfen und eine Zugangsbrücke herangerollt wurde. Und dann kamen die ersten Passagiere die Brücke herunter, ein wenig wackelig auf den Beinen. Lange musste Eveline nicht warten, denn unter den Ersten, die an Land gingen, waren ein vornehmer, silberhaariger Herr mit einer Dame am Arm, die nicht mehr in der Blüte ihrer Jugend stand, aber immer noch sehr hübsch anzusehen war in ihrem blassgrauen Reisekostüm mit der Spitze an Hals und Handgelenken und ihrer äußerst bezaubernden Haube in derselben Farbe.

»Mama!«, rief Eveline. »Mr Watson!«

Sie winkte und bahnte sich einen Weg durch die Menge. Die Gesichter der beiden leuchteten auf.

»Eveline, mein lieber Schatz!« Mrs Watson umarmte ihre jüngste Tochter und musste gleichzeitig lachen und weinen. »Oh, was für eine Reise! Wir wurden hin und her geschüttelt, wie Korken auf dem Wasser, und ich war mir schon sicher, dass wir untergehen würden! Aber der Kapitän hat mir höchstpersönlich erklärt, dass uns absolut nichts geschehen könne, und wenn ich nur ein wenig Rum in meinen Tee gießen würde, als Medizin sozusagen, dann sei schon alles in Ordnung. Und weißt du was, meine Liebe, es schien wirklich zu helfen, denn ich habe die Reise sehr viel besser vertragen als viele andere Passagiere, wie es den Anschein hatte.

Da sind wir also, aber ich würde es immer noch ein Wunder nennen.«

Sie hielt inne, um Luft zu schöpfen. Eveline gab ihr einen Kuss und begrüßte dann auch Mr Watson, der höchst erleichtert wirkte, wieder an Land zu sein.

»Wie wunderbar, Sie zu sehen, Eveline«, sagte Mr Watson. »Die Überfahrt war wirklich ziemlich rau, aber wir haben es überlebt.«

»Dann lasst uns Ausschau nach einem Taxi halten«, sagte Eveline, »und ins Hotel fahren. Dort könnt ihr euch von der Reise erholen. Ihr wohnt im Astor, nicht wahr?«

»Ja, im Astor House«, sagte Mrs Watson. »Wenn ich es recht verstanden habe, ist es ein hochrespektables Etablissement, wo auch Präsident Lincoln schon einmal abgestiegen sein soll! Das wäre grandios, wenn er während unseres Aufenthalts noch einmal dort residiert. Ich würde ihm sehr gerne mal begegnen, zumal ich davon ausgehe, dass er sich sehr für Mr Watsons Meinung über diesen grauenhaften Krieg interessieren würde.«

»Vermutlich hat er im Moment anderes im Kopf«, gab Eveline zu bedenken. »Kommt, da ist ein Taxi. Ist das alles euer Gepäck? Um Himmels willen, wie viel Zeug habt ihr denn mitgeschleppt?«

»Nun, Eveline, ich weiß, dass dir diese Dinge nicht so wichtig sind – und wo ich dich genau anschaue: Was hast du nur mit deinen Haaren gemacht? Vermutlich ist das der letzte Schrei in Amerika –, aber ich habe es immer als meine Pflicht erachtet, mich im Ausland elegant zu kleiden. Daheim wirst du kaum jemanden finden, der sich weniger um sein Äußeres sorgt – solange ich mein Haar in Locken legen lassen kann und meine Hauben ordentlich gestärkt sind … höchstens noch eine kleine Brosche an der Brust … ansonsten nur ein bescheidenes Kleid, wenn es denn hübsch geschnitten ist. Aber auf Reisen ist man ja praktisch ein Botschafter für die Heimat, sage ich immer, daher sollte man sich wirklich bemühen, das Beste aus sich zu machen.«

## Kapitel 31

## *Mr und Mrs Watson in New York*

Das Astor House, wo Eveline und Rose gelegentlich im Ladies' Dining Room zu Mittag aßen, nahm einen ganzen Block im gefragtesten Bezirk von New York ein. Es war ein Gebäude im griechisch-klassizistischen Stil, mit dorischen Säulen am Eingang und einem baumbestandenen Innenhof, über den sich, gestützt auf gusseiserne Säulen, ein gewaltiges, elegant geschwungenes Glasdach spannte. Das Zimmer der Watsons im vierten Stock war äußerst luxuriös ausgestattet und blickte direkt auf den Broadway. Mrs Watson äußerte sich höchst zufrieden.

»Wir werden hier in den Genuss von jeglichem Komfort gelangen, denke ich! Da hast du eine ausgezeichnete Wahl getroffen, mein Liebling«, sagte sie zu Mr Watson, der versuchte, die modernen Gaslampen in Gang zu bringen, die aus den in Rottönen gehaltenen Wänden ragten. »Tee. Ich denke, wir sollten nun unseren Tee einnehmen, oder? Und dann müssen wir direkt zu dir gehen, meine liebe Evie. Wir wollen schließlich sehen, wie du wohnst. Ist es weit von hier? Louisa und Beatrice wollen alles ganz genau wissen. Sie haben sich beklagt, dass du in deinen Briefen kaum etwas zu den Einzelheiten schreibst – wie viele Zimmer ihr habt und wie sie eingerichtet sind und was hier als letzter Schrei für Vorhänge und Möbel gilt. Die beiden haben mir Briefe für dich mitgegeben, und Tante George ebenfalls ... Oh, selbst Mr Fry hat mir eine Nachricht für dich anvertraut, dieser eigentümliche Mann. Er sagte, er wolle dir gratulieren oder so ein Unsinn. Keine Ahnung, was er damit meinen kann.«

»Der liebe, gute Mr Fry! Nein, unser Haus ist nicht weit weg, Mama. Oder besser gesagt«, korrigierte sie sich, »die Wohnung. Sie befindet sich in einem größeren Mietshaus, aber für uns reicht es. Wir können zu Fuß gehen oder die Pferdebahn nehmen.«

»Was soll das denn schon wieder sein?«

»Das ist eine Art Eisenbahnwaggon, Mama, und läuft auf Schienen, nur dass sie von einem Pferd gezogen wird. Es ist sehr angenehm, mit der Pferdebahn zu fahren, viel ruhiger als mit einer gewöhnlichen Kutsche.«

Mrs Watson wirkte misstrauisch.

»Von so etwas habe ich noch nie gehört. Ich bin mir auch nicht sicher, ob ich mit so etwas fahren möchte. Woher soll das Pferd denn wissen, wo die Strecke verläuft? Und was ist, wenn es durchgeht und uns mit sich reißt? Wo landen wir denn dann?«

»Es gibt auch einen Fahrer, Mama, der das Pferd lenkt. Mir ist noch nie zu Ohren gekommen, dass eine Pferdebahn den falschen Weg genommen hätte. Ich bin mir ziemlich sicher, dass wir die Fahrt unbeschadet überstehen.«

Mrs Watson schien weiterhin skeptisch, bis schließlich Mr Watson die Situation rettete. »Sie werden feststellen, Eveline, dass Ihre liebe Frau Mama auf Reisen mittlerweile ziemlich furchtlos ist«, sagte er sanft. »Nur weniges kann sie noch schrecken. Erinnerst du dich an diese Straße in Italien, meine Liebe, als wir wirklich dachten, der Fahrer würde mit uns die Klippe hinunterstürzen. Er schien wild entschlossen, jede Kurve im Galopp zu nehmen.«

»Oh, wie sollte ich das je vergessen?«, rief seine Frau. »Du würdest nicht glauben, Evie, was das für eine Fahrt war. Ich dachte wirklich, mein letztes Stündchen habe geschlagen.«

»Du bist sehr tapfer, Mama«, sagte Eveline. »Ich bin mir sicher, dass eine kurze Fahrt mit der Pferdebahn nicht annähernd so aufregend ist. Und den Tee sollten wir besser bei mir einnehmen, denn der amerikanische Tee wird dir nicht zusagen, fürchte ich. Im Hotel oder unterwegs solltest du besser Kaffee bestellen.«

Mrs Watson überwand also ihre Ängste, und so führte Eveline ihre Mutter und ihren Stiefvater schon bald die steile Treppe zu ihrer Wohnung in der Greenwich Street hinauf. Sobald Mrs Watson wieder zu Atem gekommen war, wanderte sie durch die Wohnung, inspizierte sie gründlich und schnalzte vielsagend, als sie die enge Küche und das Fehlen von Empfangsräumen bemerkte.

»Das ist aber wirklich äußerst beengt, Eveline. Wo empfangt ihr denn Gäste, meine Liebe?«

»Wir laden nur gelegentlich ein paar Freunde ein«, sagte Eveline. »Und es gibt hier viele verschiedene Restaurants, wenn wir nicht kochen wollen. Komm, Mama, ich schenke dir einen Tee ein. Mr Watson, darf ich Ihnen eine Tasse reichen?«

»Habt ihr denn keine Köchin? Was ist nur aus dir geworden, meine Liebe? Immerhin gibt es eine Mädchenkammer. Sag mir, dass du wenigstens ein Hausmädchen hast.«

»Nein. Das heißt, ich hatte eins, Mama. Aber es ist im Moment nicht hier, weil … Eigentlich wollte ich dir sowieso längst von ihr erzählen.« Eveline holte tief Luft. »Erinnerst du dich noch an Hannah, Mama? Louisas Stubenmädchen?«

Mrs Watson stieß ein Geräusch aus, das man bei einer weniger damenhaften Erscheinung gut als Schnauben hätte bezeichnen können.

»Wie sollte ich die wohl vergessen! Dieses schamlose Luder, das Bevis auf so betrübliche Weise vom rechten Weg abgebracht und Louisa das Herz gebrochen hat. Und du musstest den ganzen Weg nach London fahren, um Bevis zu suchen und die Angelegenheit zu regeln. Ich war wochenlang mit den Nerven am Ende. Was hat die denn damit zu tun?«

»Sie war sehr jung, Mama, und Bevis hat selbst immer gesagt, dass Hannah keine Schuld trifft.«

»Dann weiß ich nicht, wen sonst. Sie war ein nichtsnutziges Luder, das scheint mir klar zu sein.«

»Meines Erachtens war Bevis schuld«, sagte Eveline scharf.

»Der liebe arme Bevis! Nein, nein, Männer sind nun mal so, meine Liebe. Du bist zu jung und unschuldig, um zu wissen, wie es in der Welt läuft. Aber wenn du erst einmal älter bist, wirst du schon verstehen, dass Männer manchmal einfach nicht anders können. Dann ist es an den Frauen … moralische Standards zu setzen. Männer sind alle gleich, und sie sind sehr schwach, in *bestimmten* Hinsichten, du weißt schon.«

»Das ist Unsinn, Mama«, sagte Eveline, die sofort an die Decke ging. »Du kannst die Männer doch nicht aus der Verantwortung entlassen! Außerdem sind nicht alle gleich.«

»Nein, das stimmt«, sagte Mr Watson nervös, weil er sich angesichts der Wende, die das Gespräch genommen hatte, sichtlich unbehaglich fühlte.

»Nun, nichts von dem, was du sagst, wird mich davon überzeugen, dass Louisas Stubenmädchen nicht ein durchtriebenes, hinterhältiges Luder war«, fuhr Mrs Watson fort. »Bevis mag sich eine kleine Dummheit geleistet haben, aber schön, Louisa hat ihm mittlerweile verziehen. Frieden und Harmonie sind wieder eingekehrt, und wenn es sich vermeiden lässt, denke ich gar nicht mehr an diese Geschichte. Umso befremdlicher ist es, dass ich ausgerechnet jetzt wieder daran erinnert werde, wo ich das Ganze schon so erfolgreich verdrängt hatte. Warum bringst du das Thema überhaupt auf, Evie? Du musst doch wissen, wie sehr mich das aufregt.«

»Tut mir leid, Mama«, sagte Eveline. »Das wollte ich nicht. Natürlich nicht. Aber es ist nun einmal so, dass Hannah … Na ja, weißt du, Hannah ist …«

In diesem Moment hörte man einen Schlüssel in der Tür. Es war Thomas, der von der Arbeit zurückkehrte. Eveline wurde ein vorübergehender Aufschub für ihre Enthüllungen gewährt, die sich, wie mehr denn je klar schien, als schwierig erweisen würden.

Mrs Watson hatte bislang kaum Gelegenheit gehabt, ihren dritten Schwiegersohn kennenzulernen. Einmal hatte sie ihn zum Dinner eingeladen, weil Mr Watson, der damals Thomas' Vorgesetzter gewesen war, sie dringlich darum gebeten hatte; damals hatte sie schnell gemerkt, dass er ein sehr ernster, sehr stiller Mann mit wenig Hang zum Smalltalk war. Und als Eveline ihn eines Tages zufällig getroffen und mit ihm durch die Stadt spaziert war, hatte sie ihre Tochter sehr streng zur Rede gestellt. Damals hegte sie größte Hoffnungen, dass Eveline sich mit Charles Sandham verloben könne, einem jungen Mann aus sehr guter Familie mit einem wohl beachtlichen Vermögen. Eine andere Partie kam in ihren Augen für ihre Tochter nicht infrage, und diesen ernsten Hungerleider aus dem Norden Englands, wo man so merkwürdig sprach, dass man ihn kaum verstand – wenn er denn überhaupt mal den Mund auftat –, hätte sie gar nicht erst in Betracht gezogen. Die Nachricht, dass Eveline den lakonischen Mr Armitage heiraten wollte – einen *Eisenbahningenieur*, wo kam man denn da hin –, und binnen Tagen nach der Verlobung mit ihm nach Amerika gehen würde, mit dem einzigen Trost, dass man an Bord des Schiffes zu heiraten gedenke, hatte Mrs Watson regelrecht umgehauen. Zwei Tage lang hatte sie sich geweigert, mit Eveline zu reden, hatte geweint und gejammert und gedroht, ihr die Hochzeit zu verbieten, und hatte sich gewünscht, nie geboren worden zu sein, da sie doch nichts getan habe, womit sie ein derartiges Unglück verdiene. Eveline hatte sich standhaft geweigert, ihre Meinung zu ändern, und hatte nur die Hoffnung geäußert, für ihre Ehe doch noch den Segen ihrer Mutter zu bekommen. Sollte die ihr den verweigern, nun, dann würde sie trotzdem mit Thomas Armitage nach Amerika gehen, weil sie ihn liebe und nie jemand anders lieben würde. Die verfahrene Situation war, wenigstens in gewissem Maße, durch die Vermittlung von Mr Watson gelöst worden, der die allerhöchste Meinung von Thomas hatte und seiner Frau geduldig zuredete, bis er sie schließlich davon überzeugen konnte, das Unvermeidliche mit so viel Würde wie möglich zu tragen.

»Immerhin«, hatte sie schließlich gesagt, »ist dieses verzogene Kind dann endlich verheiratet, zumal ich wirklich nicht weiß, wer sie sonst in den Stand der Ehe führen soll, mit all ihren Flausen im Kopf und diesem Leichtsinn, mit dem sie Sitte und Anstand missachtet. Ohne Hut in der Stadt herumzulaufen – nun, wie man sich bettet, so liegt man.«

Eveline, die nur froh war, dass ihre Mutter nicht wusste, dass sie wesentlich schlimmere Dinge getan hatte, als ohne Hut das Haus zu verlassen, ließ die Klagen und Vorhaltungen einfach über sich ergehen, zumal sie mit jedem Tag leiser wurden, und packte unbeirrt ihre Sachen. Am Tag ihrer Abreise ließ sich ihre Mutter dann sogar zu dem Bekenntnis herab, dass sie ihre Tochter immer mit all ihrer mütterlichen Hingabe lieben werde, obwohl Eveline doch so ungezogen sei. Mrs Watsons neues Leben mit ihrem freundlichen und hingebungsvollen zweiten Ehemann, der durch erhebliche Investitionen in die Eisenbahn wohlhabend geworden war und so nicht nur die finanziellen Engpässe des Stanhopeschen Haushalts auffangen, sondern seine Frau auch noch auf die aufregendsten und herrlichsten Reisen entführen konnte, war viel zu schön, als dass sie lange hätte grollen können. Daher füllten sich ihre Briefe zunehmend mit Nachrichten aus ihrem eigenen Leben und ließen nicht mehr viel Platz für Vorwürfe. Das Bewusstsein, endlich alle drei Töchter unter der Haube zu haben, war auch ein gewisser Trost. Außerdem gefiel sie sich darin, ihre Freunde in Cowes damit zu beeindrucken, dass sie in sorgfältig gewählten Momenten beiläufige Bemerkungen fallen ließ: *Meine Tochter, die jetzt in New York lebt* … Oder: *Natürlich, meine Tochter verkehrt mit der High Society von New York* … Oder als Totschlagargument gegen jeden Versuch ihrer alten Bekannten und Rivalin Augusta

Sandham, auf sie herabzuschauen und sich selbst aufs hohe Ross zu setzen: *Oh, meine Tochter, die im Ausland lebt, würde das als sehr altmodisch erachten!*

Als Thomas Armitage also nun in seine Wohnung in der Greenwich Street trat, war er für seine Schwiegermutter praktisch ein Fremder, was umgekehrt natürlich genauso galt. Eveline hatte vor diesem Moment gegraut. Und tatsächlich, sobald ihre Mutter Thomas erblickte, reckte sie sich und legte ihre hochmütigste, adeligste Attitüde an den Tag. Sie reichte ihm nicht einmal die Hand, sondern murmelte nur ein unterkühltes »Mr Armitage«, als Thomas sich vor ihr verbeugte. Mr Watson hingegen, der liebe Mr Watson, trat sofort vor, packte mit echter Herzlichkeit Thomas' Hand und hielt sie mit beiden Händen fest.

»Tom, mein lieber Junge!«, sagte er. »Wie unglaublich schön, Sie zu sehen. Ich bin schon hochgespannt, alles über die amerikanischen Eisenbahnen zu erfahren. Wie ich gehört habe, gibt es den Plan, eine Strecke bis in den Westen zu führen. Was für ein Vorhaben! Was für ein Unterfangen! Und dann der Krieg! Es gibt so vieles, das ich unbedingt wissen möchte. Ich hoffe, Sie werden morgen Abend mit uns im Hotel speisen, dann können wir uns ausführlich über diese Dinge unterhalten.«

Seine Begeisterung und Freude waren ansteckend, daher hörte sich Mrs Watson schließlich die Einladung bestätigen, dass sie unbedingt mit ihnen dinieren müssten. Und so kühl und würdevoll sie sich auch gab, Eveline hatte den Eindruck, als wäre das erste Treffen so gut verlaufen, wie man es nur hätte erwarten können.

Die Watsons verabschiedeten sich bald und versicherten, dass sie sich am nächsten Tag erst einmal ausruhen müssten, um nach der Seereise wieder zu Kräften zu kommen, dass sie sich aber freuen würden, das junge Paar am Abend zu begrüßen. Als Eveline und Thomas alleine waren, atmeten sie auf, warfen sich in einen Sessel und sahen sich mit einer Mischung aus Belustigung und Entsetzen an.

»Deine Mama betrachtet mich wirklich als anstößiges Subjekt«, sagte Thomas. »Wird sie das je ablegen?«

»Bestimmt«, beteuerte Eveline. »Wieso nicht? Sie braucht einfach eine Weile, um sich an neue Ideen zu gewöhnen.«

»Wir sind schon seit eineinhalb Jahren verheiratet«, sagte Thomas. »Ist das nicht genug Zeit?«

»Aber sie weiß kaum etwas über dich«, erklärte Eveline. »Wenn sie dich erst einmal besser kennenlernt, wird sie dich auch mögen.«

»Ich hoffe, du hast recht. Was hat sie eigentlich zu deinen Enthüllungen gesagt? Zu der Stelle im Fotostudio und deiner Expedition in den Krieg, als Mann verkleidet? Und natürlich dazu, dass du Hannah und das Kind hierhergeholt hast?«

»Es war noch keine Gelegenheit, ihr wirklich *alles* zu erzählen«, sagte Eveline. »Ich dachte, ich lasse sie erst einmal richtig ankommen. Sie muss doch furchtbar müde sein nach der langen Reise. Und es ist doch alles so neu hier.«

»Du hast ihr also nicht *alles* erzählt. Aber hast du ihr wenigstens *etwas* erzählt?«

Eveline seufzte. »Ehrlich gesagt habe ich ihr gar nichts erzählt. Es ist nicht so leicht, den richtigen Moment abzupassen, zumal sie so sprunghaft ist und ständig mit irgendwelchen absurden Dingen ankommt. Ihre Aufmerksamkeitsspanne beträgt kaum eine Minute. Was soll ich nur tun, Thomas?«

»Erzähl es ihr einfach, Eveline. Setz dich hin und berichte ihr alles. Was kann schon passieren?«

»Wenn du Mama kennen würdest, würdest du das nicht vorschlagen, glaub's mir. Sie neigt dazu, alles in ein Drama zu verwandeln. Und sie kann so furchtbar stur sein, wenn sie sich etwas in den Kopf gesetzt hat.«

»Stur, wirklich? Das überrascht mich«, sagte Thomas mit einem Lächeln. »Mach dir nicht zu viel Sorgen deswegen, mein Schatz. Kopf hoch!«

»Ich werde mir Mühe geben«, entgegnete Eveline düster.

Kapitel 32

# *Mein liebster Thomas*

Mrs Watson, die in zartviolette Seide gehüllt war und eine sehr hübsche Perlenkette trug, studierte die Speisekarte. Um sie herum erklangen die harmonischen Geräusche eines teuren Restaurants: das Gemurmel gepflegter Konversation, das dezente Klappern von Geschirr, das Knallen von Champagnerkorken. Die glanzvollen Räumlichkeiten mit den hohen Säulen, den Spiegeln und den exotischen Pflanzen aus dem Gewächshaus, die Tische mit den schneeweißen Leinendecken, dem Silbergeschirr und den Kristallgläsern und die so hübschen und zuvorkommenden Kellner fanden Mrs Watsons volle Zustimmung. Die Speisekarte hingegen erfüllte sie mit Sorge.

»Wasserschildkrötensuppe?« Sie warf Eveline einen hilfesuchenden Blick zu. »Was soll das denn sein?«

»Das ist wohl eine Suppe aus Wasserschildkröten, Mama.«

Mrs Watson schüttelte sich. »Da würde ich doch lieber falsche Schildkrötensuppe essen, wie sie bei uns in England serviert wird, als so eine fremdländische Art.«

»Falsche Schildkrötensuppe besteht gar nicht aus Schildkröten, Mama. Deshalb heißt sie ja *falsch.*«

»Das weiß ich selbst, Eveline. Mit irgendwelchen Wasserschildkröten will ich trotzdem nichts zu tun haben. Was nimmst du denn, mein Lieber?«

»Hammelrücken«, sagte Mr Watson entschieden. »Hammel, Rotwein und ein anständiger Pudding, das ist genau das Richtige für mich.«

Schließlich wurde die Essensbestellung zu aller Zufriedenheit aufgegeben – Mrs Watsons Wahl war auf gedünsteten Lachs gefallen, weil man da nichts falsch machen konnte. Eveline hatte sich eine Taktik für den Abend zurechtgelegt. Zunächst wollte sie ihrer Mutter von ihrer Arbeit im Studio erzählen, weil das vermutlich die am wenigsten schockierende von den anstehenden Enthüllungen war. Als der erste Gang mit Austern in der Schale verzehrt war, begleitet von einigen Gläsern Wein, beschloss Eveline, dass dieser Moment so gut war wie jeder andere. Thomas und Mr Watson steckten in einer angeregten Diskussion über den Plan der New York Central Railroad, eine Strecke bis nach Albany und Buffalo zu bauen, und Thomas hatte Messer, Gabel und das Salzfässchen zu einem komplizierten Gebilde arrangiert, um das Schleusensystem am Eriekanal zu demonstrieren. Eveline trank noch schnell einen Schluck Rotwein, der außerordentlich gut schmeckte, holte tief Luft und wandte sich dann entschieden an ihre Mutter.

»Diese Woche werde ich voll und ganz dir und Mr Watson widmen, Mama«, sagte sie. »Ich zeige euch die größten Gebäude der Stadt und die Parks. Und Barnum's Museum, das wollt ihr doch sicherlich auch sehen, oder?«

»Das wäre wunderbar, mein Schatz«, sagte Mrs Watson. »Und die Geschäfte natürlich! Du musst mir unbedingt die elegantesten Geschäfte zeigen. Ich habe deinen Schwestern versprochen, mich zu erkundigen, was hier der allerletzte Schrei ist. Da werden sich die Leute aber umgucken, wenn wir auf unserer verschlafenen Insel die neueste amerikanische Mode tragen! Wir werden in aller Munde sein.«

»Die Geschäfte natürlich auch. Aber in der nächsten Woche, Mama, werde ich wohl wieder arbeiten müssen.«

»Arbeiten? Tja, meine Liebe, wenn ihr eine Köchin hättet, müsstest du nicht so viel tun. Das ist nicht richtig. Mr Armitage sollte dir eine Köchin und ein Stubenmädchen besorgen, darauf bestehe ich. Man wird mir doch wohl das Recht einräumen, besser zu wissen, was sich für meine Tochter geziemt.«

Sie beugte sich vor, um das Gespräch auf der anderen Tischseite zu unterbrechen, aber Eveline legte ihr eine Hand auf den Arm.

»Du kannst Thomas ruhig bei seinem Vornamen nennen, Mama. Außerdem brauche ich keine Köchin. Das hatte ich nicht gemeint.«

»Ich muss zugeben, dass ich oft nicht begreife, was du meinst, Eveline.«

»Ich meine, dass ich arbeite, Mama.« Eveline wurde bewusst, dass ihr nichts anderes übrig blieb, als ins kalte Wasser zu springen. »Nicht zu Hause. Ich arbeite als Fotografin in einem Studio. Ich habe eine Stelle. Ich verdiene Geld damit. Das ist mein Beruf.«

Schweigen senkte sich herab. Die beiden Männer hielten in ihrem Gespräch inne und betrachteten Mrs Watson über den Tisch hinweg. Eveline hielt die Luft an.

»Beruf!« Der Ausdruck größter Verachtung zeichnete sich auf Mrs Watsons Gesicht ab. »Eine Arbeitsstelle für ein Mädchen aus guter Familie, das eine anständige Erziehung genossen hat. Das hast du in deinen Briefen nie erwähnt, Evie.

Nicht mit einem Wort. Ich nehme an, es war dir zu peinlich, mir das zu beichten.«

»Warum sollte mir das peinlich sein, Mama?« Allerdings lag das näher an der Wahrheit, als Eveline sich anmerken ließ, daher schlich sich ein rechtfertigender Unterton in ihre Stimme. »Mir gefällt es. Ich liebe meine Arbeit. Und ich trage zu unserem Lebensunterhalt bei.«

»Mr Armitage sollte in der Lage sein, für deinen Lebensunterhalt aufzukommen, ohne dich wie eine gemeine Bedienstete zur Arbeit zu schicken«, sagte sie scharf und warf Thomas einen zutiefst anklagenden Blick zu. »Ich wusste doch, dass dir in diesem schrecklichen Land grauenhafte Dinge widerfahren würden, und jetzt muss ich feststellen, dass du dir deinen Lebensunterhalt selbst verdienen musst. Ich hätte niemals gedacht, dass ich den Tag erleben muss, an dem meine eigene Tochter zu so etwas gezwungen ist!« Mrs Watson holte ein Spitzentaschentuch aus ihrem Pompadour und begann, auf die damenhafteste Weise zu weinen.

»Mama«, sagte Eveline verzweifelt, »bitte weine nicht. Es gibt keinen Grund dazu. Ich bin vollkommen glücklich mit allem.«

Mr Watson bedeutete dem Kellner, einen Cognac zu bringen – nein, besser gleich vier, und zwar schnell –, und versuchte seine Frau mit undefinierbaren Lauten zu besänftigen. Die tupfte sich weiterhin die Augen und schniefte und stellte eine Leidensmiene zur Schau, sodass sich schon etliche Gäste nach ihnen umdrehten, um sich dieses Drama nicht entgehen zu lassen. Eveline stützte den Kopf in die Hände und wünschte sich, weit fort zu sein, egal wo, nur nicht hier an diesem speziellen Ort. Im nächsten Moment kam der Cognac, und Mrs Watson griff ermattet nach ihrem Glas.

»Aber ich bin ja selbst schuld!«, verkündete sie mit tragischem Unterton. »Ich war eine schlechte Mutter, das ist das Problem. Es ist mir einfach nicht gelungen, meiner Tochter einen Sinn für Sitte und Anstand zu vermitteln.«

»Mrs Watson.« Jetzt mischte sich Thomas ein, mit ernster Stimme. »Ich bin bestens in der Lage, meine Frau zu unterhalten; wenn sie das wollte, könnte sie es so haben. Aber sie möchte nicht. Sie möchte lieber arbeiten, und das tut sie außerordentlich professionell. Sie ist eine talentierte Fotografin und arbeitet für ein höchst renommiertes Unternehmen.«

Das Wort ›renommiert‹ erregte Mrs Watsons Aufmerksamkeit, aber sie hüllte sich immer noch in eine Aura tiefen, reuigen Kummers.

»Sie sollten eher stolz sein, eine solche Tochter großgezogen zu haben«, fuhr Thomas ruhig fort, »zumal ich keinerlei Zweifel hege, dass Eveline ihre geistige Unabhängigkeit von Ihnen geerbt hat.«

»Das ist nicht ganz unrichtig«, sagte Mrs Watson und wirkte leicht besänftigt, auch wenn sie sich weiterhin mit ihrem Spitzentüchlein die Augen tupfte. »Es ist sogar sehr wahrscheinlich, weil ich für meine entschiedenen Ansichten bekannt bin.«

»Und die gereichen Ihnen zur Ehre. Aber nichts gereicht Ihnen mehr zur Ehre, als eine Tochter wie Eveline großgezogen zu haben. Sie ist stark, sie ist mutig, sie ist unabhängig.«

»Das trifft schon zu … Ja, das stimmt. Ich habe sie immer dazu angehalten, sich eine eigene Meinung zu bilden, müssen Sie wissen.«

»Genau.« Thomas fing ihren Blick auf. »Und diese feinsinnige, geistreiche Natur Ihrer Tochter werden Sie doch wohl nicht unterdrücken wollen, oder?«

»Nein«, sagte Mrs Watson verunsichert. »Nein … Und dennoch …« Sie nippte an ihrem Cognac und warf Eveline einen vorwurfsvollen Blick zu. »Du hast mir nichts davon erzählt, Evie! Was hast du uns sonst noch alles verheimlicht?«

Eveline biss sich auf die Lippe, plötzlich rot im Gesicht, und schwieg.

»Ich bin mir sicher, dass Eveline alle möglichen interessanten Dinge unternommen hat, seit sie im Ausland lebt«, sagte Mr Watson jovial, der endlich die Sprache wiedergefunden zu haben schien. »Und zu gegebener Zeit wird sie uns sicher alles erzählen. Aber jetzt lasst uns doch einfach diesen Abend genießen, im trauten Familienkreise, oder? Was meinst du, meine Liebe?«

Seine Ehefrau sah aus, als hätte sie noch eine Menge loszuwerden, aber letztlich ließ sie sich dazu verleiten, von weiteren Vorwürfen abzusehen. Allerdings schniefte sie immer noch vor sich hin, tupfte sich die Augen und warf Eveline und Thomas finstere Blicke zu.

Das Dinner neigte sich dem Ende zu, der Kaffee wurde serviert, und Eveline verspürte schon die größte Erleichterung, weil der Abend bald vorüber sein würde, als plötzlich eine Gruppe äußerst eleganter Personen an ihrem Tisch vorbeikam. Eine junge Frau, die in erlesene Seide gekleidet und mit atemberaubenden Juwelen behängt war, erblickte Thomas, blieb stehen, flüsterte einem ihrer Begleiter etwas ins Ohr und trat dann näher.

»Sind Sie … Sind Sie Mr Armitage? Mr *Thomas* Armitage?

Oh, das hatte ich mir doch gedacht! Verzeihen Sie mir bitte, aber ich muss Ihnen einfach sagen, wie außerordentlich das war … Ihre Heldentat … dieser Ausbruch in Georgia … So viele unserer tapferen Soldaten haben Sie in die Freiheit geführt …«

Thomas, der peinlich berührt wirkte, nickte nur, aber die Dame war nicht zu halten.

»Ich war im Studio, um mir Ihr Bild anzuschauen. Oh, wie oft war ich nicht dort! Ich habe sogar selbst einen Abzug, den ich immer mit mir herumtrage, wirklich immer … Würden Sie … Ach, würden Sie mir bitte Ihr Autogramm daraufschreiben?« Sie war schier atemlos vor Begeisterung, als sie ein Notizbuch aus ihrer Abendtasche kramte und die Fotografie von Thomas herauszog. »Hier … Ach, ein Stift … Ja, da ist auch ein Stift … Ich kann Ihnen gar nicht sagen, wie erfreut ich bin, Sie hier zu treffen! Einen Helden, einen wahren Helden!«

Der Rest der Gruppe eilte ebenfalls herbei und nickte und murmelte, *ja, ein Held, in der Tat, ein wahrer Gentleman und wahrer Soldat, ob sie ihm wohl die Hand schütteln dürften? Danke, vielen Dank, Sir, für das, was Sie getan haben, das war großartig, außerordentlich, unfassbar.*

»Und dies ist Ihre liebe Familie?«, fragte eine andere Person aus der Gruppe, eine ältere Dame, die in würdevolles Schwarz gekleidet und mit noch prächtigerem Schmuck behängt war.

»Ja, das sind wir, in der Tat!«, ergriff Mrs Watson sofort das Wort, hocherfreut, sich im Zentrum von so viel Aufmerksamkeit wiederzufinden.

»Sehr erfreut, Sie kennenzulernen«, sagte die ältere Dame

mit einer kleinen Verbeugung. »Sie sind sicher sehr stolz auf diesen jungen Mann hier.«

Mrs Watson wurde plötzlich bewusst, dass die Menschen an den anderen Tischen herüberschauten und zuhörten und ehrfurchtsvoll flüsterten: *Hast du gehört? Der junge Mann, der den Ausbruch aus dem Kriegsgefangenenlager angeführt hat! Ja, genau der! Unfassbar, das scheint unser Glückstag zu sein!*

Sie steckte ihr Taschentuch weg.

»Ja, in der Tat, das sind wir«, sagte sie höchst zufrieden. »Ungemein stolz. Der gute Thomas! Ein so tapferer Mann. Ein Held, wie Sie schon sagten.«

Eveline sah ihre Mutter entgeistert an. Als sich die schwärmerische Dame und ihre Gruppe unter vielen guten Wünschen und bewundernden Blicken entfernt hatte, traten andere Gäste an ihren Tisch, baten um ein Autogramm auf dem Speisezettel, wollten Thomas die Hand schütteln oder erdreisteten sich sogar – wie im Falle einer jungen Frau, die Eveline besonders forsch fand –, ihn um sein Taschentuch zu bitten, um es als ewiges Andenken zu hüten.

»Tom«, sagte Mr Watson, als sich der Tumult wieder gelegt hatte und nur noch das erregte Murmeln um sie herum zu hören war. »Eveline hat uns zwar geschrieben, dass Sie aus einem Lager ausgebrochen sind, aber ich muss bekennen, dass mir nicht klar war, wie berühmt Sie dadurch geworden sind. Habe ich richtig gehört, dass in einer einzigen Nacht über hundert Mann entkommen sind?«

»Es waren dreiundneunzig, um bei der Wahrheit zu bleiben«, sagte Eveline, aber es hörte ihr niemand zu.

»Den Ausbruch habe ich nicht alleine organisiert«, fügte Thomas schnell hinzu. »Wir waren eine ganze Gruppe. Mein

Freund Jacob hat genauso viel geleistet wie ich. Es wird viel zu viel Wirbel um mich gemacht.«

»Nun, Sie sind sehr bescheiden, Tom, das muss ich schon sagen. Aber ich bestehe darauf, alles über diese Geschichte zu erfahren. Erstaunlich! Wahrhaft erstaunlich!« Die Bewunderung stand ihm ins Gesicht geschrieben.

Als sie schließlich aufstanden und sich sämtliche Köpfe nach ihnen umdrehten, um den Abgang des Helden zu verfolgen, hakte sich Mrs Watson in aller Liebenswürdigkeit bei ihrem Schwiegersohn unter und flötete ihm im Gehen zu: »Mein liebster Thomas! Ich bin ja so froh, miterleben zu dürfen, dass Sie die gebührende Anerkennung für Ihre tapfere Tat erhalten. Gleichzeitig kann ich nur hoffen, dass Eveline Ihnen nicht allzu viele Probleme bereitet. Das Mädchen kann entsetzlich ungezogen sein, das ist mir bewusst.«

»Sie bereitet mir überhaupt keine Probleme«, sagte Thomas und ließ sich zu einem verhaltenen Lächeln hinreißen. »Obwohl sie manchmal tatsächlich ganz schön ungezogen sein kann.«

Eveline schüttelte ungläubig den Kopf, hakte sich bei Mr Watson ein und folgte ihrem Ehemann und ihrer Mutter durch die Restauranttür.

»O Gott!«, sagte sie verzweifelt. »Mama ist die Ungezogene unter uns, wirklich. Jetzt heißt es nur noch ›der liebe Thomas hier‹ und ›der gute Thomas da‹, bis es einem zu den Ohren herauskommt. Während ich die Probleme habe und Mama mir ewig böse sein wird.«

»Nein, nein«, sagte Mr Watson und tätschelte besänftigend ihre Hand. »Sie wird sich schon beruhigen, meine Liebe. Das tut sie immer.«

## Kapitel 33

# *Mrs Watson erobert die Herzen*

Den Rest der Woche über besichtigten sie die Sehenswürdigkeiten von New York. Eveline führte Mr und Mrs Watson zu den neuesten und höchsten Gebäuden, die von den beiden gebührend bewundert wurden, spazierte mit ihnen durch die Parks, die grün und einladend in der Frühlingssonne lagen, und besuchte Theater und Shows, Restaurants und Kaffeehäuser. Thomas zeigte Mr Watson die Bahnhöfe und die neuesten Lokomotiven, während Eveline Stunden um Stunden in teuren Kaufhäusern verbrachte. Sie bemühte sich um Engelsgeduld, wenn ihre Mutter darüber nachdachte, ob sie für sich selbst lieber eine perlenbestickte Börse oder einen Pelzkragen kaufen, welche bestickten Schals und bemalten Fächer sie für ihre älteren Töchter aussuchen sollte und mit welchen Kostbarkeiten aus dem Überfluss an reizendem Firlefanz sie die bescheidene Bevölkerung von Cowes am besten beeindrucken könnte. Den Watsons schien es in New York ausnehmend gut zu gefallen, und Eveline registrierte erleichtert, dass sich der Zorn ihrer Mutter allmählich legte und abfällige Kommentare über junge Frauen, die ihren Lebensunterhalt selbst verdienten, nur noch gelegentlich fielen. Mrs Watsons Einstellung zu Thomas hingegen hatte sich ins glatte Gegenteil verwandelt, weshalb sie nicht müde wurde, ihn in den höchsten Tönen zu loben. Geschickt schaffte sie es, ihre Verbindung mit *Mr Thomas Armitage – mein Schwiegersohn, müssen Sie wissen* – in jedes Gespräch einfließen zu lassen, ob nun gegenüber ihren neuen Bekannten im Astor House oder den Schneiderinnen, Verkäuferinnen oder Zimmermädchen. Und wenn sie niemanden mehr fand, mit dem sie noch nicht über ihn geredet hatte, erhob sie einfach die Stimme, damit es die Gäste an den Nebentischen oder die Umstehenden in einer Ausstellung beim besten Willen nicht überhören konnten. Hocherfreut stellte sie fest, dass es seine Wirkung nie verfehlte und stets Staunen und Bewunderung hervorrief. Eveline schämte sich ein wenig für ihre Mutter, obwohl ein Teil von ihr auch stolz war, die warmen, tief empfundenen Wünsche so vieler sympathischer Amerikaner für ihren Ehemann entgegenzunehmen. Thomas wäre peinlich berührt gewesen, wenn er gewusst hätte, wie oft seine entfesselte Schwiegermama über ihn sprach und was für einen leidenschaftlichen und selbstgefälligen Ton sie dabei anschlug. Gott sei Dank hatte er zu viel zu tun, um sie allzu oft auf ihren Spaziergängen durch die Stadt zu begleiten, und wenn sie sich trafen, ertrug er ihre Zärtlichkeiten und Aufmerksamkeiten mit bewundernswertem Gleichmut.

Am Montag kehrte Eveline wieder an ihre Arbeit zurück. Es war beruhigend für sie zu wissen, dass die Watsons im Hotel schon etliche liebenswürdige Bekanntschaften geschlossen hatten; auch mit der Gruppe, die am ersten Abend im Restaurant so auffällig in Erscheinung getreten war, stand man mittlerweile auf äußerst freundschaftlichem Fuße. Die Stadt kannten die Watsons inzwischen gut genug, um sich alleine zurechtzufinden. Sie wollten noch einiges besichtigen, Barnum's Museum zum Beispiel, außerdem wollten sie ein Konzert eines gefeierten norwegischen Geigers besuchen und eine Kutschfahrt durch die grüne Oase des Central Park unternehmen.

Eveline betrat also erleichtert das Fotostudio *Byrne and Ellis,* freute sich, Sam und Joe wiederzusehen, und unterhielt sie mit Anekdoten vom Besuch ihrer Mama.

»Ganz einfach scheint sie ja nicht zu sein«, sagte Sam grinsend. »Aber irgendwo musst du es ja herhaben, Evie.«

»Nicht ganz einfach, das kann man wohl sagen. Ich liebe sie sehr, natürlich, aber sie kann einen schon bis zur Weißglut reizen. Übrigens habe ich überhaupt keine Ähnlichkeit mit ihr. Wie kannst du so etwas behaupten, Sam? Wir sind in jeder Hinsicht das komplette Gegenteil.«

»Ach ja?«, sagte Joe.

Eveline, die sich soeben über ein Negativ beugte, um es auf Fehler hin zu untersuchen, merkte nicht, dass sich die beiden Männer anlächelten.

»Kommt sie denn auch mal hierher?«, erkundigte sich Sam. »Wir müssen deine Mutter unbedingt kennenlernen, Evie. Bring sie mit und zeig ihr alles.«

»Oje, ich glaube nicht, dass das eine gute Idee wäre«, sagte Eveline schnell. »Klar sollt ihr sie kennenlernen, aber vielleicht können wir ja ein gemeinsames Abendessen arrangieren. Sie ist immer noch entrüstet, dass ich überhaupt arbeite. Wenn sie kommt und sich alles ansieht, liegt sie mir wieder tagelang in den Ohren. *Diese widerwärtigen Chemikalien! Ein Schaufenster direkt auf die Straße hinaus! Menschen, die einfach hereinmarschieren, darunter auch solche aus den allerniedrigsten Schichten!* Ich höre es regelrecht, wie sie sich empört.

O Gott, nein, das werde ich gar nicht erst vorschlagen, dass Mama hierherkommt. Was für ein entsetzlicher Gedanke.«

Keine halbe Stunde später erwies sich Evelines Entschluss, ihrer Mutter den Laden unter gar keinen Umständen zu zeigen, als hinfällig, da sich die Tür öffnete und Mr und Mrs Watson hereinspazierten.

»Mama!«, rief Eveline und sprang auf. »Um Gottes willen, was macht ihr denn hier? Ich dachte, ihr wärt heute bei Barnum's?«

»Oh, da waren wir auch«, sagte ihre Mutter. »Gleich heute Morgen. Höchst interessant, muss ich schon sagen, besonders dieser Seelöwe. Ganz außergewöhnlich! Dann waren wir zum Lunch im … Wie hieß das noch gleich, mein Liebster? Egal, ein überaus ungewöhnliches Lokal, ohne richtige Tische, nur mit einem Tresen. Die Fleischpasteten waren ganz vorzüglich, und die Kartoffeln waren auf eine Weise zubereitet, die Groves unbedingt mal ausprobieren muss, wenn ich wieder zu Hause bin.«

»Ja, aber, Mama, wieso bist du denn hier? Ich dachte, es missfällt dir, dass ich arbeite.«

»Natürlich missfällt mir das, Eveline. Trotzdem wollte ich doch sehen, wo du deine Tage verbringst und was du so machst. Ich werde mir doch nicht nachsagen lassen, dass ich keine liebevolle Mutter bin und mich nicht für das Leben meiner Kinder interessiere, und sei es noch so unglücklich.«

Eveline seufzte. »Ich bin nicht unglücklich, Mama, im Gegenteil. Ich bin sehr zufrieden. Aber da ihr nun schon einmal da seid, setzt euch doch einfach, dann mache ich nur schnell diese Sache zu Ende und begleite euch dann ins Hotel zurück.«

»Wir wollen doch nichts überstürzen!« Sam war aus dem rückwärtigen Teil des Studios getreten, dicht gefolgt von Joe, und strahlte liebenswürdig. »Eveline, möchtest du uns nicht vorstellen?«

»Oh … Ja natürlich«, sagte Eveline. »Mama, Mr Watson, dies sind Mr Byrne und Mr Ellis, meine Arbeitgeber. Sam, Joe, dies sind meine Mutter und mein Stiefvater, Mrs und Mr Watson.«

»Deine Mutter? Unmöglich«, sagte Sam überaus galant. »Deine Schwester, meinst du. Diese Dame kann ja wohl kaum deine Mutter sein.«

Mrs Watson schien sich durch den Kommentar äußerst geschmeichelt zu fühlen, und als Sam sich über ihre Hand beugte, warf sie ihm einen koketten Blick zu.

»Ich bin tatsächlich Evelines Mama«, sagte sie. »Bei meiner ersten Heirat war ich sehr jung, müssen Sie wissen.«

»Dann müssen Sie eine Kinderbraut gewesen sein«, schmeichelte Sam ihr, und seine blauen Augen funkelten. »Mr Watson, Sie sind ein glücklicher Mann, Sir.«

»Das bin ich, in der Tat«, bestätigte Mr Watson und schüttelte ihm die Hand.

»Mrs Watson«, sagte Joe und gab ihr nun ebenfalls einen Handkuss. »Dürfte ich Sie vielleicht in unserem Studio herumführen? Das wäre mir eine große Ehre. Oder soll ich Ihnen vielleicht zunächst einen Kaffee anbieten?«

Er vollführte eine formvollendete Verbeugung und sah ihr in die Augen, worauf sie reagierte wie jede Frau, die sich mit Joes unwiderstehlichem Charme konfrontiert sah: Sie errötete, atmete etwas schneller, und ihre Lippen verzogen sich zu einem schüchternen Lächeln.

»Oh, der Kaffee kann warten! Es wäre wirklich ganz reizend von Ihnen, wenn Sie mir alles zeigen würden«, sagte sie, worauf Joe ihr seinen Arm anbot und sie sich bereitwillig einhakte.

»Dies hier ist der Raum, in dem wir unsere Kunden empfangen«, erläuterte Joe. »Und da hinten ist die Dunkelkammer. Die werde ich einer Dame wie Ihnen aber ersparen – viel zu viele grässliche Chemikalien für Ihre zarte Nase, fürchte ich, Ma'am. Und dort ist der Raum, in dem wir die Fotografien aufnehmen. Wo wir schon einmal hier sind, frage ich mich, ob es nicht möglich wäre, Ma'am, Ihr Porträt aufzunehmen? Wir sind immer auf der Jagd nach Schönheit, wo auch immer sie uns begegnet. Wenn Sie uns also die große Ehre erweisen würden, uns zu gestatten, Ihr Porträt ins Schaufenster zu hängen, dann würde es zweifellos von nah und fern Bewunderer anziehen. Es ist immer gut fürs Geschäft, wenn man mit wunderschönen Damen die Massen anlocken kann.«

Eveline warf Sam einen ungläubigen Blick zu, als sie diese schamlosen Schmeicheleien hörte, aber Sam zwinkerte ihr nur zu und schloss sich Joes Wunsch an. Mit spielerischen Klapsen auf Joes Hand brachte Mrs Watson zum Ausdruck, wie unerhört übertrieben sie seine Komplimente fand, um dann aber schnell einzulenken. Nachdem man eine Weile diskutiert hatte, welche Beleuchtung man wählen sollte und welchen Hintergrundprospekt – sie entschieden sich schließlich, unter etlichen Anspielungen auf Mrs Watsons Ähnlichkeit mit antiken griechischen Göttinnen, für eine klassische Landschaft –, setzte sich Mrs Watson sehr anmutig in Pose und wurde fotografiert.

»Und jetzt, Mama«, sagte Eveline so beiläufig wie möglich, »sollten wir aber gehen, denn du willst doch sicher deinen Tee einnehmen, nicht wahr?«

»Aber es gibt doch noch eine Ausstellung, oder?«, fragte Mr Watson. »Kriegsfotografien, habe ich auf einem Schild draußen gelesen. Das würde mich sehr interessieren, falls du nicht zu erschöpft bist, meine Liebe.«

Mrs Watson wirkte nicht im Mindesten erschöpft und erklärte sich hocherfreut, von zwei so charmanten und aufmerksamen Herren wie Mr Byrne und Mr Ellis höchstpersönlich durch die Ausstellung geführt zu werden – von der ihre neuen Bekannten in der Tat schon viel erzählt hatten. Sam und Joe schienen sich köstlich zu amüsieren. Während Sam dem faszinierten Mr Watson die Hintergründe der so dramatischen und schockierenden Bilder erläuterte, überhäufte Joe die Dame an seinem Arm weiterhin mit überschwänglichen Komplimenten und ermunterte sie auf diese Weise, aufs Schamloseste mit ihm zu flirten. Eveline trottete hinterher und versank mit jeder Minute tiefer in der Verzweiflung. Wenn sie nur Mama von hier fortlocken könnte, bevor sie heikle Fragen stellte, die unweigerlich unwillkommene Enthüllungen über Evelines Rolle bei der Entstehung dieser Bilder nach sich ziehen würden. Ihre Mutter beschränkte sich aber darauf, Laute des Entsetzens auszustoßen, wenn sie die schrecklichen Fotografien erblickte, und Laute des Entzückens, wenn Joe es mit seinen Schmeicheleien mal wieder übertrieb, und stellte keine allzu unangenehmen Fragen. Eveline hatte schon die Hoffnung, dass ein Ende dieser Tortur in Sicht war.

»Ach du liebe Güte!«, rief ihre Mutter, als sie zu den letzten

Bildern kamen, den Frauen und Kindern aus der Siedlung, in der das Feuer beinahe eine weitere Tragödie verursacht hätte. »Diese armen, armen Menschen!« Sie schaute sich das Bild von Agnes und Caleb sehr genau an. »Wie tapfer der kleine Junge aussieht. Und seine arme Mutter, wie müde sie wirkt und wie traurig.«

In ihren Augen glitzerten Tränen. Den Anblick der toten Soldaten hatte sie stoisch ertragen, aber diese Fotografie schien ihr das Herz zu zerreißen.

»Ein anrührendes Bild, in der Tat«, stimmte Joe zu. »Sie haben ein gutes Auge und ein mitfühlendes Herz, Ma'am, das merkt man. Es ist absolut großartig, wie Eveline die beiden eingefangen hat, mit diesem Licht, das ihnen direkt ins Gesicht fällt, vor dem dunklen Hauseingang hinter ihnen.«

Einen Moment lang sagte niemand etwas.

»Das Bild hat Eveline aufgenommen?«, fragte ihre Mutter matt.

»Natürlich, Ma'am«, kam es von Joe, der gar nicht merkte, dass Eveline hinter ihm in Panik geriet. »Das war in Tennessee, wo wir eine gute Woche bleiben mussten, weil Sam und ich uns verletzt hatten. Evie ist trotzdem in Richtung Chickamauga weitergezogen – just in dem Moment, als dort die Schlacht losbrach. Ihr sind ein paar wirklich gute Aufnahmen gelungen. Nur mit einem Planwagen und einem störrischen Gaul ist sie los und hat alle möglichen Abenteuer erlebt. Wir wollten sie natürlich aufhalten, Ma'am, wir haben wirklich unser Bestes getan, aber sie hat nur gelacht und ist verschwunden, eigensinnig wie immer. Aber schauen Sie sich das Ergebnis an! Was für ein Mädchen, Ihre Tochter. Sie müssen außerordentlich stolz auf sie sein, oder? Ich wette, Sie hätten sich nicht träumen lassen, wie abenteuerlustig sie wirklich ist.«

Eveline wappnete sich für den unvermeidlichen hysterischen Anfall.

Zu ihrer großen Überraschung reagierte ihre Mutter aber nicht wie befürchtet. Ob es nun an Samuels und Josephs Gegenwart lag oder an der Wärme und Bewunderung in Joes Stimme oder an etwas ganz anderem, jedenfalls sagte Mrs Watson nach einer sehr, sehr langen Pause schlicht:

»In der Tat, das hätte ich mir niemals träumen lassen, dass Eveline sich auf solche Abenteuer einlässt.«

Obwohl sie nun tatsächlich etwas matt klang und sich erkundigte, ob sie vielleicht doch einen Kaffee bekommen könne, fiel sie zumindest nicht in Ohnmacht oder schluchzte oder überhäufte ihre Tochter mit tausend Vorwürfen. Der Kaffee wurde, da sie offiziell schon geschlossen hatten, im Empfangsraum serviert. Mr Watson, dem bewusst war, dass seine Frau im besten Falle sprachlos war über das, was sie da soeben gehört hatte, lenkte das Gespräch behutsam vom Krieg und der Kriegsfotografie fort und erkundigte sich nach den neuesten technischen Entwicklungen in ihrer Kunst und rühmte den bemerkenswerten Fortschritt, den man seit den Tagen der Kalotypie und der Daguerreotypie offenbar gemacht hatte. Sam und Joe, die nicht ahnten, dass irgendetwas nicht stimmen könnte, plauderten munter mit Mr Watson, versorgten seine nunmehr ziemlich schweigsame Gattin mit Kaffee und Kuchen, luden die beiden ein, jederzeit im Studio vorbeizuschauen, und bestanden darauf, dass man vor ihrer Rückkehr nach England unbedingt zusammen zu Abend essen müsse.

»Du bist erschöpft, meine Liebe«, sagte Mr Watson schließlich. »Und wir wollen diese freundlichen Herren jetzt doch nach Hause gehen lassen, zumal wir auch morgen einen anstrengenden Tag vor uns haben. Wir wollen uns ja noch einiges anschauen und … na ja, ein paar Orte abklappern.«

Er stand auf und dankte Samuel und Joseph für ihre Gastfreundschaft und dafür, dass sie sich so viel Zeit genommen hatten. Dann hielt er seiner Frau einen Arm hin und den anderen seiner Stieftochter.

»Oh. Danke, mein lieber Mr Watson«, sagte Eveline schnell, »aber ich muss noch etwas erledigen. Mr Watson begleitet dich, Mama. Wir können uns ja vielleicht morgen Abend sehen.«

Das war reine Feigheit, das war ihr selbst klar, aber sie hatte schlicht keine Energie für das Bombardement an Fragen, dem sie zweifellos, sobald die Tür hinter ihnen zugefallen war, ausgesetzt sein würde.

»Geh nur, Evie«, sagte Sam freundlich. »Dann machen wir hier klar Schiff.« Aber Eveline drehte sich mit einem derart gequälten Blick zu ihm um, dass er sich schnell korrigierte und mit dem größten Ernst, den er aufbringen konnte, sagte: »Andererseits, fällt mir gerade ein … Wenn Sie vielleicht doch noch bleiben und Ihre Arbeit beenden würden, junge Dame? Wir sollten das gar nicht einreißen lassen, nicht wahr?«

Die Watsons gingen also alleine, und Eveline ließ sich auf einen Stuhl sinken.

»Stimmt was nicht, Evie?«, fragte Samuel besorgt.

Eveline kam sich plötzlich furchtbar albern vor.

»Mama wusste gar nicht, dass ich mit euch gereist bin

und fotografiert habe«, sagte sie matt. »Vermutlich war es ein Schock für sie. Es soll besser erst einmal sacken, bevor ich mich … bevor ich mit ihr rede.«

»Ach du liebe Güte«, sagte Joe reumütig. »Da habe ich wohl einen Fehler gemacht, Evie. Entschuldige bitte. Ich bin einfach davon ausgegangen, dass du deiner Familie davon geschrieben hast … Mit einer so grandiosen Geschichte hält man doch nicht hinterm Berg! Du bist viel zu bescheiden, wirklich.«

»Mit Bescheidenheit hat das nichts zu tun«, erwiderte sie. »Mir war klar, dass Mama schockiert sein würde. Schockiert ist gar kein Ausdruck, eher entsetzt, erschüttert, empört. Ich hätte es ihr erzählen sollen, das weiß ich, aber es schien mir nie der rechte Moment zu sein. Letztlich war es leichter, nicht allzu genau zu erzählen, was ich hier eigentlich mache. Wenn sie nicht die Schnapsidee gehabt hätte, nach New York zu kommen – wer hätte schon mit so etwas rechnen können? –, dann hätte sie es nie erfahren. Aber jetzt weiß sie es, und ich muss mir das Gejammer anhören und ihre hysterischen Anfälle ertragen.«

»Dass du in Männerkleidern gereist bist, habe ich aber nicht erwähnt«, sagte Joe in dem Bemühen, etwas wiedergutzumachen. »Das würde ihr vermutlich auch nicht gefallen.«

»Nein«, sagte Eveline. »Das würde es ganz bestimmt nicht.«

## Kapitel 34

# *Mr und Mrs Watson zu Gast in der Greenwich Street*

Die Watsons wurden zum Abendessen in der Greenwich Street erwartet. Die Einladung war schon vor Tagen ausgesprochen worden, und Eveline hatte vor, ein schlichtes, aber derart köstliches Mahl zu zaubern, dass ihre Mutter keinerlei Grund mehr hätte, das Fehlen einer Köchin im Haushalt ihrer Tochter zu beanstanden. Das allein hätte Eveline schon nervös gemacht, da die Tischkultur ihrer New Yorker Freunde um einiges entspannter und bei weitem zwangloser war, als ihre Mama es gewöhnt war. Diese Sorge wurde aber nun entschieden übertroffen von der erschreckenden Perspektive, von Angesicht zu Angesicht über das Thema Kriegsfotografie und Evelines spezielles Engagement auf diesem Gebiet sprechen zu müssen.

»Ich verstehe nicht ganz, wieso du so aufgewühlt bist«, sagte Thomas, der faul in der Küche herumsaß, während sie letzte Hand an ihre Zitronentartes legte. »Du hast den Atlantik überquert, hast dich in einem fremden Land eingelebt, hast einen Job gefunden und bist in den Krieg gezogen – niemand würde auch nur im Traum auf die Idee kommen, dass es dir an Mut mangelt. Sobald aber deine Mutter ins Spiel kommt, scheint sich sämtlicher Mut in Luft aufzulösen.«

»Ich weiß, ich weiß, das ist lächerlich«, gab Eveline zu. »Hast du den Wein schon geöffnet, Thomas? Wir sollten ihn besser dekantieren.«

»In was für einem Gefäß denn?«

»Oje, gute Frage. Wir haben keinen Dekanter, oder? Du könntest ihn in einen Krug gießen.«

»Warum lassen wir ihn nicht einfach in der Flasche, wie immer?«

»Weil Mama Wert darauf legt, dass Wein dekantiert wird. Sie hat daheim eine ganze Parade von Weinkaraffen und Kristalldekantern, mit und ohne Stöpsel.«

»Wir aber nicht. Ich habe die Flasche geöffnet. Der Wein wird wunderbar schmecken, da bin ich mir sicher. Und jetzt verrat mir doch mal, warum du so nervös bist.«

Sie warf ihm einen hilflosen Blick zu. »Ich weiß es wirklich nicht. Es ist nur so, dass ich mich, wenn Mama diesen missbilligenden Blick bekommt, sofort wieder wie ein Kind fühle – als wäre ich sieben und man hätte mich dabei erwischt, wie ich auf einen Baum klettere oder Kuchen aus der Küche stibitze oder Tinte auf meine Schürze kleckere. Wenn sie es doch nur nicht herausgefunden hätte! Ach, das war so ein dummer Zufall. Nicht dass ich Joe die Schuld gebe – wie hätte er davon wissen sollen? Vielleicht kann ich dem Thema heute Abend einfach aus dem Weg gehen. Sie wird ja wohl nicht allzu hart mit mir ins Gericht gehen, wenn du und Mr Watson dabei seid. Du darfst uns auf keinen Fall alleine lassen, Thomas. Dann lässt sich die Konfrontation vielleicht vermeiden.«

»Im Gegenteil«, sagte Thomas. »Du musst mit ihr alleine sein. Rede mit ihr. Erzähl ihr, was du getan hast. Es geht um dein Leben, Eveline. Selbst wenn sie sauer ist oder dir Vorwürfe macht, das legt sich schon wieder. Es ist wesentlich besser, wenn die Dinge endlich auf den Tisch kommen.«

»Das sagst du so leicht, Thomas, aber du kennst Mama nicht.«

»Ich gewinne so langsam einen Eindruck.«

»Wenn du sie kennen würdest, würdest du nicht sagen, dass es gut wäre, die Dinge auf den Tisch zu packen. Manchmal ist es wesentlich besser, sie im Dunklen zu belassen.«

»Da bin ich mir nicht sicher. Rede mit ihr, Eveline. Du kannst das nicht ewig vor dir herschieben. Vielleicht ist sie ja für eine Überraschung gut.«

Das Abendessen verlief so angenehm, wie man es nur erwarten konnte. Mr Watson sang Loblieber auf ihr *Boeuf à la mode* und den Wein – der genauso gut schmeckte, als hätte man ihn dekantiert, während Mrs Watson sich zwar die Anmerkung nicht verkneifen konnte, dass die Servietten nicht gestärkt waren und die Zahl der Gänge hinter den Anforderungen an eine wirklich vornehme Tafel zurückblieb, dennoch aber mit sichtlichem Genuss zulangte. Sie ging sogar so weit, den Zitronentartes zu bescheinigen, dass Mrs Groves sie auch nicht besser gelungen wären. Eveline kochte Kaffee und hegte schon die Hoffnung, dass sie dem Moment der Konfrontation und der unvermeidlichen Szene für diesmal entkommen war, als sie zu ihrem großen Missfallen hörte, wie Thomas Mr Watson in sein Arbeitszimmer einlud, um sich die Drucke von den Lokomotiven anzusehen, und Mr Watson prompt darauf einging. So dauerte es nicht lange, bis sie ihrer Mutter am Tisch gegenübersaß, die Kaffeetassen zwischen sich, aber ohne männlichen Beistand, der das angespannte Schweigen hätte auflockern können.

»Nun, Eveline«, sagte ihre Mutter nach einer Weile. »Offenbar hast du ja alle möglichen Dinge erlebt. Ich hatte mich schon gefragt, was los sein könnte, als wochenlang kein Brief von dir kam. Natürlich habe ich mir Sorgen gemacht, dass dir etwas zugestoßen sein könnte, und mich in eine Art Panik hineingesteigert. Der gute Mr Watson sagte immer, dass wir schon etwas gehört hätten, wenn wirklich etwas Schlimmes passiert wäre, und dass du sicher von deinem neuen Leben in Anspruch genommen seist. Ich habe mir trotzdem Sorgen gemacht, Evie, und mir alle möglichen schlimmen Dinge ausgemalt, wie eine Mutter es eben tut. Als dann endlich ein Brief kam, nach so langer Zeit, bin ich in Tränen ausgebrochen und musste einen ganzen Tag lang das Bett hüten, aus purer Erleichterung. Offenbar war das die Zeit, in der du mit zwei Männern durchs Land gereist bist, um zu fotografieren? Ist das so?«

»Ja«, sagte Eveline zerknirscht. »Es tut mir wirklich leid, dass ich dir solchen Kummer bereitet habe.«

Mrs Watson seufzte. »Erzähl doch mal, Eveline. Wo warst du, und was hast du getan? Es würde mich interessieren.«

»Wirklich, Mama? Ich fürchte, du wirst nicht alles gutheißen.«

»Ich bin mir sicher, dass ich überhaupt nichts gutheißen werde«, sagte ihre Mutter. »Aber ich möchte es trotzdem hören.«

Also erzählte Eveline ihrer Mutter von ihrer abenteuerlichen Reise in die Südstaaten. Sie erläuterte ihren Wunsch, das wahre Gesicht des Krieges zu zeigen und ein Pionier auf dem

Gebiet der Kriegsfotografie zu werden, mit Bildern von den Schlachtfeldern, den Soldaten und den hinterlassenen Witwen und Waisen. Sie berichtete von Thomas' Abwesenheit und davon, wie sie erfahren hatte, dass er gefangen genommen und in ein Lager gesteckt worden war. Samuel und Joseph hätten sie nicht mitnehmen wollen, erklärte sie, aber sie habe darauf bestanden. Die beiden seien so nett zu ihr gewesen, so brüderlich und rücksichtsvoll, und sie hätten eine wunderbare Zeit miteinander gehabt trotz der harten Bedingungen. Auch Agnes und Caleb erwähnte sie, und den Brand und die Verletzungen, die sich ihre Freunde bei der Rettung des Jungen zugezogen hatten. Dann nahm sie all ihren Mut zusammen und erzählte auch noch, wie sie alleine zum Chickamauga aufgebrochen war. Ihr Bericht endete mit der Schilderung, wie sie auf Thomas und seine Kameraden gestoßen waren, nur um Thomas und Jacob dann doch zurücklassen zu müssen. In New York, erzählte sie, hätten sie dann die Ausstellung vorbereitet, die mittlerweile Massen von Zuschauern angezogen habe.

»Du siehst also, Mama«, schloss sie, »Thomas ist jetzt ein Held und eine kleine Berühmtheit, und obwohl der Krieg immer noch nicht vorbei ist, behaupten die Leute, Chattanooga sei ein Wendepunkt gewesen. Die Rebellen sind offenbar auf dem Rückzug, und das Blatt hat sich gewendet. Natürlich glaube ich nicht eine Sekunde lang, dass die Fotografien etwas anderes bewirkt haben, als den New Yorkern eine Sensation zu präsentieren, die sie gleichzeitig schockiert und delektiert. Aber immerhin haben wir versucht … etwas zu bewirken.«

Mrs Watson schwieg eine Weile. Eveline hielt die Luft an.

»Du hast keinerlei Sinn für Sitte und Anstand, Evie«, sagte sie schließlich. »Aber das hattest du noch nie.« Unvermittelt streckte sie den Arm aus, nahm die Hand ihrer Tochter und drückte sie. »Aber du bist ein tapferes Mädchen, meine Liebe, das muss ich schon zugeben.«

Eveline schenkte ihrer Mutter ein mattes Lächeln.

»Danke, Mama. Ich fürchte, dass du schockiert bist.«

»Ja, das bin ich. Jede anständige Person wäre schockiert. Wie eine Zigeunerin herumzureisen, auf der Straße zu leben, genau dorthin zu gehen, wo die Schlacht tobt. Was hätte da alles passieren können!«

»Ich bin ja heil zurückgekehrt.«

»Nun, dafür sollte ich in der Tat dankbar sein. Es ist ein Wunder, dass du überhaupt hier bist, das kann man wohl sagen.« Mrs Watson schüttelte den Kopf. Dann kam ihr etwas in den Sinn. »Ach so, mein Schatz, was hast du die ganze Zeit eigentlich für Sachen getragen?«

Jetzt gab es kein Zurück mehr.

»Männersachen, Mama. Kniehose, Hemd, Stiefel und einen Mantel. Meine Haare habe ich kurz schneiden lassen. Das war bequemer. Und sicherer.«

Ihre Mutter schloss die Augen und schüttelte sich. »Männersachen? Gütiger Himmel, Eveline. Ich kann mir beim besten Willen nicht vorstellen, wie du ausgesehen haben magst. Ich möchte es mir auch gar nicht vorstellen, ehrlich gesagt.«

Genau in diesem Moment kehrten Mr Watson und Thomas zurück. Nachdem Eveline ihrem Ehemann einen kurzen Blick zugeworfen hatte, war ihr klar, dass er Mr Watson von ihren Eskapaden erzählt hatte. Ihr Stiefvater betrachtete sie mit wohlwollender Bewunderung und wirkte eher besorgt, als er zu seiner Frau hinüberschaute und zu ergründen versuchte, wie es in ihrem Innern aussah.

»Meine Liebe«, begann Mr Watson auf seine rühmenswert diplomatische Art, »Tom hat mir noch einmal ganz detailliert erzählt, wie er gefangen genommen wurde und dann entkommen konnte, um schließlich in Chattanooga General Ulysses Grant zu helfen. Und dann scheint ja, was ebenso wundervoll ist, auch unsere liebe Eveline eine Heldin zu sein! Eine beeindruckende Geschichte, meine Liebe, wahrhaft beeindruckend.«

»Ich hab's vernommen. So etwas hat Eveline nicht von mir, in keinster Weise. Sie wurde zu einer Dame erzogen wie alle meine Töchter.«

»Deine Töchter sind alle wunderbar, meine Teuerste«, sagte Mr Watson herzlich. »Und Damen sind sie auch alle drei. Nur halt … auf verschiedene Weise, nicht wahr?«

Dieser Gedanke schien seine Frau ein wenig zu besänftigen, was sich Mr Watson schnell zunutze machte.

»Als wäre es nicht aufregend genug, einen Kriegshelden zum Schwiegersohn zu haben, hast du jetzt auch noch eine Heldin zur Tochter! Ja, eine Heldin, nicht weniger als das. Was für ein Mut! Was für eine Kraft! Was für eine Begabung! Meine Liebe, du wirst Stadtgespräch in New York sein, wenn sich herumspricht, dass du die Mutter der jungen englischen Dame bist, von der alle so ehrfürchtig reden.«

»Meinst du?«, fragte Mrs Watson. Ihre Miene hellte sich ein wenig auf.

»Natürlich, davon bin ich überzeugt«, sagte ihr Ehemann. »Wenn die reizenden Menschen in unserem Hotel erst einmal davon hören, werden sie dich feiern und auf Händen tragen und über die Maßen bewundern. Vollkommen zu Recht, wenn du mich fragst.«

»Oh, ich für meinen Teil suche gar keine Bewunderung«, erwiderte Mrs Watson leichthin. »Aber natürlich ist es eine Ehre, wenn das eigene Kind derart in den Himmel gehoben wird. Jede Mutter würde das so empfinden. Ich will mich ja nicht rühmen, aber sollte man mich fragen, werde ich allen Leuten unter die Nase reiben, wie tapfer und unternehmungslustig meine Evie tatsächlich war.«

»Sehr richtig, meine Liebe!«, sagte Mr Watson. »Dein gutes Herz und dein mütterlicher Stolz gereichen dir wie immer zur Ehre. Na dann, ein Schluck Kaffee vielleicht? Und ist das etwa Brandy, was ich da sehe, Tom? Wunderbar, genau das Richtige für meinen Geschmack. Und im Anschluss werde ich meine liebe Gattin zum Hotel zurückbegleiten, denn für heute hat sie wohl genug Aufregungen gehabt.«

Nachdem Kaffee und Brandy getrunken waren, wünschte man sich allseits eine gute Nacht, und zwar wesentlich herzlicher, als Eveline zu hoffen gewagt hatte. Als die Watsons schon halb zur Tür hinaus waren, drehte sich ihre Mutter noch einmal um.

»Lieber Thomas!«, sagte sie und legte ihm liebevoll die Hand auf den Arm. »Ich fürchte, dass Eveline eine außerordentlich anstrengende Ehefrau ist.« Aus ihrer Stimme sprachen Trauer und Selbstvorwürfe. »Zu allem Überfluss habe ich erfahren müssen, dass sie in Männerkleidern unterwegs war. Das ist nichts, womit sich ein Gentleman abfinden könnte, das ist mir durchaus bewusst. Ich kann nur hoffen, dass Sie ihr vergeben. Es muss ein entsetzlicher Anblick gewesen sein.«

Thomas lächelte und tätschelte seiner Schwiegermutter die Hand.

»Im Gegenteil«, antwortete er. »Die Männersachen standen ihr ganz vorzüglich. Um ehrlich zu sein, war ich entzückt.«

»Thomas!«, rief Mrs Watson entsetzt. »Wirklich, wie können Sie so etwas nur sagen!« Gleichzeitig bedachte sie ihn mit einem Blick, den Eveline nur als keck bezeichnen konnte. Sie gab ihnen beiden einen Kuss und stolzierte am Arm ihres Ehemanns davon.

»Das hätten wir also«, sagte Thomas. »Alles ist raus, und die Welt dreht sich immer noch. Geht es dir jetzt besser?«

»Ja«, sagte Eveline zutiefst erleichtert, »viel besser. Du hattest recht, Thomas. Mama hat alles sehr tapfer aufgenommen. Das Schlimmste ist nun vorbei.«

»Hast du ihr auch von Hannah erzählt?«

»Nein, bislang nicht. Ein Schritt nach dem anderen. Aber die Clemens waren so freundlich, Mama und Mr Watson und uns zum Dinner einzuladen. Hannah wird natürlich auch da sein. Es sind nur noch ein paar Tage bis dahin, also werde ich wohl bald ein Bekenntnis ablegen müssen.«

»Wunderbar, da hast du ja noch ein bisschen Zeit. Wie geht es Hannah übrigens? Wir bekommen sie ja kaum noch zu Gesicht.«

»Ihr geht es bestens, zumal sie unübersehbar verliebt ist. Vor ein paar Tagen habe ich sie getroffen, als sie gerade mit Jacob und dem Baby unterwegs war. Sie schwebte wie auf Wolken. Und wenn ich sie alleine antreffe, dann heißt es immer nur, Jacob hier und Jacob dort. Kein Satz, in dem sie nicht seinen Namen nennt und rot anläuft.«

»Jake ist genauso hin und weg. Bei der Arbeit nutzt er jede Gelegenheit, um über Hannah zu reden: ihre Schönheit, ihre

Liebenswürdigkeit, ihr rundum perfektes Wesen. Wir ziehen ihn schon immer damit auf, aber das scheint ihm ziemlich gleichgültig zu sein. Und das Kind vergöttert er, wie es aussieht.«

»Das freut mich wahnsinnig«, sagte Eveline. »Obwohl ich zugeben muss, Thomas, dass ich eigentlich andere Pläne hatte. Eigentlich hatte ich gehofft, dass *Joe* sich in Hannah verliebt. Zugegebenermaßen habe ich sogar versucht, ein bisschen nachzuhelfen, aber der Funke ist einfach nicht übergesprungen. Ich begreife immer noch nicht, wie er eine so liebreizende Erscheinung links liegen lassen kann. Der Mann muss doch ein Herz aus Stein haben. Man könnte meinen, dass er sogar dich mit größerem Interesse anschaut als Hannah.«

»Nun ja, schon möglich.«

»Was meinst du mit *nun ja, schon möglich?«*, fragte Eveline. »Warum guckst du so verzweifelt, Thomas?«

»Nun komm schon, Eveline«, sagte er. »Warum wohl?«

»Ich habe nicht die leiseste Ahnung. Es sei denn … Oh!« Sie verstummte.

»Du bist doch wohl nicht schockiert, oder? Ein modernes Mädchen wie du?«

»Nur über meine eigene Begriffsstutzigkeit«, gab sie zu und wurde rot. Eine Pause entstand. »Nun gut«, sagte sie dann würdevoll, »aber ich will hoffen, dass Joe nicht wirklich Interesse an dir hat, Thomas. Sonst bekommt er es mit mir zu tun.«

»Trotz meines unwiderstehlichen Charmes würde ich behaupten, dass Joe nur Augen für Sam hat. Und Sam nur für Joe. Und in jedem Fall, mein Schatz, habe ich nur Augen für dich.« Thomas zog sie an sich.

## Kapitel 35

# *Mrs Watson und Eveline überraschen sich gegenseitig*

Sams und Joes Einladung an Mrs Watson, jederzeit im Studio vorbeizuschauen, wenn ihr der Sinn danach stand, wurde von ihr mit größerer Begeisterung wahrgenommen, als Eveline oder ihre Kollegen hätten ahnen können. Am Morgen nach dem Dinner in der Greenwich Street war Eveline gerade damit beschäftigt, die Fotografie eines wahrhaft distinguierten Herrn aufzunehmen, eines Bankdirektors, der ein großes Porträt in seinen Büroräumen aufhängen wollte – nicht aus Eitelkeit natürlich, sondern um seinen Kunden das Gefühl zu geben, dass sie es mit einer untadeligen Respektsperson zu tun hatten, mit diesem fein gezwirbelten Schnurrbart, der eleganten Kleidung und dem behaglichen Bauch –, da hörte sie, wie sich die Eingangstür öffnete und eine vertraute Stimme erklang. Als ihr feiner Kunde dann fort war und sie endlich das Aufnahmezimmer verlassen konnte, sah sie ihre Mutter im Hinterzimmer zwischen Sam und Joe sitzen und herzlich mit ihnen plaudern und lachen, als seien sie uralte Freunde.

»Mama!«, sagte Eveline. »Was führt dich denn hierher? Ist Mr Watson nicht da?«

»Der wollte sich ein paar große Lokomotiven anschauen, mein Schatz. Der gute Thomas hatte ihm das angeboten, wenn ich es recht verstanden habe. Ganz reizend von ihm! Überhaupt ist er ein Ausbund an Höflichkeit, und so mutig, und weißt du was? Eine überaus reizende Dame im Hotel hat mich eingeladen, den Tee mit ihr einzunehmen, heute Nachmittag, und das nur, weil ich Thomas' Schwiegermutter bin, was ich wohl irgendwie erwähnt haben muss, ich weiß selbst nicht mehr, wieso, aber es muss sich wohl im Gespräch so ergeben haben. Ich habe die Einladung natürlich angenommen, da sie eine höchst respektable Person zu sein scheint, sehr elegant gekleidet, und wenn wir Tee trinken, werde ich sie fragen, wo sie diese Haube herhat, denn ich habe das Gefühl, dass eine solche wunderbar zu meinem violetten Kleid passen würde … Was wollte ich noch sagen?«

»Mr Watson schaut sich Lokomotiven an.«

»Richtig! Das stimmt. Ihm ist das sehr wichtig, daher habe ich gesagt, dass er nur gehen soll, dann komme ich einfach hierher und statte dir einen Besuch ab, Evie. Außerdem kann ich dann auch Mr Byrne und Mr Ellis guten Morgen sagen …«

»Sam und Joe bitte, Ma'am«, sagte Samuel. »Wir sind doch keine Fremden für Sie, oder?«

»Fremde? Gott bewahre. Ich habe fast das Gefühl, als würde ich Sie schon ewig kennen, Gentlemen.«

»Vielleicht waren Sie in einem anderen Leben die Königin von Babylon und wir Ihre Sklaven«, neckte Joe sie.

»Oh, was sind Sie forsch. So etwas dürfen Sie nicht sagen.«

»Wie könnte ich anders?«, sagte Joe unschuldig.

»Nun, Mama«, Eveline wurde ungeduldig, »du bist natürlich herzlich willkommen, aber wir haben viel zu tun, musst du wissen.«

»Natürlich, und ich werde euch auch gar nicht lange von der Arbeit abhalten. Um nichts in der Welt möchte ich euch zur Last fallen! Ich bin gleich wieder weg. Ich wollte ohnehin auf dem Rückweg zum Hotel bei Mr Macy's Store vorbeigehen.«

»Oh, aber Sie werden doch wohl wenigstens einen Kaffee mit uns trinken«, sagte Sam. »Es ist nicht nett, hereinzuschauen und nach fünf Minuten schon wieder zu verschwinden, Ma'am. Sie wollten uns doch alles über Ihr reizendes Heim in England erzählen. Und über Ihre Freunde und Nachbarn. Wer, sagten Sie noch, hatte dieses unglaublich mondäne Haus? Eine Mrs Sandham, oder?«

»*Lady* Sandham«, korrigierte sie ihn. »Augusta wäre nicht erfreut, wenn man ihren Titel unterschlägt, da können Sie Gift drauf nehmen! Ja, eine Tasse Kaffee wäre wunderbar, Sam, wo Sie es schon anbieten. Dann kann ich Ihnen die Geschichte erzählen, wie Augusta versucht hat, mir meinen Gärtner abzuluchsen. Schamlos war das, aber sie ist einfach von Neid zerfressen, das muss ich leider sagen. Sie weiß natürlich, dass meine mit Kräuterkanten gesäumten Beete in ganz Cowes berühmt sind, während sie nichts vorzuweisen hat als ein paar mickrige Pflänzchen, eins hier, eins dort, absolut kunstlos und ohne jeden Sinn für Farbzusammenstellungen.«

»Klingt nach einem hoffnungslosen Fall, Ma'am. Aber es muss für eine solche Dame auch ziemlich belastend sein, wenn der Inbegriff an Perfektion direkt nebenan wohnt.«

»O Joe, was reden Sie da nur für einen Unsinn! Perfektion, nicht doch. Zu welchen Lobeshymnen werden Sie sich noch aufschwingen! Ja, ein klein wenig Zucker, danke. Aber was ich eigentlich sagen wollte: Ich glaube, Augusta hat es wirklich in den Wahnsinn getrieben, als sie das lange Beet mit dem Rittersporn entdeckt hat, die herrlichsten Exemplare in allen nur denkbaren Blauschattierungen. Ein Werk meiner Schwägerin George.«

»George? Ungewöhnlicher Name für eine Frau«, sagte Sam.

»Eigentlich heißt sie natürlich Georgina, aber wir nennen sie immer nur George. Wo war ich? Ach ja, der Rittersporn …«

Eveline kehrte an die Arbeit zurück.

Es war Mittag, als Mrs Watson endlich verkündete, sie müsse nun wirklich zum Hotel zurück, weil ihr Ehemann sonst denken würde, sie sei ausgebüxt. Sam und Joe verabschiedeten sie überschwänglich und nahmen ihr das Versprechen ab, bald wiederzukommen, weil sie sonst untröstlich seien. Hände wurden gedrückt, und unter anmutigen Verbeugungen der Herren, die Mrs Watson mit neckischen Blicken parierte, nahm sie ihren Abschied. Eveline trat auf die Straße, um ihrer Mutter ebenfalls auf Wiedersehen zu sagen.

»Was für unglaublich reizende Knaben!«, schwärmte ihre Mutter. »Ich kann mich nicht erinnern, je derart sympathischen Menschen begegnet zu sein. So aufmerksam, so humorvoll und so interessiert an allem, was ich sage! Du kannst dich glücklich schätzen, Eveline, dass du mit so entzückenden jungen Herren zusammenarbeiten darfst.«

»Das tu ich, Mama.«

»Du bist ja sogar mit ihnen herumgereist! Nun, das muss ein Erlebnis gewesen sein!« Einen Moment lang wirkte sie fast sehnsüchtig. »Wenn sich mir eine solche Gelegenheit geboten hätte, als ich jung war, weiß ich nicht … aber egal. Mir ist so viel Gutes im Leben widerfahren, wirklich, ich sollte mich nicht beklagen. Evie, meine Liebe, wir sehen uns sicher bald wieder. Oh! Da ist ja meine Fotografie im Fenster. Ich muss schon sagen!«

Das Bild, das Joe von Mrs Watson gemacht hatte, stand auf einer Staffelei im Schaufenster, sehr geschmackvoll mit Gaze drapiert. Es bildete das Zentrum einer kleinen Kollektion von Bildern anderer fotogener Kunden.

»Mir liegt gar nichts daran, fotografiert zu werden, absolut nicht, aber ich weiß durchaus zu würdigen, dass Joe ein sehr gutes Porträt gelungen ist, höchst kunstvoll. Glücklicherweise hatte ich dieses spezielle Kostüm an. Beatrice hat es für mich ausgewählt, weil es mir angeblich so gut steht, und ich denke, dass sie wirklich recht hatte, wie immer.«

»Du siehst wunderbar aus, Mama«, sagte Eveline und gab ihr einen Kuss. »Jetzt muss ich mich aber verab…«

»O Gott, das gibt's ja nicht!«, rief Mrs Watson. »Schau dir das Bild da an, Evie!«

Ihre Mutter zeigte auf eine Fotografie, das seitlich im Schaufenster stand, in einem hübschen vergoldeten Rahmen.

»Der kleine Junge da auf dem Bild! Er ist Louisas Henry wie aus dem Gesicht geschnitten. Sein absolutes Ebenbild. Das ist ja fast unheimlich. Einen Moment lang dachte ich wirklich, er ist es, aber das kann ja nicht sein. Doch die Ähnlichkeit ist verblüffend.« Sie betrachtete das Bild genauer. »Wirklich, das ist unglaublich! Und seine Mama – oder wenigstens nehme ich an, dass das seine Mama ist, die ihn im Arm hält –, die kommt mir auch irgendwie bekannt vor.

Als hätte ich sie schon mal irgendwo gesehen. Das kann natürlich kaum sein, aber trotzdem …«

Eveline holte tief Luft. »Mama, wollen wir noch etwas zusammen essen, nur du und ich? Dann geh ich schnell hinein und sage Sam und Joe Bescheid.«

»Das wäre wunderbar, mein Schatz. Wenn die reizenden Knaben dich entbehren können, dann lass uns das tun. Ich wünschte, ich wüsste, wo ich diese junge Frau schon einmal gesehen habe. Aber es fällt mir sicher bald ein.«

Eveline entschied sich für ein ruhiges, angenehmes Lokal in der Nähe des Fotostudios. Es war nicht sehr groß, aber anständig, und es saßen dort noch andere Damen bei Kaffee und Kuchen oder einem leichten Mahl, sodass sie gar nicht weiter auffielen. Sobald das kalte Huhn, der Chicorée-Salat, der Wein und ein Krug Wasser serviert waren, wusste Eveline, dass sie den Moment nicht länger hinauszögern konnte. Sie musste ihrer Mutter von Hannah erzählen. Jetzt, da sie es unmittelbar vor sich hatte, kam es ihr gar nicht mehr so schrecklich vor. Wie hatte Thomas gesagt? *Du hast den Atlantik überquert, hast dich in einem fremden Land eingelebt, hast einen Job gefunden und bist in den Krieg gezogen – niemand würde auch nur im Traum auf die Idee kommen, dass es dir an Mut mangelt. Sobald aber deine Mutter ins Spiel kommt, scheint sich sämtlicher Mut in Luft aufzulösen.* Nun, diesmal würde er es nicht tun.

»Mama«, sagte sie ruhig. »Es gibt etwas, das ich dir erzählen muss. Das Bild, das du gesehen hast, das mit dem kleinen Jungen, der wie Henry aussieht … Dieser kleine Junge ist Bevis' Sohn. Das ist der Grund, warum sie sich so ähneln.«

Mrs Watson betrachtete ihre Tochter, als sei sie verrückt geworden.

»Nein, meine Liebe«, sagte sie. »Das kann nicht sein. Bevis war noch nie in New York, soweit ich weiß. Was redest du nur für einen Unsinn?«

»Natürlich war er noch nie in New York. Der kleine Junge ist in England geboren.«

Mrs Watson wurde bleich. »Oh, gewiss nicht … Nein, Evie, sag bitte nicht, dass Bevis ein zweites Mal auf Abwege geraten ist … nach diesem durchtriebenen Luder, diesem Stubenmädchen von Louisa. Ach, meine arme Louisa! Was wird sie nur sagen?«

»Es ist kein anderes Kind, Mama. Es ist dasselbe. Hannah und ihr Kind leben in New York.«

»Was für eine ungewöhnliche Nachricht! Wie mag das Mädchen wohl hierhergekommen sein, frage ich mich. Aber ich bin sehr erleichtert, dass sich Bevis nicht noch einmal so kläglich danebenbenommen hat. Das eine Mal reichte wahrhaftig. Kannst du dich noch erinnern, Evie, wie die arme Louisa geweint hat, immer nur geweint, bis du dann nach London gefahren bist, um Bevis zu suchen und wieder nach Hause zu holen?«

»Natürlich kann ich mich daran erinnern. Wie sollte ich das wohl vergessen? Das ist vielleicht auch der Grund dafür, warum Hannah und ihr Sohn jetzt hier sind.«

Und ohne ihrer Mutter die Gelegenheit zu geben, noch irgendetwas zu sagen, begann sie zu erzählen: wie sie Bevis geschrieben hatte, der dann zu Hannah gefahren war, die schließlich über den Atlantik gekommen war, so jung und mutterseelenallein und vollkommen mittellos, nur mit ihrem

Baby auf dem Arm. Dann berichtete sie von Hannahs Ausbildung als Krankenschwester, dass sie sich um verwundete Soldaten kümmere und dass Rose und Abraham Clemens sie praktisch wie eine eigene Tochter aufgenommen hätten.

»Mittlerweile geht es ihr wunderbar, Mama«, schloss Eveline schnell, »und du darfst sie nicht für ein durchtriebenes Luder halten, weil sie das nämlich nicht ist. Sie ist einfach ein junges Mädchen, das alles tut, um sich in einem fremden Land ein neues Leben aufzubauen.«

Schweigen breitete sich aus. Dann drückte Mrs Watson den Rücken durch. Ihre Miene zeugte von abgrundtiefer Empörung.

»Es war also deine Idee, Miss, dieses Mädchen, dieses Weibsstück aus England hierherzuholen! Und sie in deinen eigenen Haushalt aufzunehmen, einen respektablen Haushalt, damit sie mit ihrem Kind bei dir wohnen kann. Einem – ich bringe es kaum über die Lippen – *unehelichen* Kind!«

»Aber das Baby – nun, mittlerweile ist es schon ein kleiner Junge – ist doch unschuldig am Fehlverhalten der Beteiligten, Mama.«

Mrs Watson ignorierte sie und redete einfach weiter.

»Das ist unerhört, Evie. Du hast jeden Sinn für Sitte und Anstand verloren. Nicht nur, dass du diese niederträchtige kleine Madame in dein Haus aufnimmst und Thomas zumutest, mit so einer Schande zu leben. Nein, du bürdest das Mädchen auch noch deinen Freunden auf. Das ist der Dank für die Herzlichkeit, mit der die Clemens euch in New York aufgenommen haben!«

»Die Clemens lieben Hannah. Und Thomas hatte kein Problem mit dem Arrangement. Er mag sich vielleicht Sorgen gemacht haben, aber die galten eher Hannah – ob sie sich hier auch wohlfühlen und ihr Glück finden würde.«

»Und meine arme, arme Louisa, der ein solches Unrecht widerfahren ist! Was würde sie wohl sagen, wenn sie wüsste, was du angestellt hast? Das ist Verrat, Eveline, wahrhaft Verrat an deiner Schwester, dass du diese Kreatur aufgenommen hast. Und dann auch noch dieses elende Kind, das setzt dem Ganzen die Krone auf.«

»Aber, Mama, der kleine Junge ist immerhin ein Halbbruder von Henry und Daisy. Louisa wird ihm nur das Beste wünschen. Und du sicher auch.«

Mrs Watson sah ihre Tochter streng an.

»Ich hoffe, kein Unmensch zu sein, aber ich habe einen ausgeprägten Sinn dafür, was gut und was schlecht ist, Eveline. Und dies hier ist schockierend. Ein schamloses Mädchen und ein Kind, das im Unrecht geboren wurde. Nun, ich sage nichts mehr dazu, aber ich hoffe, du erwartest nicht von mir, dass ich den beiden von Angesicht zu Angesicht gegenübertrete.«

»Doch, das tue ich, Mama. Ich erwarte von dir, dass du die beiden kennenlernst. Abraham und Rose haben euch beide doch zum Dinner eingeladen. Hannah wird auch da sein.«

Mrs Watson schnaubte.

»Die Einladung kann ich vermutlich kaum ausschlagen, aber ich werde mit dem Mädchen kein Wort wechseln, wenn es sich vermeiden lässt. Und es missfällt mir sehr, dass *du* der Grund für so viel Ärger bist, Evie. Was du nicht alles angestellt hast, und kein Wort davon in deinen Briefen! Womit wirst du sonst noch alles aufwarten? Du solltest deine Geheimnisse besser gleich lüften, denn jetzt kann mich ohnehin nichts mehr schockieren.«

»Ich glaube nicht, dass es noch mehr Geheimnisse zu lüften gibt, Mama.«

»Da bin ich aber mächtig erleichtert, Eveline.«

»Obwohl …«

»Ja?«, fragte ihre Mutter ziemlich erschöpft.

»Hannah hat jetzt einen jungen Bekannten, den du auch kennenlernen wirst. Er ist ein sehr guter Freund von Thomas und hat mit ihm den Lagerausbruch organisiert. Jacob heißt er.«

»Und warum sollte mich das bekümmern? Wenn das Mädchen einen jungen Mann kennt, umso besser. Das bedeutet immerhin, dass sie Bevis nicht länger zur Last fällt.«

»Jacob ist … Jacob war ein Sklave. Er ist geflohen und wurde dann Soldat, ein tapferer Soldat. Jetzt arbeitet er für Thomas. Er ist schwarz.«

Eveline hielt die Luft an. Aber ihre Mutter war immer für eine Überraschung gut.

»Nun, das weiß ich natürlich. Ich habe schließlich seine Fotografie neben dem Bild des guten Thomas in der Ausstellung hängen sehen. Der arme Mann! Wir haben eine Menge über diese Dinge gelesen, Mr Watson und ich – über die Sklaven in Amerika, über den grausamen Menschenhandel und über die Plantagen, wo man diese Armen so schmählich behandelt. Ich darf gar nicht daran denken. Wir in England haben diese Dinge immerhin abgeschafft.«

*Die Profite aus diesem Handel allerdings nicht,* dachte Eveline, hielt aber lieber den Mund.

»Ich hoffe, der Krieg bereitet dieser grausamen Sitte ein Ende. Daheim habe ich sogar ein Sklavenmedaillon, eine Kamee, die meiner Großmutter gehörte – der Mann in Ketten, mit dieser herzzerreißenden Inschrift: *Bin ich nicht auch ein Mensch und Bruder?* Großmutter hat mir erzählt, dass Mr Wedgwood hunderte von diesen Medaillons hergestellt hat. Sie trug es mit großem Stolz. Ich werde nie vergessen, was für einen Eindruck das als Kind auf mich gemacht hat. Wenn dieser Gentleman nun frei ist, bin ich aus ganzem Herzen froh für ihn.«

»Du wirst ihn und Hannah also kennenlernen wollen, wenn wir bei den Clemens dinieren? Es wird dir nichts ausmachen?«

»Natürlich wird es mir etwas ausmachen, aber ich werde würdevoll damit umzugehen wissen. Ich hoffe, dass ich meine Mitmenschen nicht so engstirnig beurteile, wie die arme Augusta Sandham es oft tut. Andererseits, wo ich schon dabei bin: Vielleicht sollte ich auch ihr gegenüber etwas Nachsicht walten lassen.«

»Tatsächlich, Mama? Ich dachte, Augusta Sandham gegenüber keine Nachsicht walten zu lassen, sei eines der größten Vergnügen deines Lebens.«

»Unsinn, Evie. Meinen Freunden und Bekannten gegenüber bin ich immer sehr nachsichtig. Augusta ist zwar wirklich eine dumme, wichtigtuerische Person, die ziemlich schamlos auf ihre Mitmenschen herabschaut, aber wenn ich aus Amerika zurückkehre, werde ich so viel zu erzählen haben, dass sie erst einmal verstummt. Wenn ich ihr von deinen und Thomas' Abenteuern berichte und davon, dass ich von deinen bezaubernden Arbeitskollegen umgarnt wurde und sogar höchstselbst Stadtgespräch in New York war, dann wird es ihr die Sprache verschlagen.«

## Kapitel 36

# *Eine Hochzeit steht bevor*

Hannah fand die Aussicht, Evelines Mutter zu begegnen, ebenfalls höchst beunruhigend.

»Ich kann ihr nicht gegenübertreten, unmöglich«, hatte sie erklärt. »Sie muss mich für ein gefallenes Mädchen halten, und in den Augen einer so respektablen Dame bin ich das sicher auch. Nein, ich glaube nicht, dass ich eine solche Begegnung überstehe. Ich werde mich einfach für eine Schicht im Krankenhaus melden, dann könnt ihr euch ohne mich einen schönen Abend machen.«

»Unsinn«, sagten Rose und Eveline wie aus einem Mund.

»Mama wird sich zusammenreißen, das weiß ich«, fügte Eveline hinzu, in der Hoffnung, sich nicht zu irren.

Und Rose erklärte, dass Hannah nun Teil der Familie sei und bei solchen Anlässen einfach dazugehöre. Im Übrigen habe sie sich bereits vergewissert, dass Jacob auch kommen könne, womit sich jede weitere Diskussion erledigt hatte.

Evelines Bedenken, was die Begegnung ihrer Mutter mit Hannah betraf, hatten sich nach ihrem Gespräch nicht wirklich zerstreut. Andererseits konnte sie sich nicht vorstellen, dass ihre Mutter allzu gehässig sein würde. Man wusste einfach nie, wie Mama sich benehmen würde, absolut nie. Am Morgen des Dinners erwachte Eveline daher mit einem deutlichen Unbehagen. Es fehlte nicht viel, und sie hätte sich wieder unter die Bettdecke verkrochen und darauf gehofft, dass die ganze Angelegenheit an ihr vorüberging. Aber das wäre pure Feigheit, und so biss sie die Zähne zusammen und sagte sich, dass es schon gut gehen würde.

Als Mrs Watson am Abend der jungen Frau gegenüberstand, an die sie sich nun wieder bestens erinnerte, nur dass die Person vor ihr die steife Uniform eines Stubenmädchens gegen ein schlichtes blaues Kleid getauscht hatte und sehr schüchtern, jung und ängstlich wirkte, gab sie sich betont förmlich und würdevoll und bedachte sie nur mit einem knappen Nicken. Dann wandte sie sich ziemlich hochmütig ab. Zu Jacob hingegen war sie liebenswürdig, und Mr Watson verwickelte den jungen Mann sofort in ein langes Gespräch über den großen Ausbruch und seine Zeit bei den Unionstruppen.

»Sie haben so viele Abenteuer erlebt, Mr Goode«, sagte Mr Watson, »und so viel Schreckliches erleiden müssen, Dinge, die wir uns kaum vorstellen können. Und nun sind Sie plötzlich in New York! Das muss doch eine eigentümliche Erfahrung sein, oder?«

»Mich in einem Land ohne Sklaverei wiederzufinden«, sagte Jacob, »ist wie der Eintritt in eine neue Welt. Hier erlebe ich an einem Tag mehr als in einem ganzen Jahr meines Sklavendaseins.«

»Und trotzdem«, sagte Rose, die dem Gespräch gelauscht hatte, »treffen Sie hier leider auch auf Schwierigkeiten. Manche Menschen sind unfreundlich, und es gibt Orte, an denen Sie nicht willkommen sind.«

Jacob zuckte mit den Achseln. »Mag sein. Aber jemandem,

der hungrigen Löwen entkommen ist, können ein paar knurrende Hunde nichts anhaben.«

Die Clemens und die Watsons fanden schnell Gefallen aneinander, und so flossen die Gespräche über die Eisenbahn, den Krieg, die Hoffnung auf Frieden, die neueste Mode und die New Yorker Gesellschaft mühelos dahin. Nur Hannah gegenüber blieb Mrs Watson kühl und angespannt. Eveline bedauerte das, konnte es ihr aber auch nicht verübeln. Immerhin saß ihre Mutter mit der Frau am Tisch, mit der ihr Schwiegersohn ihre älteste Tochter betrogen hatte, einer ehemaligen Bediensteten zudem. Nach dem Essen zogen sich die Damen zurück, um die vier Herren – ganz englische Art – ihrem Port und Brandy zu überlassen, bei denen sie über normale und breite Spurweiten, über die New York Central und die Hudson River Railroad sowie über Brücken, Depots und Strecken fachsimpeln konnten.

Irgendwann entstand vor der Tür eine gewisse Unruhe, dann klopfte es und das Zimmermädchen der Clemens trat in den Salon, den kleinen Jack im Schlepptau.

»Verzeihen Sie bitte, Ma'am«, sagte Sadie zu Rose, ganz atemlos, »aber er wollte sich einfach nicht beruhigen. Vermutlich hat er Sehnsucht nach seiner Momma, und da dachte ich, ich bringe ihn kurz hinunter.«

Jack trottete zu Hannah, die ihn hochhob, sein tränenüberströmtes Gesicht küsste, sich umständlich entschuldigte und den Raum verlassen wollte.

In diesem Moment sagte Mrs Watson: »Nein, nein, lassen Sie den Jungen ruhig eine Weile hier. Ich würde ihn gerne sehen.«

Als hingebungsvolle Großmutter war sie vernarrt in kleine Kinder, und Jacks engelsgleichem Gesicht, das dem ihres Enkels so sehr ähnelte, konnte sie nicht widerstehen. Sie redete sanft auf das Kind ein, spielte Kuckuck mit ihrem Schal und kramte in ihrer Tasche, um ein Hustenbonbon für ihn herauszuholen. Schließlich setzte er sich bereitwillig auf ihren Schoß und ließ sich von ihr liebkosen und mit Komplimenten überschütten.

»Was für ein wunderbarer kleiner Junge«, sagte sie zu niemandem Bestimmtes, »und Jack heißt er. Ein schöner Name, denke ich immer.«

»Getauft ist er auf den Namen John«, erklärte Hannah schüchtern. »John Bevis sind seine beiden Vornamen.«

»John! Oh, so hieß mein verstorbener Ehemann. Er war ein guter Mann, so freundlich und so klug.«

»Nach ihm ist er auch benannt. Mr Bevis wollte, dass er John heißt, nach … nach Ihrem Ehemann, Evelines Papa. Mr Bevis hat ihn sehr gemocht und bewundert, hat er gesagt. Mehr als seinen eigenen Vater, glaube ich.«

»Ist das wahr? Wer hätte das gedacht.« Mrs Watson schaukelte das Kind, das nun in ihren Armen einschlief. »John«, murmelte sie, »mein lieber, kleiner Junge.«

Tränen traten in ihre Augen, dann wandte sie sich unvermittelt an Hannah.

»Ich hatte auch einen kleinen Jungen, Hannah. Er ist … Er hat nicht überlebt … Er sollte auch John heißen. Das ist Ewigkeiten her. Er wäre Evelines großer Bruder gewesen.«

Rose und Eveline hörten dem Gespräch schweigend zu. Hannah wirkte erschüttert und legte Mrs Watson zögerlich die Hand auf den Arm.

»Ich hoffe, es setzt Ihnen nicht allzu sehr zu, den kleinen

Jack zu sehen und seinen Namen zu hören«, sagte sie unendlich sanft. »Entschuldigen Sie bitte. Ich kann ihn wieder nehmen. Er hätte Sie gar nicht belästigen dürfen.«

»Nein«, erwiderte Mrs Watson, »lassen Sie ihn noch eine Weile schlafen, bevor Sie ihn wieder ins Bett bringen.« Sie strich ihm die hellen Locken aus der Stirn und drückte ihm einen Kuss auf die Stirn. »John«, flüsterte sie, »du lieber kleiner Junge.«

Hannah standen ebenfalls Tränen in den Augen, und so saßen sie eine Weile schweigend beisammen. Als das Kind irgendwann unruhig wurde, nahm seine Mutter es schließlich hoch und trug es fort.

Als sich die Herren wieder zu den Damen gesellten, trat Jacob zu Mrs Watson, verbeugte sich und setzte sich zu ihr. Er erkundigte sich nach ihrer Reise und wie sie New York finde, und sie war gerne bereit, ihm alles zu erzählen, und noch viel mehr. Schon bald – nicht zuletzt, weil Mrs Watson eine Schwäche für attraktive junge Männer hatte – verstanden sich die beiden prächtig. Als Hannah zurückkam, murmelte Jacob eine Entschuldigung und erhob sich. Die anderen Gäste erklärten, dass sie in Anbetracht der späten Stunde nun gehen würden, sahen sich nach ihren Sachen um und dankten Abraham und Rose für den netten Abend. Jacob, der mit Hannah auf dem Fenstersitz gesessen und sich flüsternd mit ihr unterhalten hatte, stand jetzt auf und erklärte zögerlich, Hannah und er hätten etwas mitzuteilen. Es war keine große Überraschung für die Anwesenden, als sie erfuhren, dass Jacob früher am Tag Hannah gefragt hatte, ob sie ihn heiraten wolle, und Hannah stürmisch bejaht hatte.

Alle gratulierten den beiden und umarmten sie nach dieser erfreulichen Ankündigung. Thomas schüttelte Jacob kräftig die Hand, Eveline küsste ihn. Die Watsons wünschten dem jungen Paar alles erdenklich Gute. Abe rief nach Champagner. Rose brach in Tränen aus und erklärte schnell, dass es Freudentränen seien.

»Ich bin nur traurig, dass ich dich verliere«, sagte sie zu Hannah. »Du und Jack, ihr habt so viel Leben und Freude in unser Haus gebracht.«

»Die obere Etage unseres Hauses steht euch natürlich zur Verfügung, wenn ihr mögt – solange ihr mögt«, bot Abe an. »Dann könnten wir uns freuen, keine Tochter verloren, sondern einen Sohn hinzugewonnen zu haben.«

»Ihre Freundlichkeit ist überwältigend«, sagte Jacob gerührt, während Hannah Rose schnell umarmte und sie ihrer ewigen Liebe und Dankbarkeit versicherte.

»Und wann soll die Hochzeit stattfinden?«, fragte Mrs Watson ungeduldig.

So bald wie möglich, lautete die Antwort, denn worauf sollten sie warten? Sie würden nur ein paar Freunde einladen und in einem absolut ungezwungenen Rahmen feiern. Mrs Clemens und Mrs Watson diskutierten dennoch bereits über Hochzeitskleider und fragten sich, welcher Stil Hannahs Schönheit wohl am besten zur Geltung brachte. Als sich die letzten Gäste verabschiedet hatten, war die Hochzeit schon halb geplant; alle kamen darin überein, dass sie noch vor der Abreise der Watsons stattfinden müsse, damit die beiden an dem glücklichen Ereignis teilnehmen konnten.

Zur Hochzeit sollte nur der kleine Kreis von Leuten kommen, die mit der Braut und dem Bräutigam eng verbunden waren: Abe und Rose, Thomas und Eveline, Samuel und Joseph, und dann die Watsons. Der Ausstaffierung der Braut wurde von Rose und Mrs Watson höchste Bedeutung zugemessen, und so verbrachten die beiden viele glückliche Stunden in den elegantesten Läden und diskutierten über Halsausschnitte und Rocklängen, Rüschen und Spitze, gemusterte Seidenstoffe und französischen Satin, Bänder und Schleier. Hannah schien in dem ganzen Trubel nur eine Nebenrolle zu spielen. Aber während Eveline mit ihrer Mutter schimpfte, dass sie dem armen Kind keine Luft zum Atmen ließen und ihr irgendwelchen überkandidelten Unsinn aufdrängten, war Hannah die Ruhe in Person, stand stundenlang geduldig herum, um Stoffe feststecken und drapieren zu lassen, und erklärte sich gerne bereit, alles zu tragen, was die beiden älteren Damen für sie auswählten, solange es nur nicht zu bombastisch war.

»Wir haben endlich eine Wahl getroffen«, sagte Mrs Watson zwei Tage vor der Hochzeit, als die Watsons abends in der Greenwich Street ihre Aufwartung machten. »Ein schlichtes Kleid, äußerst kleidsam und sehr angemessen für eine so junge Braut: weißer Satin, der hübsch über eine schmale Krinoline drapiert wird, und ein hauchdünner Spitzenschleier, der mit Seidenrosen festgesteckt wird. Oh, das versetzt mich zurück in die Zeit, als Louisa und Beatrice geheiratet haben. Wie wunderschön die beiden waren!« Sie warf Eveline einen vorwurfsvollen Blick zu. »An deiner Hochzeit konnte ich ja nicht teilnehmen, Evie«, sagte sie. »An Bord eines Schiffes! Wirklich, was für eine Extravaganz. Hattest du überhaupt Blumen? Das will ich doch wohl hoffen.«

»Nein, Mama, auf dem Schiff gab es keine frischen Blumen, tut mir leid. Aber ich hatte das schönste Hochzeitskleid, das ich mir nur hätte wünschen können.«

Mrs Watson wirkte zufrieden. »Deine Schwestern haben mir erzählt, dass sie dir ein zauberhaftes Kleid geschenkt haben. Zuerst war ich ein bisschen böse auf die beiden, weil sie mich nicht zu Rate gezogen haben. Andererseits war ich ja mit den Nerven am Ende, und da wollten sie mir wohl die Aufregung ersparen. Mittlerweile weiß ich aber, wie viel Mühe sie sich gegeben haben, es auszusuchen und schneidern zu lassen und einzupacken – in aller Heimlichkeit! Gib's zu, Evie, du warst sicher überrascht.«

»In der Tat, Mama. Überrascht und begeistert und hocherfreut.«

»Schade, dass ich dich nicht sehen konnte! Andererseits sollte ich wohl dankbar dafür sein, dass du nicht in Kniehosen vor den Altar getreten bist. Und dass du überhaupt geheiratet hast.« Ein Ausdruck der Angst huschte über ihr Gesicht. »Bist du eigentlich sicher, dass du tatsächlich verheiratet bist, Evie? Ist ein Kapitän wirklich berechtigt, eine Trauung vorzunehmen?«

»Ach, der gute Kapitän Tutton!«, sagte Eveline liebevoll. »Ja, ich bin mir absolut sicher, dass er unbedingt berechtigt dazu war. Wenigstens hat …« Sie sah zu den Männern hinüber, die beide Zeitung lasen. »Thomas, du hattest doch gesagt, dass ein Kapitän uns trauen darf und dass die Trauung absolut rechtskräftig ist, oder?«

»Oh, absolut«, sagte Thomas und las weiter.

Als sich Mrs Watson, beruhigt in dieser Angelegenheit, wieder dem Thema Ärmel zuwandte, sah er allerdings noch einmal auf, suchte Evelines Blick und zuckte mit einem vielsagenden Grinsen die Achseln. Eveline ignorierte ihn einfach, zumal sie sich fast sicher war, dass er sie nur auf den Arm nehmen wollte. Und da es nicht ratsam war, bei ihrer Mutter auch nur den geringsten Verdacht zu erregen, es könne bei der Hochzeit nicht mit rechten Dingen zugegangen sein, bemühte sie sich darum, der detaillierten Beschreibung eines geflochtenen Armreifs mit höflichem Interesse zu folgen. Innerlich dachte sie, dass es ja auch egal war: Sie und Thomas waren in jeder Hinsicht verheiratet, die wirklich zählte.

Eveline sollte natürlich das Hochzeitsfoto machen. Man beschloss, es am Tag vor der Trauung aufzunehmen, damit man sich Zeit dafür nehmen konnte. Jacob und Hannah kamen also ins Studio, begleitet von ihrer Entourage Rose und Mrs Watson, die sich mit Feuereifer auf die Einkleidung der Braut stürzten und an ihr herumzupften und herumzerrten und den Stoff drapierten, bis schließlich auch Jacob in seinem dunkelblauen Anzug vor den zum Anlass passenden romantischen Hintergrundprospekt treten durfte. Eveline gab sich noch mehr Mühe als sonst mit der Beleuchtung und dem Arrangement der Personen, und als alles fertig war und der Abzug vorlag, war sie sehr zufrieden mit dem Ergebnis. Das Bild wurde in den höchsten Tönen gelobt: die Gesichter, der Stil, alles überwältigend, zumal das hübsche Hochzeitskleid und der wehende Schleier Hannahs Schönheit noch einmal besonders zur Geltung brachten. Obwohl Eveline unwillkürlich daran denken musste – lächelnd und mit einem Kopfschütteln, wie man so blind sein konnte –, dass sie sich schon vorgestellt hatte, wie sie exakt diese Fotografie mit einem anderen Mann aufnehmen würde, konnte es gewiss keinen attraktiveren, schneidigeren Bräutigam geben als Jacob. Einen hingebungsvolleren ohnehin nicht.

»Und heute Abend?«, erkundigte sich Sam freundlich, als das Bild fertig war. »Was werdet ihr da unternehmen? Feiern doch hoffentlich.«

»Darüber haben wir noch gar nicht nachgedacht«, gestand Hannah. »Mrs Clemens und Mrs Watson werden sicher früh zu Bett gehen wollen, da sie so viel Mühe mit dem Kleid und den Vorbereitungen hatten.«

Aber die beiden Damen wiesen es empört von sich, auch nur im Entferntesten müde zu sein; sie schienen zu allem bereit, um den Vorabend der Hochzeit angemessen zu begehen.

»Dann kommen Sie doch mit ins Pfaff's und essen mit uns. Dort gibt es den besten Champagner von New York. Von ganz Amerika!«, schwärmte Sam.

»Klingt sehr gut!«, sagte Jacob lächelnd, während Hannah vor Begeisterung strahlte.

»Das Pfaff's ist eher ein Künstlerlokal«, sagte Joe zu Mrs Watson, »aber das wird Sie nicht stören, wie ich Sie kenne.«

»Natürlich stört mich das nicht!«, rief Mrs Watson. »Ich habe nicht die leiseste Ahnung, was ein Künstlerlokal sein soll, aber wenn es ein Fest gibt, möchte ich es auf gar keinen Fall verpassen.«

»Ohne Sie, Ma'am«, sagte Joe, »wäre es gar kein Fest.«

## Kapitel 37

# *Der beste Champagner von ganz Amerika*

Die Gruppe hatte sich im Kellergewölbe unter dem Broadway zusammengefunden. Mr Pfaff höchstpersönlich hatte ihnen den Champagner an den Tisch gebracht und seine Gäste begrüßt: seine alten Freunde Sam und Joe, dann Eveline und Thomas, dann die Clemens – hocherfreut! – und die Watsons – den ganzen Weg über den Ozean, da waren sie natürlich besonders willkommen! –, und schließlich das junge Paar, das viele bewundernde Blicke auf sich zog. Die köstlichsten Speisen wurden serviert – »oh, die Lammkoteletts!«, murmelte Eveline Joe zu, dann der gebratene Kapaun, die Rindfleischpastete und vor allem die Pfannkuchen, so leicht, so duftend, so unwiderstehlich.

»Besser als Bohnen und Pökelfleisch, was, Evie«, sagte Joe.

»Viel besser«, bestätigte Eveline und warf Sam und Joe einen liebevollen Blick zu. »Obwohl es ein tolles Abenteuer war, oder? Und das Leben auf der Straße, unter dem Blätterdach der Bäume … Vermutlich werde ich mich nie wieder so frei fühlen.«

»Das will ich doch hoffen, Eveline«, sagte ihre Mutter indigniert.

»Laufen Sie doch dann mit uns davon, Mrs Watson!«, rief Joe. »Lassen Sie Ihren Ehemann einfach sitzen und kommen

Sie mit uns. Wir reisen mit dem Planwagen, schlafen unter den Sternen und gehen hin, wo immer wir auch wollen, so frei wie Vögel!«

»Was reden Sie da nur für einen Unsinn!« Mrs Watson lachte über seine dummen Vorschläge.

In dem Blick, den sie Joe schenkte, schwang aber eine gewisse Wehmut wegen all dieser ungeahnten Möglichkeiten mit, und so wandte sie sich schnell wieder an ihren Mann und nahm seine Hand.

»Mein lieber guter Watson«, sagte sie warm, und er schenkte ihr ein bewunderndes Lächeln.

Bei all dem Gerede und Gelächter in dem überfüllten Gewölbe bemerkte es kaum jemand, als ein Kellner Eveline ein Kärtchen überreichte; er zeigte diskret auf einen Herrn, der an der anderen Seite des Raums saß. *Madam, dürfte ich kurz mit Ihnen reden?*, stand auf der Karte, die mit einem ziemlich unleserlichen Namen unterschrieben war – Brandy oder Broughty oder etwas in der Art. *Mrs Armitage* stand schlicht auf der Vorderseite. Verwundert murmelte Eveline eine Entschuldigung und begab sich zu dem Platz, an dem der Mann saß. Es schien ein ruhiger Herr zu sein, mit einem schmalen, spitz zulaufenden Bart und einer runden goldenen Brille, die auf einer langen Nase saß. Sein Gesicht war ernst, fast streng. Im ersten Moment dachte Eveline, sie kenne ihn irgendwoher, aber woher, hätte sie nicht sagen können. Als Eveline ihn ansprach, stand er auf, deutete eine Verbeugung an und fragte, ob sie sich einen Moment zu ihm setzen würde. Sie nickte, nahm Platz und sah ihn fragend an.

»Verzeihen Sie, Ma'am«, sagte er. »Ich habe gesehen, dass Sie mit Freunden hier sind, und wollte Sie auch nicht lange stören. Eigentlich wollte ich Ihnen nur zu den Fotografien gratulieren, die Sie vom Krieg gemacht haben.«

»Sie haben die Ausstellung gesehen?«, fragte Eveline.

»Ja. Die Bilder waren sehr gut. Mit Erstaunen habe ich das Gerücht vernommen, dass eine Frau sie gemacht haben soll. Man hat mir das aber bestätigt und mich darauf hingewiesen, dass Sie besagte Dame seien. Ich habe Sie nämlich gesehen, als ich die Ausstellung im Fotostudio *Byrne and Ellis* besucht habe, und heute Abend habe ich Sie wiedererkannt.«

»Jetzt meine ich mich auch erinnern zu können, Sie dort gesehen zu haben«, sagte Eveline. »Aber verzeihen Sie mir bitte, Sir, im Moment kann ich mich nicht an Ihren Namen erinnern.«

»Brady«, sagte der Mann. »Mathew Brady.«

Eveline schnappte nach Luft. »Mr Brady! Oh, Ihr Lob ist mehr wert als das eines jeden anderen. Sie sind der Pionier, unser großes Vorbild. An Ihrer Tapferkeit haben wir uns ein Beispiel genommen. Wir bewundern Sie so sehr!« Nun erkannte sie auch den stillen Herrn aus der Ausstellung. »Ich hoffe … Ich hoffe inständig, dass Sie uns nicht übelnehmen, was wir getan haben … dass Sie nicht denken, wir hätten Ihnen die Idee gestohlen.«

»Nein, überhaupt nicht«, sagte er ernst. »Es gibt sicher Bedarf für mehr als einen Kriegsfotografen. Gott weiß, dass nicht viele davon herumlaufen. Aber ich musste es tun. Meine Füße setzten sich einfach in Bewegung, getrieben von einem Geist, der sagte: *Geh!,* also bin ich gegangen.«

»Mir ging es genauso!«, rief Eveline. »Ganz genauso. Mir war klar, dass ich irgendetwas tun musste, trotz der Gefahr, wie eigentümlich das auch klingen mag.«

»Aber Sie, Ma'am, sind noch einen Schritt weiter gegangen«, sagte Mathew Brady. »Sie haben auch die Witwen und Waisen aufgenommen, die niedergebrannten Gebäude und zerstörten Siedlungen, die Frauen mit den gebrochenen Herzen und die Kinder, die ihre Väter nie wiedersehen werden. Sie sind einen Schritt weiter gegangen, einen wichtigen Schritt.«

Eveline holte tief Luft.

»Danke«, sagte sie, zutiefst gerührt. »Ihre Worte bedeuten mir sehr viel, Mr Brady.«

Sie schüttelten sich die Hand, betrachteten sich mit wechselseitiger Sympathie, die von einer gemeinsamen Erfahrung herrührte, und waren beide für einen Moment ganz weit weg von der Wärme und Gastlichkeit ihrer Umgebung. Plötzlich sahen sie wieder die schlimmen Bilder vor sich, die sie nie vergessen würden. Eveline wollte schon an ihren Tisch zurückkehren, immer noch stumm, als er sie noch einmal aufhielt.

»Eines wollte ich Sie noch fragen. Es hat mich unendliche Mühe gekostet, die Genehmigung für die Bereisung der Schlachtfelder zu erlangen, Mrs Armitage. Ein alter Freund von mir ist General, aber sogar er hat sie mir verweigert. Irgendwann habe ich mich mit meinem Antrag an den Präsidenten selbst gewandt, aber der musste wohl auch erst mühsam überzeugt werden. Wie haben Sie denn die Genehmigung bekommen? Auch über den Präsidenten?«

»Oh, wir haben gar nicht um Erlaubnis gebeten«, sagte Eveline unbekümmert. »Wir sind einfach losgezogen, ohne es jemandem zu erzählen. Manchmal ist es besser, erst gar nicht zu fragen, weil man sonst gar nichts darf. Vielleicht«, fügte sie nachdenklich hinzu, »hat das damit zu tun, dass ich eine

Frau bin. Da sagen die Leute sowieso ständig: *Das ist keine angemessene Arbeit für eine Frau,* oder: *Das ist kein angemessener Ort für eine Frau,* oder lauter solchen Unsinn. Ich habe die Erfahrung gemacht, dass man besser einfach loslegt und erst hinterher die Genehmigung einholt, wenn es denn sein muss. Obwohl ich zugeben muss, dass ich schon in schlimme Schwierigkeiten geraten bin und die größten Probleme verursacht habe.«

Nun verlor sogar Mr Brady seine natürliche Zurückhaltung und musste lächeln.

»Jetzt sollte ich Sie aber nicht länger aufhalten, damit Sie zu Ihren Freunden zurückkehren können«, erklärte er. »Ich kann nur sagen, dass ich Ihnen den größtmöglichen Erfolg wünsche, Mrs Armitage. Mögen Sie immer ohne Erlaubnis weiterkommen.«

Sie verabschiedeten sich und schüttelten sich noch einmal die Hand, dann kehrte Eveline still an ihren Tisch zurück. Ihre Abwesenheit hatte kaum jemand bemerkt.

Die Menschen an den Nachbartischen bekamen bald mit, dass sie es mit einer Hochzeitsgesellschaft zu tun hatten – oder jedenfalls einer Gesellschaft, die in Kürze Hochzeit feiern würde –, und so brachten sie Toasts auf die schöne Braut und ihren attraktiven Bräutigam aus, gratulierten und wünschten ihnen alles Gute. Es wurde kein allzu langer Abend, weil die Braut ihren Schönheitsschlaf brauchte und es angeblich Unglück brachte, wenn der Bräutigam seine Zukünftige nach Mitternacht noch sah. Kurz nach elf traten sie also auf die Straße, umarmten sich und verabschiedeten sich bis zum nächsten Morgen, wenn sie sich in der St Paul's

Chapel ein Stück den Broadway hinunter alle wiedersehen würden.

»Bis morgen!«, sagten Mr und Mrs Watson, stiegen in ein Taxi und fuhren zu ihrem Hotel, während Sam und Joe Arm in Arm davonschlenderten. Die Clemens, Jacob und Hannah nahmen zusammen ein Taxi. Eveline und Thomas standen auf dem Broadway und sahen ihnen hinterher.

»Möchtest du auch ein Taxi nehmen?«, fragte Thomas.

»Ich würde lieber laufen«, meinte Eveline. »Es ist so ein schöner Abend.«

Also gingen sie zu Fuß durch die laue Frühlingsnacht in die Greenwich Street zurück.

»Werden Hannah und Jacob wohl genauso glücklich wie wir, was meinst du?«, fragte Thomas nach einer Weile.

»Wir sind natürlich das glücklichste Paar der Welt. Aber ich hoffe, dass sie auch sehr glücklich werden. Ich gehe sogar fest davon aus.«

»Ihr Leben wird vielleicht nicht immer ganz einfach sein, aber sie sind jung, unbekümmert, mutig und nett. Sie werden das wunderbar meistern.«

Eveline schwieg. Als sie durch die Straßen der Stadt schlenderten, ging über ihnen der Vollmond auf.

»Sollen wir noch zum Wasser laufen?«, fragte sie schließlich, und so begaben sie sich zum Kai, wo die großen Kräne und Lagerhäuser aufragten und etliche Schiffe vertäut lagen, die mit eingerollten Segeln auf dem Wasser schwankten. Thomas und Eveline stützten sich, Seite an Seite, auf eine Mauer und bewunderten die silberne Spur, die der Mond auf dem Hudson zog.

»Werden wir eines Tages nach England zurückkehren?«,

fragte Eveline. »Irgendwann würde ich es gerne tun, wenigstens für einen Besuch.«

»Natürlich werden wir das. Nächstes Jahr vielleicht? Dann wird der Krieg sicher vorbei sein. Wir könnten für einen Monat hinfahren und deine und meine Familie besuchen. Und dann, wer weiß? Vielleicht bleiben wir ja für immer in New York. Oder wir gehen in den Westen, nach Kalifornien. Außerdem ist mir zu Ohren gekommen, Eveline, dass man in Indien eine Eisenbahn gebaut hat und dass es Pläne gibt, den gesamten Subkontinent mit Eisenbahnstrecken zu erschließen. Das wäre doch mal eine Herausforderung, was, mein Schatz? Was hältst du davon?«

»Indien würde ich sehr gerne sehen, denke ich«, sagte Eveline. »Tiger! Elefanten! Oh, das wäre aufregend. Und was ich da fotografieren könnte … Wir sollten aber nichts überstürzen, Thomas. Ich glaube nicht, dass wir so schnell nach Indien können.«

»Ich wollte ja auch nicht vorschlagen, dass wir heute Nacht noch an Bord eines Schiffes gehen. Aber nächstes Jahr, oder übernächstes, warum nicht?«

Eveline nickte geistesabwesend und schien etwas an ihren Fingern abzuzählen.

»Was ist? Zählst du schon die Tage, bis du einen Tiger siehst?«

»Nein, ich zähle die Monate, bis unser Baby geboren wird.«

»Bis was?«

»Es wird wohl September werden.« Sie sah ihm in die Augen und lächelte.

»Du erwartest ein Kind?«

»Ich glaube schon, Thomas.«

Er schien sprachlos.

»Freust du dich nicht?«, fragte Eveline. »Ich glaube nicht, dass uns ein Kind daran hindert, in der Welt herumzureisen, Thomas. Und ich habe auch nicht die Absicht, die Fotografie an den Nagel zu hängen.«

Er streckte seine Arme aus und umarmte sie fest. »Ein Baby! Schätzchen, das ist unfassbar.«

»Nun, unfassbar wohl kaum«, sagte sie. »Es passiert immer mal wieder, dass jemand ein Baby bekommt. Und wir haben ja ziemlich …«

»Pscht«, sagte er und brachte sie mit einem Kuss zum Schweigen. »Ich weiß, was wir getan haben.«

Nach einer Weile sagte Eveline: »Ich habe noch gar nicht über einen Namen nachgedacht.«

»Wenn es ein Junge wird, könnten wir ihn Ulysses nennen.«

»Auf gar keinen Fall! Wieso denn Ulysses?«

»Nach General Grant natürlich.«

»Und wenn es ein Mädchen wird?«

»Georgia? Nach dem Bundesstaat und nach deiner Tante.«

»Georgia ist schön. Was Ulysses betrifft, bedarf es noch einer gewissen Überzeugungskunst.«

»Klar. Ein Abenteurer wie seine Mama?«

»Oder ein Held wie sein Papa. Vielleicht gelingt es dir ja, mich doch noch dafür zu begeistern.«

»Ich werde es jedenfalls versuchen. Wollen wir gehen? Ich bin mir sicher, dass Damen in deinen Umständen nicht in der kühlen Nachtluft herumstehen und sich eine Erkältung zuziehen sollten.«

»Aber du wirst jetzt nicht anfangen, ein solches Theater zu

veranstalten, oder, Thomas? Ich bin ja nicht krank und muss auch nicht wie ein Porzellanpüppchen behandelt werden.«

»Ich werde nicht mehr Theater veranstalten, als unbedingt nötig. Nur hin und wieder. Gesteh mir das bitte zu.«

»Nun gut. Einmal in der Woche darfst du dich nach meinem Wohlergehen erkundigen. Und jeden zweiten Donnerstag darfst du mich zwingen, mich hinzusetzen und die Beine hochzulegen. Mehr nicht.«

»Du bist eine äußerst schwierige Frau, Eveline«, stellte Thomas fest.

»Fällt dir das jetzt erst auf? Nun, Mr Armitage, wie man sich bettet, so liegt man.«

»Das bringt mich auf eine Idee. Wollen wir gehen? Bist du bereit?«

»Ja«, sagte Eveline, »ich bin bereit. Lass uns nach Hause gehen.«

# Dank

Ein herzlicher Dank gilt meinen lieben Freunden Julia und Larry Holofcener und Jo Coke, die mein Interesse am amerikanischen Bürgerkrieg geweckt haben, insbesondere an den Schlachten von Chickamauga und Chattanooga.

Das Buch *Der amerikanische Bürgerkrieg* von John Keegan war eine unschätzbare Informationsquelle für mich, ebenso der Titel *The Historical Guide to North American Railroads* von George H. Drury. Viel verdanke ich auch dem Roman *Die rote Tapferkeitsmedaille* von Stephen Crane. Zur Geschichte der afro-amerikanischen Soldaten, die im Bürgerkrieg gekämpft haben, hat mir Gordon Campbell von der Duke University, North Carolina, wertvolle Hinweise gegeben. Und noch einmal Dank an Paul Atterbury für seine Auskünfte zur Geschichte der Eisenbahn und des Viktorianischen Zeitalters im Allgemeinen.

Mathew Brady war ein Pionier der Fotografie während der Zeit des amerikanischen Bürgerkriegs. Walt Whitman war Stammgast im Pfaff's in New York. General Haupt hat das Konstruktionskorps geleitet, und die Generäle Grant und Smith waren zu der im Roman geschilderten Zeit in Chattanooga. Alle anderen Charaktere sind rein fiktiv. Für sämtliche Fehler bin ich selbst verantwortlich.

Schließlich danke ich, wie immer, meinen Freunden und meiner Familie, weil sie mich geduldig unterstützen und mit ihrer Begeisterung anspornen. Dank auch an meine liebenswerte Agentin Sarah Such für all ihre Hilfe. Und wie immer meinen besonderen Dank an Terence: für alles und besonders für unsere wundervollen Reisen quer durch Amerika – die glücklicherweise nicht ganz so aufregend waren wie Evelines Abenteuer.

# Unsere Leseempfehlung

640 Seiten
Auch als E-Book erhältlich

816 Seiten
Auch als E-Book erhältlich

795 Seiten
Auch als E-Book erhältlich

London 1904: Lady Celia Lytton betört die englische Society mit ihrer Intelligenz und Schönheit zugleich. Sie ist die perfekte Gastgeberin, veröffentlicht im eigenen Verlag einen Bestseller nach dem anderen und genießt ihr junges Familienglück – ein privilegiertes Leben. Doch dramatische Ereignisse kündigen sich an, und als ihr Mann Oliver in den Krieg eingezogen wird, können die Lyttons nicht mehr die Augen vor der Realität verschließen. Die makellose Fassade bekommt erste Risse, und Celia beginnt zu verstehen, dass sie einen Preis zahlen muss, für die Entscheidungen, die sie getroffen hat, und die Geheimnisse, die sie bewahrt …